La promesse des Gélinas

TOME 4

Laurent

FRANCE LORRAIN

La promesse des Gélinas

TOME 4

Laurent

Guy Saint-Jean
ÉDITEUR

Guy Saint-Jean Éditeur
4490, rue Garand
Laval (Québec) Canada H7L 5Z6
450 663-1777
info@saint-jeanediteur.com
saint-jeanediteur.com

. . . .

Données de catalogage avant publication disponibles à Bibliothèque et Archives nationales du Québec et à Bibliothèque et Archives Canada

. . . .

Nous reconnaissons l'aide financière du gouvernement du Canada ainsi que celle de la SODEC pour nos activités d'édition. Nous remercions le Conseil des arts du Canada de l'aide accordée à notre programme de publication.

Financé par le gouvernement du Canada | Canada SODEC Québec Conseil des Arts du Canada Canada Council for the Arts

Gouvernement du Québec — Programme de crédit d'impôt pour l'édition de livres — Gestion SODEC

Édition : Isabelle Longpré
Révision : Lydia Dufresne
Correction d'épreuves : Johanne Hamel
Conception graphique de la page couverture et mise en pages : Christiane Séguin
Illustration de la page couverture : Talisman illustration design - Alain Fréchette

Dépôt légal — Bibliothèque et Archives nationales du Québec, Bibliothèque et Archives Canada, 2016

ISBN : 978-2-89758-153-4
ISBN EPUB : 978-2-89758-154-8
ISBN PDF : 978-2-89758-155-8

Imprimé et relié au Canada
4e impression, août 2020

ASSOCIATION NATIONALE DES ÉDITEURS DE LIVRES
Guy Saint-Jean Éditeur est membre de
l'Association nationale des éditeurs de livres (ANEL).

Pour vous, lecteurs et lectrices,
qui avez accueilli la famille Gélinas
dans votre cœur.

RÉSUMÉ DU TOME 3

En 1922, à la demande de leur mère Rose, mourante, les quatre enfants Gélinas ont promis de ne jamais se marier ni d'avoir d'enfants.

Les années ont passé et Marie-Camille, la fille d'Édouard et Clémentine, a maintenant quatre ans. Elle habite toujours Saint-Damien avec son père qui a décidé d'y rester, malgré la requête de Florie de revenir s'établir à la ferme. Après l'incendie qui a détruit le magasin général, la famille de Louisette Marquis vient s'installer temporairement chez les Gélinas pour le plus grand malheur d'Adèle et Laurent !

L'amitié entre Florie et la commerçante se solidifie encore plus avec la création de la chorale de Sainte-Cécile, menée de main de maître par les deux femmes. La chanson unit les âmes et la proximité qu'elle procure entre Jeremiah Holland et Florie fait naître des émotions difficilement refoulées par la femme. Résigné à la suite du rejet qu'elle lui fait subir, le ferblantier jettera son dévolu sur la maîtresse d'école, ce qui provoquera un grand désarroi chez la pauvre Florie.

Adèle redécouvre la passion en côtoyant James Jackson, l'aide-beurrier. Les deux amants vivent leur aventure en secret, malgré le sentiment de culpabilité maintes fois exprimé par l'homme. Pour la jeune femme, il s'agit d'une victoire sur la tragédie vécue quelques années plus tôt. Épanouie, elle termine enfin son manuscrit pour l'envoyer à Montréal dans l'espoir de trouver un éditeur prêt à prendre un risque avec ses écrits.

Quant à Laurent, âme torturée par des démons inavouables, il devra, après la fuite de Léo, s'habituer à côtoyer le nouvel homme engagé, Ludovic Marquis. Brûlé lors de l'incendie, le jeune trouve refuge chez les Gélinas. Les deux hommes travaillent côte à côte sans toutefois développer une grande complicité. Laurent ne baisse plus sa garde, trop craintif de voir son secret dévoilé. La décision d'Édouard de retrouver leur père, Antoine, créera une onde de choc dans la famille. Réussira-t-il à réunir tous les Gélinas sous un même toit ?

Ils ne sont plus que trois à se bercer sur la galerie de leur maison. Trois vieux qui se balancent à l'unisson en haut de la côte Boisée, à Sainte-Cécile. La vie est simple dans le village. Les événements du passé semblent effacés des mémoires. Pourtant, ils ne sont plus que trois…

CHAPITRE 1

Recherche père manquant - septembre 1939

Assis sur un tabouret aux côtés de sa grosse vache Bécassine, Laurent tirait ses pis distraitement. Son front était appuyé contre le flanc noir et blanc de la bête. Seul le son du liquide dans la chaudière de métal troublait le silence dans la grange.

— Voyons, bonyenne ! s'exclama l'homme à voix haute.

Un jet de lait tiède venait d'aboutir sur le bas de son pantalon et le jeune Gélinas chercha du regard quelqu'un d'autre à blâmer. Mais mal lui en prit puisque Ludovic était parti au quai afin de changer les planches du dessus qui menaçaient de s'écrouler dans le lac Mauve d'une journée à l'autre. Leur engagé se faisait un plaisir d'exécuter les tâches les plus éloignées possible de Laurent, souvent maussade depuis le départ de Léo Villemarie. Le blond étira la main pour agripper le linge accroché au clou derrière lui et essuya le lait sur son vêtement. Il reprit le pis dans sa main en songeant qu'il avait peut-être un peu trop fêté le projet d'Édouard, la veille au soir.

— J'ai décidé de me mettre à la recherche de notre père Antoine, avait annoncé son grand frère avec un air résolu.

Depuis cette annonce, une fébrilité hors du commun s'était emparée du cadet des Gélinas, convaincu que la rencontre avec son paternel fournirait des réponses à son attirance pour les hommes. Lorsque Édouard avait fait cette déclaration, ses sœurs Adèle et Florie avaient aussitôt eu la même réaction :

— Es-tu malade, toi ?

Mais Laurent connaissait son frère et savait qu'il ne renoncerait pas à ses recherches. Le maître-beurrier avait essayé de faire comprendre son raisonnement à Florie qui l'avait écouté, le visage fermé.

— Je pense que Marie-Camille a le droit de connaître son grand-père s'il est encore vivant, tu penses pas ?

L'aînée avait asséné un violent coup de poing sur la table de bois avant de lever son corps fatigué. Le courroux se lisait sur les traits de son visage écarlate.

— Tu t'es jamais dit que si notre père avait voulu avoir de nos nouvelles, il aurait trouvé le moyen de nous retrouver ? Hein ? Ça fait plus que vingt ans que ce sans-cœur nous a abandonnés…

La femme n'avait pas écouté la petite voix dans sa tête qui disait qu'il avait bien essayé un jour, dix ans auparavant. Antoine Gélinas avait alors fait parvenir une lettre au village, adressée à sa femme Rose. Comme celle-ci était décédée depuis près de huit ans, c'est Florie qui avait lu le contenu de la missive, étranglée par la rage. Comment osait-il relancer sa pauvre mère ? Quand elle pensait à cet homme, la fille aînée perdait toute perspective. Elle ne voulait pas savoir les raisons de son départ, ne voulait pas comprendre les justifications de son absence. Jamais elle ne blâmait sa mère, qui avait pourtant été celle qui avait choisi une vie pour eux. Une vie sans amour, sans enfant. Lorsqu'elle regardait sa nièce Marie-Camille, la femme se demandait parfois si elle n'aurait pas dû, elle aussi, briser cette promesse. Mais qu'aurait pensé sa fratrie de cette lâcheté ? Elle qui n'avait cessé de marteler l'importance de ce serment tout au long de leur adolescence. Entêté, Édouard avait secoué la tête avec résignation. Il savait que sa sœur et lui ne s'entendraient jamais sur la question et il ne voulait pas empirer les affaires. De toute manière, sa décision était prise. Il avait tenté de prendre un ton détaché avant de dire:

— En fait, Florie, je voulais vous avertir pour qu'il n'y ait pas de secret. Je te demande pas la permission. Ne t'inquiète pas, je vous forcerai jamais à le voir ou à avoir de ses nouvelles si vous le souhaitez pas.

— C'est certain qu'on veut rien savoir du bonhomme, nous autres, hein, Adèle ?

Pour la première fois depuis sa déclaration, Édouard avait regardé sa sœur cadette qui le dévisageait avec colère. Ses yeux noisette brillaient de rancune et ses lèvres entrouvertes semblaient vouloir laisser passer un cri. Des quatre enfants Gélinas, c'était celle qui avait le plus le caractère fantaisiste et artiste de son père; l'envie de prendre son envol loin des siens comme il l'avait fait, des décennies auparavant. Et pourtant, c'était celle qui le haïssait le plus au sein de la famille. Elle enleva lentement son tablier, le plia et le déposa sur la chaise berçante avant de s'éloigner dans le corridor. Édouard voulut l'accrocher par le bras, mais elle se dégagea rudement, l'œil furieux. On avait rarement constaté une telle dissension entre ces deux complices.

— Touche-moi pas !

— Franchement, Adèle !

— Si tu veux aller rencontrer ce maudit sans-cœur, tu peux bien, mais ne m'en parle surtout pas. Je vais garder ta fille si tu le désires, parce que je l'aime. Mais j'espère de toutes mes forces que cet homme est mort et enterré depuis longtemps.

— Puis en plus, avait rajouté Florie le nez en l'air, Marie-Camille en a un grand-père. C'est bien assez, me semble !

Son frère s'était retenu de lui rétorquer qu'à chaque fois qu'il prévoyait une visite dans la famille de Clémentine, elle soupirait avec hargne pour montrer son désaccord. Roméo et Albertine Lortie, les parents de son épouse, adoraient leur petite-fille, le seul vestige de leur enfant adorée partie trop tôt. Alors Édouard se faisait un honneur d'aller les voir au moins une fois par mois, malgré les commentaires acerbes de Florie qui jugeait que ce lien devrait être coupé.

Perdu dans ses pensées, Laurent soupira en reprenant son travail sans entrain. Il lui arrivait rarement de ne pas avoir le goût de s'occuper de ses bêtes. Mais la nuit passée, il avait ingurgité un peu trop de gros gin en cachette dans sa chambre et ce matin, il avait l'estomac à l'envers. Son visage était marqué par l'épuisement des derniers mois.

— Si seulement je pouvais aller avec Édouard à Montréal, murmura-t-il à sa vache qui semblait l'écouter attentivement.

Laurent était le plus affecté par le départ de son père. Dès sa naissance, celui qui aurait dû l'aimer, le protéger s'était éclipsé vers des cieux plus attirants. La venue au monde du quatrième enfant du couple avait sonné le glas. Le jeune homme avait toujours cru que son arrivée avait fait partir son père. « Pourquoi ? Je n'étais qu'un bébé, pourquoi m'as-tu abandonné ? » voulait-il lui demander. Élevé dans la haine de son paternel, d'abord par sa mère, puis par ses deux sœurs, Laurent avait caché son besoin de comprendre ce rejet. Depuis qu'il avait réalisé que son attrait pour les hommes ne disparaîtrait pas, la nécessité de trouver des réponses se faisait encore plus grande.

— Mais Florie me laissera jamais y aller, avec Édouard. Des plans pour qu'elle m'achève d'un coup de balai ! ricana Laurent en tassant sa chaudière de fer-blanc.

Une fois debout, il transvida son lait tiède dans la grosse canisse près de la porte de la grange avant de décrocher son marteau et prendre une boîte de clous. Il soupira profondément en regardant vers la maison grise.

— Je vais aller rejoindre Ludovic au lac, sinon ma sœur va me parler jusqu'à l'été prochain du pauvre engagé qui fait tout le travail sans aide !

Ses sentiments envers le jeune Marquis restaient bien ambivalents. Depuis le départ de l'amour de sa vie, Léo, qui devait convoler en justes noces avec la sœur du maître de poste prochainement, Laurent endurait la présence du fils de la meilleure amie de Florie. En mars 1938, après l'incendie qui avait détruit la majeure partie du magasin général et tout le côté gauche du visage de l'aîné des garçons Marquis, ce dernier avait décidé qu'il ne voulait plus vivre au cœur du village. Il avait donc pris la place de Léo, après son départ forcé par le baiser inattendu de Laurent.

— Florie, cria ce dernier, impatient au pied de l'escalier de la maison, je m'en vais au quai aider Ludovic. On devrait pas revenir avant le dîner. Essayez donc d'en mettre un peu plus sur la table parce que j'ai déjà faim, moi !

Après l'annonce de la guerre quelques semaines auparavant, l'aînée de la famille s'était mise en tête de commencer à rationner tout de suite les portions afin « d'être préparés au pire » ! Adèle et les garçons avaient beau maugréer, rien ne la faisait changer d'idée.

— Arrête donc de chialer, répondit sa grande sœur sur le pas de la porte. On a très bien mangé hier midi !

Laurent plissa ses épais sourcils blonds en la foudroyant de son regard bleu.

— Veux-tu rire de moi, Florie ? Peut-être que trois patates

dans un bouillon de bœuf puis une tranche de pain, ça fait pour accrocher du linge sur la corde, mais tu sauras que dans le champ ou la grange, on se tourne pas les pouces, nous autres. Moi, j'ai mon voyage de me manger l'intérieur de la bedaine puis Ludovic pareil !

Sur ce coup-là, il mentait puisque Ludovic ne s'aventurerait jamais à dénigrer aucun des membres de la famille Gélinas. Autant il s'était moqué d'eux, avait ri de leur « promesse » avant son accident, autant il comptait sur les enfants de Rose pour le sortir de la maison familiale où il suffoquait sous les inquiétudes de sa mère Louisette. Florie plissa le front et mit sa main au-dessus de ses yeux pour bien voir son frère :

— C'est vrai ça ? Ludovic a…

— Je peux pas jaser des heures, moi, il m'attend. Tu voudrais pas qu'il finisse la *job* tout seul, hein ? À tantôt !

Florie regarda son frère s'éloigner de sa démarche nerveuse. Elle tourna de bord en marmonnant avant de crier :

— Adèle ? Adèle ?

— Quoi ?

Sa sœur descendit en sautant dans l'escalier au milieu du corridor. Avec sa coupe à la mode, sa robe vert foncé au-dessus du genou et les trois petits boutons du col détachés, Adèle présentait l'image d'une jeune femme de la ville. Ce qui ne plaisait guère à Florie, qui fronça les sourcils avant de pointer son vêtement.

— Il me semble que ta robe est courte un peu, non ?

— Non. Elle est parfaite de même. Bon, qu'est-ce qu'il y a ? Tu m'as pas appelée pour me parler de ma robe, j'imagine ?

Sachant que sa cadette en ferait à sa tête de toute manière, Florie abandonna le sujet. Avec le mariage d'Édouard, les amourettes d'Adèle avec son rédacteur en chef, la pauvre s'était aperçue qu'elle n'avait guère de poids dans les décisions de ces deux-là. Elle trottina donc jusqu'au gros poêle à bois dans le coin de la cuisine et lança d'un ton boudeur:

— Je voudrais que tu ailles me chercher des œufs. Ça a l'air que le pauvre Ludovic se plaint de nos dîners à Laurent. Manquerait plus juste qu'il dise à sa mère qu'on le nourrit pas assez, ici!

— Tu vas les rajouter à la sauce? dit Adèle en souriant.

— Oui. Mais apportes-en deux, juste pour eux autres. Dans le fond, nous...

Le sourire de la brune s'effaça et son regard se durcit sous sa longue frange.

— Pas question, Florie. Si je vais au poulailler, je rapporte des œufs pour nous autres aussi. Il y a toujours bien des limites à mourir de faim! Remarque que si toi, tu veux t'en passer vu que tu as commencé à faire attention...

Elle laissa sa phrase en suspens, connaissant trop la gourmandise légendaire de sa sœur. Aussitôt, Florie claqua la langue dans sa bouche en un signe de frustration.

— Bien oui, c'est ça! Je vais vous regarder vous bourrer la face pendant que je vais me priver. Correct, tu as gagné. Apporte quatre œufs.

Adèle glissa ses pieds dans les grosses bottes de pluie de son frère qui traînaient près de la porte, puis sortit. Depuis quelques années, elle ne craignait plus les réactions de sa sœur. Elle savait maintenant que celle-ci abdiquerait sur à peu près tout, sauf un bris de la promesse faite à leur mère. Et même encore... elle avait bien pardonné à Édouard! Dans la cuisine, Florie laissa passer son regard par la fenêtre au-dessus de son évier en se disant qu'elle était aussi bien de rajouter des patates à sa sauce blanche. Juste la pensée que Louisette soit au courant de son rationnement la mettait tout à l'envers. D'ailleurs, le lendemain matin, elles devaient se rencontrer pour la première fois depuis deux semaines afin de créer un calendrier des répétitions de leur chorale jusqu'à Noël. C'est Louisette qui avait eu cette idée. La veille, elle l'avait croisée devant l'église et la commerçante en avait profité pour lui faire part de cette proposition.

— Les chanteurs aimeraient ça savoir quelles soirées ils doivent réserver pour les pratiques.

— C'est bien vrai ! avait répondu Florie en s'en voulant de ne pas avoir eu cette idée la première.

Même si elle aimait beaucoup son amie – qui l'eût cru ! –, il y avait toujours une petite compétition entre les deux femmes. Cette fois-ci, Louisette avait gagné, mais ce n'était que partie remise. Florie se disait qu'il lui faudrait trouver une robe qui ne la boudinait pas trop, ce qui s'avérerait une tâche délicate à la suite des abus qu'elle avait faits en cachette dans les dernières semaines. Plissant son petit nez rond, elle jeta un coup d'œil désabusé vers sa taille rebondie qui étirait sa blouse jaune pâle.

— Tiens, ma Florie, dit sa sœur d'une voix claire en tendant son panier plein d'œufs.

L'aînée n'avait pas entendu sa cadette revenir, perdue dans ses pensées. En se retournant vers Adèle, Florie se passa la remarque que celle-ci s'était encore embellie depuis un an. Un frémissement l'envahit à la pensée qu'un autre homme mettrait le grappin sur sa sœur, menaçant ainsi leur promesse de ne pas se marier. Un sourire éclatant sur le visage, Adèle avait le teint radieux d'une fille ayant passé l'été dans le potager. Ses joues hautes avaient repris des formes tout comme son corps, plus voluptueux que jamais. Même si sa taille était mince, la femme avait une poitrine presque insolente sous le tissu de sa robe. Florie se secoua et prit les œufs en baissant les yeux pour ne pas que l'autre voie le doute dans son regard.

— Je peux remonter dans ma chambre ou tu as besoin de moi, Florie ?

— Non, non. Vas-y, tu en as assez fait aujourd'hui avec le raclage du jardin. Je t'appelle si j'ai besoin d'aide.

Adèle s'avança de son pas léger, donna un bec sur la joue de sa sœur et grimpa l'escalier deux marches à la fois. Florie secoua la tête un peu découragée. À vingt-huit ans, sa sœur avait encore la démarche d'une adolescente. Il faudrait bien qu'elle vieillisse un jour et soit un peu moins insouciante. Elle ouvrit la radio pour se changer les idées et une voix enchanteresse envahit la cuisine. Pendant quelques secondes, Florie resta le couteau dans les airs, le visage en extase devant la pureté du chant. Lorsqu'à la fin de la mélodie le commentateur prit la parole, Florie ne retint que le nom, qu'elle s'empressa d'écrire du mieux qu'elle pouvait sur un bout de papier. Plus tard, au souper, elle se dépêcha de sortir la petite note pour la lire à son frère, sa sœur et à l'engagé. Les lunettes sur le bout du nez, elle déchiffra difficilement :

— Je pense que c'est la meilleure chanteuse que j'ai jamais entendue. Elle s'appelle… euh… *Eya Fizzjeralt.*

Les deux hommes, occupés à savourer leur repas, ne firent que hocher la tête alors qu'Adèle secouait doucement la sienne.

— Tu es certaine que ce n'est pas Ella Fitzgerald ?

— C'est ça que j'ai dit !

— Euh… pas… oui, oui, tu as raison. C'est moi qui ai mal compris ! acquiesça Adèle, pas entichée à l'idée de s'embarquer dans une longue discussion sans fin. Mais il me semblait que c'était Joséphine Baker, ta chanteuse préférée ? demanda-t-elle en plongeant sa fourchette dans les pâtes appétissantes.

En goûtant au plat de macaronis à la sauce tomate, elle remercia silencieusement le curé Latraverse qui s'assurait que ses ouailles respectent le vendredi maigre et ne mangent pas de viande.

Elle vit aussitôt un air de dégoût s'inscrire sur le visage de sa sœur. À voix basse, comme si quelqu'un devait s'offusquer d'entendre ses paroles, Florie répliqua:

— Es-tu malade ? Si tu savais ! J'ai appris, grâce à Louisette, que cette... cette Joséphine chose a été mariée à plusieurs hommes. Une vraie débauchée ! En plus...

Florie fit le signe de croix avant de continuer d'un ton hésitant. Adèle retint un fou rire, trouvant toujours hilarant de voir son aînée s'en remettre à Dieu pour toutes les questions qui la dépassaient. Mais dès que sa sœur poursuivit, elle s'en voulut de ne pas avoir réussi à anticiper son discours.

— ...en plus, elle a des... relations amoureuses avec d'autres... d'autres femmes. C'est épouvantable, une dépravée de même. Moi je comprends pas comment ça se fait que la radio permette encore...

Adèle perdit le fil de son discours, car aussitôt que Florie avait prononcé ces paroles, son regard s'était enligné sur Laurent. Figé par le ton, par les mots crachés par Florie, le blond avait avalé sa dernière bouchée de pâtes péniblement. Il avait blanchi, de ça, Adèle en était certaine. Elle craignait même de le voir succomber à un malaise tant il semblait malheureux. Désireuse de changer de sujet rapidement, elle se tourna vers Ludovic, mais sa sœur la devança:

— Tu sais, quand j'ai appris... ça de cette chanteuse, j'ai évidemment jeté tous les articles de journaux que tu m'avais donnés. Une femme de même, ça mérite juste la prison, puis...

— C'est bon, Florie, on a compris, coupa la voix sèche d'Adèle, qui aurait voulu prendre la large main de son petit frère contre son cœur. Lui dire qu'elle l'aimait envers et contre tout. Elle ne put que lui lancer un regard désolé alors qu'il repoussait sa chaise rudement.

— Qu'est-ce que tu fais, on n'a même pas pris notre dessert ?

Florie le toisa comme une mère, mais Laurent n'en avait cure. Depuis sa découverte sur lui-même l'automne précédent, tout lui était égal. Il ne voulait que redevenir bien, ce qu'il ne réussirait pas en restant assis à la table de la cuisine pendant que sa sœur faisait le procès des homosexuels de ce monde. De toute manière, il n'avait pas besoin de l'entendre pour savoir que son attrait pour les hommes était immoral. Son Dieu le lui avait déjà appris. Il déposa sa serviette de table sur le comptoir à côté du gros pain aux pommes, avant de répondre sans regarder personne.

— J'ai pas trop faim, puis il me reste les perchaudes à arranger si tu veux manger des filets un jour !

Dans l'après-midi, après avoir terminé leur tâche au quai, les deux hommes avaient pris une heure pour tenter d'attraper quelques poissons. Ce fut une bonne pêche puisqu'ils revinrent avec deux truites et cinq perchaudes. Elles étaient petites, mais elles seraient bien savoureuses revenues dans le beurre d'Édouard ! Malgré un régime entrepris quelques semaines plus tôt, la grosse femme se régalait à l'avance du délice que ce serait. Elle fit donc un signe de tête à son frère qui le prit pour un accord. Il déguerpit sous l'œil soucieux d'Adèle qui alla le rejoindre quelques minutes plus tard. Florie marmonna aussitôt que sa cadette sortit de la pièce, déçue de se retrouver seule avec Ludovic alors qu'elle avait bien envie de jaser un peu. Elle lui jeta un regard par en dessous et soupira à fendre l'âme. Ce n'était pas avec lui qu'elle discuterait de musique ou de toilettes des fêtes.

— Brrr...

Adèle frissonna un peu dans la fraîcheur de cette fin de septembre 1939. Après un bel été chaud et humide, l'automne s'était amené quelques jours auparavant et, comme un signal, les soirées s'étaient rafraîchies. Mais la jeune femme adorait cette saison avec l'envol des outardes, les feuilles des arbres qui partaient au vent dans un ballet coloré. Elle aimait même l'odeur particulière que la terre avait après une nuit de gel. Oui, c'était une belle saison. Mais ses préoccupations la rattrapèrent bien vite en entendant son frère tousser. En tournant le coin de la grange, elle ne vit que le dos de Laurent penché sur une table de bois. Elle s'approcha doucement et lui mit la main sur le dos. Il se raidit aussitôt.

— Laurent, chuchota-t-elle.

— Laisse faire, Adèle.

Il baissa son regard torturé vers sa sœur en secouant sa tête de gauche à droite. Adèle hocha la sienne avec compréhension avant de regarder son couteau à moitié planté dans le corps du poisson.

— Vous avez eu de belles prises !

— Hum...

— Si jamais tu as besoin de...

— Je sais.

Quelques banalités puis un dernier sourire furent échangés avant que la femme ne retourne à la maison. Pendant près d'une heure, même après le départ du jeune Marquis, Laurent continua d'apprêter ses filets, de nettoyer ses couteaux, d'envelopper les entrailles avant d'aller les donner aux cochons. Il resta longtemps à regarder ses bêtes apprécier le repas inattendu. Parfois, lorsqu'il était seul dans la grange, il repensait au moment qui avait changé sa vie. L'après-midi d'automne lorsqu'il avait voulu se rapprocher de Léo Villemarie, l'embrasser pour satisfaire un désir si longtemps refoulé. Quand les cochons eurent terminé, il nettoya leur stalle sans se presser. Plus rien ne l'attendait à la maison depuis le départ de son ami.

À la beurrerie, qui fonctionnait à plein régime depuis le printemps, Édouard et son assistant ne perdaient pas de temps entre deux tâches. Dès leur arrivée, au petit matin, jusqu'à la fin de la journée, ils travaillaient sans relâche, savourant toutefois les discussions qu'ils se permettaient à l'abri d'oreilles indiscrètes.

— Alors, tu pars quand ? demanda James sans lever la tête de la meule de Saint-Clément qu'il était en train de préparer.

Édouard hésita avant de donner sa réponse.

— Je suis pas certain encore. Je voulais partir cette fin de semaine, car plus j'attends, moins je crois en mes chances de retrouver mon père. C'est idiot, puisque j'ai son adresse – enfin je pense –, mais j'ai l'impression qu'il va s'éclipser de nouveau si je m'approche trop de lui.

James le regarda de ses yeux noirs avant de hocher la tête avec sympathie. Il comprenait ce que voulait dire son patron et ami.

— D'un autre côté, continua le maître-beurrier, si mon père habite bien à l'adresse trouvée dans l'annuaire que tu m'as fourni, pourquoi déménagerait-il maintenant ? Ce n'est pas comme si je l'avais averti que j'arrivais !

Ce fut au tour du Noir d'avoir un moment d'hésitation. Même si Édouard et lui étaient amis depuis plusieurs années, il ne savait jamais trop jusqu'où cette amitié pouvait aller.

Le veuf ne lui avait pas donné de raison de craindre sa réaction, mais lorsque venait le temps de discuter de la promesse faite à leur mère, de la recherche de son père, Édouard semblait toujours un peu plus frileux dans ses réponses et l'autre désirait respecter son ami.

— As-tu demandé à tes sœurs de garder Marie-Camille ?

— Oui, mais sans préciser de date encore. Honnêtement, si j'avais une meilleure solution pour ne pas les mêler à cette recherche, je la prendrais. Adèle est enragée contre moi ; Florie veut pas en entendre parler…

— Et Laurent ?

Édouard déposa la ficelle avec laquelle il attachait son paquet de fromage et plissa les yeux.

— Sais-tu, c'est étrange ce que je vais te dire là, mais j'ai l'impression que mon frère est soulagé de me voir faire ces démarches. Comme si lui aussi ressentait le besoin d'avoir des réponses, mais n'osait pas le dire devant mes sœurs.

— En même temps, il n'a jamais connu votre père, *right ?*

— En effet. C'est ce qui rend la chose pathétique, si tu veux mon avis. Comme si mon « cher paternel » lui avait envoyé un message dès sa naissance : « Puisque tu arrives, moi je sacre mon camp ! » Pourtant, mon frère semble attiré par ce qu'il représente. Je comprends pas trop…

James resta longtemps pensif. Il avait perdu son père plusieurs années auparavant, mais déjà à cette époque, sa relation avec lui n'était guère chaleureuse. Il avait fait son deuil en regrettant toutefois de ne jamais avoir eu l'audace de questionner son père sur sa froideur à son égard.

— Moi, je peux comprendre. Il était si petit, il veut des réponses.

— Oui.

Les deux plongèrent dans leurs pensées respectives en imaginant facilement la pauvre femme qu'avait été Rose, abandonnée avec quatre enfants et une santé fragile. Édouard voulait comprendre ce qui était passé par la tête de son père Antoine le jour où il avait décidé que ses sœurs, son frère et lui ne valaient pas la peine d'être aimés. Il poursuivit la discussion, profitant de l'écoute empathique de James.

— Tout ça pour te dire que je me demande si je ferai pas venir Marguerite pour deux, trois jours. Elle pourrait garder ma fille, s'occuper des bêtes, et personne ne sera au courant! Il me semble que je m'éviterais bien des chicanes!

James fit une moue dubitative. Le grand Noir pencha sa tête crépue sur le côté avant de souffler:

— Pas sûr que c'est *un* bonne idée moi, Édouard. Si ça venait à se savoir...

— Évidemment, tu as raison! Comme d'habitude, mon ami! Bon, changeons de sujet, de toute manière, ma décision est prise! Le dragon Florie s'occupera de ma petite démone!

Les deux éclatèrent d'un rire complice avant de poursuivre leur tâche et de discuter de plein d'autres choses. Sur un thème plus sérieux, l'aide-beurrier demanda d'un ton inquiet:

— Tu penses que le Canada nous obligera à faire la guerre?

— Je sais pas, James, hésita Édouard. Mais juste à l'idée d'abandonner ma fille, je vire fou. Toi, qu'en penses-tu?

— Je crois que je serai parmi les premiers recrutés *if conscription is adopted*[1]. Je peux pas te dire que ça me fait plaisir. Je suis de *peaceful nature*[2], et à l'idée de combattre des hommes que je connais même pas..., frissonna l'homme.

1 Si la conscription a lieu.
2 Nature pacifique.

Édouard savait que l'autre avait raison. Si l'enrôlement devenait obligatoire, James n'aurait pas le choix, n'ayant ni femme ni enfant. Il ne put donc que lui lancer un regard songeur. Puis, la raison reprit le dessus.

— Mais pour l'instant, on n'en est pas là, alors il nous sert à rien de paniquer et de faire paniquer nos familles ! Ne t'inquiète pas, Florie le fait assez pour tout le monde ! En parlant de famille, dit curieusement Édouard, iras-tu faire une mise au point avec les Constantin comme tu le voulais ?

Un profond soupir d'exaspération répondit à sa question. L'accueil raciste et mesquin du gros conseiller municipal et de ses deux fils, Anasthase et Conrad, avait fait fuir la famille de James lors de leur visite en juillet dernier. Le trio avait avisé les visiteurs qu'ils devaient parler français au village et s'était moqué de leur langue maternelle. Sans pouvoir les en empêcher, James avait dû se résigner à voir les siens repartir à Montréal sans plus attendre, avec la promesse de ne plus jamais mettre les pieds dans ce coin retardé du Québec. Depuis cette mésaventure, il avait croisé les Constantin à quelques reprises sans jamais avoir le courage de demander des explications sur leur conduite répréhensible. Mais le comportement malveillant des trois hommes dérangeait encore James, qui espérait enterrer la hache de guerre.

— Je sais pas. Qu'en penses-tu ?

— Je suis pas certain que tu puisses leur faire entendre raison. Alcide Constantin est un ignare…

— Ignare ? James fronça les sourcils.

Même si sa maîtrise de la langue française était de plus en plus adéquate, certains mots lui causaient encore des soucis.

— *Ignorant if you prefer*[3] *!*

— *Oh yes, that he is*[4] *!* sourit James pour alléger l'atmosphère.

— Alors je pense pas que tu réussisses à lui faire comprendre quoi que ce soit. À mon avis, avec le temps, peut-être pourra-t-il devenir moins stupide, mais si tu l'affrontes ou lui demandes des excuses, j'ai bien peur que tu n'empires la situation.

Malgré sa colère devant le traitement réservé à sa famille, James était un homme calme. Il n'avait guère envie de créer un drame entre les trois fermiers et lui. Avant même l'arrivée de ses proches au village, il avait craint un tel événement puisque les Cécilois et les Céciloises avaient mis longtemps à s'adapter à sa couleur, à sa présence auprès d'eux. Mais son frère aîné, entêté et soucieux du bien-être de son cadet, avait tant insisté que l'aide-beurrier avait accepté de les recevoir. Mal lui en prit, puisque maintenant, il devrait recommencer à zéro lors de sa prochaine visite à Montréal. Tout son clan, frères, belles-sœurs, mère, neveux et nièces, tenterait de le convaincre de quitter cette bande d'imbéciles pour revenir s'établir dans la grande ville. Ce que James ne désirait pas du tout, maintenant que sa vie se déroulait rondement au village. Il avait un emploi et même deux, puisqu'il conduisait l'autoneige l'hiver; une maison héritée du père Claveau; une maîtresse... relation à laquelle il mettrait fin le plus vite possible, même si son corps se tordait de désir pour Adèle Gélinas. Il lança un regard par en dessous vers son ami en ressentant encore une fois un énorme sentiment de culpabilité à la pensée de la tromperie.

3 Ignorant si tu préfères !
4 Oh oui, il l'est !

— Tu as raison, Édouard. Je pense que je vais tout simplement l'ignorer. De toute manière, il y aura toujours des gens incapables de passer *over the differences, you know what I mean*[5] ?

— Eh oui, mon ami. Eh oui ! La différence, ça fait peur à bien du monde, si tu veux mon avis ! Bon, moi, je finis ici et je monte à la ferme pour demander à mes sœurs adorées si elles peuvent accueillir ma fille dimanche et lundi prochains. Je vais toujours bien en avoir le cœur net ! Si Florie et Adèle refusent, eh bien, il me restera à approcher ma jeune voisine pour lui demander de venir à la maison pendant mon absence.

James frotta son menton où poussait une barbe drue.

— Tu sais que je pourrais la garder… mais…

Édouard mit sa main sur la sienne.

— Non, mon ami ! Je te fais cent pour cent confiance avec mon enfant, mais les villageois ne verraient guère d'un bon œil que je demande à un homme seul de prendre soin de ma fillette.

Les amis se sourirent avec connivence. Tous les deux se moquaient gentiment à l'occasion des convictions souvent rétrogrades qu'ils rencontraient dans leur patelin. Pour avoir étudié à Saint-Hyacinthe avec des gens éduqués pendant toute une année, Édouard se rendait bien compte que les coutumes, les croyances de son village n'avaient guère évolué depuis le début du siècle. Alors que la grande ville s'industrialisait, se motorisait, les villages de région restaient confinés dans leurs certitudes. Mais il aimait son coin de pays, même si depuis son mariage avec Clémentine plusieurs années auparavant, il habitait à la limite de celui-ci, à Saint-Damien. À la fin de leur

5 Au-delà des différences, tu vois ce que je veux dire ?

journée de travail, quelques heures plus tard, Édouard salua son ami avant de diriger sa charrette vers la côte Boisée. Il soupirait d'avance à l'idée de l'affrontement à venir. Et il avait raison, puisque le visage fermé de son aînée accueillit sa demande de gardiennage quelques minutes plus tard.

— Quand est-ce que tu viendrais laisser Marie-Camille ? demanda froidement Florie, alors qu'Adèle ne levait pas les yeux de son journal.

— Euh... samedi matin. En fait, je vais partir en fin de journée, mais comme je veux pas retourner chercher Marie-Camille à la maison, je vous l'amènerais avant d'aller à la beurrerie.

— Puis tu reviens quand ?

— Si tout va bien, lundi en fin d'après-midi.

— OK. Adèle, tu es d'accord ?

— Laissez-moi en dehors de votre discussion.

La voix de la cadette claqua dans la pièce.

— Adèle...

Pour la première fois depuis l'arrivée d'Édouard dans la cuisine, celle-ci le regarda dans les yeux. Elle inspira longuement, défit un pli imaginaire sur la manche de sa veste de laine bleue et dit froidement :

— Mon frère, tu sais que je t'aime et que je serai toujours là pour toi et ta fille. Maintenant, je n'ai pas l'intention de me mêler de ta folie actuelle et t'encourager dans tes démarches. Si tu laisses Marie-Camille ici, je veux rien savoir de plus. Je prendrai toujours soin de ma filleule, que je sois d'accord avec tes décisions ou non.

— Si tu préfères, je peux demander à Marguerite ou même à Jeremiah et Béa..., commença Édouard avec une pointe d'insolence dans le ton.

— Pas question ! tonna la voix désespérée de Florie, qui fit grimacer sa jeune sœur.

Après son amour insensé pour le ferblantier, le rejet qu'elle s'était obligée à faire subir au jeune homme et son mariage subséquent, il n'était pas question que Béatrice Dupuis, maintenant Holland, mette le grappin sur sa nièce. L'ancienne maîtresse d'école avait déjà l'homme de sa vie, elle ne s'approcherait pas de Marie-Camille. Édouard recula sous le ton sec, avant de tapoter la main tremblante de sa sœur.

— Je disais ça de même, moi, Florie. Je veux juste pas que ce soit du trouble puis que ça fasse de la chicane entre nous autres.

— C'est pas ta fille le problème, coupa sèchement Adèle en se levant pour sortir de la cuisine. C'est toi puis tes idées !

Édouard haussa les épaules sous l'affront. Mais il avait pris sa décision. Si ses sœurs ne voulaient rien savoir de leur père, lui avait le droit de penser le contraire. Il se redressa sur sa chaise en grimaçant. Les fins de journées lui tombaient toujours dans les reins ! Il ne dirait rien à son aînée, qui se serait empressée de remettre en question son déplacement à Montréal pour l'entraîner chez le docteur Trudel ou l'obliger à s'allonger.

— Bon, alors, je vous amènerai Marie-Camille samedi matin. Merci, ma sœur.

— Je le fais pour elle, tu sauras.

La porte de la cuisine claqua, créant une diversion fort bienvenue. Laurent et Ludovic mirent le pied dans la pièce quelques secondes plus tard. Le jeune brûlé regarda à peine le duo avant de les saluer rapidement et de se diriger au salon. Il n'avait jamais pu s'habituer à montrer son visage aux gens qui l'avaient connu lorsqu'il était beau… ou à tout le moins, pas défiguré. Mais maintenant, chaque fois que quelqu'un du village posait ses yeux sur ces cicatrices qui couvraient presque tout le côté gauche de son visage autrefois constellé de taches de rousseur, il voulait se sauver en courant.

— Qu'est-ce que tu fais ici, mon frère ? questionna distraitement Laurent en lorgnant un reste de carré aux fruits sur le comptoir.

Il avança discrètement sa main en espérant l'atteindre avant que Florie ne le voie, mais la réponse d'Édouard arrêta son geste :

— Je venais demander aux filles si elles pouvaient garder Marie-Camille de samedi à lundi.

— Ah ! Tu vas où ?

— À Montréal.

Laurent laissa passer quelques secondes avant de s'approcher de son frère qu'il dépassait de deux, trois pouces, tout en étant beaucoup plus costaud. Prenant tout son courage, sans oser regarder Florie, il dit d'un ton qu'il espérait ferme :

— Je voudrais y aller avec toi.

— Non ! répondit aussitôt Florie en s'avançant sur ses jambes courtaudes. Non, tu m'as bien entendu, Laurent Gélinas ? Elle pointa un index accusateur. Déjà assez que ton frère se soit mis cette idée-là dans la tête, mais il va pas t'y entraîner astheure.

— Tu sauras, ma sœur, qu'à vingt-six ans, je commence à être assez vieux pour prendre mes décisions tout seul. Si je veux aller à Montréal avec Édouard, bien j'irai, que tu le veuilles ou non !

Le visage de Florie pâlit aussitôt et ses lèvres fines se pincèrent l'une contre l'autre. Ce nouveau Laurent, qui apparaissait de plus en plus souvent depuis un an, ne lui plaisait pas, mais alors là, pas du tout. Avant le départ de Léo Villemarie, il était docile, respectueux et à l'écoute de ses besoins à elle. Maintenant, il répondait, s'entêtait et ne respectait plus aucune décision prise par sa sœur aînée pour son bien-être.

— C'est ça ! Deux innocents ! Il me semble que c'était bien clair quand maman est morte qu'elle ne voulait pas qu'on fasse de telles démarches, puis…

— Non, Florie, coupa Édouard exaspéré. Notre mère nous a fait promettre de ne jamais nous marier, pas de ne jamais chercher à revoir notre père. N'essaie pas de lui mettre des mots dans la bouche. Puis tu m'enlèveras pas l'idée que si notre mère était encore vivante, on aurait probablement tous une famille, parce qu'on aurait jamais fait un tel serment !

Furieuse, Florie détacha son tablier blanc et le roula en boule avant de le lancer sur le comptoir.

— Faites donc à vos têtes de cochon, moi je m'en vais me reposer. Il y a toujours bien des limites à passer pour la méchante de la famille. Je vais m'en occuper de ta fille, t'inquiète pas pour ça. Puis toi, Laurent…

Elle se tourna sèchement vers lui en pointant le fond du corridor.

— …tu avertiras Ludovic que tu le laisses tout seul deux jours complets parce que tu t'es mis dans la tête que notre maudit père voulait te revoir. J'ai bien peur que tu vives la plus grande déception de ta vie, mon cher enfant.

Sur ces paroles sèches, Florie traversa le corridor en bois le plus dignement possible malgré toute la rage que ce projet de recherche générait en elle. Dans la cuisine, les deux frères se sourirent timidement. C'était la première fois depuis longtemps qu'ils tenaient tête pour la même raison à leur sœur aînée. Lorsque Édouard avait décidé de briser la promesse et de marier Clémentine, le cadet lui en avait voulu autant, sinon plus, que Florie. Après la naissance de Marie-Camille, Laurent avait senti la haine l'envahir envers cette femme blonde qui lui avait volé celui qu'il considérait comme un père. Ce n'est qu'à sa mort qu'il s'était rapproché de son aîné, sans jamais reparler avec lui des émotions que son départ avait éveillées chez lui. Avant de repartir à Saint-Damien, Édouard mit ses deux mains sur les larges épaules de son frère et le fixa droit dans ses yeux bleus. Laurent rougit un peu, comme toujours.

— Tu es bien certain de ce que tu fais, Laurent ? Florie et Adèle seront vraiment choquées que je t'entraîne dans mes idées de fou. Je t'empêcherai jamais de me suivre, mais tu dois savoir que la probabilité que notre père ne demeure plus à l'adresse que j'ai ou qu'il soit même mort existe.

— Je sais. Puis pour nos sœurs, laisse faire. Je me suis tu assez longtemps, il est maintenant l'heure d'agir comme un homme. Je suis plus un enfant que Florie peut manipuler comme elle veut. J'ai des questions auxquelles je veux des réponses. Puis la seule personne qui peut me les donner, c'est lui.

Son regard décidé fit plaisir à Édouard. Il hésita tout de même à poursuivre, mais il n'avait pas le choix.

— Il faut savoir, mon frère, que notre père veut peut-être rien savoir de nous autres, et ça, ce sera comme une claque en pleine face, tu en es bien conscient ? Je me dis souvent que s'il avait voulu nous retrouver, me semble qu'il aurait fait des démarches depuis le temps. Ça fait tout de même presque vingt ans que notre mère est morte et on n'a jamais eu de ses nouvelles.

Laurent hocha le menton et posa à son tour les mains sur les bras de son frère. Les rôles s'inversaient, voilà le cadet en train de réconforter l'aîné.

— Je sais, Édouard. Mais si je n'essaie pas de le retrouver, je m'en voudrai toujours. On verra bien. Donnons-nous au moins la chance d'essayer.

CHAPITRE 2

De bonnes nouvelles

Le samedi, lorsque les deux hommes embarquèrent dans la voiture prêtée par le ferblantier, aucun des deux ne savait à quoi s'attendre. Édouard sourit vaillamment à son jeune frère pour se donner du courage. Il essaya de lui changer les idées en partageant sa fébrilité à l'idée de conduire cette belle automobile jusqu'à la grande ville.

— Prêt, mon Laurent ?

— Prêt. J'attends ce moment depuis si longtemps, Édouard, répondit le plus jeune, les yeux brillants d'excitation.

— Ah. Je savais pas. Je pensais que…

— …que Florie avait réussi à me convaincre que cet homme était un monstre ?

— Quelque chose du genre, oui.

Laurent tourna la tête vers l'autre en frottant son menton rugueux. Ses boucles blondes qui dépassaient de sa casquette grise lui donnaient l'air d'un gamin. Malgré le froid qui sévissait pour la première fois de l'automne, son manteau était grand ouvert et laissait paraître sa chemise bleue.

— Je n'ai jamais pu l'haïr comme nos sœurs l'auraient voulu. J'ai essayé, tu sais, mais quelque chose au fond de moi refusait de le faire. Je sais pas comment détester quelqu'un que j'ai jamais connu.

— Je comprends.

Les deux hommes restèrent de nouveau silencieux. Ils dépassèrent Labelle, puis Sainte-Agathe-des-Monts, municipalité qui permettait aux autres villes environnantes d'être desservies en matière d'électricité. Après le terrible incendie de 1907 qui avait rasé une grande partie du village, les Agathois avaient trouvé la force de rebâtir les maisons et les magasins détruits par les flammes. Le 12 juin de cette année-là, le poêle à gaz du barbier du village avait explosé, détruisant d'abord sa maison, puis les autres autour. Malgré le courage des habitants et la vitesse avec laquelle les pompiers étaient arrivés de Saint-Jérôme, les dommages avaient été considérables. Puis, comme si un malheur ne venait jamais seul, un deuxième incendie majeur ravagea le cœur du village seize ans*[6] plus tard. Le couvent, un hôtel et plusieurs maisons furent démolis. Près de quatre-vingts villageois se retrouvèrent à la rue. Une tragédie qui n'avait heureusement fait aucun mort et qui avait permis l'érection de nouvelles constructions. En passant sur la route principale de Sainte-Agathe, les deux frères eurent une pensée pour les Marquis, qui avaient traversé cette même épreuve. S'il avait fallu que le feu s'étende au reste du village, la catastrophe aurait été encore bien pire.

— Je te dis qu'ils ont des belles maisons ici ! dit Laurent en pointant les vastes demeures.

— Puis toutes en briques à part ça !

Les Agathois n'avaient pas couru de risque la deuxième fois ! Les matériaux utilisés pour la reconstruction du noyau villageois étaient solides et quasi indestructibles ! Les résidences

---

6 Tous les passages suivis d'un astérisque renvoient à une note de l'auteure située à la fin du roman.

privées furent rebâties à grands frais. La plupart des maisons se virent même dotées de vérandas couvertes, un phénomène rare pour l'époque. La route principale, asphaltée bien sûr, rendait la conduite automobile fort agréable et les frères souriaient de contentement.

— Ça fait du bien d'être sur le dur, hein, mon frère ?

Édouard fit un clin d'œil à son cadet en prenant soin d'arrêter son véhicule au coin des rues Principale et Saint-Vincent. Son frère en profita pour regarder curieusement le poste pour le lavage d'autos qu'avaient inauguré deux hommes de l'endroit plusieurs années auparavant.

— On devrait aller laver l'auto, ça te tente-tu ? demanda-t-il avec espoir.

— On n'a pas le temps, mon Laurent. Il faut vraiment arriver avant neuf heures à la pension. La petite madame qui nous attend a été très claire ! Pas une minute plus tard, sinon on se cogne le nez contre la porte.

Laurent fit une moue un peu déçue avant de retourner son regard vers l'avant.

— Oui, tu as raison. En plus, c'est pas comme si l'auto de Jeremiah était bien sale ! Il doit la frotter plus que sa femme !

Le jeune homme éclata de rire devant sa blague un peu osée. Les deux frères continuèrent leur route avec gaieté, jusqu'à l'arrivée dans la grande ville qui fit aussitôt ressurgir le stress lié à leur venue à Montréal. Une foule d'émotions contradictoires envahit les hommes qui partagèrent un même regard d'appréhension.

Marie-Camille gigota dans le lit avant de chuchoter d'une voix plaignarde :

— Matante Adèle, raconte-moi un beau rêve s'il te plaît !

La femme soupira doucement. Depuis que sa filleule était étendue sous les couvertures, elle avait demandé à boire, à aller à la toilette, une petite collation et là…

— Mimi, tu dois dormir, il se fait tard, ma chérie !

— Oui, oui, mais juste un petit rêve. Comme mon papa.

Adèle plissa le front. Elle ferma son livre à regret et s'étendit aux côtés de la fillette.

— Un beau rêve, hein ? Et ça veut dire quoi, ça ?

— Bien c'est une histoire qui va devenir mon rêve ! Papa fait toujours ça maintenant quand je m'endors pas, c'est facile !

— Certain ! Facile !

Cherchant dans sa tête pour trouver une idée assez enfantine, l'ancienne journaliste commença d'une voix tendre.

— Il était une fois…

— Non, il faut pas commencer comme ça, coupa la petite voix fluette. Tu dois dire : « C'était le rêve de… »

— Ah bon. Alors, c'était le rêve d'une petite fille qui s'appelait Ophélie.

— Non, interrompit de nouveau sa nièce, la moue boudeuse, tu dois me nommer moi. Pas une autre fille.

Adèle se redressa dans le lit et adossa son corps sur la tête de lit en érable. Cette fois, son soupir était plus impatient.

— Là, Marie-Camille, tu exagères. Laisse-moi te raconter mon histoire ou…

— …beau rêve. Pas une histoire.

— …ou tu t'en passes. Compris ?

L'enfant sembla réfléchir quelques secondes avant de se

tourner de l'autre côté. Sa tignasse blonde disparut sous la courtepointe bleue et blanche.

— Laisse faire, matante, tu n'es pas bonne comme papa. Je vais attendre qu'il revienne de son voyage.

Adèle leva les yeux au ciel et jura dans sa tête. Elle n'aurait guère eu la patience nécessaire pour être mère, réalisait-elle de plus en plus au contact de Marie-Camille. Bien sûr, elle l'adorait et désirait son bonheur plus que tout. Mais les exigences, les caprices de l'enfant la faisaient parfois sortir de ses gonds ! Peut-être qu'en fin de compte, la promesse faite à Rose lui avait rendu service ! Elle aurait pu se retrouver à l'aube de ses trente ans avec une ribambelle d'enfants comme les autres femmes du village. Elle glissa un œil pensif sur sa nièce avant de s'enfouir à son tour dans le chaud cocon.

Le lendemain matin, la femme se faufila hors du lit à l'aube sans faire de bruit. Sa nièce dormait la bouche ouverte en faisant de petits sons amusants. Adèle resta quelques secondes à la regarder dormir avec affection. Décidément, cette enfant la charmait et l'enrageait en même temps ! Pour l'instant, elle espérait pouvoir accomplir ses tâches dans la cuisine sans être obligée de lui fournir un tablier, un économe, une planche...

— Des fois ça me tente, mais aujourd'hui, je n'ai pas le temps. Je veux passer au bureau de poste dès l'ouverture.

Depuis six mois, la jeune femme était dans l'attente d'une réponse à l'envoi de son manuscrit à une maison d'édition de la grande région de Montréal. Chaque semaine, elle passait voir Rosaire Barnabé avant que le facteur ne vienne laisser les lettres dans leur boîte. Il ne fallait pas que sa sœur tombe sur une réponse d'un éditeur. Elle voudrait alors lire le livre et cela deviendrait une source majeure de conflit chez les Gélinas. Pendant une trentaine de minutes, Adèle savoura le silence dans la maison. Ludovic était déjà parti faire la traite; Florie, qui se déchargeait sur elle de plusieurs tâches, dormait encore, à sa grande joie. Après avoir allumé le four pour cuire son pain, la jeune femme s'installa à la table pour lire le journal de la veille sans risquer de se faire interrompre par les propos insipides de son aînée.

— La guerre, la guerre, la guerre, marmonna Adèle en sirotant son café noir, les yeux plongés sur les articles décrivant le conflit outre-mer.

Depuis son aventure avec Jérôme Sénéchal, elle n'avait jamais perdu cette habitude. Le matin, un café. Pas un thé comme sa sœur l'aurait voulu puisque le café coûtait plus cher.

— Il n'y a pas grand-chose qui me fait autant plaisir dans ma routine, Florie, et ça, j'y tiens. Je peux même te donner le dix cents de plus que ça coûte par semaine, si c'est ça le problème.

— Non, non. Laisse faire. Si tu peux pas te passer de ton café quotidien, on va vivre avec!

Alors Adèle savourait la boisson chaude tout en lisant avec inquiétude les dernières nouvelles en provenance d'Europe. Depuis l'entrée en guerre du Canada contre l'Allemagne, pas une journée ne passait sans qu'une mauvaise nouvelle ne fasse la une du journal.

— Voilà la Pologne envahie, maintenant. Quand est-ce que tout ça va s'arrêter? murmura la jeune femme.

Depuis quelques semaines, des troupes allemandes et soviétiques s'attaquaient à ce pays de l'est de l'Europe, jusqu'à son occupation entière la semaine précédente. Comme les nouvelles arrivaient quelques jours en retard à Sainte-Cécile, Adèle se morfondit en pensant que le pire était peut-être en train de se produire et qu'ici, dans leur coin perdu, ils ne le savaient pas encore !

— Une bonne fois, la conscription va se faire, puis on va être les derniers avertis, mosus !

— De quoi tu parles, ma sœur ?

La voix de Florie tremblotait alors qu'elle s'avançait dans la cuisine chaussée de ses grosses pantoufles de laine. Elle referma sa robe de chambre usée sur son corps affaissé et vint se placer à quelques pouces de l'autre.

— Rien, rien, ma belle. Je me parlais, c'est tout !

— Bien j'ai entendu, tu parlais de conscription ! Ça veut dire que tu viens de lire une mauvaise nouvelle ?

Son visage apeuré peina la plus jeune, qui secoua doucement la tête.

— Il y a rien du tout sur ça dans le journal, Florie. Je te le jure.

Adèle laissa la publication sur la table avant de se lever pour prendre sa sœur par les épaules. Il lui fallait maintenant trouver le moyen de la rassurer si elle ne voulait pas que son anxiété rende l'air irrespirable dans la maison.

— Je me disais seulement que ce serait le fun d'avoir les nouvelles à jour. Chaque fois que je prends le journal, je me dis qu'il y a peut-être du nouveau dans la guerre, que c'est peut-être même presque terminé et que nous autres, ici, à Sainte-Cécile, on n'est même pas au courant !

— Tu penses... que... nos... nos... frères... oh !

Florie se mit à sangloter alors que sa cadette cognait sa tête sur le mur derrière elle. Maudite niaiseuse aussi ! Qu'est-ce qu'elle avait à parler à voix haute en sachant que sa sœur paniquait à rien. Elle tira Florie jusqu'à la chaise berçante, s'agenouilla devant elle et prit sa voix la plus ferme pour l'apaiser :

— Florie, arrête ça tout de suite. Je marmonnais des âneries, rien de réel. Nos frères sont en sécurité, alors cesse de t'énerver pour rien. Je te jure que si un jour j'apprends qu'ils sont appelés en renfort, je ferai tout pour empêcher leur départ. Mais pour l'instant, rien dans les nouvelles nous donne à penser que le Canada se prépare à la conscription. Compris ?

Un long reniflement peu distingué lui répondit. Puis les yeux noirs de son aînée se vidèrent une dernière fois avant qu'elle ne hoche la tête de haut en bas. Comme une enfant, elle susurra :

— Compris.

— Bon, maintenant, je vais aller nourrir les poules et ensuite je m'habille pour aller au village.

— Pour faire quoi ?

— Je vais aller donner un coup de main à James puisque Édouard est parti. Il doit être débordé, le pauvre.

— Bien là... Adèle... ce n'est pas...

— Pas quoi ?

Sachant que sa sœur se fâcherait, Florie modifia son discours à venir.

— Pas dangereux, évidemment. Ce n'est pas comme si James était un homme qui pourrait attenter à ta vertu !

Adèle regarda longuement le sol avant de lever sa tête vers sa sœur. Elle acquiesça avant de s'en aller vers l'escalier pour cacher son malaise. Après tout, depuis l'automne, James et elle avaient fait l'amour à quelques reprises en vitesse, en cachette et avec une intense satisfaction. Le grand Noir n'arrivait pas à résister aux avances de la femme et s'en voulait chaque fois après avoir abdiqué. D'un côté, Adèle aurait voulu crier à sa sœur que James était l'homme le plus sensuel, le plus magnétique qu'il lui ait été donné de connaître depuis Jérôme; de l'autre, l'ignorance de Florie en matière d'amour servait sa cause puisqu'elle ne pouvait imaginer qu'un Noir et une Blanche puissent copuler aussi librement. Dans sa chambre, l'aspirante auteure chercha ce qu'elle pourrait mettre qui plairait à son amant. Au fond d'elle-même se pointait régulièrement un petit remords à la pensée de ce qu'elle faisait endurer à l'aide-beurrier. Le mois passé, il lui avait fait remarquer que dans toute cette aventure, il n'y avait que lui qui serait blâmé. Elle l'avait fait taire d'un baiser langoureux qui aurait fait rougir sa famille. Se dépêchant en silence pour éviter de réveiller sa nièce encore endormie en travers du lit, elle agrippa sa robe en lainage gris et ses collants noirs et se glissa hors de la pièce. Elle sentait déjà l'excitation envahir son corps. Pourtant, ils avaient décidé de cesser ce jeu dangereux.

— Mais je peux bien aller l'aider sans lui sauter dessus! pensa la femme sans y croire une seconde.

Lorsque Adèle arriva au village vers huit heures trente, elle s'arrêta et inspira profondément au coin de la côte Boisée et du chemin Des Fondateurs. Partout où son regard se posait, les costumes colorés qui habillaient les arbres valsaient doucement. Elle se remit en marche, tourna sur le trottoir et passa en vitesse devant l'hôtel en espérant que Josette ne se trouve pas dans les parages. Elle évitait autant que possible la sœur de Marc-Joseph, qui s'occupait à présent à temps plein de la réception de l'établissement. La jeune femme se remettait de la mort de son frère et appréciait la bonté de son oncle et de sa tante qui avaient repris les rênes de l'hôtel. Toujours célibataire, elle aurait aimé discuter avec Adèle des bons partis que le village et ses alentours offraient aux femmes. Mais Josette avait compris que l'ancienne amie de son frère n'avait guère envie de poursuivre une relation amicale avec elle.

— Ouf, sauvée! marmonna Adèle en lorgnant le balcon désert de l'hôtel.

Elle hésita un peu en arrivant à la beurrerie. James était déjà arrivé puisque sa charrette se trouvait devant la forge. Mais Adèle poursuivit son chemin en frissonnant légèrement.

— Je vais revenir, se dit-elle. D'abord, la poste.

Continuant sa route, les yeux fixés devant elle, Adèle ne remarqua pas les deux fils Constantin qui la dévisageaient de l'autre côté de la rue. Ils se poussèrent en émettant de petits grognements vulgaires. Ils attendaient leur père devant la pharmacie Beaulieu, ouverte depuis peu. Le nouveau pharmacien, un homme discret, avait reçu sa licence quatre ans auparavant de l'Université de Montréal. Au village, François-Louis Beaulieu deviendrait, avec le docteur Trudel et le maire, l'un des hommes les plus instruits. Distant cousin de Lucien Beaulieu, l'organiste de la chorale, il appréciait le calme offert par le petit patelin des Laurentides, lui qui avait grandi dans la grande ville de Québec.

— Veux-tu bien me dire pourquoi il vient s'installer ici? s'étaient demandé la plupart des villageois.

— C'est louche, me semble, avait dit Florie en apprenant la nouvelle. Adèle n'avait pas renchéri, préférant se taire plutôt que d'offrir une riposte trop cinglante.

— Et pourquoi pas? avaient rétorqué les autres. Sainte-Cécile est un village en plein essor, puis on est proche de tout.

Après une première visite dans le coin quelques mois plus tôt, François-Louis Beaulieu s'était déplacé un peu partout dans les villages des Laurentides pour finalement choisir Sainte-Cécile. Même si les deux cousins ne s'étaient jamais côtoyés, la différence d'âge entre les deux n'étant guère propice aux rapprochements, il aimait tout de même l'idée de connaître un membre de la communauté où il allait s'établir. Il avait décidé d'ouvrir son commerce dans un local à côté du presbytère. L'homme élégant aimait ce lieu traversé par quelques rangs ; la blanche église aux larges fenêtres lumineuses ; les habitants qui le saluaient d'un signe de tête respectueux – pas comme dans la grande ville, où les gens se pressaient sans interaction les uns avec les autres. Avec l'aide de quelques hommes engagés, le célibataire de trente ans avait transformé le petit bâtiment de trois étages, se réservant celui du haut pour son appartement. Le sous-sol servirait pour l'entreposage de marchandises pharmaceutiques. À sa première visite au village, Louisette Marquis l'avait averti :

— J'espère que vous comptez pas vendre autre chose que des médicaments, monsieur. Parce qu'ici, le magasin général a tout ce dont les villageois ont de besoin.

Le noir courtaud à la fine moustache bien taillée s'était empressé de la rassurer.

— Ne vous en faites pas, ma chère dame, je suis un pharmacien consciencieux. Je ne suis intéressé que par les traitements à donner à mes patients. Nous pourrons cohabiter sans problème, je vous le garantis.

Depuis, Louisette se faisait un devoir de le saluer régulièrement. Elle enviait un peu le luxe avec lequel monsieur Beaulieu avait créé son aire de vente. Le plancher de bois franc était recouvert de prélart derrière le comptoir de service et les étagères creusées à même les murs laissaient de l'espace pour la circulation des clients. Ce qui fascinait le plus la commerçante était l'éclairage de la pièce, diffusé par un ensemble de néons stratégiquement placés. Le pharmacien, qui avait voyagé aux États-Unis, s'était inspiré des commerces visités de l'autre côté de la frontière pour son système de lumières.

— On aurait dû mettre ça, nous autres aussi, Gérald. Me semble que ça fait pas mal plus chic!

— Bien il est trop tard! Je vais pas arracher le *gyproc* au plafond parce que tu veux copier le pharmacien.

L'arrivée de l'érudit avait évidemment beaucoup plu aux jeunes célibataires de la paroisse, jusqu'à ce qu'elles s'aperçoivent de la venue d'une belle blonde qui s'avérait être la fiancée dudit pharmacien. Alors les espoirs disparurent et les sourires niais aussi. L'homme n'était plus intéressant, sauf pour ses médicaments! Alcide Constantin ressortit la mine basse de la pharmacie, alors que ses gars se poussaient encore du coude en zieutant le corps d'Adèle.

— Un vrai vol! En plus, je suis pas sûr du tout que ça marche, ce produit-là. La vieille est pas plus en forme depuis que j'achète ce maudit sirop-là. Hey, grouillez-vous un peu, les harcela-t-il avec une taloche à l'arrière de la tête d'Anasthase, sa copie conforme moins vingt ans.

— Ouais, papa. On regardait juste…

Alcide suivit le regard de son fils et fit un sourire détestable. Il lança une remarque odieuse sur le corps de la jeune femme avant de grimper dans sa charrette. Heureusement, Adèle n'eut conscience de rien et continua sa route jusqu'au rang Leclerc. La porte de bois claqua sur le mur du bureau de poste lorsqu'elle l'ouvrit rapidement et elle s'excusa du regard auprès de Rosaire Barnabé. Assis derrière son haut comptoir, il triait les lettres sur celui-ci.

— Bonjour, monsieur Barnabé, toujours rien, j'imagine?

— En fait…

— Quoi? J'ai reçu quelque chose?

Adèle fit les trois pas jusqu'à l'homme, le cœur battant à tout rompre. Il ne la fit pas languir et lui tendit une enveloppe mince en provenance de Montréal.

— Oh mon Dieu, oh mon Dieu, répétait la brune sans l'ouvrir. Elle la tourna, la regarda, glissa son index sous le rabat. Puis, elle la porta à son cœur en soupirant. Et si cet éditeur n'aimait pas son livre ? Si c'était un refus ? Ça ne serait pas la première fois qu'un auteur se verrait rejeter. En fait, c'était même ce qui arrivait à la plupart des écrivains désireux d'être publiés. Mais au moins, tenta de relativiser Adèle, voilà une première réponse.

Rosaire Barnabé l'observait curieusement sans cesser de trier ses lettres. Il lui sourit gentiment avant de dire :

— Vous ne l'ouvrez pas ?

— Oui… euh… non, en fait, je vais attendre à la maison. Je vous remercie pour votre discrétion, monsieur Barnabé.

— Fait plaisir, mademoiselle. J'espère au moins que vous aurez les nouvelles que vous désirez !

À peine sortie de la poste, Adèle s'éloigna en regardant droit devant elle, la main dans sa poche tenant sa lettre d'une poigne solide. Elle lui brûlait la paume et elle ne put attendre d'être rendue à la ferme. Devant l'église, Adèle bifurqua pour aller se recueillir sur la tombe de sa mère ; à tout le moins, faire semblant ! Rendue à la sépulture, elle s'agenouilla à même le sol presque glacé en cette fraîche journée d'automne. Elle jeta un long regard sur le nom inscrit sur le dessus de l'enveloppe :

Mademoiselle Virginie,
233, chemin de la côte Boisée
Sainte-Cécile

Sans plus attendre, Adèle déchira le papier et déplia la feuille sur laquelle son avenir l'attendait.

Mademoiselle,

Nous avons étudié votre manuscrit. Après de longues délibérations, notre comité de lecture a pris une décision peu fréquente. Nous aimerions vous rencontrer afin de faire un choix éclairé. Vous comprendrez que les détails, les situations décrites dans votre livre sont tout de même inhabituels dans la littérature québécoise actuelle. Faites-nous donc part de vos disponibilités pour que nous puissions vous recevoir à nos bureaux de Montréal.

Merci de votre attention
Messieurs Lampron et Chartrand
Les éditions du Chêne

Les yeux au ciel, Adèle tentait de comprendre s'il s'agissait d'une bonne ou d'une mauvaise nouvelle. Il lui tardait de pouvoir en parler à quelqu'un. Mais seule Clémentine aurait compris l'enjeu, et son amie n'était plus de ce monde. Elle marmonna, les yeux fixés sur la pierre tombale de Rose Gélinas.

— Me rencontrer, me rencontrer ! Ils pensent que c'est facile de même, eux autres ! Mais en même temps, ça veut dire qu'ils sont intéressés. Eh misère, il me reste à avouer à Florie que moi aussi je dois aller à Montréal ! Je vais en entendre parler pendant des semaines !

Se relevant doucement, Adèle secoua les feuilles accrochées à sa longue robe grise avant d'enfouir l'enveloppe dans sa poche à nouveau. Pour le moment, elle devait passer aider James à la beurrerie, il serait toujours temps de réfléchir à la situation une fois à la maison.

Quelques heures plus tard, Adèle s'installa à sa petite table ronde près de sa fenêtre, celle où elle avait passé tant d'heures à rédiger ce manuscrit décrivant les plus belles et les pires heures de sa vie. Elle laissa son regard errer sur la côte Boisée en songeant au mensonge qu'elle devrait à nouveau servir à sa sœur.

— Comme à vingt ans, marmonna-t-elle en prenant sa plume pour écrire sa réponse. Tout de même ridicule que ma sœur me contrôle encore ainsi à l'âge que j'ai !

Car sa décision était prise. Elle irait à Montréal dès qu'une date serait fixée. Elle rencontrerait ces éditeurs ouverts sur la différence et verrait les propositions qu'ils avaient pour elle. Parmi les livres publiés par cette maison d'édition ironiquement favorisée par la guerre se trouvaient des titres* que la jeune femme espérait un jour pouvoir lire sans se cacher. Si le sien trouvait sa niche auprès d'auteures telles que Colette ou Emily Dickinson – même si cette dernière n'avait guère obtenu de reconnaissance de son vivant –, elle ne porterait plus à terre !

Depuis le début de l'automne 1939, les éditeurs européens se voyaient contraints de restreindre leur distribution outre-mer. Les directeurs de petites revues québécoises profitaient donc de cette occasion pour mettre de l'avant de nouveaux courants littéraires. Les lecteurs, de plus en plus intéressés par les romans populaires, se voyaient offrir une panoplie d'ouvrages. Adèle s'était fait un devoir de rechercher un éditeur qui semblait ouvert sur le monde avant d'envoyer son manuscrit. Elle irait poster sa réponse le plus rapidement possible. Encore une fois, elle devrait demander au maître de poste de garder son courrier personnel. Heureusement, l'homme semblait discret !

À Montréal, Laurent et Édouard avaient pris le temps de s'installer dans leur petite pension du boulevard Saint-Joseph avant de sortir manger une bouchée. Il était plus de huit heures trente et pourtant, les trottoirs étaient encore bien achalandés. Comme le samedi soir signifiait soirée de plaisir pour les citadins, la vieille femme responsable de la pension leur avait donné une permission spéciale afin qu'ils puissent rentrer à dix heures. Pas une minute de plus ! Édouard s'était promis d'amener son frère dans son restaurant préféré.

— Parfois, je me dis que j'haïrais pas ça vivre en ville, dit Édouard en retenant son frère qui allait traverser sans se préoccuper des voitures.

— Oh pas moi ! Je pense que je me ferais tuer assez vite !

Laurent éclata de rire sous le regard affectueux de l'autre. Laissant passer un tramway bondé, les frères se rendirent de l'autre côté pour rejoindre ensuite le boulevard Saint-Laurent. Ils marchèrent en silence pendant plus de dix minutes, leurs yeux se posant sur les gens, les édifices, le tourbillon environnant. Puis, le cadet soupira :

— Moi, je pense que je virerais fou ici ! On dirait qu'il y a du monde partout ! C'est pas croyable, je suis même pas capable de m'entendre penser !

Édouard lui donna une claque dans le dos en riant et la complicité d'autrefois revint entre les frères. Alors qu'ils arrivaient près de la rue Mont-Royal, Laurent observa discrètement un duo marchant devant eux. Les deux hommes dans la vingtaine se tenaient très près l'un de l'autre et leur intimité troublait le blond. Il lança un regard par en dessous pour voir si son frère avait remarqué la même chose, mais Édouard avait la tête tournée vers la rue pour admirer le défilé de belles voitures américaines.

— Regarde celle-ci, Laurent ! Wow, me semble que je la ramènerais bien au village !

— Hum...

Laurent fit mine de s'intéresser à la Buick Century rouge pompier qui venait de les dépasser en vitesse. Mais son attention continuait de s'attarder sur les hommes qu'ils croisaient. Le duo aperçu précédemment s'était arrêté pour regarder le menu d'un restaurant. Lorsque les frères dépassèrent les deux hommes, Laurent leur jeta un regard curieux et sursauta en voyant la main d'un d'eux glisser sous la veste de l'autre. La complicité évidente entre eux le fit frémir d'envie. Cherchant son souffle, déstabilisé par la scène, Laurent continua son chemin sans parler. Heureusement, Édouard mit le silence de son frère sur le compte de l'effervescence de la grande ville. Pour la première fois de son existence, Laurent se demandait si d'autres personnes étaient malades comme lui. Se pouvait-il que d'autres hommes aient les mêmes désirs que les siens ? Troublé, le jeune Gélinas aurait tant aimé partager ses questionnements et ses réflexions. Mais malgré l'affection qu'il éprouvait pour Édouard, la pensée du dégoût, de la déception qu'un tel aveu provoquerait chez son frère lui enleva l'envie de s'épancher.

— Tiens, mon Laurent, on arrive !

L'aîné sourit en pointant la devanture éclairée du restaurant Montreal Hebrew Delicatessen. Laurent fit une moue dubitative.

— Pourquoi tu m'emmènes là ? On comprend même pas le nom du restaurant. J'ai pas le goût de manger des affaires étranges, moi.

— Ici mon frère, c'est chez Schwartz's, puis tu vas manger le meilleur *smoked meat* au monde. Je te le promets !

— Un quoi ?

Laurent, vraiment loin d'être convaincu, plissa son front avec un air dédaigneux. L'autre éclata de rire avant de le tirer par le bras.

— Laisse faire, suis-moi, tu vas voir !

Édouard avait découvert cet endroit deux années auparavant, alors qu'il venait acheter une nouvelle centrifugeuse pour sa beurrerie. Un de ses collègues maîtres-beurriers l'y avait invité. On servait dans ce restaurant une viande fumée parfumée d'épices uniques dont seul le cuisinier avait le secret.

— Allez, on entre, tu m'en donneras des nouvelles !

Malgré l'heure tardive pour souper, le restaurant était encore bondé. L'ambiance effervescente enveloppa aussitôt les frères qui tentèrent de se frayer un passage jusqu'à deux tabourets près du mur du fond. Laurent regardait la foule bigarrée, majoritairement anglophone, qui discutait à voix haute et riait sans façon.

— Le curé Latraverse serait pas très friand de l'endroit, je pense, murmura-t-il à son frère qui sourit en haussant les épaules.

Depuis les événements qui avaient mené au décès de sa femme, le maître-beurrier avait senti sa ferveur catholique s'amoindrir considérablement. Il acceptait encore de communier et de participer à la messe du dimanche, mais sans plus. Alors ce que penserait le curé de son repas du samedi soir lui importait bien peu.

— Commande le numéro quatre puis tu seras pas déçu, je te le garantis ! C'est double viande et salade de chou. C'est la meilleure chose que tu vas manger de ta vie, promis !

— Heureusement que Florie t'entend pas, mon frère, tu passerais un mauvais quart d'heure ! rigola Laurent le visage rougi par le bonheur.

Les frères vécurent une soirée fort réussie. Pour une rare fois, ils discutèrent allègrement sans les interruptions impatientes de Florie, qui trouvait toujours que tout le monde s'étendait sur des sujets plates trop longtemps. Dans plate, elle englobait tout ce qui était extérieur au village ou à ses habitants : la guerre, la grande ville, les inventions scientifiques ou médicales ; la littérature autre que religieuse… enfin bref, Laurent et Édouard se réjouirent d'avoir un peu la paix pour une fois. Ils ne parlèrent pas non plus de leur père ou des recherches qu'ils entameraient le lendemain matin. Par contre, dès qu'ils furent revenus à la pension, dévêtus et couchés sur le matelas inconfortable dans la petite chambre donnant sur la cour, Laurent repassa maintes et maintes fois dans sa tête les images de la soirée. Oserait-il un jour lui aussi marcher ainsi le corps pressé contre celui d'un autre homme ?

Les bruits inhabituels de la ville réveillèrent les frères de bonne heure. Heureux de ne pas avoir à se dépêcher pour faire la traite, ils restèrent étendus côte à côte comme lorsqu'ils étaient petits. Ils chuchotaient en regardant le plafond.

— On est bien, hein ? Pas besoin de se presser ce matin !

— Mets-en ! Moi, j'espère juste que le petit voisin oubliera pas de s'occuper de mes vaches et des poules à Clémentine.

Parce que si jamais je reviens puis que je me retrouve avec un cimetière d'animaux, ma fille va m'en vouloir jusqu'à la fin de mes jours !

Laurent tourna sa tête échevelée vers son frère en riant. Puis, son visage reprit un air sérieux. Il contestait rarement les décisions de son aîné, mais quelque chose le tracassait depuis quelque temps :

— Pourquoi tu continues à garder toutes les pondeuses, Édouard ? Il me semble que ça te donne de la *job* sans bon sens ! Puis c'est pas comme si tu aimais t'occuper de ces bêtes-là quand tu vivais avec nous autres ! Tu disais tout le temps que c'était les poules qui puaient le plus dans le cheptel ! Tu n'as pas le goût de vendre tes volailles ? Tu ferais un coup d'argent et tu t'enlèverais de l'ouvrage.

Édouard resta songeur un moment. Il s'était rarement confié à son cadet, faisant figure paternelle depuis son plus jeune âge. Mais en le regardant, à ses côtés, il réalisa que le garçon d'hier était maintenant un homme de vingt-six ans. Ses cheveux blonds, son visage rousselé le rajeunissaient peut-être, mais son regard grave appelait aux confidences.

— Lorsque j'ai quitté la ferme pour marier Clémentine, commença Édouard d'une voix douce, j'ai laissé derrière moi toute ma vie de famille pour en commencer une nouvelle. Avec la colère de Florie, les relations coupées entre nous, il me restait que mon amour pour cette femme extraordinaire. Bien sûr, elle était la raison de mon rejet de la famille, mais les quelques années que j'ai passées à ses côtés, trop courtes, ont été quand même les plus belles de ma vie. Je sais pas si tu peux comprendre ?

Il jeta un regard d'excuse vers Laurent, stoïque. Hésitant, il attendit quelques secondes, mais son frère l'encouragea à poursuivre d'un signe de la main.

— À sa mort, dit-il d'une voix brisée, j'étais anéanti. J'avais l'impression que ma vie était aussi finie. Puis, j'ai dû continuer à fonctionner pour Marie-Camille... et mes bêtes. C'est peut-être niaiseux à dire, mais les gestes que je devais faire chaque jour pour nettoyer les cages, nourrir les volailles, ramasser les œufs... je pense que c'était la manière qu'avait trouvée ma femme pour me protéger de ma détresse. Ça fait qu'astheure, je suis plus capable de m'en débarrasser. Je me sens... dépendant des poules de Clémentine! Puis quand j'imagine la colère qu'elle me servirait si je les vendais...

Il fit un petit sourire embarrassé alors que son frère hésitait. Finalement, pour une rare fois, Laurent osa:

— Puis, est-ce que tu es correct maintenant?

Édouard s'appuya sur un coude avant de se redresser et de plonger ses yeux bleus dans ceux de son frère.

— Si tu veux savoir si je ressens encore le besoin de rejoindre Clémentine, c'est non. Si tu veux savoir si j'ai oublié ma douce, c'est impossible. Cette femme-là était extraordinaire, sensible, compatissante... elle était un joyau qui m'appartenait. Je ne pourrai jamais aimer autant une autre femme, mais je ne regretterai jamais de l'avoir fait. J'aurais voulu que tu puisses la connaître comme Adèle et moi, tu aurais compris que je pouvais pas passer à côté de cet amour-là.

Il essuya les larmes qui coulaient sur ses joues avant de se recoucher. À ses côtés, son frère avait senti tout l'amour que l'autre aurait toujours pour Clémentine et regrettait à présent de ne pas l'avoir acceptée de son vivant. Il posa sa main sur celle de son frère en chuchotant:

— Je m'excuse, Édouard. Vraiment. Tu sais, avec les années qui passent, je me questionne de plus en plus sur la promesse que notre mère nous a demandé de faire. Je pense que si Florie ne nous l'avait pas rappelée sans arrêt, les choses auraient été bien différentes.

L'autre ne répondit pas, mais pressa ses doigts sur ceux de Laurent. Après plusieurs minutes de silence, le maître-beurrier s'assit sur le lit et dit :

— Bon, ça suffit, la mélancolie, on a du travail de recherche à faire, mon frère. Allez, debout !

Aussitôt, la même angoisse parsemée d'exaltation s'empara des deux hommes à l'idée que peut-être, d'ici la fin de cette journée froide d'octobre, ils se trouveraient en présence de leur père, Antoine Gélinas.

CHAPITRE 3

Début de recherches

Pendant que leurs frères faisaient leurs premières recherches à Montréal, Florie et Adèle profitèrent d'un dimanche pluvieux pour mettre au point leurs derniers travaux de couture en vue de la première foire commerciale de Sainte-Cécile qui aurait lieu deux semaines plus tard. Les femmes parlaient avec excitation de cette première édition qui, l'espéraient-elles, remporterait un grand succès. Partout dans les chaumières du village, les Cécilois mettaient la main à la pâte afin de récupérer, de fabriquer, de cuisiner des éléments susceptibles d'être vendus lors de l'événement. Les temps étaient plus difficiles en cette période et personne ne voulait voir s'échapper une telle occasion sans avoir tenté d'y participer de quelque façon que ce soit !

— J'espère que la vieille Germaine Saint-Germain va pas se mettre en tête de prendre notre place, hein, Adèle ?

La plus jeune hocha la tête sans répondre en se disant pour la centième fois que les parents de cette femme-là n'avaient guère eu d'imagination quand était arrivé le temps de prénommer leur enfant ! Germaine Saint-Germain ! En plus, la femme, qui ne s'était jamais mariée, n'avait pas eu la chance de porter un autre nom, ce qui fait que toute sa vie, elle avait dû répéter et expliquer qu'étant l'avant-dernière d'une famille de dix-huit enfants, sa pauvre mère avait juste manqué d'idées !

— On peut pas garder le monopole des courtepointes quand même, Florie ! Il y a plein de femmes du village qui s'amusent à en coudre tout au long de l'hiver !

— Peut-être bien, mais je suis la seule avec un vrai talent et les autres le font juste pour passer le temps. Sauf qu'elle, la Germaine, elle a déjà approché Louisette pour qu'elle mette ses courtepointes dans sa vitrine.

— Ah bon ?

Adèle leva un sourcil moqueur en attendant la suite, qui ne tarda guère. Florie piqua son aiguille dans le carré de tissu bleu fleuri avant de dire :

— Oui. Mais ma bonne amie a refusé, bien sûr ! Elle m'a dit qu'il n'était pas question que quelqu'un me fasse de la compétition.

— C'est une vraie amie, ça, ma Florie ! la taquina l'autre.

— Certain !

L'aînée Gélinas garda un sourire affectueux sur son visage quelques instants en pensant à Louisette. Depuis quelques années, elles étaient inséparables et tous ceux et celles qui avaient envisagé leur séparation ou une chicane à la suite de leur projet de chorale en avaient été pour leurs frais. Les deux sœurs se berçaient au salon profitant de la quiétude de la maison. Laurent parti à Montréal, Ludovic chez ses parents, Marie-Camille assoupie sur le lit de Florie, tout était silencieux. Adèle en profita pour glisser sa nouvelle en douceur. La mâchoire serrée par l'anticipation de la réaction attendue, elle dit doucement :

— Oh, Florie, je vais aller à Montréal avant Noël, moi aussi. Probablement en décembre.

— Hein ? Qu'est-ce que tu vas faire là ? Dis-moi pas que

tu as décidé d'aider ton frère parce que moi, là...

— Non, non ! Pas question que je cherche notre... euh... cet homme. Non, je dois aller rencontrer un... un rédacteur pour peut-être, je dis bien peut-être, reprendre l'écriture d'une colonne dans un...

— Il n'en est pas question ! Ah là, ça va faire, mautadine ! Chaque fois que je pense que je vais enfin avoir la paix, il y en a un de vous autres qui se trouve un plan pour me faire enrager ! Si ça continue, je vais mourir avant d'avoir quarante ans, moi !

Adèle soupira lentement en déposant son œuvre plus ou moins réussie sur le piano. Une autre tâche qu'elle accomplissait par devoir plutôt que par plaisir. Elle se releva pour s'avancer vers sa sœur, qui ne leva pas les yeux de son travail d'aiguille.

— Florie, quand j'ai décidé d'aller vivre à Saint-Jovite, je l'ai fait malgré ton désaccord. Je sentais que c'était un appel, un besoin que j'avais pour m'épanouir...

— Wow ! On peut dire que tu t'es épanouie dans ce village-là ! On sait bien ce que tu allais y faire !

Adèle mit sa main sur l'avant-bras dodu en serrant solidement. L'autre cessa de piquer le tissu et n'eut d'autre choix que de la regarder. Chaque fois qu'il était question de l'épisode journalistique de la cadette, la tension refaisait surface immédiatement. La couette brune de la femme frôlait la base de sa nuque tandis que sa frange trop longue longeait le haut de ses paupières. Sans être belle, Adèle avait un charme qui plaisait aux hommes qui n'avaient pas peur d'être confrontés dans leurs idées ou d'avoir des discussions lors desquelles il n'était pas rare de voir l'ancienne journaliste avoir le dessus. Florie, elle, avait son air buté des mauvais jours : pommettes rougies par la colère, yeux à demi fermés et lèvres pressées l'une contre l'autre. Le seul élément qui ne changeait jamais, son chignon, avait maintenant plus de gris que de noir.

— On reviendra pas sur mes années au journal, Florie, et ça, c'est non négociable. Par contre, j'ai maintenant vingt-huit ans et je peux très bien écrire une colonne dans un quotidien sans avoir besoin de me déplacer trop souvent. Je te promets de ne pas quitter la maison pour de longues périodes si cela t'ennuie. Mais j'ai trop envie d'écrire pour abandonner cette proposition, mentit-elle avec aplomb.

— Oui, oui, on sait bien ! Puis après, la grande ville va t'appeler et ça sera pas long que tu vas lever les pattes ! Depuis que tu es haute comme trois pommes que tu veux t'en aller de Sainte-Cécile !

Florie renifla sans être capable de cacher sa détresse. Ses yeux voilés par les larmes se posèrent sur la fenêtre. Ses frères partis à la recherche de leur passé et sa sœur désireuse de partir pour son avenir. Y avait-il juste elle qui vivait dans le présent ? Elle déposa son travail sur la table de courtepointe avant de se lever lourdement.

— Je t'en prie, Florie, ne t'en va pas. On peut pas avoir une conversation qui ne fait pas nécessairement ton affaire sans que tu quittes la pièce ? Il me semble qu'on devrait être rendues là dans notre relation, de femme à femme, non ?

L'autre resta figée pendant de longues secondes. Alors que par le passé, elle aurait ragé et peut-être même giflé sa sœur, elle choisit plutôt de se rasseoir. Ce geste fait à contrecœur fit bien plaisir à sa cadette qui lui sourit affectueusement.

— Merci, Florie. Merci.

— Ça veut pas dire que je suis d'accord, tu sauras.

— Je sais. Ça veut pas dire que je pars vraiment non plus.

Je devrais avoir des nouvelles bientôt et je te dirai à ce moment-là si je dois rencontrer monsieur Lampron à Montréal. Pour l'instant, nous en sommes seulement tout au début de cette offre. Peut-être que ça fera pas du tout mon affaire le contrat qu'il veut me proposer.

Florie déglutit avec peine avant de lever ses beaux yeux sombres sur sa sœur.

— Et ce monsieur… là, monsieur Lampron, est-ce que tu pourrais… euh… est-ce que tu penses que…

Sans parvenir à exprimer le fond de sa pensée sans rougir, Florie poussa une exclamation de dépit qui fit sourire Adèle. Elle plaça ses bras autour du corps enrobé de son aînée avant de poser sa tête sur son épaule et de chuchoter en pensant à l'amour de sa vie :

— Jamais plus, ma Florie, je te ferai vivre une telle inquiétude, jamais plus, je te le promets…

Adèle cessa de parler en pensant à sa relation charnelle avec James. Mais elle tenta de se convaincre que ce n'était pas la même chose. Cette aventure ne concernait que son corps, pas son âme ou son cœur. Elle ne mettait pas en danger la promesse faite à sa mère puisque jamais elle ne s'était imaginé quitter sa famille pour épouser son voisin ! Évidemment, si jamais son aînée apprenait qu'elle et James entretenaient une telle liaison, Adèle ne donnait pas cher de sa peau ! Florie avait beau respecter et apprécier leur voisin, de là à accepter de le voir coucher avec sa sœur ! La brune tressaillit légèrement à la pensée du risque qu'ils prenaient.

— OK d'abord, tu peux aller à Montréal. Mais pas trop longtemps ; puis je veux savoir où tu dors parce que cette ville-là est bien dangereuse, ma sœur. Il se passe toutes sortes d'affaires pas catholiques dans ce coin-là.

— Ah ! Et comment tu sais ça, toi ? rigola Adèle pour détendre l'atmosphère.

— Je le sais, c'est tout ! J'ai pas besoin de te dire toutes mes sources, tu sauras. Il y a pas juste les « journalistes », se moqua Florie, qui protègent leurs renseignements. Sérieusement, Adèle…

— Sérieusement, je te promets de te tenir au courant, ma Florie.

Satisfaite de ne pas avoir à mentir plus que ça, Adèle reprit ses travaux de couture en souriant. Elle fut contente lorsque Florie ouvrit la radio pour écouter les nouvelles, même si celles-ci ne faisaient guère son affaire, puisqu'il n'y était question que de la guerre sur le Vieux Continent.

— Si ça continue de même, marmonna Florie, ils vont arrêter nos radioromans pour nous déprimer encore plus avec des mauvaises nouvelles.

— Florie, il faut quand même qu'on soit au courant, non ?

— Oui, oui… mais pas tous les soirs, me semble !

Adèle retint un rictus moqueur en posant ses yeux sur le lourd corps écrasé dans le fond de la chaise berçante. Lunettes sur le bout du nez, pieds dans ses grosses pantoufles usées, visage concentré sur sa courtepointe, sa sœur ressemblait tant à Rose au même âge qu'une profonde émotion l'envahit. Elle souffla tout en continuant son travail :

— Tu sais quoi, Florie ?… Je t'aime.

— Mon doux, tu es donc bien minoucheuse ce soir ! rougit Florie, mal à l'aise devant les marques d'affection. Euh… mais moi aussi je t'aime. Bon, je pense que je vais aller rejoindre Marie-Camille, la lumière est mauvaise puis je commence un petit mal de tête. Bonne nuit, ma sœur.

— Bonne nuit.

Lorsque les pas de Florie se furent éloignés dans le couloir, Adèle déposa avec soulagement sa courtepointe interminable avant de prendre son roman enfoui au fond de son sac de travail. *La pêche miraculeuse,* de l'auteur franco-suisse Guy de Pourtalès*, racontait l'histoire de deux femmes se disputant l'amour d'un homme, un jeune musicien tourmenté. Elle venait tout juste de le recevoir de Montréal par la poste. Même si Florie n'était pas contente de la voir commander des romans qui n'étaient pas appropriés, selon elle, la femme avait depuis longtemps compris que ses volontés ne seraient pas respectées par Édouard et Adèle. À bien y penser, l'aînée constatait maintenant que Laurent suivait le même chemin que les deux autres, celui de la rébellion. Mais comme le but principal de sa vie était de s'assurer du respect de la promesse faite à leur mère, Florie abdiquait de plus en plus face à ses frères et sa sœur. Quand les motifs de querelle ne concernaient pas l'amour, bien évidemment !

— Bon, vérifions si ce titre méritait vraiment le Grand Prix de l'Académie française, marmonna Adèle en tournant délicatement la première page.

Elle mit le livre contre son visage pour sentir l'odeur du papier et de l'encre. Comme toujours lorsqu'elle entreprenait un nouvel ouvrage, un puissant sentiment de calme et de plénitude l'envahit. Comme un retour à la maison après une longue absence !

Le lendemain matin, Marie-Camille fut la première levée à la ferme. Elle avait entendu le coq et avait ri en chuchotant :

— Il a fait juste « cocori », matante Florie. Il manque un « co » ! « COCORI !... »

Les yeux à demi ouverts, la femme attira l'enfant contre elle. La fillette continua de papoter à mi-voix pendant que

Florie savourait ce moment de tendresse. Seule Marie-Camille recevait cette affection sans pudeur. Comme si toute sa réserve s'estompait au contact de l'enfant. Elle écouta d'une oreille distraite le babillement de la petite en songeant à ses deux frères. Que découvriraient-ils à Montréal ? Aurait-elle dû les avertir que le dernier message de leur père démontrait qu'il avait quitté cette région depuis plusieurs années ? Partagée entre sa culpabilité et son désir de les voir rentrer bredouilles, la femme tenta de faire taire la petite voix dans sa tête qui lui disait qu'elle n'avait pas le droit de leur cacher la vérité.

Avant de partir de Sainte-Cécile, Édouard avait fait un constat en examinant les données recensées dans l'annuaire Lovell. Il partagea sa découverte avec son frère au-dessus d'un bol de gruau à l'érable servi sur une petite table ronde dans la cuisine de la pension.

— Je n'ai pas trouvé le nom complet de notre père. Par contre, il y a un A. Gélinas sur la rue Chateaubriand.

— Mais tu m'avais dit que tu connaissais son adresse, lui reprocha Laurent.

Édouard l'observa longuement avant de dire :

— Soyons donc optimistes, mon frère ! Il y a quand même une chance que ce soit Antoine Gélinas qui habite à cette adresse. Puis je t'avais averti que rien n'était assuré, hein ?

Il donna une légère taloche sur l'épaule de Laurent, qui avait pris une mine sombre. En voyant le regard rempli d'espoir de son aîné, il sourit avant de relever sa tête bouclée.

— C'est sûr ! s'exclama-t-il d'un ton sérieux.

Il rêvait de voir le visage de son géniteur. Après son départ, sa mère avait jeté les trois seules photos de lui qu'elle possédait. Une fois, il avait demandé à Florie de lui décrire son père et le regard féroce qu'elle lui avait lancé avait fait reculer jusqu'à la porte le garçon qu'il était alors. Il avait marmonné des excuses avant de s'éclipser. Mais outre le fait qu'il voulait voir s'il lui ressemblait un peu, il espérait constater un regret sincère chez cet homme lorsque ses deux garçons abandonnés se présenteraient sur son perron. En voyant son air optimiste, Édouard s'en voulut un peu de mettre de faux espoirs dans la tête de son cadet. Il tenta de calmer ses ardeurs:

— Ne sois pas trop enthousiaste, mon frère. C'est peut-être Alfred, Arthur, Anselme… ce A-là. En tout cas, comme on n'a pas d'autres options, commençons quand même par aller à cette adresse.

Les frères décidèrent d'y aller à pied. Le premier, parce qu'il ne voulait pas dépenser de l'argent pour payer un tramway alors que l'endroit n'était qu'à vingt minutes de marche. Le second, parce qu'il espérait continuer à observer les hommes de la grande ville. En grimpant les marches du 1212, rue Chateaubriand, les deux avaient le cœur battant à tout rompre dans leur poitrine. Édouard cogna fortement contre la porte de bois qui s'ouvrit de quelques pouces un instant plus tard.

— Oui?

Une vieille femme avec quelques cheveux blancs hirsutes et de grosses lunettes sur le nez les regardait avec crainte.

— Bonjour, madame, excusez-nous de vous déranger. Nous sommes Édouard et Laurent Gélinas et nous cherchons un dénommé Antoine Gélinas. Nous avons vu dans l'annuaire Lovell qu'un certain A. Gélinas habite ici et nous espérions…

La main frêle de la femme arrêta le discours du maître-beurrier. Les deux hommes semblaient énormes à côté de la pauvre vieille toute menue. Elle chuchota d'une voix tremblante :

— Alfred Gélinas. Mon mari. Mort depuis cinq ans, le pauvre.

— Oh !

Sans mot, les frères se lancèrent un regard dépité. Laurent tourna les pieds pour redescendre le long escalier, mais les paroles de son frère l'arrêtèrent.

— Peut-être étaient-ils parents ? Votre mari et notr... euh... Antoine Gélinas ?

La vieille plissa les yeux et haussa les épaules.

— Antoine Gélinas ? Moi, ça me dit rien. Jamais entendu ce nom dans la famille.

— Mais vous savez s'il y a d'autres Gélinas que nous pourrions questionner ?

Nouveau haussement d'épaules, puis après quelques secondes, la femme dit :

— Ici, à Montréal, il n'y a personne. Toute la famille Gélinas habite dans le coin de Québec. Mon mari pensait venir faire fortune dans la grande ville. Moi, je peux vous dire qu'on l'a attendue toute notre vie, cette fortune-là !

Un ricanement ironique passa entre les lèvres pâles de la vieille avant qu'elle ne les salue et ne referme la porte. Découragés, les frères descendirent l'escalier sans parler et se dirigèrent vers le boulevard Saint-Laurent. Les voitures passaient à leur côté sans ralentir et Édouard se dit qu'on était loin de la limite de vitesse de Sainte-Cécile.

— Bon. Qu'est-ce qu'on fait, là ? demanda Laurent en posant ses yeux sur Édouard. Un regard plein d'espoir qui pesa sur l'aîné.

— Je... sais pas trop, Laurent.

— On est toujours bien pas pour aller à Québec !

— Pas aujourd'hui en tout cas. Continuons à marcher un peu, ça va nous aider à y voir plus clair !

Pour changer leurs idées sombres, Édouard décida de faire un détour afin d'aller voir le nouveau magasin général ouvert depuis peu sur la rue du Parc.

— Louisette Marquis a dit qu'elle avait jamais rien vu d'aussi beau et d'aussi gros. Ça fait que si notre marchande préférée est épatée, ça doit être quelque chose de gros en mosus ! Allez, mon frère, il faut bien qu'on mange quelque chose de toute manière pour dîner. Là, on va pouvoir s'acheter un pain puis un morceau de fromage ! Ce sera pas le Saint-Clément ou le Floridèle, mais il doit bien y avoir quelque chose de potable à Montréal !

Il fit un clin d'œil à Laurent qui délaissa son air déprimé. Il avait faim et pourrait mieux réfléchir une fois sa panse bien remplie. Les hommes mirent le cap sur leur objectif en discutant des différences entre leur petit village et la grande ville de Montréal. En arrivant devant l'enseigne du magasin Steinberg, Édouard siffla :

— Eh bien, on rit plus !

Lorsque Ida Steinberg, une immigrante hongroise, était arrivée à Montréal en 1911, elle s'était rapidement retrouvée seule avec six enfants*. Se relevant les manches, la femme avait ouvert un premier commerce sur le boulevard Saint-Laurent afin de subvenir à leurs besoins. De fil en aiguille, elle avait ouvert magasin sur magasin et en 1939, elle se retrouvait à la tête de plus d'une dizaine d'épiceries. Édouard vint pour raconter l'histoire de cette femme à son frère, lorsqu'il s'arrêta. Le parallèle avec leur mère ferait trop mal à son image. Après tout, l'immigrante avait elle aussi vu son mari quitter la famille, mais plutôt que de baisser les bras, elle s'était plongée dans le travail. Aussitôt franchies les portes du magasin, les frères se déplacèrent dans les allées larges en passant des commentaires continus, les yeux grands ouverts.

— Regarde ça, Édouard, il y a trois sortes de cornichons différents ! Sont même pas capables de faire leurs cornichons à Montréal ?

— Pfff... Si Marie-Camille voyait les boîtes de céréales ici, je peux dire que je devrais me battre longtemps pour lui faire avaler du gruau !

— Wow ! Moi, je serais jamais capable de choisir mon jambon ! Il y a du Maple Leaf, du quelque chose premium et du... je peux pas lire le nom ! Mon doux, une chance que Florie voit pas ça ! Elle pourrait pas décider !

— Puis à vingt-neuf cents la livre, c'est pas si pire, je trouve !

— Bien c'est pas mal plus cher que notre propre cochon ! Moi je trouve ça bien bizarre de payer pour acheter de la viande, quand même. Puis pourquoi je voudrais du jambon à la croûte d'épices ! lut Laurent en se penchant dans la vitrine. Croûte d'épices ! Veux-tu bien me dire qu'est-ce qu'ils ont fait au jambon pour qu'il lui pousse une croûte ?

Son frère éclata d'un rire libérateur avant de prendre son cadet par le coude. Un peu plus loin dans le rayon des fruits et légumes, les hommes gardèrent la bouche grande ouverte en voyant l'étalage coloré. De chaque côté, des rayons bien garnis attiraient les clients.

— Coudonc, Édouard, je savais même pas qu'il y avait autant de légumes que ça ! C'est quoi, ça, des « melons d'eau » ? Comment veux-tu manger cette affaire-là ? Touches-y, c'est dur comme tout !

Laurent donnait des petits coups de jointure sur la pelure

verte, un air confus sur le visage. Un homme vêtu d'un long manteau noir et d'un chapeau de feutre, qui palpait des oranges à ses côtés, lui jeta un long regard qui le fit rougir. Le voilà qui passait pour un habitant! Il retira sa main et se dirigea vers son frère. Celui-ci souriait de bonheur devant les étalages luxuriants.

— On va prendre des tomates aussi, elles sont juste huit cents chacune.

— Puis ? Elles coûtent rien dans notre jardin.

— Oh reviens-en, Laurent! C'est certain que ça coûte rien chez nous, mais aux dernières nouvelles, on est à Montréal, pas à Sainte-Cécile. Alors tu en veux une tomate ou tu attends rendu chez vous ? demanda ironiquement l'aîné en donnant une claque affectueuse sur l'épaule du colosse.

Au tournant d'une autre allée, Laurent et Édouard croisèrent de nouveau l'homme en noir qui posa encore une fois un œil curieux sur eux. Cette fois-ci, le cadet lui retourna son regard avec un brin d'insolence. Le sourire narquois du Montréalais le mit aussitôt mal à l'aise et lorsqu'ils le dépassèrent, il ne put se retenir de se retourner pour le regarder encore. L'autre fit la même chose avant de toucher son chapeau pour le saluer. Tremblant d'émotion, Laurent fit tout pour ne pas montrer son désarroi à son frère. Pourquoi cet homme l'avait-il regardé avec tant d'insistance ? Pensait-il que son frère et lui ?... Désireux de ne pas ajouter à son malaise, le blond choisit de ne plus y penser et de continuer à magasiner son repas.

De retour à leur chambre une vingtaine de minutes plus tard, les frères discutèrent de leurs possibilités. Assis sur le lit, ils savouraient leur sandwich au jambon-tomates accompagné d'une bonne bière froide.

— Une chance que Florie nous voit pas ! ricana Laurent en avalant une longue rasade de la boisson.

— Veux-tu bien me dire ce qui vous prend de vous soûler en plein jour ! imita Édouard en riant. Deux dépravés, mes frères, deux dépravés ! Dieu ait leur âme !

Le duo riait aux larmes et après quelques minutes, Édouard reprit son calme avant de sortir l'annuaire Lovell.

— Bon, ce que je te propose, Laurent, c'est de vérifier les autres Gélinas du bottin.

— Bien voyons donc ! Il doit en avoir au moins cent !

— Oui, mais j'ai un plan...

Édouard avait hésité longuement avant d'en parler à son frère puisque l'issue de cette recherche n'était pas certaine.

— Écoute, mon frère, j'ai vu qu'il y avait deux Fernand et un Ferdinand parmi les noms de l'annuaire. J'ai un vague souvenir et c'est pour ça que j'ai hésité à t'en parler, d'un frère ou d'un cousin de papa qui aurait porté un nom dans ce genre-là ! En tout cas, un prénom qui commence avec « F ». Il me semble !

— Oh... tu es certain de ça ? Moi, ça me dit rien du tout !

Édouard déposa sa bière vide sur la petite table de chevet avant de secouer vivement la tête.

— Je t'ai dit « écoute », c'est pas pour rien, nono ! J'ai dit que c'était vague, donc, je suis loin d'être sûr de mon affaire. Mais je me dis que c'est mieux que rien et que de toute façon, il nous reste tout l'après-midi et la soirée à chercher. Aussi bien faire quelque chose de productif, non ? Pour souper, je te paye la traite en plus ! Attends de voir où on va aller.

— Ah ouin, hein ?

— Ah ouin.

Les frères se sourirent. Tous les deux savouraient ce

moment d'intimité loin de leurs sœurs. S'il s'écoutait, Laurent aurait presque envie d'avouer sa maladie à son aîné, mais à la pensée de la répugnance qui risquait d'apparaître sur le visage d'Édouard, il déglutit difficilement. De toute manière, pensa Laurent avec espoir, à force de prier et de fréquenter l'église, il finirait bien par être guéri ! Pendant quelques heures, les deux gardèrent le moral, même si les premières visites qu'ils firent ne portèrent fruits. Un homme qu'ils avaient malencontreusement réveillé leur avait même claqué la porte au nez.

— Tu parles du monde qui savent pas vivre ! Ça paraît qu'ils ont jamais mis les pieds en dehors de leur ville, eux autres !

Finalement, à court d'idées, ils décidèrent d'aller voir une « Miss Florence Gelinas » domiciliée sur la rue Sherbrooke avant d'abandonner, le temps d'aller souper.

— Ce sera notre dernier essai. Peut-être que c'était une cousine ou une sœur, dans le fond ! Je me rappelle plus tellement du monde qu'il y avait dans la famille de papa. Ses deux parents étaient déjà morts quand je suis né, puis tous les enfants étaient déjà éparpillés un peu partout au Québec, marmonna Édouard en frottant sa mâchoire barbue.

Depuis le décès de Clémentine, il n'était pas rare qu'il laissât ses poils pousser sur son visage jusqu'à tant que sa fille lui dise qu'il « était pas beau de même » ! Mais sans obligation, à Montréal, les deux frères en profitèrent pour ne pas se raser pendant trois jours. Le bonheur ! Las de marcher de long en large sur les trottoirs encombrés de gens en congé, Laurent et Édouard prirent le tramway pour le sud en se disant qu'ils pouvaient bien se permettre un petit dix cents de transport. Édouard avait presque eu envie de grimper dans l'automobile de Jeremiah et de conduire jusqu'à l'adresse de Miss Florence Gelinas, mais Laurent lui avait dit :

— Pas question que j'embarque dans une machine avec tous ces malades sur les routes ! Es-tu fou, toi ? Regarde autour, ça roule tellement vite qu'on a même pas le temps de voir la couleur des machines ! exagéra Laurent. En plus, le monde ici conduit mal puis vite, tu vas te faire rentrer dedans par un autre char puis on va détruire l'auto de Jeremiah, puis après...

Abasourdi, Édouard regarda son frère avant d'éclater d'un rire interminable. Chaque fois qu'il posait ses yeux bleus sur Laurent, la face de ce dernier, impayable, le faisait se tordre. À la fin, son frère était fâché et il dut faire amende honorable en lui disant qu'il payait son tramway, son souper et même le cadeau qu'il avait acheté pour Florie. Ils sautèrent dans un petit char bondé et ils descendirent au coin des rues Sherbrooke et du Parc, se retrouvant plongés en plein cœur du quartier juif montréalais*. Laurent n'arrivait pas à fermer sa bouche, et son frère dut lui donner un coup dans les côtes pour qu'il le fasse.

— Voyons, Laurent !

— Regarde le bonhomme, Édouard ! Viens pas me dire que tu trouves ça normal son « attricure » ?

L'homme dont parlait le blond se trouvait de l'autre côté de la rue. Sous un chapeau noir haut-de-forme, il avait deux genres de tresses* qui touchaient ses épaules.

— Il est peigné comme Adèle puis Florie, bonyenne ! Je veux bien croire qu'on est à Montréal...

Depuis l'enfance, le plus jeune des Gélinas n'était venu qu'à quelques reprises dans la grande ville et toujours accompagné d'une de ses sœurs. Il ne s'était guère déplacé lors de ces occasions, Florie étant très soucieuse de leur sécurité. Pour elle, Montréal était la capitale mondiale du danger! Alors c'était la première fois qu'il se promenait ainsi, dans des quartiers plus éloignés, et ce qu'il y découvrait le stupéfiait. Enfin, après une longue marche édifiante, les hommes stoppèrent devant la façade d'une immense maison en pierres grises. Un large portail de bois sculpté accueillait les visiteurs. Édouard regarda autour de lui et siffla entre ses dents:

— Pfff, pas mal comme endroit! Ça doit être ça qu'on appelle le Mille carré doré* !

— J'espère que notre père vit pas ici, parce qu'il va avoir des explications à nous donner, se choqua Laurent en observant l'opulence du lieu.

Le bâtiment à deux étages au toit en pavillon avait des fenêtres à guillotine triples au rez-de-chaussée. Une annexe rattachée au côté gauche de la maison était coiffée d'un toit en tuiles et le cadet compta six fenêtres à carreaux juste sur cette partie de la maison. Édouard regarda de nouveau son papier pour être bien certain d'être au bon endroit. Il releva ses épaules en maudissant son vieux manteau usé qui ne payait pas de mine.

— Bon, on y va ?

— Tu penses vraiment que notre père pourrait habiter là ou connaître le monde qui y vit ? marmonna Laurent qui tourna la tête vers la rue en espérant trouver une échappatoire.

— Aucune idée, mais si on n'y va pas, on le saura jamais !

Édouard grimpa les quelques marches avant de changer d'idée. Il agita le lourd heurtoir doré sur la porte de bois en se mordillant les lèvres. Laurent le suivit à contrecœur. Il tourna le dos à son frère pour faire face à la rue et contempler les différents styles vestimentaires qui s'y côtoyaient. Une voix féminine l'amena à se retourner.

— *Yes ?*

Une grande femme mince se tenait devant eux. Cheveux blancs tirés en chignon parfait, longue robe grise ceinturée de noir, elle porta la main sur son oreille comme si elle craignait de ne pas bien entendre.

— Euh… bonjour, madame. Je m'appelle Édouard et je cherche…

— *I'm sorry, Sir, I don't speak French*[7] *!*

Édouard fit appel à ses talents linguistiques pour expliquer à la femme au visage inquiet qu'il cherchait à retrouver un homme du nom d'Antoine Gélinas.

— Antoine Gélinas ? *It doesn't sound familiar. But maybe my husband would know. Come in please, I will go find out*[8].

Les frères mirent timidement le pied à l'intérieur du hall d'entrée, estomaqués par la beauté des lieux. Une arche supportée par des colonnes grecques précédait un escalier plus large que leur cuisine, constatèrent les hommes avec dépit ! Le plafond à caissons et les moulures travaillées ajoutaient à l'élégance de l'endroit. Encore plus mal à l'aise, Laurent et Édouard se regardèrent avec l'envie de s'enfuir.

— C'est certain qu'ils connaissent pas notre père, voyons donc ! On s'en va d'ici, chuchota Laurent en tordant sa casquette élimée entre ses mains. Il porta un regard sur celles-ci en les cachant aussitôt derrière son dos. Asséchées, fendillées par l'ouvrage, il n'avait pas envie d'en tendre une à l'homme qui venait à leur rencontre. Un homme vêtu d'un costume

---

7 Je suis désolée, monsieur, je ne parle pas français !

8 Ça ne me dit rien. Mais peut-être que mon mari le saurait. Entrez, je vous en prie ; je vais aller vérifier.

comme un notaire ou un comptable. Chevelure blanche fournie, regard bleu très pâle, Paul Gélinas parla d'une voix légèrement hautaine.

— Messieurs ? Que puis-je pour vous ?

— Bonjour, je m'appelle Édouard Gélinas et voici mon frère Laurent. Nous sommes à la recherche d'un homme qui s'appelle Antoine Gélinas et je... en fait, j'avais cru que votre épouse était peut-être membre de sa famille, mais...

Mais en y pensant, le brun se traita d'idiot en réalisant que la femme anglophone ne connaissait sûrement pas son père. Ils auraient dû partir en constatant sa méconnaissance du français. Il fut donc très étonné de la réponse.

— Euh... Antoine... Ma femme ne le connaît pas bien sûr puisque son nom de fille est Stanley. Par contre, moi, j'ai un cousin de ce nom.

— Ah !

Seulement ah ! Laurent se rapprocha de l'homme pour l'observer attentivement. Il tentait de retrouver des traits familiers dans le visage anguleux, mais rien ne sonnait de cloche chez lui. Il n'arrivait plus à concentrer son attention sur les deux hommes et lorsque son frère lui souffla : « Nous partons, Laurent ! » il resta étonné, n'ayant pas suivi la conversation. Toutes sortes d'émotions contradictoires s'affrontaient en lui, la principale étant l'envie de retourner à Sainte-Cécile après avoir constaté que ni lui ni Édouard ne s'harmonisaient avec le style de vie de la grande ville.

— Il t'a dit quoi ? finit-il par questionner alors que les deux marchaient lentement sur le trottoir.

— Tu n'as pas écouté ?

— Hum... oui, oui, mais j'étais un peu loin de vous deux.

Édouard jeta un regard incertain sur son frère qui lui

paraissait fort fragile en ce moment. Se dirigeant vers l'est, ils se déplaçaient d'un pas rapide pendant que l'aîné faisait un petit compte-rendu de la situation.

— C'est donc bien plate ! Notre père est rendu à Québec ?

— C'est ce qu'il pense… mais sans en être bien certain.

— On va y aller quand, ça veut dire ?

Édouard haussa les épaules. Dépassé par la tâche de retrouver son père, il s'apercevait que ce qu'il avait cru assez simple ne le serait peut-être pas. Selon Paul Gélinas, la dernière fois qu'il avait entendu parler de ce cousin « artiste », avait-il dit d'un ton condescendant, c'était plus de vingt ans auparavant. Il avait alors joint un groupe nommé « Les artistes québécois pluralistes » qui se déplaçait dans les grandes villes de la province afin de promouvoir l'art abstrait. Depuis, il n'avait plus jamais eu de nouvelles de leur père. Ce Montréalais, riche homme d'affaires, n'avait aucun contact avec d'autres membres de la famille Gélinas. Le ton avec lequel il avait parlé de ces personnes qui n'avaient rien en commun avec lui avait fait en sorte de mettre un terme à la conversation.

— Pour l'instant, mon Laurent, on va aller se promener un peu en ville pour prendre un petit souper avant de rentrer au village.

— Mais…

— Mais ce n'est pas aujourd'hui qu'on va partir pour Québec, tu sais bien ! Il va falloir qu'on trouve un moment qui fera l'affaire des deux. Puis là, moi, j'ai beaucoup trop de travail avec la préparation de la foire et les fêtes qui s'en viennent pour m'y consacrer. Ça fait qu'on verra en janvier, je pense bien !

Déçu, le cadet ne dit mot tout le long de leur trajet jusqu'à la rue Saint-Laurent, animée comme un samedi soir : les femmes vêtues à la dernière mode y côtoyaient des hommes à la tenue parfois débraillée, souvent élégante. Mais au moins, ici, au contraire de l'ouest de la ville, les deux frères ne se sentaient pas hors de leur zone de confort. Leurs manteaux usés, le bout de leurs bottes râpées passaient inaperçus dans cette drôle de jungle urbaine. Attablés à la première brasserie qu'ils rencontrèrent, les deux discutèrent à mi-voix pendant quelques minutes en attendant leur commande. Puis, en silence, ils observèrent la foule bigarrée qui se pressait devant la vitrine. Dans un coin du restaurant, deux hommes en état d'ébriété passèrent des commentaires sur un couple de marcheurs sur le trottoir:

— Regarde les tapettes! Doivent s'en aller chez Midway!

Édouard ne fit guère de cas des propos des deux hommes, lui qui avait fréquenté sporadiquement le quartier nommé «Red Light» avant son mariage avec Clémentine. Lorsqu'il venait à Montréal, le jeune homme logeait parfois autour des rues Saint-Dominique, Hôtel-de-Ville et quelques autres, assuré qu'il était d'y trouver une femme disponible pour combler ses besoins charnels en échange de quelques dollars. Sur les rues de ce quadrilatère, plusieurs maisons closes s'alignaient. Juste sur la rue Berger se trouvaient une quarantaine de bordels prônant la liberté de mœurs. Florie avait-elle su que son frère s'adonnait à ces activités illégales lorsqu'il mettait les pieds dans la grande ville? Édouard s'était toujours dit qu'elle devait bien savoir qu'un homme dans la vingtaine avait certains besoins irrépressibles qu'il ne comblait évidemment pas à Sainte-Cécile. Songeant à ces années passées, le maître-beurrier ressentit pour la première fois depuis la mort de sa femme le désir de satisfaire son besoin de relation sexuelle. Il réprima son sentiment de culpabilité en pensant que sa femme comprendrait que son corps privé de caresses et assoupi depuis tant d'années s'éveille en songeant aux prostituées qui sillonnaient le quartier. Il regarda discrètement son cadet pour voir s'il remarquait les femmes au maquillage criard, à la démarche chaloupée due à la hauteur de leurs talons.

— Dis-moi, Laurent, aurais-tu envie de...

Édouard cessa de parler en voyant le regard encore naïf se poser sur lui. Il voyait l'enfant derrière le corps d'adulte et il hésita.

— De ? questionna Laurent en sirotant sa bière, le cerveau encore accroché aux paroles grossières des deux hommes un peu plus tôt.

Il réfléchissait sans arrêt depuis l'écoute de leurs commentaires. Les hommes pouvaient-ils vraiment se déplacer comme de vrais amoureux ici dans la ville ? Oserait-il jamais faire montre d'une telle insouciance ? Il reposa son doux regard sur son frère qui semblait fort mal à l'aise.

— Hum... je me demandais si tu avais envie d'aller visiter... des demoiselles.

— Hein ? Qui ça ? Tu as des amies ici à Montréal ?

Édouard rougit avant de marmotter, inconfortable.

— Euh, en fait, il faudrait débourser quelques dollars pour les rencontrer à l'abri d'une chambre.

Il avala une longue rasade de bière sans oser poser les yeux sur le visage curieux de Laurent qui ne saisit pas tout de suite. Il allait interroger de nouveau son frère lorsque le malaise de celui-ci lui fit comprendre de quoi son aîné parlait.

— Oh... Oh... Tu veux dire... euh...

Laurent regarda partout autour de lui avant de se pencher pour chuchoter :

— Tu veux dire des femmes de mauvaise vie ?

Édouard hocha la tête sans parler, ne sachant trop ce que son frère penserait d'une telle idée. Mais en même temps, il réalisait que ce dernier n'avait assurément jamais touché un corps féminin et que même si leur promesse les avait empêchés de se marier, rien ne justifiait qu'ils ne comblent pas leurs besoins naturels d'affection. Un léger hochement de tête lui confirma l'accord de son cadet à sa proposition. À eux les belles-de-nuit !

CHAPITRE 4

Malaises à la foire

Un échec total. Voilà comment Laurent qualifierait leur court voyage à Montréal. Un ratage lamentable sur toute la ligne. Après l'offre osée de son frère, le jeune homme avait senti, au travers de sa gêne, un espoir. Et si cette expérience changeait ses désirs ? Dans le fond, il n'avait jamais tenté sa chance auprès de la gent féminine, trop préoccupé par la promesse à sa mère.

— Tu penses que je… qu'on pour…

Il avait suivi Édouard sur la rue Saint-Dominique pour pénétrer derrière lui dans une maison à deux étages semblable aux autres de la rue. Embarrassé avant même de mettre les pieds dans l'entrée, Laurent avait su que cet essai serait désastreux. Il n'avait qu'à regarder les femmes légèrement vêtues qui les attendaient en se faisant aguicheuses pour savoir que rien ne se déroulerait comme il l'avait espéré. Tout au long de la route de retour, il avait ignoré les regards interrogateurs de son frère en faisant mine d'être satisfait et épanoui. Pourtant, la femme à la chevelure blondasse, aux traits las qui l'avait accueilli dans une chambre impersonnelle du deuxième étage n'avait pas réussi à faire passer son envie d'un corps d'homme. Au moment où elle avait passé ses mains manucurées de rouge sur le devant de sa chemise, il l'avait arrêtée.

— Parlons avant, avait-il dit en rougissant.

Puis, rien. Rien après le « avant ». Lorsqu'il avait quitté la pièce presque en courant au bout de trente minutes, elle lui avait envoyé la main avant de faire un clin d'œil amusé. Elle avait compris, il en était certain. Son absence de désir à son égard ne pouvait dire qu'une seule chose chez un jeune homme de son âge. Et cette femme aux mœurs légères avait très bien saisi que son besoin était ailleurs.

— Si jamais tu le veux, avait-elle murmuré à son oreille, il y a des hommes qui peuvent aussi te recevoir. Tu n'as qu'à me faire signe et je te filerai une adresse pas trop loin d'ici.

Honteux, Laurent réfléchissait, assis aux côtés de son frère en espérant que la honte s'efface de son corps un jour. En plus, leurs recherches n'avaient pas mené à grand-chose outre le fait qu'il y ait une infime possibilité que leur paternel se trouve dans la ville de Québec. Il fit donc mine de dormir presque toute la durée du trajet et c'est le cœur en charpie qu'il grimpa les marches de sa maison, après un dernier salut à son aîné. Ne voulant pas réveiller sa fille, Édouard avait décidé de la laisser pour la nuit. De toute manière, ils avaient prévu rentrer le lendemain et personne ne les attendait ce soir.

— Oublie pas de dire aux sœurs que je vais passer dîner avec vous autres demain, cria-t-il avant de se diriger vers Saint-Damien.

Laurent lui fit un vague signe de la main avant de passer la porte de chez lui. À dix heures trente du soir, il espérait bien que ses sœurs étaient déjà dans leur chambre pour la nuit. Malheureusement, lorsqu'il mit le pied dans la cuisine, il déchanta aussitôt. Florie le scrutait attentivement de sa chaise berçante, les lèvres bien serrées l'une contre l'autre. Les yeux grands ouverts, elle laissa glisser son regard sur le visage épuisé de Laurent. Il ôta sa casquette de ses boucles blondes, laissa enfin tomber ses bretelles qui le serraient trop et sortit sa chemise de ses pantalons en soupirant de bien-être. Enfin chez lui !

— Franchement, Laurent, retiens-toi un peu ! claqua la voix sèche. Même si ses frères ne devaient revenir que le lendemain, la femme avait eu tellement de misère à s'endormir qu'elle avait préféré se relever pour venir sommeiller au coin du poêle.

Ignorant les paroles de sa sœur, l'homme se dirigea près d'elle pour vérifier si l'eau de la bouilloire de fonte était encore chaude. Sans dire un mot, il versa le liquide tiède sur une poche de thé, prit la tasse dans sa main et s'en alla vers le salon.

— Bien voyons donc, sérieusement, tu me diras rien ?

Levant les yeux au ciel en retenant un long soupir d'exaspération, Laurent fit demi-tour pour regarder sa sœur qui s'était avancé le bout des fesses sur sa chaise. Elle froissait le devant de sa jaquette usée en ouvrant ses lèvres fines pour réprimander de nouveau son frère.

— Qu'est-ce que tu veux savoir, Florie ? Quand on est partis, Édouard et moi, tu étais en beau maudit qu'on ose faire des recherches pour retrouver notre père ! Puis là, dès que je mets les pieds dans la maison, tu me questionnes pour savoir si on l'a retrouvé. Je te dis que tu es dure à suivre, toi, des fois !

Sur le visage de la femme se disputaient des sentiments contradictoires. D'un côté, elle ne voulait rien savoir de ce bon à rien. De l'autre, elle avait tellement peur que Laurent et Édouard disparaissent à leur tour s'ils retrouvaient leur géniteur, qu'elle préférait être au courant de tout. Au moins, ainsi, elle pourrait les arrêter.

— Laisse donc faire. L'avez-vous trouvé ou pas ?

Elle en tremblait presque, la pauvre Florie. Doigts croisés, décroisés, jambes pliées, dépliées. Elle anticipait tellement la suite que sa gorge asséchée laissa échapper un étrange son. Laurent avait beau voir sa vie déraper, il s'approcha doucement de sa sœur et s'agenouilla devant elle. Pour la première fois depuis plusieurs années, il sentit sa vulnérabilité et sa fragilité. Florie non plus n'avait pas une vie de rêve, elle qui aurait tant aimé avoir des enfants juste pour elle. Il déposa sa tête sur les genoux de sa sœur en secouant sa tête frisée.

— Non. Non, Florie.

Soupirant de soulagement, la femme mit sa main sur les cheveux de son frère et l'y passa lentement avec affection. Laurent regardait le sol en se demandant s'il oserait un jour avouer à celle qui l'avait élevé à quel point il désirait l'amour d'un homme. Mais pour le moment, il savourait la caresse maternelle et y serait resté encore plus longtemps si la venue d'Adèle dans la cuisine n'avait pas rompu la magie. Surprise, elle s'arrêta sur le seuil et la vue du duo calme et détendu la rassura.

— Bonsoir, Laurent. Tu viens d'arriver ? On ne vous attendait que demain.

Levant la tête à regret, il acquiesça avant de laisser à son tour glisser sa main sur la joue de Florie. Il lui fit un doux sourire avant de se redresser. Le moment de complicité était passé.

— Ils n'ont pas retrou… commença Florie les yeux dans ceux de sa sœur.

— Je veux rien savoir de ça, Florie, tu le sais.

Continuant son chemin jusqu'au comptoir où elle déposa son verre d'eau, Adèle s'approcha du cadet pour lui faire une accolade affectueuse.

— Je suis contente de savoir que vous êtes rentrés sans encombre. Je vais remonter maintenant.

Elle caressa le bras de son frère avec tendresse avant de grimper les marches deux par deux. Florie secoua la tête en murmurant :

— Pas capable de monter comme tout le monde celle-là ! Tu vas te coucher tout de suite, toi aussi ? On pourrait jaser un peu.

Florie était une boule d'émotion. Elle s'empêchait de poser les dizaines de questions qui surgissaient dans sa tête, tout en espérant en savoir plus. Laurent, inconscient de ce dilemme, secoua ses boucles.

— Je finis mon thé puis je vais passer à la grange voir si tout va bien avant de monter. Il est presque onze heures, tu devrais aller dormir, ma sœur.

Florie se releva péniblement en serrant sa robe de chambre sur sa poitrine.

— Oh t'en fais pas, Ludovic a fait un très bon travail pendant ton absence. À croire qu'il a fait ça toute sa vie, je te dis ! Bonne nuit, mon frère.

— Bonne nuit, Florie.

Ignorant volontairement les bons mots envers leur engagé, le cadet fila à la grange sans demander son reste. Une chance, dans le fond, que ses sœurs ne voulaient rien savoir de leur escapade dans la grande ville, parce qu'il se voyait mal parler de leurs activités nocturnes !

Dans sa chambre, Adèle relut encore une fois la lettre qu'elle prévoyait poster à l'éditeur intéressé à son manuscrit. Elle savait que le meilleur moment pour aller à Montréal serait sûrement une semaine ou deux après la foire puisque Florie risquait d'être de fort bonne humeur si ses courtepointes trouvaient preneur.

— Puis sinon, bien je vais y goûter en maudit! Mais de toute manière, je n'ai pas le choix. Je leur propose deux dates, puis à eux de s'arranger pour me trouver un trou là-dedans!

Si l'éditeur était aussi intéressé qu'il le laissait entendre dans sa lettre, Adèle devrait voir son manuscrit imprimé au courant de la prochaine année. Un sentiment d'exaltation s'empara de son corps à la pensée de voir de nouveau ses écrits publiés.

— Ça va quand même faire étrange de ne pas pouvoir partager mon succès avec ma sœur et mes frères. Mais peut-être que je pourrais le faire lire à Édouard, je suis certaine qu'il comprendrait, lui, cette passion. Oui, il comprendrait. En même temps, c'est pas mal gênant de savoir qu'il serait au courant de tous mes secrets.

Indécise, Adèle cacheta la lettre, y colla un timbre puis la mit dans sa bourse en se promettant d'aller la poster dès son réveil le lendemain matin. Elle pourrait agrémenter le tout d'une petite visite à la beurrerie afin de dire bonjour à son frère… et à James. Étendue dans son lit, elle resta longuement les yeux rivés sur le plafond en se demandant où mènerait cette aventure avec leur voisin. Sachant que Jérôme habitait désormais à Montréal, la femme se disait qu'elle pourrait peut-être le rencontrer pour savoir comment sa vie allait depuis son départ de Saint-Jovite. Jonglant entre les deux hommes, Adèle s'endormit d'un sommeil agité en souhaitant vaguement retrouver l'homme qui lui avait fait découvrir l'amour, un jour.

— J'espère qu'il fera beau samedi, messieurs, car sinon, la situation ne sera certainement pas aussi agréable !

Le maire regardait par la fenêtre la pluie qui tombait sans arrêt depuis le matin. C'était la dernière rencontre du conseil avant la foire du samedi et le temps maussade angoissait les membres au plus haut point. S'il s'avérait que la foire commerciale est un échec, l'homme à la chevelure poivre et sel savait que certains concitoyens se feraient une joie de mentionner les risques de s'embarquer dans une telle aventure ! Édouard jeta à son tour un regard anxieux vers l'extérieur avant de plaquer un sourire optimiste sur son visage pâle. Depuis qu'il avait délaissé les champs, sa peau avait perdu son hâle permanent.

— Il fera beau. J'en suis certain, annonça-t-il d'une voix affirmée.

— Bien oui, parce qu'astheure, tu es capable de prédire la météo en plus de toutes tes qualités !

Le ton hargneux d'Alcide fit grimacer les autres hommes dans la pièce. Sa femme était au plus mal et dans le village, on disait qu'elle ne passerait pas la semaine. Mais connaissant le gros fermier, les conseillers n'étaient pas convaincus que cette situation était ce qui rendait l'homme aussi désagréable. Sa femme, une minuscule vieille usée par une vie de servante, n'avait guère eu de moments réjouissants en compagnie de cet homme malotru. Elle avait mis au monde trois garçons qui se révélaient des copies de leur père et au fond d'eux-mêmes, les villageois espéraient que son départ se ferait en douceur pour lui permettre enfin d'avoir un peu de paix. Édouard allait répliquer à son voisin, lorsque le regard las du maire l'arrêta.

— C'est surtout un souhait, dit-il.

Paul-Émile Fréchette le remercia silencieusement et prit la parole :

— Bon, alors nous n'avons qu'un seul point à l'ordre du jour. La foire. Voici les détails sur lesquels nous nous sommes déjà entendus :

1) Le lieu fixé est le terrain de la patinoire pour les bêtes, la salle paroissiale pour l'artisanat et les aliments, le stationnement de l'église pour les matériaux, outils et autres objets.

2) On attend les gens à partir de sept heures trente samedi et si tout va bien, la foire devrait culminer avec une fête. Celle-ci se terminera à dix heures du soir sur imposition du curé qui trouve que fêter sans raison valable au mois d'octobre, ce ne serait pas vraiment convenable.

Les hommes se lancèrent des regards exaspérés, sauf Philippe-Joe Lalonde, un fervent pratiquant qui respectait à la lettre toutes les demandes émanant de l'Église. Les autres avaient travaillé fort pour lui faire accepter d'outrepasser les demandes du curé. Finalement, lorsque le maire lui avait fait part de son entente avec le curé Latraverse, il avait accepté que les festivités succèdent à la foire. En plus, il avait été promis au saint homme que cette activité commerciale ne soit reconduite qu'une année sur trois, après entente avec les municipalités de Nominingue et de Labelle.

— De cette manière, avait précisé le maire, chaque village aura sa foire sans être obligé de répéter l'expérience chaque année.

Le curé satisfait, le vieux Lalonde aussi, les discussions avaient pu continuer.

— Pour la fête, poursuivit Paul-Émile Fréchette, la nouvelle maîtresse d'école s'est occupée de fabriquer des jeux d'adresse avec ses élèves les plus vieux. Il semble que ceux-ci seront aussi responsables de s'occuper de vendre des billets pour les activités.

— Il va aller où, cet argent-là, monsieur le maire ? questionna Anasthase Constantin.

— Ouin, il va aller où ? Pas dans vos poches, j'espère ? rajouta son père en ricanant.

Offusqué, le magistrat s'avança devant le gros fermier, les deux mains sur les hanches.

— Vous voulez insinuer quoi, là, monsieur Constantin ?

— Euh, quoi ? On peut bien poser la question ? Moi, avec les funérailles qui s'en viennent, j'aurais bien besoin d'un petit coup de main ! Ça fait que si jamais il y en a de trop, vous l'enverrez par chez nous !

Un hoquet de surprise émana du groupe. Le gros rouquin manquait vraiment de cœur. Alors que son épouse n'était pas encore morte, il tentait d'organiser ses funérailles sans égard pour son fils, dont la mère disparaîtrait sous peu. D'ailleurs, pour une rare fois, Anasthase Constantin regarda son père avec un soupçon de colère. Même si lui aussi traitait sa mère de manière humiliante, il n'avait fait que copier les comportements appris tout au long de sa vie. Pourtant, au fond de lui se trouvait encore le petit cœur d'enfant qui avait aimé sa mère et s'attristait de la voir aussi décharnée à l'article de la mort.

— Elle est pas encore morte, papa !

— Toi, tais-toi !

Le ton sec fit sursauter l'audience et l'air devint encore plus irrespirable. Le jeune Constantin s'écrasa dans sa chaise droite quand son père vint pour prendre de nouveau la parole. Mais le maire l'arrêta d'un signe de la main. Son regard sévère dissuada l'autre de continuer ses revendications. Tous les autres conseillers souhaitaient la fin de cette réunion et poussèrent un soupir collectif.

— Je disais donc que les jeunes vont vendre des billets et l'argent ira dans un compte spécial de la Ville. Lorsque nous aurons des besoins, décidés lors de conseils futurs, il sera toujours temps d'y piger. D'autres questions, monsieur Constantin ?

La droiture de l'homme à la tête poivre et sel fit encore plus paraître l'autre comme le grossier personnage que tous avaient appris à détester. Alcide fit un signe de sa grosse main boudinée pour lui enjoindre de continuer la réunion. Il marmonna pour lui-même et Rosaire Barnabé à ses côtés crut entendre les mots « voleur » et « bandit » dans ses propos. Le maître de poste leva un regard inquiet vers le magistrat et soupira en s'apercevant que celui-ci n'avait pas entendu le commentaire inadéquat. Lorsque l'assemblée vint à son terme, les hommes présents avaient conclu qu'ils seraient tous sur place dès cinq heures trente du matin, le jour de la foire, afin d'installer les toiles, les tréteaux, les tables et les cordes nécessaires à l'étalage des produits à vendre.

— La veille, ceux qui le désirent pourront, comme convenu, laisser leur marchandise près de l'église. S'il pleut, il faudra utiliser le hangar où se trouve l'autoneige.

L'excitation à l'idée de cette belle aventure commençait à envahir les membres du conseil. Tous se disaient que les revenus générés par les ventes de leurs produits permettraient à leur petite famille de passer un début d'hiver moins difficile. Malgré l'envie de Louisette et Florie de présenter un spectacle de la chorale dans l'église à la suite de la foire commerciale, le conseil avait voté à quatre contre deux en défaveur de cette proposition suggérée par Édouard. Il s'avérait difficile de conjuguer un tel spectacle avec les jeux de la soirée. Malgré sa déception, Florie n'en demeurait pas moins énervée sans bon sens à l'idée de vendre toutes ses courtepointes sans avoir besoin de se déplacer à l'autre bout du monde, c'est-à-dire, Saint-Jovite ou Nominingue ! Le samedi matin, au village de Sainte-Cécile, ce fut avec un énorme soulagement que tous virent le soleil se pointer à l'horizon.

— Je te dis qu'on l'a échappé belle, se dit Florie en resserrant sa ceinture de robe de chambre sur son ventre rebondi. Elle regardait par la fenêtre de la cuisine, un air d'excitation sur son visage à la peau claire, pétillant en ce matin de foire.

— Bon, je vais aller réveiller les autres, décida-t-elle.

Elle trottina jusqu'au bas de l'escalier avant de crier à tue-tête :

— Laurent, Adèle, faudrait vous réveiller là parce qu'il faut partir d'ici trente minutes environ.

Elle attendit impatiemment et lorsque personne ne se montra sur le seuil de sa porte de chambre, elle répéta son cri encore plus fort. C'est Adèle qui la rejoignit la première, déjà vêtue confortablement. Sa sœur fronça les sourcils :

— Veux-tu bien me dire ce que tu portes là, Adèle ?

— Un pantalon.

— Pardon ?

— Je porte un pantalon.

— Il n'en est pas question ! Va te changer tout de suite !

Un air offusqué sur le visage, Florie pointait le pantalon de sa sœur. Taillé dans une flanelle de laine grise, il avait de larges bas de jambes et se fermait par une série de petits boutons noirs sous le nombril. Elle l'avait accompagné d'un chemisier blanc à manches longues. Les bras croisés sur la poitrine, Adèle n'avait pas du tout l'intention d'obtempérer. Elle dit d'un ton calme :

— Je reste ainsi, ma sœur. J'ai acheté le tissu ça fait longtemps puis j'ai travaillé fort en mosus pour le finir, ça fait que...

— Tout ça en cachette !

— Pas vraiment, mentit effrontément Adèle.

Elle se déplaça dans la cuisine, suivie par le regard insulté de sa sœur.

— Je peux pas croire que tu vas te présenter au village arrangée de même ! Qu'est-ce que le monde va penser ?

Adèle s'avança pour se couper une tranche de pain de ménage et sourit à Florie.

— Ma chère sœur adorée, tu devrais savoir que ça fait longtemps que je m'occupe plus de ce que le monde pense de moi au village ! Alors non seulement je vais rester de même, mais si tu veux, il me reste du tissu en masse, je pourrais t'en faire une paire comme moi ! Tu vas voir que c'est drôlement plus confortable que nos longues jupes quand il faut qu'on se penche !

La face que fit Florie valait son pesant d'or. Les yeux et la bouche grands ouverts, elle inspira profondément en secouant sa tête de gauche à droite.

— Es-tu folle, toi ? Avant que je porte... tiens, Laurent, dis-lui donc à ta sœur qu'elle a l'air d'une dévergondée arrangée comme ça !

Laurent, les yeux encore remplis de sommeil, observa quelques secondes Adèle avant de marmonner.

— C'est quoi le problème ?

— Le problème ? Elle est en pantalon comme un homme ! C'est ça le problème, si tu veux mon avis !

De nouveau, son frère glissa un œil ennuyé sur la tenue de sa sœur avant de hausser ses larges épaules.

— J'ai vu plein de femmes habillées comme ça à Montréal. Ça doit être la mode.

Déçue, Florie grinça des dents alors qu'Adèle souriait.

— Tu vois, ma belle Florie !

— Arrête de faire ton effrontée, toi ! C'est pas parce que les guidounes de Montréal s'arrangent de même que tu devrais faire la même chose ici à Sainte-Cécile. Puis tout un exemple pour ta nièce à part ça ! Je vais encore être obligée de lui expliquer pourquoi matante Adèle fait toujours le contraire des autres femmes du village ! En tout cas, attends-toi pas à des compliments de personne à Sainte-Cécile.

La cadette s'avança pour entourer sa grande sœur dans ses bras en souriant. Elle chuchota affectueusement à son oreille.

— En ai-je déjà eu, ma belle ? T'en fais pas, j'ai la couenne dure, tu sauras !

— Puis la tête de cochon qui va avec, grimaça Florie avant de se diriger vers sa chambre pour s'habiller... décemment !

— Puis pour Marie-Camille, ajouta Adèle d'une voix forte, c'est une bonne idée que tu me donnes là, je pense que je vais lui en coudre...

— Que je te voie pas faire ça, ma mautadine !

Adèle éclata d'un rire franc avant que la porte de la chambre de Florie ne claque dans le petit matin. Lorsque sept heures sonnèrent, une frénésie s'empara du cœur de Sainte-Cécile. Des personnes âgées, des parents énervés, des enfants excités déambulaient à des vitesses variables. Le curé Latraverse, du haut du parvis, soupira d'exaspération. Ça faisait trois fois qu'il avertissait le garçon de Rosaire Barnabé qui courait sur le gazon devant l'église.

— Si je l'accroche encore, m'en vais lui frotter les oreilles à ce petit tannant-là.

Il regardait avec anxiété les tables se dresser partout dans le stationnement, les fermiers débarquant des bêtes stressées près de la patinoire extérieure. Assis sur une chaise près de la porte, il maugréait. Avec l'âge et le surpoids qui l'affectaient, il limitait les déplacements qui l'essoufflaient trop en se demandant pourquoi il avait donné son accord à ce projet.

— J'ai pas eu trop, trop le choix ! marmonna l'homme à la soutane. Le maire et ses conseillers avaient déjà voté pour. En tout cas, que j'en voie pas un manquer de dignité sur le terrain de l'église.

Il se releva péniblement et retourna dans le presbytère, sans voir la grimace de Victor Barnabé qui s'empressa de traverser la pelouse pour rejoindre son père et sa mère qui installait les confitures qu'ils espéraient vendre.

— J'espère bien qu'il va nous rester une bonne place. On est toujours bien dans la famille d'un conseiller ! dit Florie d'un ton fier en débarquant de la charrette.

— Je suis sûre qu'Édouard nous a réservé une table bien en vue, t'inquiète pas !

Adèle et Florie déposèrent sans plus attendre les courtepointes qu'elles avaient tissées sur une table près de l'entrée de la salle paroissiale. Satisfaite, l'aînée s'empressa d'étaler ses plus belles confections sans s'apercevoir des regards surpris que les villageoises lançaient vers la tenue de sa sœur. Comme celle-ci ne s'offusquait pas des remarques murmurées sur son passage, les autres femmes se contentèrent finalement de la trouver chanceuse de pouvoir se pencher sans craindre de montrer à tous le dessous de son jupon !

— C'est parfait ! Au moins, la Germaine est pognée dans le fond ! Elle pourra pas me voler des ventes ! On a la meilleure place, puis c'est pas trop loin de Louisette, ça fait que je vais pouvoir aller lui jaser de temps en temps ! observa Florie en posant un regard appréciateur sur la grande salle transformée en étalage d'artisanat et de nourriture.

Toute la journée, les villageois et villageoises accueillirent leurs visiteurs avec bonne humeur. Adèle avait rarement vu sa sœur aussi alerte et rayonnante. Vers midi, un grognement de rage la fit toutefois se tourner vers elle, l'œil interrogateur.

— Florie ?

— J'ai mon voyage !

— Quoi ?

L'autre pointa le fond de la salle où se trouvait la table de Germaine Saint-Germain. Un couple âgé tenait entre ses mains une large courtepointe mauve et brune.

— Qu'est-ce qu'il y a, Florie, répéta sa sœur en souriant à la cliente qui venait d'acheter son dernier pot de confiture de fraises.

— Ils m'avaient dit qu'ils reviendraient pour ma courtepointe, puis regarde-les donc, les mautadines, ils vont lui acheter son torchon lette !

Adèle reporta son regard vers la table maudite en tentant de garder son sérieux. Son aînée était rendue collée sur son épaule et poussait de petits sons de colère. Lorsque l'échange d'argent se fit au loin, un puissant claquement de langue fit éclater de rire la cadette.

— Voyons, Florie, arrête ça ! Il t'en reste juste deux à vendre !

— Puis ça ! Des menteurs, ce monde-là !

— Imagine que la pauvre vieille ne vende que celle-là ! Tu voudrais pas créer le malheur autour de toi, hein ?

Adèle, qui connaissait le grand cœur de sa sœur, savait trouver les paroles justes. Florie réfléchit quelques instants en plissant les yeux pour voir l'étalage de sa concurrente. En constatant l'épaisseur de ses piles, elle poussa un petit soupir satisfait.

— Tu as bien raison, ma sœur. Faut que tout le monde soit heureux aujourd'hui.

Sans plus parler de cette vente qui lui avait échappé, la grosse femme se dirigea vers un groupe de nouveaux arrivants qui n'auraient aucune chance devant ses talents de négociatrice. À la fin de cette première foire agricole de Sainte-Cécile, le maire et ses conseillers n'étaient pas peu fiers. À part une bête affolée qui s'était échappée vers le parvis de l'église avant d'être rattrapée par son maître, et un enfant turbulent qui avait fait basculer une table sur laquelle étaient déposés une dizaine de pots de marinades, tout s'était déroulé à la perfection. Édouard, dont c'était l'idée, vibrait d'une énergie nouvelle qu'il n'avait ressentie que deux fois dans sa vie: le jour de son mariage et l'ouverture de sa beurrerie. Toute la journée, il s'était déplacé pour s'assurer de la bonne marche de l'événement. Il en avait oublié l'annonce d'Alcide Constantin arrivé sur le site un peu en retard. Comme d'habitude, il avait attiré l'attention avec sa voix puissante:

— Excusez-nous, mais ma vieille vient de trépasser. Je vous dis qu'elle a choisi sa journée, en tout cas! avait-il dit en se tournant pour voir si ses fils arrivaient avec les bêtes qu'il avait décidé de vendre. Satisfait de ne pas devoir attendre après eux, il leur avait fait signe de se dépêcher pour ne pas être coincés dans le fond de la patinoire. L'homme n'avait pas semblé s'apercevoir de la stupeur du groupe figé sur place.

— Mes condoléances, monsieur Constantin, avait dit Édouard en tentant de faire taire son mépris. J'espère qu'elle n'a pas trop souffert. C'est jamais facile des moments comme ceux-là.

L'autre avait roté contre sa main avant de cracher par terre. Retenant leur dégoût, les autres conseillers étaient venus à leur tour lui tendre la main. Le maire avait été celui qui s'informa des détails.

— J'imagine que vous ne pourrez pas rester avec nous aujourd'hui. C'est bien domm…

Le gros homme avait relevé son torse bombé avant d'éclater d'un rire sec.

— Pourquoi pas ? C'est pas comme si elle était pour s'ennuyer toute seule ! On peut même dire que pour la première fois depuis un bout, je vais pas avoir à me grouiller de retourner chez nous pour lui donner ses médicaments.

Tous avaient ressenti une immense peine pour cette femme qui avait dû subir tout au long de sa vie les vulgarités, les reproches, le dénigrement de ce fermier mal élevé. Peu de gens l'avaient connue, ne l'ayant vue qu'à l'occasion de ses visites à la messe, présences de plus en plus rares au cours des dernières années. Mais au moins, enfin, elle ne souffrait plus. Essayant de taire son indignation, Paul-Émile Fréchette avait marmonné :

— En tout cas, nous serons là si vous avez besoin d'aide. En attendant, je dois aller voir le curé, il m'a sommé de venir le rejoindre avant le début de la foire. Puis là, le monde va arriver dans moins d'une demi-heure.

Il s'était sauvé de la scène pour éviter de dire le fond de sa pensée. Il avait eu une pensée pour sa propre épouse qu'il avait accompagnée dans des souffrances atroces dans les dernières semaines de sa vie. Pauvre madame Constantin !

Édouard n'eut pas une minute dans la journée pour annoncer le décès de la femme d'Alcide à sa famille. Tout au long de sa vie de misère, madame Constantin était demeurée coincée dans sa ferme débraillée à être la servante de son mari et de ses fils. Quand, enfin, le dernier visiteur quitta le village, les membres du conseil municipal se regardèrent avec un air épanoui. À la quantité de gens qui s'étaient déplacés, au peu de marchandises invendues, tous avaient espoir d'un bilan fort positif.

— Moi, en tout cas, annonça Édouard, j'ai vendu mes cinq pondeuses puis ma grosse truie.

— Ma femme m'a dit que toutes ses confitures ont trouvé preneur, ajouta Philippe-Joe Lalonde.

— Puis j'ai bien l'impression que les jeux organisés par la maîtresse d'école ont été bien populaires. Il y avait des files jusqu'à la rue. Oui, je pense qu'on peut qualifier l'expérience de réussie ! dit le maire, fort satisfait.

Assis en rond sur les chaises de bois apportées par Gérald Marquis et ses deux fils cadets, les hommes savouraient la paix revenue sur le chemin Des Fondateurs. James ramassait les dernières meules de Saint-Clément et de Floridèle invendues en écoutant vaguement la conversation. Il était déjà dix heures trente lorsque le maire se releva péniblement en regardant Édouard, Philipe-Joe Lalonde, Gaspard Marois, Rosaire Barnabé et les deux Constantin. Il dit :

— Messieurs, je vous remercie d'avoir fait de cette journée une telle réussite. Je pense que les gens qui sont venus à Sainte-Cécile aujourd'hui pour la foire garderont un bon souvenir de notre village. Grâce à votre aide, l'organisation de cette longue journée fut sans tache. Maintenant, je vous laisse retourner dans vos familles et nous ferons le bilan de cette première foire agricole au prochain conseil.

Satisfaits, les hommes empilèrent les chaises près du mur de l'église où les deux plus jeunes Marquis devaient les reprendre le lendemain. Encore une fois, le bonhomme Constantin souriait nonchalamment, sans égard pour le décès de sa femme.

— En tout cas, moi, je vote pour que la prochaine fois, on fasse deux jours. Je vais me trouver d'autres animaux à vendre. J'ai une picouille qui achève... j'espère qu'elle va toffer jusque-là puis qu'elle lèvera pas les pattes avant comme ma vieille.

Il éclata d'un rire bref et un malaise évident suivit sa déclaration. Même Anasthase regarda froidement son père, puis fit une sorte de rictus pour cacher son embarras. James resta figé par les paroles et il fut le seul qui ne put résister à partager son inconfort.

— Un peu de respect, monsieur Constantin. Vous lui devez bien ça, à votre épouse.

Un froid soudain envahit l'espace entre les deux hommes. La longue silhouette de James dépassait l'autre de plusieurs pouces. Ce qui n'empêcha pas Alcide de s'approcher à deux doigts du visage du Noir pour lui cracher ces mots :

— Toi, le nègre, occupe-toi de tes affaires. C'est clair ? Ferme ta maudite gu...

— Monsieur Constantin !

Le gros fermier se retourna pour regarder le curé derrière le groupe. L'homme d'Église avait le visage congestionné de fureur et avança, l'index dans les airs. Il ne s'arrêta pas devant l'air enragé d'Alcide Constantin et prononça son discours d'une traite pour finir à bout de souffle, une main sur son gros ventre.

— Que je ne vous entende plus parler ainsi à un de nos paroissiens. Si je vous vois de nouveau insulter quiconque, je vous ordonnerai de venir à la confesse tous les matins de la semaine qui suivra cet affront. Vous m'avez bien compris ?

Détournant lentement sa face rouge et bouffie de James qui n'avait pas bronché, le fermier s'approcha de son curé et dit :

— Vous essayerez de m'obliger à me confesser ! J'ai le droit de dire ce que je pense ici, on est encore dans un pays libre, puis c'est pas parce vous avez tous décidé d'accueillir le nègre comme un des nôtres, que moi je vais…

— Ça va faire, monsieur Constantin !

Édouard avait mis sa main devant James qui avait le visage fermé de rage et qui s'apprêtait à exploser. Pour éviter à son ami d'être par la suite victime de représailles des autres villageois qui l'acceptaient, mais ne cautionneraient jamais de gestes violents de sa part, il affronta l'autre conseiller. Les hommes présents semblaient encore en proie à la plus grande stupeur devant l'affrontement qui se dessinait. Même le maire, qui voulait s'interposer, ne savait comment calmer la tension. Il préféra donc laisser son jeune conseiller parler.

— Je pense qu'on va mettre vos paroles sur le compte de votre fatigue et du décès de votre épouse. Je pense aussi que vous devez des excuses à notre ami ici et…

— JAMAIS. Tu m'entends, Gélinas ? Jamais je vais m'abaisser aux pieds d'un nègre. Il est bien mieux de se tenir tranquille parce que je m'en vais…

— Partez, monsieur Constantin. Partez, avant que je…

James, le visage tendu, tremblait de fureur. Les deux hommes se lancèrent des regards chargés de haine et c'est le plus âgé qui baissa la tête en premier. Il se tourna vers le chemin Des Fondateurs où son fils Conrad attendait avec sa charrette et s'éloigna. Quelques pas plus loin, il lança une menace qui fit froid dans le dos de tous les hommes présents.

— Vous avez pas fini d'entendre parler de moi, mes maudits sans-cœur ! Moi, j'ai vécu ici toute ma vie, je suis un vrai Cécilois. Puis si vous pensez que je vais me laisser traiter de la sorte...

Le curé vint pour s'offusquer de nouveau, mais le gros fermier l'en empêcha :

— Je m'en vais, la soutane, vous pouvez fermer votre bouche.

Son départ amena un relâchement de la tension des dernières minutes. Par contre, James, les yeux encore plus foncés que d'ordinaire, fixa le groupe avant de dire d'un ton navré :

— Je m'excuse.

Il se tourna et lorsque Édouard voulut l'accrocher par le bras, il cracha :

— *Leave it, Édouard. Please*[9].

Un silence de mort accompagna le groupe qui se dépêcha de ranger les dernières chaises avant de tous regagner leur chaumière pour raconter à leur famille l'altercation entre le Jamaïcain, Édouard et Alcide Constantin.

— Qu'est-ce que tu dis là, Édouard ? Jeanne Constantin est morte ? Quand ça ?

Florie finit de coiffer sa nièce et releva la tête en lui faisant signe de quitter la pièce. Ce qu'elle fit en poussant le petit carrosse de bois que sa tante Adèle lui avait ramené de sa dernière visite à Labelle. Elle chuchota à sa poupée bleue que matante Florie avait sa grosse voix des mauvais jours puis

9 Laisse faire, Édouard. S'il te plaît.

courut au salon. Il était tard, presque onze heures, mais Édouard ne passa pas de commentaire sur la présence de sa fille encore éveillée. L'altercation qui avait eu lieu quelques moments plus tôt l'avait épuisé et, la voix basse, il l'expliqua à ses sœurs et à son frère.

— La femme d'Alcide Constantin est morte pendant la nuit et il en riait presque lorsque James lui a demandé d'avoir un peu de respect. Mettons que le gro… le bonhomme n'a pas trop aimé son commentaire, très juste à mon avis ! Il l'a traité de toutes sortes d'affaires sans bon sens, puis…

Vibrant encore sous le coup de la colère qu'il avait ressentie devant le manque de savoir-vivre du fermier, Édouard ferma les yeux quelques secondes. Troublée, Adèle en profita pour s'avancer sur sa chaise pour prendre sa tasse de thé. Elle avait l'impression que chaque fois que quelqu'un de sa famille mentionnait le nom de son amant sporadique, il était inscrit sur son front les ébats qu'elle et James avaient en cachette.

— Bien là, il faudrait quand même aller donner un coup de main aux Constantin ! annonça Florie, toujours prête à aider quand la mort venait frapper à la porte. Elle ne pensait jamais à son absence lors du décès de Clémentine, alors que le pauvre Édouard hurlait sa détresse. À croire que son esprit réussissait à faire abstraction de toutes les situations qui ne l'avantageaient pas trop.

Édouard fixa ses yeux bleus sur la face de sa sœur et secoua vivement la tête.

— Tu sais quoi, Florie ? Il n'est pas question que je mette les pieds dans cette maison. Moi, le bonhomme Constantin, je veux plus rien savoir de lui puis de sa famille.

— Bien voyons donc, ça se fait pas !

— Ça a bien de l'air que ça se fait, parce que moi, j'irai pas.

Point à la ligne je veux plus en entendre parler.

Florie vint pour ouvrir sa bouche pincée, mais l'accord qu'elle vit sur le visage des autres l'en empêcha. Elle repoussa sa chaise avec force et se dirigea vers sa chambre en maugréant :

— Tu parles de mauvais chrétiens ! J'ai mon voyage ! Une chance que je suis là pour veiller à vos âmes parce que vous finiriez tous en enfer, mes pas d'allure !

Ses pas traînants s'éloignèrent, puis Adèle se pencha pour chuchoter à son aîné :

— James était pas trop secoué ?

Édouard posa un doux regard sur sa cadette avant de déposer gentiment sa main sur sa joue rose. En croisant ses yeux, elle comprit que son secret ne lui appartenait plus à elle seule.

— Attention, Adèle ! souffla-t-il.

Feignant la surprise, Adèle s'écarta et lança un regard distrait par la fenêtre.

— De quoi tu parles, Édouard ?

— Ma sœur, tu risques de te brûler les ailes à passer si proche du soleil !

La brune tenta d'ironiser alors que son cœur se serrait dans sa poitrine.

— Tu es bien poétique ce soir ! Je vois pas de quoi tu parles, mon frère. Bon, je vais me coucher, il se fait tard et avec toutes les émotions de la journée, je m'endormirai sûrement pas facilement.

Elle déposa un baiser rapide sur la joue rugueuse de son aîné avant de s'enfuir presque en courant. Elle tremblait légèrement lorsque la porte se referma derrière elle dans sa chambre. Édouard se doutait-il à quel point le soleil les avait déjà frôlés de ses rayons, James et elle ? Inquiète des répercussions de cette relation sur le grand Noir, elle se promit pour la première fois depuis des mois de le laisser tranquille.

— C'est une folie, notre histoire. Une folie sans but.

CHAPITRE 5

Malheur dans la grange

Le temps doux d'octobre se poursuivit jusqu'au début de janvier. Le soir du réveillon, les déplacements s'effectuèrent aisément partout dans les Laurentides encore dénuées de neige. Les Cécilois s'étonnaient de cette température inusitée.

— Ma foi, je commence à me demander si on va pelleter cette année!

— C'est pas mon mari qui va se plaindre de l'absence de neige, je m'en vais vous le dire, moi!

— Pour les enfants, c'est plate en mosus par exemple!

Au fond du magasin général, James écoutait distraitement les potinages coutumiers des villageoises. Il tentait de faire un choix éclairé pour une boîte de chocolats à offrir à Florie qui l'avait encore reçu à souper, le 25 décembre. Même s'il lui avait apporté une bouteille de liqueur ambrée, il voulait de nouveau la remercier de lui permettre de se sentir chez lui à Sainte-Cécile. Au bout d'une rangée, il hésitait entre des grosses boules de chocolat au lait remplies de sirop de cerise ou des «*toffees*» d'Angleterre. Il allait demander l'avis de Gérald Marquis lorsque la voix bourrue d'Alcide Constantin arrêta son déplacement vers l'avant du magasin.

— En tout cas, c'est pas parti pour être une grosse année pour l'autoneige, ricana le déplaisant personnage. On est le

3 janvier, puis pas une graine de cochonnerie blanche sur nos terrains ! Le Noir doit ronger son frein. Monsieur doit s'ennuyer de conduire une machine qu'il n'aurait jamais les moyens de se payer.

Avant que Gérald puisse avertir le fermier de la présence du Jamaïcain dans son magasin, l'autre poursuivit sur un ton bravache :

— Il va être obligé de continuer à faire le petit nègre d'Édouard Gélinas ! Quoique lui aussi il risque d'être sans *business* avant longtemps !

— De quoi vous parlez, Alcide ?

James jeta un regard de côté pour apercevoir le gros ventre de Constantin se pencher sur le comptoir. Sous les regards avides des quelques clients dans le magasin, l'homme se fit un plaisir de dire à voix haute :

— Moi, je vous dis que j'ai des gros doutes sur la qualité des produits de la beurrerie. Je pense que monsieur le « maître-beurrier », continua-t-il d'un ton ironique, mise pas mal plus sur la quantité que la qualité !

— Bien voyons, monsieur Constantin, commença le commerçant en fronçant ses épais sourcils en broussaille, attention au commérage !

Alcide donna une grosse tape sur le comptoir qui fit sursauter tout le monde.

— Hey, c'est pas des potins, je suis pas une bonne femme, moi ! Si je te dis ça, c'est que j'ai des preuves de ce que j'avance ! Puis j'ai averti les autorités concernées, ça fait qu'il devrait avoir de la visite bientôt, notre cher Édouard Gélinas ! En tout cas, si j'étais toi, Gérald, je commanderais à nouveau du beurre de nos voisins ontariens, parce que je suis pas le seul qui va se rendre compte que…

Avant qu'il ne puisse finir sa phrase, un James choqué sortit de sa tanière et agrippa l'homme par l'épaule. Au village, peu avaient eu connaissance du premier affrontement entre les deux villageois le soir de la foire. À la demande du maire, les membres du conseil qui avaient assisté à la scène avaient été assez discrets pour éviter d'ébruiter la dispute. Pour la deuxième fois, le Jamaïcain remettait le gros homme à sa place devant un public cette fois-ci avide de placotages en cette saison longue et sombre ! Peu importe les spectateurs, l'aide-beurrier protégerait l'honneur de son ami Édouard au risque d'être banni de Sainte-Cécile.

— Vous dites encore des niaiseries, monsieur. Le beurre et le fromage de la beurrerie Gélinas sont faits avec le *best* produit. Si vous…

— Bon, vous êtes tous témoins au moins ! J'ai rien fait, moi, puis lui, le… le…

— *Say it, come on, say it again*[10] *!*

La fureur déformait les traits réguliers de James, qui ferma le poing derrière son dos de peur de ne pas pouvoir retenir sa colère. Un petit rictus se forma sur le visage couperosé de son vis-à-vis, qui haussa ses larges épaules en disant :

— Eh bien, voir qu'astheure on se fait attaquer par des étrangers dans son propre village ! Je vais revenir plus tard, monsieur Marquis, quand le magasin sera plus sécuritaire. Vous devriez faire pareil, vous autres, grogna-t-il aux quelques clients ahuris.

Aussitôt que la porte se fut refermée derrière lui, l'air redevint respirable dans le vaste commerce. James soupira avant de mettre sa main sur le comptoir à son tour. Il ferma les yeux

10 Dites-le, allez, dites-le encore !

quelques secondes pour les rouvrir avec honte. Secouant sa tête cachée sous une tuque brune, il chuchota:

— Je m'excuse, monsieur Marquis. Je suis désolé.

Il quitta à son tour le magasin sans rien acheter et retourna à sa charrette, la mine basse. Cet homme réussissait de plus en plus à le faire sortir de ses gonds. Une bonne fois, il n'arriverait pas à se retenir et il risquait de lui donner une volée ! Pour l'instant toutefois, il devait surtout se concentrer sur les informations qu'il devait transmettre à son ami Édouard. Les médisances du gros fermier risquaient de nuire à la beurrerie Gélinas. En grimpant la côte Boisée dans le froid mordant, pour la première fois depuis son arrivée à Sainte-Cécile, James sentit l'envie de quitter le village pour retourner parmi les siens. Tout serait si simple. Mais aussitôt qu'il promena ses yeux sur les terres où brillait une fine couche de gel dans le soleil du matin, un sentiment de paix l'envahit.

— *This is home*[11], pensa-t-il.

Serein, il décida d'attendre le bon moment avant de discuter avec Édouard de ce qu'il avait entendu. Même si le bon moment ne viendrait peut-être jamais. Pourtant, quelques jours plus tard, alors que son patron et ami façonnait les meules de Floridèle pour les faire mûrir, il ne put s'empêcher de réagir lorsque Édouard marmonna:

— Je trouve quand même que ma clientèle a beaucoup baissé depuis l'été passé. Hier et avant-hier, j'ai ressorti mes chiffres des dernières années et c'est bizarre, j'ai une diminution dans ma vente de beurre d'environ dix pour cent. Puis mon Saint-Clément, pour lequel on m'a fait tant de compliments, bien c'est la même chose ! Je comprends pas parce qu'en

11 Ma maison est ici.

principe, mes pertes devraient diminuer, mais là, c'est le contraire ! À moins que le monde me dise pas la vérité et que mes produits ne soient pas si bons que ça. Qu'en penses-tu, James ?

— Hum...

— Tu vas me dire que dix pour cent, c'est pas beaucoup, que c'est peut-être l'effet de la guerre, mais si je me mets à perdre de l'argent sur mon beurre et mon premier fromage, alors que le Floridèle n'est pas encore rentable, je risque de me retrouver dans le trouble. Moi qui pensais pouvoir lancer un troisième fromage d'ici une couple d'années, je suis pas sûr que c'est une bonne idée !

Édouard fit la moue en pensant à son désir de créer une pâte semi-molle comme il en avait goûté lors de son dernier voyage à Montréal avec Laurent. Il avait même trouvé le nom de son futur fromage : le Camilien, en l'honneur de sa fillette. Mais là, il devrait mettre son projet sur la glace. Il continua à monologuer à voix basse sans vraiment attendre de réponse, mais malgré tout, au bout d'un moment, il releva la tête devant le silence de l'autre. Essuyant ses mains sur son tablier plus très blanc, Édouard dit :

— Tu parles pas beaucoup, mon James !

— Hum... je... je ne...

Confronté à son envie d'avouer ce qu'il avait entendu, James n'eut d'autre choix que de demander à Édouard de s'asseoir. Ce que ce dernier fit avec un regard inquiet. Inspirant profondément, James débita d'une traite la nouvelle altercation qu'il avait eue avec Alcide Constantin quelques jours plus tôt. Stupéfait, Édouard secouait la tête et aussitôt que l'autre eut fini de s'exprimer, il défit son tablier avec rage et sortit de la pièce. Agrippant son manteau accroché au mur, il ouvrit la porte sans prendre le temps de mettre ses bottes.

— Fais pas de folie, Édouard. C'est ça qu'il veut ! l'arrêta son ami.

— Bien ça va faire, James ! Moi, je suis pas sa petite femme Jeanne qui osait rien dire puis qui s'est fait marcher sur les pieds toute sa vie. S'il continue de même, ma beurrerie va être dans le trouble puis moi avec ! Il joue avec le futur de Marie-Camille et c'est pas vrai que je vais le laisser faire ça, le maudit innocent !

— Voyons donc, tu perds tant d'argent que ça ?

Édouard lança un regard soucieux à son assistant. Il expira avec anxiété avant de dire :

— Assez pour que ça influence mes décisions de laisser la beurrerie ouverte ou non pour février et mars. Alors il va falloir que je mette un frein à ses médisances parce que ma clientèle, c'est tout ce que j'ai et je refuse qu'un... qu'un... tel imbécile mette en péril l'avenir que je promets à ma fille.

La rage mena le maître-beurrier jusqu'à la ferme mal entretenue de la famille Constantin. Déjà du temps de sa femme, peu d'argent et d'efforts étaient investis dans les bâtiments, mais depuis la mort de cette dernière, en plus, le fermier avait laissé les plantes mourir, le jardin à l'abandon et de vieux objets qui auraient dû être rangés pour l'hiver traînaient dans les escaliers écalés qu'Édouard monta en une seconde à peine. Il frappa de toutes ses forces à la porte et attendit quelques instants avant de recommencer. Il regarda autour de lui pour s'assurer que la charrette du bonhomme était bien là. Comme de fait, elle traînait sur le côté de la ferme grise sans craindre la pluie ou la neige. Ce qui ne l'étonna guère, connaissant la nature négligente de l'autre. Il recommença à frapper sans arrêt et au bout de deux, trois minutes enfin, le rideau rouge et blanc crasseux se tassa pour laisser apparaître la face maussade d'Alcide qui ouvrit la porte en ricanant.

— Tiens, tiens, tiens, si c'est... c'est... hic... pas... de... de la belle... visite! grommela-t-il en se tenant au mur. Il se tourna derrière lui pour crier: Anasthase... Conrad, venez... venez voir qui va là! Mais entr... trez, mon cher...

Le fermier se retourna pour cracher dans l'évier de cuisine encombré de vaisselle sale. Édouard ne retint même pas son dégoût devant la malpropreté repoussante de la pièce. Il ne fut pas surpris non plus de voir que les fils d'Alcide étaient dans un état d'ébriété semblable à leur père. Les trois titubaient sur place et il n'était pas encore cinq heures de l'après-midi. Une vraie honte. Inspirant profondément avant de s'exprimer, Édouard laissa ses paroles glisser entre ses lèvres presque fermées.

— On a déjà eu des sujets sur lesquels on s'entendait pas, nous deux, monsieur Constantin. Je vous ai toujours dit que le jour où vous vous attaqueriez à ma famille ou à mes amis, je reviendrais vous voir. Bien me voici, puis ouvrez grandes vos oreilles sales: que je vous entende plus jamais parler contre ma beurrerie. C'est mon gagne-pain, celui dans lequel j'ai investi temps et argent pour assurer l'avenir de ma fille. Alors si vous pensez que je vais vous laisser répandre des faussetés sur mes produits, bien vous avez besoin de vous lever de bonne heure avant que je laisse ça passer. C'est clair?

Le père et les fils lui lancèrent un regard arrogant avant que le plus vieux ne lui postillonne au visage:

— C'est ton petit nègre qui t'a raconté ça, j'imagine? Bien tu sauras que... que... pour une... fo... fois... il... a... rai... raison. C'est... est... en plein... ça que... j'ai dit... et c'est vrai.

Édouard sentit la rage tendre ses épaules et sans savoir où

il trouvait la force, il accota l'homme sur le mur blanc en le tenant par le cou. Ses fils, tétanisés, étaient figés soit par la surprise, soit par l'alcool dans leur système ou probablement par les deux facteurs !

— Que je vous voie plus approcher de moi, de mes sœurs, de mes amis. Que je vous entende plus dire un mot sur ma beurrerie parce que...

— Parce que... quoi ?

Fermant les yeux une fraction de seconde, Édouard relâcha son étreinte avant de reculer vers la porte en jetant un regard dédaigneux sur les trois loques.

— Ne vous avisez plus de m'approcher. C'est un avertissement.

Personne au village n'eut conscience de la querelle qui eut lieu entre Édouard Gélinas et Alcide Constantin l'après-midi du 8 janvier 1940. Pourtant, dans la nuit suivant celle-ci, le drame qui se produisit donna lieu à de multiples questionnements et hypothèses. Vers dix heures, ce soir-là, James se dirigea tranquillement vers sa grange pour une vérification de sa truie qui allait mettre bas dans les prochaines heures. Le froid mordant tendait son visage découvert. Il n'avait pas pris la peine de se vêtir chaudement, sachant qu'il ne ferait qu'un aller-retour... un premier de plusieurs jusqu'à la naissance des porcelets. Depuis la mort du père Claveau, il avait calfeutré les fenêtres du bâtiment abritant ses bêtes de plus en plus nombreuses, refait le toit avec l'aide de Jeremiah et changé la porte pour en mettre une double afin d'y entrer sa machinerie achetée avec les années. Levant la tête, James tenta un regard vers la ferme des Gélinas. Il apercevait la fenêtre d'Adèle et y espérait une lumière, mais la demeure était sombre. Il secoua sa tête nue pour chasser les images de son amante dans ses bras, avant de se presser vers sa grange. Surpris, il s'aperçut que la porte était entrouverte alors qu'il avait baissé la clenche tout de suite après le souper, lors de sa dernière visite à sa truie.

— *What is*[12] *?...*

Soucieux, le grand Noir fronça les sourcils avant de s'assurer que rien n'était brisé. Il haussa les épaules en supposant qu'il l'avait mal fermée et il se dépêcha de se glisser à l'intérieur pour se réchauffer un peu. Il souffla entre ses mains puis se pressa d'agripper le fanal accroché derrière lui. Alors qu'il tentait de l'allumer, le pauvre homme reçut un coup violent à la tête. Un coup qui le fit basculer vers l'avant, le corps contre la stalle de sa première vache. Avant qu'il ne puisse se relever, un nouveau coup dans le dos cette fois le laissa inconscient, sa tête ayant heurté le sol gelé.

— Il est... mort ? chuchota une voix anxieuse et surexcitée.

Un ricanement suivit cette interrogation alors que les coups de pieds et de poings pleuvaient sur l'homme. Ses côtes, ses jambes, ses épaules, ses hanches. Rien ne fut épargné. Dans un état semi-conscient, James tentait de protéger son visage et sa tête, recroquevillé sur le sol. Les bêtes clamaient leur inconfort face à ce dérangement inhabituel pendant que les agresseurs du Jamaïcain s'acharnaient sur son corps musclé qui n'était plus qu'une plaie géante. Pendant de longues minutes, ses plaintes meublèrent le silence jusqu'à ce que les trois hommes qui le tabassaient, épuisés, décident de mettre fin à l'agression. La voix énervée de Conrad Constantin fractura l'air glacial :

— Il est mort, papa ?

12 Qu'est-ce qui ?...

— Tais-toi, innocent!

Le gros fermier ricana avant de cracher sur le corps blessé gisant sur le sol. En vitesse, il se glissa hors de la grange, suivi par son fils survolté. La fébrilité se lisait sur les trois visages rougeauds alors qu'ils enfonçaient leur tuque et remontaient leur col de manteau pour éviter d'être reconnus. Eux qui n'avaient prévu que vandaliser la grange de leur ennemi s'étaient fait surprendre par la venue de James et n'avaient pu résister à l'envie de lui apprendre le respect. La boisson aidant, le père et les fils s'étaient sentis au-dessus de la loi des hommes et de celle de Dieu. Ils marchèrent en titubant jusqu'à la côte Boisée pour aller reprendre leur carriole cachée dans l'allée du lac Mauve, près de la ferme des Marois. Lorsque leur vieux cheval se mit en route quelques minutes plus tard sous les coups de cravache, la carriole qu'il tirait transportait trois lâches qui jubilaient d'avoir donné une bonne leçon au petit nègre d'Édouard Gélinas. Dans la nuit glaciale, le corps blessé de James reposait inerte alors que les habitants de Sainte-Cécile sommeillaient depuis peu.

Adèle tournait en rond autour de sa sœur. Après quelques secondes de son manège, Florie déposa sa cuillère de bois pour la regarder impatiemment:

— Voyons, toi, veux-tu bien me dire ce que tu as à gigoter de même?

— Rien. Je regarde comment tu fais.

— Comment je fais pour brasser ma pâte? Franchement, Adèle, trouve une autre niaiserie que ça à dire!

Florie alla monter le son de sa radio et reprit son ustensile.

Elle chantonnait au même rythme que la musique qui émanait de l'appareil Victor RCA* que ses frères et sa sœur lui avaient offert à Noël. Le poste de radio portatif prenait peu de place sur le petit buffet près de la porte et la chanteuse amateur savourait chaque moment en écoutant ses émissions préférées. Depuis plusieurs années, Florie marmonnait sur la qualité déficiente du son de son ancienne radio et la vue de ce cadeau inespéré l'avait fait pleurer toutes les larmes de son corps le soir du 25 décembre. Émue, elle l'avait caressé tel un objet rare pour ensuite l'apporter dans sa chambre afin de l'étudier attentivement. Depuis, personne d'autre ne pouvait y toucher, comme Laurent s'en était aperçu quelques jours plus tard lorsqu'il l'avait allumé à son réveil à l'aube, alors que son aînée dormait encore. À son arrivée dans la cuisine, Florie était demeurée sur le seuil de la pièce, les sourcils froncés et la bouche avancée dans une moue indignée.

— Veux-tu bien me dire ce que tu fais ? avait-elle questionné sèchement.

— Euh, je mange une toast ! avait marmonné distraitement son frère sans la regarder.

Après quelques secondes, comme il n'y avait pas eu de mouvement sur le seuil de la cuisine, il avait relevé sa tête ébouriffée pour voir sa sœur pointer le buffet.

— Ça, Laurent, c'est pas touche !

— Hein ?

Florie s'était avancée jusqu'à sa radio pour mettre la main sur le bois doré. Elle avait ensuite tourné son menton pointu vers son cadet en disant :

— C'est MA radio ou pas ? C'est MON cadeau ou pas ?

— Euh… oui.

— Bien alors il n'y a que moi qui l'allume et qui l'éteins.

Avec tes grandes mains maladroites, tu vas me la briser dans le temps de le dire, ma belle radio.

Sous le regard estomaqué de son frère, elle l'avait fermée pour la rallumer ELLE-MÊME d'un air satisfait de propriétaire. Elle était quand même assez fière de savoir que ses frères et sa sœur avaient investi une telle somme d'argent dans son cadeau. Elle avait vérifié le prix de l'objet dans le catalogue Eaton, en cachette bien sûr! Quinze dollars, on rit plus! Connaissant sa sœur, Adèle attendit donc la fin de son émission du matin pour aborder le sujet qui la taraudait.

— Hum, Florie, il faudrait que je te parle quelques minutes.

— Bien, parle-moi!

Adèle leva les yeux au ciel avant de souffler sur sa frange trop longue. Elle tira sa sœur par le bras.

— Viens t'asseoir, je t'en prie.

Aussitôt, l'inquiétude s'afficha sur le visage pâle de Florie. Ses cheveux noir de jais avaient blanchi avec les années et le mélange des deux offrait un contraste saisissant, surtout lorsqu'elle ne faisait pas son chignon, mais qu'elle les laissait sur ses épaules comme maintenant. Depuis le premier concert de la chorale, la femme avait eu envie de montrer un peu plus sa féminité grâce aux encouragements de sa sœur et aux regards soutenus de Jeremiah Holland. Même si jamais elle n'avouerait que l'œil appréciateur de l'Anglais, lorsqu'il la regardait avant son mariage, lui avait donné envie de montrer sa douceur à quelques reprises depuis ce temps, Florie glissait son corps enrobé dans une jolie robe ou poudrait ses joues pour rehausser son teint clair. Elle prit place sur la chaise de la cuisine en restant assise le dos bien droit avant de s'exclamer:

— Mautadine que j'haïs ça quand tu me demandes de me

parler sur ce ton-là ! Ça annonce toujours des mauvaises nouvelles !

Adèle soupira discrètement en ne sachant trop comment annoncer sa prochaine visite à Montréal. Mais elle se lança, consciente que de toute manière, peu importe ce qu'elle dirait, Florie pousserait les hauts cris. Ce qu'elle fit, à peine la plus jeune eut terminé son annonce :

— Voyons donc, toi, trois jours à Montréal. Es-tu folle ? Je pensais que ça t'était passé ces niaiseries-là, puis tu viens me dire que...

Elle arrêta de parler quand Adèle posa sa main sur son bras. La cadette secoua sa tête en souriant. Elle commençait à savoir comment la prendre, sa sœur, avec tous les affrontements qu'elles avaient eus depuis le temps. S'avançant sur le bout de sa chaise, Adèle murmura :

— Florie, je t'ai déjà dit que je ne te demandais plus la permission maintenant. Je t'informe de la situation pour qu'on puisse s'arranger pour la cuisine avant mon départ. Je vais travailler fort cette semaine pour préparer les soupers et exceptionnellement, je vais faire tout le lavage avant samedi. Comme ça, lundi, quand je vais partir, tu n'auras pas à te soucier de ça !

L'aînée regardait par la fenêtre derrière sa sœur pour éviter de poser ses yeux sur le visage décidé de l'autre. Chaque fois qu'un de ses frères ou sa sœur décidait de faire à sa tête, la gardienne de la fratrie sentait une frustration au plus profond d'elle-même à l'idée de ne plus pouvoir les contrôler. Avant, Laurent l'écoutait, disait comme elle, l'adulait presque. Maintenant, il était presque aussi têtu que les deux autres qui ne se préoccupaient guère des qu'en-dira-t-on ! Si elle avait su qu'à chaque fois qu'il était perdu dans ses pensées, son frère s'imaginait des retrouvailles fabuleuses avec son géniteur, Antoine Gélinas, la pauvre Florie aurait été mortifiée!

Il faut dire que depuis son séjour à Montréal, à l'automne précédent, le jeune homme avait dû ronger son frein. Édouard l'avait avisé qu'il n'aurait pas une minute pour se déplacer à Québec avant Noël.

— Je devrais revenir... continua Adèle.

Florie écouta vaguement les menteries de sa sœur, parce qu'il y avait longtemps qu'elle ne se fiait plus à ses explications. Par contre, la femme avait décidé plusieurs années auparavant, lors de l'épisode du rédacteur en chef, de faire semblant de croire les excuses d'Adèle pour éviter les disputes. Si sa sœur choisissait une voie non respectable, bien elle ne voulait rien savoir tant que personne au village n'en était conscient. Jusqu'à présent, Florie devait admettre que sa cadette avait été discrète et que les ragots la concernant n'avaient pas recommencé. Il faut dire qu'avec Louisette, les deux femmes avaient plein d'autres têtes de Turc et elles ne se privaient pas d'en faire des gorges chaudes, en commençant par la vieille Germaine Saint-Germain! Soulevant son corps alourdi par la vie et... les sucreries, elle reprit sa tâche sans plus poser de questions. Pas d'interrogation, pas de mensonges. Adèle s'installa à ses côtés pour commencer à rouler la pâte pour le pâté au poulet du soir. Cherchant un sujet neutre pour relancer la discussion, elle sourit en murmurant à sa sœur:

— Je te dis que c'est le fun d'avoir enfin un pharmacien au village, hein?

Avant même d'avoir terminé sa phrase, Adèle plissa le nez en voyant l'air de Florie. Mauvais sujet!

— Es-tu folle, toi? Louisette et Gérald sont pas mal

inquiets depuis son arrivée à celui-là ! Il va prendre tout leur marché à mes pauvres amis.

— Comment ça ? Un pharmacien, ça vend des médicaments puis pas le magasin Marquis, il me semble !

— En tout cas, Louisette lui a fait part de son mécontentement. Pour l'instant, il respecte ses recommandations, mais si jamais il s'avise de vendre les produits de nos amis, tu peux être sûre que ça en restera pas là !

Adèle souffla entre ses lèvres en grommelant tout bas. Elle aurait mieux fait de se taire. Elle plongea dans ses pensées en espérant que son premier roman serait une réussite, comme le prédit son éditeur. À la mi-décembre, la première rencontre entre eux s'était avérée un succès et l'entente conclue prévoyait une mise en vente au début de l'été 1940.

— Si vite ? avait demandé une Adèle grisée par la nouvelle.

— Il faut battre le fer pendant qu'il est chaud, chère mademoiselle. Nous avons donc précipité l'impression de votre roman en repoussant la publication de quelques autres. Vous serez notre George Sand à nous, Adèle !

À cette pensée, la gorge de l'écrivaine se serrait d'effroi. Si sa sœur Florie savait qu'elle était comparée à l'auteure controversée du XIXe siècle au pseudonyme masculin*, nul doute qu'elle n'aurait pas d'endroit où dormir au retour de son séjour à Montréal. Elle était fébrile à l'idée de retravailler sur son livre avec les éditeurs. Ils voulaient s'assurer d'un produit parfait à son arrivée sur les tablettes des librairies. Peut-être aurait-elle même un mot à dire sur la page couverture ? Plein d'images lui venaient en tête en pensant à sa relation avec Jérôme Sénéchal, qui était l'inspiration pour son histoire : des amants flous, des mains sur une dactylo, un framboisier gorgé de fruits rouges... La brune retint un fou rire en pensant à cette vision en page couverture et reporta son attention sur sa sœur qui maugréait encore contre l'arrivée du pharmacien.

— Mais je pense que ce sera bon pour tous, moi, Florie. Si Louisette lui a fait part de son inquiétude, je doute pas que cet homme se pliera aux conditions qu'elle lui a ... impo... euh... demandé de respecter.

Adèle plongea un doigt dans le mélange de sauce au poulet avant de recevoir une taloche sur la main.

— Bien quoi ? Il faut bien que je sache si j'ai mis assez de sel ! se défendit-elle en rigolant avant que sa sœur ne suive son exemple avec gourmandise.

En riant, les deux complices terminèrent leur déjeuner avant de s'asseoir pour leur première pause depuis leur lever, deux heures plus tôt. Même si l'hiver signifiait un ralentissement dans les lourds travaux, il fallait toujours bien nourrir les bêtes, préparer les repas, nettoyer la maison et faire toutes les autres tâches que Florie ajoutait au fil des jours. Elles écoutaient tranquillement le radiojournal lorsque la porte de la cuisine s'ouvrit pour laisser entrer Laurent et Ludovic.

— Maudit qu'il fait froid !

— Moi, j'aimerais mieux avoir de la neige que ce temps-là ! On dirait que le ciel retient les flocons, puis à la place nous envoie des glaçons !

Adèle et Florie restèrent estomaquées quelques secondes devant la lancée de leur frère avant d'éclater de rire. Florie se releva et prit les bottes des deux hommes pour les avancer près du poêle. Elle poussa l'assiette de biscuits aux pommes devant eux en les encourageant du regard. Un regard d'envie sur les mains qui se dépêchèrent d'attraper deux galettes, puis l'aînée reprit sa place dans sa berçante. Elle serait capable de résister, au moins jusqu'au repas ! Avec un soupir de bien-être, la plus âgée des quatre écoutait les discussions à la table sans se douter que bientôt, la légèreté du climat serait rompue par le drame se jouant dans la maison voisine.

Ce n'est qu'au moment du dîner que les Gélinas apprirent le sort réservé à leur ami James. Édouard, étonné de l'absence inexpliquée de son aide, vint prendre une petite bouchée à la ferme avant de traverser l'autre côté.

— C'est la première fois en six ans que James vient pas travailler. Mais ce qui m'inquiète, c'est qu'il m'a pas averti. Il vous a rien dit ? demanda-t-il en lançant un long regard soutenu à sa sœur Adèle qui plongea son nez dans son bol de soupe.

— Bien non, voyons ! Pourquoi il nous informerait de..., commença Florie.

Édouard l'arrêta d'un signe de la main.

— Je me demandais, c'est tout. Je vais aller chez lui tout de suite dans ce cas-là.

— Finis donc de manger d'abord ! James est assez grand pour s'occuper de ses affaires tout seul !

— Florie, je te dis que je reviens dans dix minutes. Je veux juste m'assurer que tout est correct. J'ai un mauvais pressentiment.

En agrippant son manteau qu'il avait accroché au mur, le maître-beurrier s'en voulut de ne pas avoir pris des nouvelles de son ami avant d'arrêter chez ses sœurs et son frère. Adèle se leva à sa suite.

— Je t'accompagne.

— Euh…

Le visage soucieux de sa sœur l'empêcha de répondre. Édouard se doutait bien de la relation entre les deux et il voulait à tout prix éviter que Florie n'en prenne conscience.

— Oui, viens.

— Moi aussi je viens, dit Laurent en levant son bol de soupe pour en vider le contenu dans sa bouche, au grand déplaisir de sa sœur qui haïssait ce geste déplacé.

Elle lui lança d'ailleurs un regard sévère qu'il ignora en quittant la table rapidement. Finalement, lorsque le trio sortit de la maison, Florie se tourna vers Ludovic et dit :

— Coudonc, on devrait peut-être y aller nous autres aussi, qu'est-ce que tu en penses ?

— Je pense qu'ils sont assez de trois.

Le ton sec fit rougir Florie, qui reprit sa place à la table. Son inconfort à être seule avec le jeune Marquis paraissait dans ses gestes maladroits. Elle accrocha la salière, échappa sa cuillère qui cogna sur son bol. Ludovic leva ses yeux verts sur le visage étroit en remarquant le trouble de la femme. Comme toujours, il l'attribua au dégoût de ses cicatrices, même si celles-ci étaient loin d'être la raison du comportement de Florie.

— Moi, je me sens toujours mal quand il me regarde sans dire un mot, avait-elle expliqué à sa sœur la semaine précédente.

— Pourtant, tu devrais être habituée. C'est pas comme si Laurent jasait beaucoup.

— Tu es bien nounoune ! Laurent, c'est mon frère, je l'ai élevé. C'est pas pareil. J'ai toujours l'impression que Ludovic me trouve innocente.

Adèle comprenait le malaise de sa sœur pour l'avoir ressenti lors de ses premières rencontres avec Jérôme Sénéchal des années auparavant. L'impression de ne pas être assez… assez intelligente, assez cultivée, assez instruite. Certains hommes avaient cette habitude de rendre inconfortables leurs interlocuteurs juste à les regarder et Ludovic Marquis était un de ceux-ci ! Ce qui la confondait souvent lorsqu'elle repensait au jeune adolescent niais qu'il avait été avant l'incendie. Pendant de longues minutes, dans la cuisine familiale, seuls le son des ustensiles cognant sur les bols et la déglutition des deux personnes dans la pièce se firent entendre. Vivement le retour du reste de la famille, pensait Florie perdue dans ses pensées, en cherchant désespérément un sujet de conversation intelligent.

— J'espère que tout est correct ! dit-elle finalement pour combler le silence.

L'autre ne daigna même pas répondre. Seul un hochement de la tête lui fit comprendre qu'il avait entendu. Florie soupira discrètement.

La courte marche jusqu'à chez James prit à peine cinq minutes au trio. Adèle, peu vêtue, grelottait en montant les deux marches de la maison. Elle avait le cœur léger, heureuse de son prochain voyage à Montréal. Retrouver l'univers de l'édition était pour elle une grande réussite dans sa vie. Après l'épisode Marc-Joseph, la femme avait pensé mourir et ne s'imaginait certainement pas un futur enviable. Et puis voilà que l'expédition de son manuscrit avait ouvert la voie à une nouvelle chance. Adèle n'était pas vraiment inquiète pour son amant, se doutant bien que son frère Édouard avait tout simplement oublié que James devait aller à Labelle pour une commission.

— Mosus, tu avais raison, mon Laurent, on gèle en pas pour rire !

— J'ai toujours raison, tu sauras, ma sœur! ricana son cadet en lui donnant un léger coup sur l'épaule.

Les deux s'échangèrent quelques taloches en riant pendant qu'Édouard frappait fortement à la porte close. Il avait le souvenir du même silence, quelques années plus tôt lorsque Henry et lui avaient découvert le corps inerte du père Claveau. Ce jour-là, ils avaient trouvé le vieil homme décédé dans son lit. Se tournant vers son frère et sa sœur, il haussa ses épaules.

— On entre ?

— Je pense que oui, murmura Adèle.

À la pensée de ce qui les attendait de l'autre côté de la porte, les deux plus jeunes retrouvèrent leur sérieux. Pourtant, une fois dans la petite cuisine bien rangée, ils se sentirent un peu mieux. Comme si la normalité de l'endroit ne pouvait rien annoncer de malheureux. Et pourtant, après avoir fait le tour des quatre pièces de la maison, ils durent se rendre à l'évidence.

— Bon, allons voir si sa carriole est là. Sinon, il est probablement parti pour Labelle et j'ai oublié.

Édouard avait beau chercher dans sa mémoire, il n'avait aucun souvenir d'une discussion sur une quelconque absence de son ami. Il sentait que quelque chose clochait et une fois dans la grange, son pressentiment se confirma. Le corps inerte de l'aide-beurrier était recroquevillé tout près de la première stalle inoccupée.

— JAMES !

— Mon doux, James.

Sans dire un mot, les deux hommes se ruèrent sur le grand Noir, alors qu'Adèle restait derrière, près de la porte de la grange, trop choquée pour bouger. Son amant gisait sur le sol, dans son sang. Le visage tuméfié, méconnaissable, il gémissait sans qu'aucun mot ne sorte d'entre ses lèvres fendues. Laurent et Édouard réagirent au quart de tour. Le premier ôta son manteau d'hiver pour en couvrir l'homme en hypothermie. Toute la nuit, James était passé d'un état inconscient à un quasi-éveil. Édouard chercha autour d'eux une planche pouvant servir au transport de leur ami qu'il ne voulait pas brusquer. Une rage vibrait à l'intérieur du maître-beurrier qui commençait à réaliser que quelqu'un au village avait battu James. Battu comme un animal. Mais l'heure n'était pas aux questionnements. Il se tourna en criant vers sa sœur :

— Vite, Adèle, le docteur.

Voyant que sa sœur ne bougeait pas, il délaissa quelques secondes ses recherches pour s'approcher d'elle et mettre ses mains sur ses épaules tremblantes.

— ADÈLE ! LE DOCTEUR !

Secouant la tête vivement, la femme recula sans quitter son amant des yeux. Elle laissait les larmes couler sur ses joues glaciales. Un autre mort. Encore. Puis, doucement, comme dans un rêve, elle vit Laurent se lever à son tour et l'entendit dans un brouillard lointain :

— ADÈLE, MAUDIT, VA CHERCHER LE DOCTEUR TRUDEL ! Tu brailleras plus tard !

Cela suffit pour sortir la femme de sa torpeur. Elle tourna les talons et s'élança à la course jusqu'à la ferme. Fracassant la porte du fournil, puis celle de la cuisine sans égard pour le mur, elle cria au duo toujours à table :

— Ludovic, va atteler Aramis.

— Qu'est-ce qui se passe ?

Soulagée de ne plus être seule dans la maison avec Ludovic, Florie trottina jusqu'à sa sœur en remarquant son visage démonté.

— James.
— Bien oui, je le sais bien que c'est James.
— Il a été... ba... battu.
Sans mot, Florie mit la main devant sa bouche avant de secouer vivement la tête.
— Bien voyons, toi ! De quoi tu parles ?
— Florie, j'en sais pas plus. Il est entre la vie et la mort. Il faut que j'y aille.
— Mais... mais... moi ?
Florie resta les bras ballants lorsque sa sœur s'élança hors de la maison pour grimper aux côtés de Ludovic dans la carriole. Encore une fois, elle était celle qu'on laissait derrière. Mais cette fois-ci non plus, comme la nuit de l'incendie, elle n'attendrait pas qu'on pense à elle. Prenant à son tour son long manteau usé, elle fouilla dans le panier d'osier à côté du buffet pour trouver son chapeau gris.
— Voyons donc, veux-tu bien me dire !
De plus en plus frustrée, Florie se résigna à mettre le chapeau de cuir d'Édouard, une vieille affaire qu'il laissait ici pour dépanner lorsqu'il venait donner un coup de main à la ferme. Consciente de son air ridicule avec ça sur la tête, Florie descendit les marches de la galerie et fila jusqu'à la maison voisine. Les frères avaient réussi à transporter le Jamaïcain dans son lit. Soucieux, ils avaient déposé des linges humides contre ses blessures, mais Édouard avait l'impression que les traumatismes internes feraient la différence entre la vie et la mort de leur ami. Les pas feutrés de Florie firent retourner les deux hommes. Elle s'avança vers le lit et en voyant le visage meurtri du grand Noir, elle fondit en larmes silencieuses. Doucement, elle marcha jusqu'à la chaise à ses côtés, s'y installa et sans égard pour les convenances, prit la main de James

entre les siennes. La froideur du membre chavira la femme, qui se pencha vers lui.

— Bon, bon, mon James, maintenant que nous sommes amis, il faut pas me quitter de même. Je sais pas qui vous a blessé… comme ça, mais je sais qu'ici, il y… y… a du monde qui tient à… à vous.

Les pleurs de Florie remplissaient l'espace malgré leur douceur. Rarement les frères avaient vu une telle vulnérabilité chez leur grande sœur. Ils s'approchèrent sans mot et, sans concertation, mirent chacun leur main sur l'épaule arrondie qui tressautait. Dans ses larmes, la femme pleurait sa méchanceté lors des premières années de James à Sainte-Cécile, son ignorance de la candeur de cet homme bon, son rôle dans la chorale qui permettait à tous d'entendre sa voix extraordinaire. Alors qu'à son arrivée au village, Florie faisait tout pour mettre sa fratrie en garde contre les dangers associés à cet étranger, elle voulait maintenant grimper sur le parvis de l'église pour crier sa colère face à celui ou ceux qui l'avaient blessé ainsi.

CHAPITRE 6

Florie, l'infirmière

— Édouard, sais-tu qui ?...

Incapable de poursuivre, Florie trempa un bout de serviette dans l'eau fraîche pour éponger les lèvres sanglantes de son ami. Malgré son corps dénudé, vêtu seulement d'une combinaison tâchée de sang, elle ne détourna pas le regard une seule fois du visage défiguré. Les hommes comprenaient que la relation entre leur aînée et leur voisin venait de prendre une nouvelle direction. Pour Florie, la protection de James deviendrait une priorité. Jamais plus elle ne laisserait quelqu'un lui faire du mal. C'est ce qu'elle lui murmurait à l'oreille en priant silencieusement pour l'arrivée rapide du docteur.

— Il me semble qu'il respire mal, Édouard, fais quelque chose, mautadine !

— Je voudrais bien, mais tu prends toute la place.

Jetant un coup d'œil choqué à son frère, Florie déposa à regret la main sur la couverture avant de se retirer vers l'arrière de la pièce.

— Laurent, aide-moi à replacer son oreiller derrière lui. Il faut lui dégager la gorge, il est tout ratatiné dans le lit.

Les deux hommes comptèrent jusqu'à trois avant qu'Édouard ne soulève délicatement son ami et que l'autre ne remonte l'oreiller. Pendant quelques minutes, seuls les râles déchirants de James brisèrent le lourd silence. Enfin, alors qu'ils ne l'espéraient plus, la porte de la maison s'ouvrit et les pas rapides d'Adèle et du docteur Trudel se firent entendre. Florie courut au-devant d'eux dans la cuisine éclairée par un soleil aveuglant. Tant de noirceur dans une journée aussi lumineuse.

— Vite, docteur, dépêchez-vous, il est vraiment au plus mal.

Surpris, Julien Trudel, qui connaissait Florie depuis des décennies et ne l'avait guère imaginée aussi proche du grand Noir, se fraya un chemin derrière elle. Le vieux docteur, qui approchait soixante-cinq ans, était de plus en plus las de ces déplacements au cœur de l'hiver. Il songeait plus que jamais à diminuer sa clientèle, mais malgré son désir de ralentir, aucun remplaçant ne s'était encore pointé au village. Il devrait donc informer le Collège des médecins qui pourrait, l'espérait-il, diriger un nouveau confrère vers Sainte-Cécile.

— Mon Dieu! murmura le docteur Trudel à la vue des blessures de James.

L'homme n'avait jamais soigné d'étranger de toute sa carrière. À la vue du corps d'ébène à moitié dénudé, il eut un moment d'arrêt. C'est Florie qui, ignorant les raisons de cette pause, poussa le docteur vers le lit.

— Voyons, je vous dis qu'il va pas bien! C'est pas le temps de regarder la peinture sur les murs!

Laurent, malgré l'intensité du moment, ne put retenir un fou rire nerveux en entendant sa sœur asticoter le médecin du village. Ce dernier, rappelé à l'ordre par sa concitoyenne, déposa sa sacoche de cuir noir sur la chaise près du lit.

— Laissez-moi seul avec monsieur Jackson, je vous en prie.

— Bien là, moi je…

— Florie, interrompit Édouard, par là, allez !

L'homme poussa sa sœur hésitante vers la sortie de la chambre, mais ne réussit pas à l'attirer avec lui dans la cuisine au bout du corridor. La grosse femme attendit près de la porte en se tortillant les doigts avec anxiété. Les quatre autres chuchotaient, assis autour de la table. C'est Laurent qui posa la question qui taraudait tout le monde :

— Qui donc au village l'haït de même, James ? Ça a pas de bon sens, voyons donc ! Un bon gars comme ça !

— J'ai ma petite idée, marmonna sèchement Édouard en se levant pour faire chauffer de l'eau. Il ne voulait pas parler de ses soupçons pour l'instant, mais savait que l'altercation qu'il avait eue plus tôt dans la journée avec les deux Constantin avait probablement un lien avec l'attaque subie par James.

Les grands yeux bruns torturés d'Adèle se posèrent sur son visage déchiré. Elle le tira par la main avant de demander :

— Qui ? Dis-nous qui, Édouard.

— Non. Pour l'instant, concentrons-nous sur James. Attendons de voir ce que le docteur nous dira et ce que lui, James, nous confiera sur ses attaquants. On n'est pas pour blâmer du monde sans preuve.

Déçue, la jeune femme tira sa jupe bourgogne défraîchie sur ses jambes repliées sous elle. Pourrait-elle partir quand même à Montréal maintenant que la vie de James ne tenait qu'à un fil ? Lorsqu'enfin, au bout d'une trentaine de minutes, le docteur Trudel ressortit de la chambre, il se dirigea vers la cuisine au grand déplaisir de Florie, qui s'attendait à connaître les nouvelles la première. Mais il ne vit même pas la main sur son bras, préoccupé qu'il était par la situation risquée dans laquelle se trouvait l'aide-beurrier. La femme le suivit en vitesse pour ne rien manquer.

— Docteur ? interrogea Édouard en lui faisant signe de s'asseoir.

L'homme déposa sa sacoche sur la table avant de prendre son manteau. Il hocha la tête sans parler jusqu'à ce que Florie se tanne et se place à trois pouces de son visage.

— Bien voyons, docteur Trudel, dites-nous quelque chose, vous voyez bien qu'on va mourir d'inquiétude !

— Oui, oui, je suis désolé, c'est juste que…

— Que ?…

— Monsieur Jackson a subi d'importantes blessures internes. Comme il n'est pas possible de le déplacer pour le moment, il faudrait que quelqu'un vienne s'installer ici pour environ une…

— Je vais venir, moi !

Avant que le docteur ne termine sa phrase, Florie avait pris sa décision. C'était son chemin de croix, son pardon pour les mauvais gestes et les mauvaises pensées qu'elle avait eus des années auparavant. Elle avait jugé, alors, sans connaître l'homme.

— Euh…

— Euh… quoi ? Vous pensez que je suis pas capable de m'occuper d'un ami dans le besoin ? Vous avez juste à me dire ce que je dois faire, quel médicament lui donner, puis le reste va aller tout seul !

Mal à l'aise, Julien Trudel déposa son chapeau de feutre sur sa tête grise avant de marmonner.

— C'est juste qu'il va aussi falloir l'aider à faire…

— Faire ?… Voyons, docteur, vous avez bien de la misère à finir vos phrases. Pour moi, vous êtes fatigué, vous là !

Les trois autres Gélinas, estomaqués, n'en revenaient pas de voir leur sœur s'adresser ainsi à un membre respectable de leur communauté. Jamais ils ne l'avaient vue parler au docteur de cette façon, et Adèle s'avança vers elle pour lui toucher le bras.

— Hum… Florie ?

— Quoi ?

— Je pense que le docteur veut dire qu'il va falloir que tu l'aides à faire ses besoins ou à lui mettre la bassine…

Les deux femmes rougirent ; l'une en prononçant les paroles et l'autre, en les entendant, elle qui n'avait pas pensé à cet aspect de la chose du tout ! Qu'à cela ne tienne, Florie se débrouillerait.

— On va s'arranger. Mes frères et Ludovic vont passer régulièrement puis au pire, coudonc, je me suis quand même occupée d'Édouard et Laurent toute leur vie. C'est pas comme si j'avais jamais vu…

Incapable de poursuivre, Florie piqua un fard comme la vieille fille qu'elle était, mais en gardant un œil frondeur sur le docteur ahuri. Il ne savait s'il devait s'offusquer ou admirer la détermination de la femme. Il choisit de ne pas questionner plus à fond. Prenant son crayon, il nota ses recommandations sur un bout de papier avant de préciser quel médicament l'homme devrait prendre pour éviter de souffrir dans les jours à venir.

— Je vous en fournis quelques comprimés pour cette nuit. Demain, vous pourrez aller à la pharmacie Beaulieu, je crois bien qu'il s'y trouve des doses plus fortes qui devraient atténuer ses douleurs. Car douleurs il y aura pour la prochaine semaine. Ceux qui ont…

Cherchant en quels termes définir les agresseurs, le docteur vit Édouard le faire à sa place en rageant.

— …ceux qui ont lâchement attaqué notre ami n'y sont pas allés de main morte, n'est-ce pas ?

— En effet. Je crains une fracture des côtes, mais seule une radiographie pourrait nous en apprendre plus. Pour le moment, les déplacements risquent de faire plus de mal que de bien, c'est pourquoi je reviendrai dans deux jours pour voir si mes craintes se confirment. Vous êtes bien certaine, mademoiselle Gélinas, que vous…

Florie soupira, ennuyée.

— Puisque je vous dis que je m'en occupe. Soyez sans crainte.

Si quelqu'un au village avait douté de l'affection qui liait les Gélinas à James Jackson, ce malheureux épisode leur enleva tout soupçon. Personne ne savait vraiment la mystérieuse maladie qui affaiblissait l'homme, mais les commentaires allaient bon train :

— Tu es bien certaine de ton affaire, Florie ? Il me semble que c'est compromettant, cette idée-là ! avait marmonné Louisette en entendant les détails des soins qui seraient prodigués par son amie.

— Une femme toute seule chez un homme, toute la nuit ! s'était dépêché de rajouter le curé Latraverse qui avait même fait l'effort de se rendre chez les Gélinas le lendemain de l'événement pour s'assurer que sa paroissienne n'était pas tombée sur la tête. Depuis quelques mois, il limitait ses déplacements, qui le fatiguaient trop.

— Monsieur le curé, loin de moi l'idée de vouloir vous déplaire ou déplaire à notre Dieu. Mais il me semble que la première tâche d'une bonne croyante, c'est de prendre soin de son prochain, non ?

— Hum… oui, mais…

— Mais quoi ?

Florie l'avait regardé d'un air naïf, comme si elle ne comprenait pas du tout ses inquiétudes.

— Mais vous êtes célibataire, lui aussi…

— En effet, mais je peux vous dire qu'arrangé comme il est là – par quelqu'un de notre village, dois-je vous le rappeler –, James Jackson pourrait pas faire de mal à une mouche. Il peut pas bouger, pas parler, pas manger. Une fois qu'il aura été à l'hôpital, on verra bien pour la suite. Je vais juste m'assurer qu'il passe au travers de la prochaine semaine sans mourir. Parce que… ça paraîtrait mal en mautadine si quelqu'un du village était accusé de meurtre, vous trouvez pas, vous ?

Le ton menaçant avec lequel Florie prononça ces paroles amena aussitôt le curé à rebrousser chemin. À l'instar du docteur Trudel, il ne tenait pas à ébruiter la nouvelle. Alors depuis l'agression, la femme passait nuit et jour au chevet de leur ami, sans accepter que personne ne vienne la remplacer plus qu'une quinzaine de minutes à la fois. Lorsque Adèle voulut aller visiter James, seule, trois jours après l'événement, sa sœur l'avertit comme une vraie garde-malade :

— Tu vas le fatiguer, toi là ! Il commence juste à dire deux mots. Moulin à paroles comme tu es, tu vas me l'épuiser, je te connais.

— Oh, Florie, arrête, bon sang ! C'est pas ton enfant que tu soignes, là !

— Bien, c'est tout comme !

— Coudonc, nous cacherais-tu quelque chose, toi ? questionna Adèle sans prendre le temps de réfléchir.

Le regard qui pointa sur elle lui enleva toute envie de poursuivre dans cette voie. Florie lui donna une tape sur le bras avant de pointer son index sur son épaule.

— Cesse de t'épivarder puis dépêche-toi d'aller remplacer Laurent. Je lui ai dit de s'occuper de James dix minutes, le temps que je vienne chercher des vêtements. Puis j'y retourne dans cinq minutes alors grouille si tu veux avoir le temps de voir notre ami !

En marchant sur la route entre les deux maisons, Adèle retrouva son calme, que sa sœur avait réussi à lui faire perdre. Sous peu, elle devait se rendre à Montréal. La situation de James l'embarrassait terriblement. Inquiète pour la vie de son ami-amant, elle hésitait à partir malgré l'insistance d'Édouard, seul à connaître les raisons de son séjour dans la grande ville. Après quelques hésitations, sa sœur lui avait en effet annoncé la publication de son premier roman d'ici quelques mois. Fier, son frère avait toutefois sursauté lorsque Adèle lui avait précisé que personne d'autre ne devrait jamais être au courant. Mais quand sa cadette lui avait décrit son roman publié sous un pseudonyme, il avait compris. Toutefois, malgré son envie de prendre son envol, l'écrivaine irait à Montréal seulement si James se portait mieux et se trouvait hors de danger. Depuis l'incident et la venue du docteur Trudel, sa sœur n'avait pas accepté de la laisser revoir le blessé une seule fois.

— C'est pas acceptable pour toi de te retrouver seule avec lui, martelait Florie.

— Bien… voyons donc !

— Non, non. Moi, c'est pas pareil, je suis déjà une fleur fanée ! Toi par contre…

— Bien, reste avec moi d'abord !

Ne sachant quoi répondre, Florie ne faisait alors que secouer sa tête. Comment admettre à sa sœur que son cœur se brisait lorsqu'elle quittait James trop longtemps. Que l'attachement qu'elle avait pour son voisin ressemblait en tous points à celui qu'elle avait pour ses deux frères et sa sœur avec, en plus, une pointe de jalousie. Pas amoureuse, mais plutôt possessive comme une mère lionne. Adèle inspira l'air frais sous le soleil radieux, anxieuse de vérifier l'état de santé de James. La porte de la petite maison brune à peine ouverte, elle cria :

— Laurent, c'est moi !

— Oh... Et Florie ?

— Parle-moi-z'en pas ! Un vrai chien de garde. Ça a tout pris pour qu'elle me laisse venir quelques minutes. Tu peux y aller, je prends la relève. Comment va-t-il ?

Laurent sourit affectueusement en hochant sa tête bouclée.

— Il parle un peu. Souffre pas mal, mais je pense qu'il est sur la bonne voie.

— Tant mieux. Bon, je vais le voir parce que notre sœur va être ici dans cinq minutes qu'elle m'a dit, pas une de plus. Et je la crois !

En pénétrant dans la chambre ensoleillée, Adèle ne put se retenir de relever sa poitrine et d'humecter ses lèvres charnues. Comme si son amant pouvait, au moment de lutter pour sa vie, avoir envie d'elle. Mais elle fut remerciée par un regard tendre sur son visage quand elle arriva à ses côtés.

— A... Adèle.

— Chut... parle pas. Je suis contente, James. Triste de cette épreuve, mais contente de t'entendre. Tu sais que j'ai eu très peur de te perdre. Ceux qui t'ont fait ça...

Il ferma les yeux, refusant d'entamer le dialogue sur l'événement. Se penchant au-dessus de l'homme, elle déposa un léger baiser sur ses lèvres encore blessées. Le souffle court de

James l'encouragea et elle butina son visage avec affection avant de s'asseoir près de lui.

— Alors, tu tiens le coup à ce que je vois. Je dois partir pour Montréal lundi, mais je pense que je vais reporter mon séjour...

— Non.

— Je sais pas, James... s'il fallait que...

Hésitante, elle laissa errer son regard sur la chambre typiquement masculine. La large fenêtre à battants était à demi cachée par un lourd rideau gris pâle. Les murs étaient peints en beige; les meubles en bois clair prenaient presque tout l'espace. Seul le tapis rouge sur le sol, à côté du lit, mettait une touche de couleur. Pendant de longues secondes, ils ne dirent mot, mais Adèle ne put se retenir plus longtemps. L'amie et la journaliste en elle voulaient savoir.

— James... Qui t'a fait ça ?

L'homme retint une plainte au souvenir des coups pleuvant sur son corps. Il savait bien que les Constantin l'avaient frappé. Il avait reconnu la voix du garçon. Néanmoins, il secoua la tête.

— *I don't know*[13], souffla-t-il en fermant les yeux.

— Mais...

— Adèle, je sais pas.

La femme allait répliquer lorsque la porte d'entrée claqua, la prévenant de l'arrivée de sa sœur.

— Je suis arrivée, James.

L'homme sourit affectueusement à l'écoute de la voix et Adèle fut apaisée. James était entre de bonnes mains. Elle partirait et reviendrait lui raconter son escapade au risque de le

13 Je ne sais pas.

voir s'offusquer. Mais elle en doutait. James Jackson n'était pas homme à juger. Pour la première fois depuis le début de leur aventure, Adèle comprit que ces épisodes amoureux étaient terminés. L'affection qu'elle ressentait pour l'homme avait pris une tournure autre et lorsqu'elle reporta son regard sur lui, elle comprit que c'était la fin. Ils se sourirent, elle fut rassurée, il la laissa se retirer, une étincelle dans le regard. La vie continuait.

Depuis le matin, Adèle, fébrile attendait que son frère Laurent se montre le bout du nez. La veille, avec étonnement, elle l'avait entendu annoncer à leur aînée qu'il accompagnerait sa sœur jusqu'en ville pour faire des achats nécessaires pour le printemps.

— Là ?... En plein milieu de l'hiver ?

— Bien oui. Il me semble que c'est parfait. Il n'y a pas grand-chose à faire ici en janvier. Puis Ludovic m'a assuré qu'il se débrouillerait très bien tout seul.

— Ah bon ! OK.

Florie s'était détournée sans se choquer alors qu'Adèle et Laurent ouvraient les yeux bien grands. OK. Leur sœur devait être tombée sur la tête.

— Je vais revenir mercredi. Avec Ad...

— J'ai dit OK, tu es assez vieux pour savoir ce que tu dois faire.

— Eh bien, bonyenne ! Je pensais jamais l'entendre, celle-là ! n'avait pu s'empêcher de s'exclamer Laurent en éclatant de rire.

Florie avait froncé les sourcils en secouant la tête. Elle avait balayé l'air devant elle en se dépêchant de mettre son manteau.

— Arrête de dire des niaiseries, je dois m'en aller. Édouard m'attend chez notre ami avant de partir pour la beurrerie. Il a insisté pour prendre ma place un petit moment, mais James doit avoir besoin de moi.

Alors Adèle avait compris. Compris que l'affection de Florie pour James dépassait toutes ses obligations, toutes ses recommandations. Entière, loyale, l'aînée avait décidé de faire de la guérison de leur voisin sa mission. Sautant sur ses pieds en entendant les pas lourds de Laurent dans l'escalier, Adèle prit sa valise dans sa main. Elle était allée embrasser Florie à l'aube alors qu'elle se trouvait déjà chez leur voisin. Adèle avait souri affectueusement en voyant sa grande sœur allongée dans le divan vert du salon, un bras pendant près du sol. La porte de la chambre du blessé était ouverte, pour laisser place aux demandes du malade.

— Es-tu prête, Adèle ? s'informa Laurent.

— Qu'est-ce que tu en penses, mon frère ? rigola l'autre en montrant sa valise.

Le voyage de quelques heures jusqu'à la ville se déroula en quasi-silence, les deux étant perdus dans leurs pensées. En plus de ses préoccupations, Laurent devait se concentrer sur les conditions routières plus difficiles en cette période de l'année. Une petite idée commençait à germer dans la tête d'Adèle. Et si elle allait voir où travaillait son ancien amant ? Oh, simplement par curiosité, pour constater sa réussite, lui qui avait tellement espéré devenir rédacteur en chef d'un grand quotidien montréalais. Elle laissait ses yeux glisser sur les paysages en se promettant une petite marche près de la rue Saint-Denis, où se situaient les bureaux du journal de Jérôme. Encore une fois, Jeremiah avait gentiment offert sa voiture à ses amis malgré les protestations de sa femme qui trouvait « qu'ils exagéraient quand même ! » Son mari l'avait rabrouée sans qu'elle ne puisse rien rajouter à son commentaire. Il n'avait pas besoin de son automobile, il ne voyait pas pourquoi il n'allégerait pas le voyage à Montréal des deux Gélinas. Point à la ligne ! Béatrice, qui ne portait guère cette famille accaparante dans son cœur, s'était détournée avec colère.

— Maudit que c'est pratique un char quand même, hein ? constata Laurent, une main posée sur le volant de cuir alors que son bras droit était nonchalamment placé sur le dossier de sa passagère.

— Mets-en ! On devrait y penser, nous autres aussi ! répondit Adèle. Mais fais attention quand même, les routes pourraient être glissantes puis tu n'es pas habitué.

— Arrête de faire ta Florie, je suis un excellent chauffeur, tu sauras. Quant à faire l'achat d'une automobile…

Laurent éclata de rire en imaginant la tête de Florie s'ils arrivaient avec une telle proposition ! Adèle, fébrile, espérait que le travail à faire sur son manuscrit se ferait sans anicroche. Après tout, plusieurs scènes de son histoire lui apparaissaient essentielles et elle craignait que son éditeur ne les considère pas de la même manière. De plus, sans entrer dans les détails, Adèle avait expliqué à monsieur Lampron, éditeur en chef des éditions du Chêne, qu'elle ne souhaitait pas de publicité visible. Il avait été étonné d'apprendre que l'auteure préférait n'avoir aucune photo d'elle dans les journaux.

— Mon nom, Virginie, ne cause pas de problème. Mais si jamais on associait mon visage à mon ouvrage, disons que je serais dans le trouble. Je viens d'un petit village, vous comprenez, et un livre de cette nature risquerait d'y créer toute une commotion. C'est sans compter ma famille qui ne verrait pas d'un bon œil les passages trop explicites de cette histoire.

— Ma chère demoiselle, ne vous en faites pas, avait alors répondu l'éditeur, nous espérons qu'il s'agit là du début d'une longue collaboration entre nous. Alors votre secret est protégé, soyez sans crainte !

Laurent conduisait les yeux fixés sur la route. Il répondait aux questions occasionnelles de sa sœur, passait quelques commentaires sur le paysage, mais gardait pour lui la raison véritable de son court séjour à Montréal. Il s'était décidé. Le besoin de savoir, le désir de toucher et d'aimer étaient plus forts que tout. Il avait eu beau tenter d'oublier la soirée dans le bordel qui s'était terminée en queue de poisson, son corps ne l'avait pu. Laurent avait envie d'une rencontre toute masculine, il ne pouvait plus le nier. Alors, il irait. Il irait à la rencontre d'un de ces hommes prêts à tous les sacrilèges pour en caresser un autre. Impatient et enivré à cette pensée, il écoutait donc d'une oreille distraite lorsque Adèle parlait.

— Tu as noté l'adresse de la pension ? demanda-t-il à leur arrivée à Montréal après plus de quatre heures de route.

— Oui, c'est sur la rue Masson, au 1910. Tu savais ça, toi, que cette rue porte le nom du premier millionnaire canadien-français* ? Je pense bien que c'est le plus près d'un millionnaire qu'on ne sera jamais, toi et moi !

Adèle éclata de rire sans attendre la réponse de son frère. Finalement, nerveux et vidé de son énergie après la conduite vers Montréal, Laurent arrêta le véhicule devant l'auberge, une haute bâtisse étroite de trois étages. La brique grise et brune tapissait le devant alors que de larges fenêtres à battants signalaient le nombre de chambres qui donnaient sur la rue. Pendant qu'ils descendaient leur maigre bagage, Adèle dit naïvement à son frère :

— J'ai peur que tu trouves tes soirées bien longues, mon pauvre Laurent. Moi, je vais être partie jusqu'à tard ce soir et demain aussi.

Heureux d'être caché par la valise qu'il portait sur son épaule, son frère marmonna :

— Oh... t'en fais pas, je voulais aller faire un tour sur le mont Royal de toute manière. James m'a beaucoup parlé de cette montagne et je pourrai lui raconter ma découverte pour le désennuyer.

— Bonne idée. Si je peux me libérer, je t'accompagnerai.

Laurent grommela quelque chose qu'elle n'entendit pas. Il était déjà trois heures de l'après-midi et la jeune femme était attendue sur l'avenue Greene, à Westmount, pour cinq heures. De plus en plus impatiente, elle salua à peine son frère, qui monta à sa chambre du deuxième étage alors qu'elle s'installait dans la sienne au premier. Chacun de leur côté, les deux Gélinas anticipaient une soirée haute en rebondissements et découvertes.

Adèle jeta un regard par la fenêtre et sourit en voyant une jeune femme, vêtue élégamment à la dernière mode, souffler un baiser à un homme de l'autre côté de la rue. Lorsqu'il lui cria quelque chose, elle releva une jupe à la coupe ajustée à la taille qui s'étendait en corolle jusqu'aux mollets et traversa la rue en courant. À regret, l'écrivaine pensa à cette liberté qu'elle aurait si elle vivait à Montréal, puis se dépêcha de se rafraîchir avant d'enfiler sa robe à carreaux noirs et blancs. Elle avait sous les yeux le journal de Jérôme et ses yeux fixaient l'adresse qui se trouvait au bas de la première page.

— Hum... si je ne finis pas trop tard, je pourrais peut-être...

Adèle mordillait ses lèvres, envahie par un désir si fort de l'apercevoir, juste une seconde, qu'elle tressaillit vivement.

Elle lança le quotidien sur le lit en mettant ce projet de côté. Pour l'instant, elle devait se concentrer sur son roman, *La Promesse.* À l'étage du dessus, Laurent marchait de long en large sur le plancher de bois de sa chambre en mordillant ses ongles. Torturé, il songeait à renoncer à son projet. Pourtant, tout comme sa sœur dans sa chambre, il se débarbouilla et revêtit une chemise propre en coton écru. S'observant dans le miroir au-dessus du bureau, Laurent resta longuement à attendre un signe lui indiquant de renoncer. Mais une heure après leur arrivée à Montréal, le jeune homme fermait la porte de l'auberge Masson avec détermination. Il se dirigea vers l'ouest avec pour unique but de retourner s'installer à la taverne où son frère et lui avaient pris une bière, quelques mois auparavant.

— Je vais juste regarder le monde sur la rue. Je fais rien de grave, marmonna-t-il pour lui-même en appréciant la douceur de l'air malgré le mois de janvier.

Un temps clément, comme pour lui permettre d'aller au bout de ses désirs, de ne pas abdiquer. Il ne savait plus exactement à quelle hauteur sur Saint-Laurent se situait la brasserie, mais en tournant vers le sud, il était certain de la reconnaître. Les gens passaient à ses côtés avec presse en cette fin d'après-midi. Les femmes et les hommes étaient impatients de retrouver le confort de leur foyer. Par contre, plus le blond marchait vers le sud, plus les travailleurs se faisaient rares. Au coin de Sainte-Catherine et Saint-Laurent, il s'arrêta avec intérêt pour regarder l'affiche du cinéma Crystal tout à côté du Midway.

— Tiens, c'est ici qu'allaient les deux hommes, pensa Laurent en se remémorant les moqueries des clients de la taverne.

Hésitant, il s'avança néanmoins pour acheter un billet pour le film présenté. Il n'était jamais allé au cinéma de sa vie et se disait que c'était l'occasion de connaître ce divertissement sans avoir personne pour le juger. Aussitôt assis dans la grande salle obscure et presque déserte, Laurent relaxa. Il fixa son regard sur l'écran où on présentait un film de Jean Renoir, *La grande illusion**. Pendant la première heure, Laurent resta fasciné par l'écran, se disant qu'à partir de maintenant, il irait au cinéma à chacune de ses visites à Montréal ou à Sainte-Agathe, où se trouvait la salle de cinéma la plus près de Sainte-Cécile. Puis, son regard fut attiré par un couple installé au bout de sa rangée. D'abord, il leur jeta un coup d'œil anodin parce que les deux hommes bougeaient beaucoup. Puis, avec stupeur, il s'aperçut que l'un des deux soldats – il voyait les écussons sur leurs vestes – était penché sur l'autre et l'embrassait avidement. Étonné, il sentit une chaleur monter en lui et il reporta son attention sur l'écran. Mais l'intérêt n'y était plus et à intervalles réguliers, il tournait la tête vers le couple dont les mains disparaissaient maintenant à l'intérieur des pantalons. Laurent regarda autour de lui pour voir si d'autres spectateurs s'intéressaient au même spectacle que lui. En ce lundi après-midi, la salle ne contenait qu'une poignée d'hommes. Surpris, Laurent réalisa que pas une femme ne se trouvait dans la salle et il comprit alors ce que les paroles entendues quelques mois plus tôt voulaient dire.

— Ce sont des tapettes… des homosexuels ! Comme moi, réalisa-t-il avec stupeur. Lui qui croyait être seul au monde découvrait un univers fascinant.

Lorsque la représentation se termina, les lumières se rallumèrent et il ne put s'empêcher de tourner la tête vers le couple. Rougissant, il s'aperçut que les deux soldats en permission le regardaient ironiquement. Puis l'un d'eux fit mine de l'embrasser avant d'éclater de rire. Laurent se hâta donc de filer vers la sortie, émoustillé tout autant qu'embarrassé. Lui aussi voulait toucher un corps masculin.

Florie parlait à voix basse à Édouard. Ils étaient assis dans la petite cuisine de James pendant que celui-ci dormait dans sa chambre.

— Il faut toujours bien que ceux qui l'ont battu ainsi soient arrêtés, dit Édouard en frottant ses yeux fatigués.

Depuis une semaine, il se retenait pour ne pas aller frapper à la porte des Constantin. Il n'avait pas de preuves et il voulait à présent demander à son ami le nom de ses assaillants.

— Là, pour l'instant, répondit sèchement Florie, ce qui est important, c'est que James se remette sur pied. Il commence à moins souffrir et toi tu veux le replonger dans ses mauvais souvenirs.

— Moi je veux qu'il reste ici au village sans avoir peur de se faire tabasser à tous les coins de rue. Me semble que c'est pas difficile à comprendre !

— Quand il va se sentir prêt, il va nous le dire, Édouard.

Depuis l'attaque, ce n'était pas la première discussion enflammée que le duo avait sur le sujet. Florie désirait éteindre le feu, éviter d'en parler. Comme souvent, elle préférait mettre sa tête dans le sable plutôt que de penser qu'un villageois avait assez de méchanceté pour s'en prendre à un homme sans défense. Édouard, tout au contraire, sentait la rage monter en lui chaque fois qu'il pensait aux colosses s'acharnant sur le corps de James. Il se releva donc, sans égard pour sa sœur.

— J'y vais. Tu m'arrêteras pas cette fois. Moi, je veux aller à la police pour que ces maudits sauvages soient emprisonnés.

— Édouard !

— Non, Florie, essaie pas.

En vitesse avant que sa sœur ne puisse l'arrêter, il s'en alla dans la chambre de son ami et ferma la porte.

— James, James…

— Hum… oh, Édouard. Tu me donn… donnerais… *a sip of water*[14] ?

Même si son visage avait repris une forme humaine, son dos et son ventre le faisaient énormément souffrir à chacun de ses gestes. À la fin de la semaine, si le docteur le jugeait utile, le maître-beurrier conduirait son ami à l'hôpital de Saint-Jovite pour subir des radiographies. Julien Trudel conservait toutefois un mince espoir qu'une fois l'œdème diminué, la douleur s'estomperait et la possibilité d'une ou plusieurs côtes brisées disparaîtrait. Il tendit une main, mais Édouard s'avança pour lui soulever la tête et l'aider à boire.

— Je veux savoir, James.

— Hein ?

Le Noir ferma les yeux pour éviter la conversation. Mais cette fois-ci, Édouard n'abandonnerait pas.

— Dis-moi leur nom et je file à la police.

— Non.

Frustré, le grand brun se releva et se mit à marcher de long en large dans la chambre. Il jetait des regards désabusés vers le lit en espérant que l'autre ouvre ses yeux clos. Chaque fois que son regard se posait sur les marques, les coupures, les

14 Une gorgée d'eau ?

traits tirés de James, une rage l'envahissait. Il s'approcha encore.

— Dis-moi pourquoi tu veux les protéger, James. Je comprends pas.

— Je sais.

Péniblement, James se releva en ouvrant ses grands yeux de velours. Son beau visage souffrant lui donnait l'air d'un martyre. Il chuchota :

— Toute ma vie, j'ai tenté d'appartenir à quelque chose. D'abord à Montréal, je voulais être blanc. Tu sais ce que ça veut dire vouloir changer de couleur *when you're ten*[15] ? Non, bien sûr que tu sais pas. Souvent le matin, je me réveillais et *the first thing I would do*[16], c'était regarder mon bras pour voir si *mon* prière avait été *exaucé* pendant la nuit. Puis, à l'adolescence, j'ai commencé à chercher un travail. Je ne voulais pas être dans le ghetto noir, mais je me suis vite rendu compte qu'ailleurs, *mon* peau était tout ce qu'on voyait. J'avais beau avoir le plus beau veston, la plus élégante casquette, mon visage de nègre empêchait les Blancs de me faire confiance. Ça fait que…

Il plissa le visage en laissant exhaler un léger râle avant de poursuivre…

— Ici, à Sainte-Cécile, parmi tous vous autres, *white as snow*[17], j'ai trouvé ma place. C'est drôle à dire, mais chaque fois qu'un des villageois me salue, m'embarque dans sa voiture, je me dis qu'enfin, on me fait confiance. Mais penses-y une minute… *why be so happy for something that should be*

15 Quand tu as dix ans ?
16 La première chose que je faisais.
17 Blancs comme la neige.

obvious[18] ? Est-ce que toi, Édouard, tu es heureux lorsque le curé t'envoie la main ? Te sens-tu comme un vrai homme lorsque monsieur Marquis prend ton argent sans compter ?

Troublé, Édouard mit sa main sur celle de son ami, qui laissait les larmes couler sur ses joues sombres.

— Alors non, *I won't say who did this*[19]. Parce que je sais que même si ta famille et toi vous avez confiance, les autres villageois commenceront de nouveau à douter. *The stranger must have done or said something*[20] pour causer une si grande colère.

Inspirant profondément, James essuya ses joues avant de faire une sorte de sourire à son ami.

— *It will be my secret forever, please, forgive me*[21].

— Je n'ai rien à te pardonner, mon ami. Pour moi, tu es comme un frère et je respecterai ta décision. Je pourrai jamais comprendre la douleur que tu vis, mais je veux que tu saches que pour moi, ta couleur veut rien dire. Je t'aime, toi.

Les deux hommes se sourirent tendrement en sachant que ce moment venait de cimenter leur relation pour toujours. Lorsque Édouard sortit de la chambre plusieurs minutes plus tard, Florie vint au-devant de lui en avalant son biscuit en vitesse.

— Puis ?

— Il sait pas. Puis on va laisser ça comme ça, tu as raison. Pas besoin de lui faire revivre cette épreuve à répétition. Le passé, c'est le passé. C'est probablement des hommes de passage, des itinérants qui sont maintenant loin d'ici.

---

18 Pourquoi être si heureux pour quelque chose qui devrait aller de soi ?
19 Je ne dirai pas qui a fait ça.
20 L'étranger avait dû faire ou dire quelque chose.
21 Ce sera mon secret pour toujours, pardonne-moi s'il te plaît.

Satisfaite, mais surprise de l'abdication rapide de ce frère entêté, la grosse femme lissa sa jupe sur ses larges hanches avant de lui serrer le bras.

— Enfin, tu me donnes raison ! On va noter ça dans un cahier, je pense, mon Édouard.

Son frère lui fit une grimace enfantine avant d'aller dans la grange pour donner la moulée aux animaux de James. Pendant ce temps, Florie avait repris sa place aux côtés de son ami épuisé, qui marmonnait doucement.

— *I have... I have to... go*[22].

— Hein ?

James ouvrit un œil las et chercha derrière la femme.

— Édouard ?

— Dans la grange. Qu'est-ce qu'il y a, mon ami ?

— *I need to... to pee*[23], dit l'homme trop épuisé pour faire montre de pudeur.

Florie se tortilla sur sa chaise droite en cherchant dans sa mémoire.

— Euh... *what... you*[24] voulez, James ?

— *Pee...*

— *Pee...* c'est quoi ça, *pee* !

Florie se releva, embêtée, en regardant autour d'elle pour trouver la signification du mot. Puis, ses yeux noirs se reportèrent sur le blessé qui s'était mis à gigoter le bas de son corps étrangement. C'est alors que la grosse femme fit le lien avec les paroles et les gestes de James en rougissant !

— Oh ! Pipi ?

— *Yes !* Pipi !

---

22 Je dois... je dois... aller.
23 J'ai besoin de... faire pipi.
24 Qu'est-ce que.

Malgré ce que Florie avait annoncé le premier soir, elle ne savait guère comment s'organiser pour satisfaire les besoins naturels de son ami. Elle avait donc compté sur ses deux frères, jamais bien loin lorsque James faisait la demande de la bassine. Mais en ce moment, James semblait avoir perdu toute sa réserve habituelle tant le besoin était pressant.

— Euh, oui, oui, James. Une minute.

S'éclipsant en courant vers la galerie, Florie se mit à crier de toutes ses forces en direction de la grange. Elle eut beau s'époumoner, Édouard ne l'entendit pas et au troisième appel de James, elle n'eut d'autre choix que de retourner à l'intérieur.

— J'arrive, mon ami.

Il fallait voir la pauvre Florie s'empêtrer dans un large drap qu'elle plaça sur le corps du blessé pour ensuite glisser la bassine sous le fessier de l'homme. Mais la tâche était loin d'être terminée comme elle le comprit en voyant le désespoir poindre sur le visage enflé.

— Florie, *please, my... pants*[25], chuchota James à bout de souffle.

— Oh ! Oui. Vos *pants*... pantalons !

Alors Florie fit ce qu'elle n'aurait jamais cru possible de toute sa vie, elle souleva le drap afin de glisser ses mains dans la ceinture du pyjama de James. Heureusement, ce dernier était si faible qu'il n'eut guère conscience de la gêne et de la maladresse de son amie. Lorsque Édouard revint dans la maison, une dizaine de minutes plus tard, il s'approcha de sa sœur en disant :

— Bon, je vais y aller, moi. Mais avant, James, James... souffla-t-il pour réveiller son ami.

---

25 Florie, s'il vous plaît, mes... pantalons.

— Pourquoi tu le réveilles, nono ?

— Je veux juste vérifier qu'il n'a pas besoin d'aide pour ses besoins avant mon départ, répondit naïvement Édouard en frottant sa chevelure hirsute.

— Inquiète-toi pas, je m'en suis occupée ! dit fièrement la femme en reprenant son tricot sur la table de chevet.

— Tu t'en…

Édouard arrêta de parler devant l'air de sa sœur, mais c'est hilare qu'il sortit presque en courant de la maisonnette. Chaque fois qu'il imaginait sa sœur aidant son ami, il éclatait de rire. De retour chez lui, lorsque sa fillette fut couchée pour la nuit, le maître-beurrier resta longtemps le regard perdu dans le vague, une préoccupation évidente ne cessant de l'envahir : comment ferait-il pour fréquenter le gros fermier tout en le sachant responsable de la vicieuse attaque contre James ?

Le maître-beurrier fut confronté à cette évidence le lendemain matin, lorsqu'il passa au magasin général chercher des macaronis pour son souper. Il venait juste d'y pénétrer quand la clochette de l'entrée annonça un autre client. Rendu à la caisse au fond du commerce, Édouard releva la tête pour saluer le nouveau venu et retint son souffle en voyant Alcide Constantin s'approcher de lui, les deux mains enfouies dans son manteau crotté.

— Tiens, si c'est pas notre beurrier en chef ! ricana le bonhomme avant de replonger son vieux cure-dent entre ses lèvres.

— Monsieur Constantin.

— Wow, du monsieur astheure ! C'est pas de même que tu me parlais il y a deux semaines quand tu es venu m'engueuler chez nous à cause de ton « employé », dit-il d'un ton méprisant.

Furieux de l'entendre parler de James, Édouard voulut s'en aller sans faire de vague. Il l'avait promis à son ami et promesse il tiendrait. Sauf qu'une fois à la porte, le fermier lança d'un ton qu'il voulait innocent :

— J'ai entendu dire que ton assistant a été blessé. J'espère que c'est pas trop grave ! On voudrait pas qu'il succombe à ses blessures, le pauvre.

Figé sur place Édouard inspira profondément avant de se retourner lentement pour faire face à l'homme.

— Vous savez, James est fait fort comme un bœuf ! Il en faudra beaucoup pour le mettre à terre. Surtout que maintenant, il fera très attention de pas se blesser à nouveau ! Comme je le connais, il sera des plus vigilant à l'avenir.

Sans un autre mot, Édouard sortit en remarquant au préalable l'air inquiet qui passa sur le visage de son interlocuteur. Constantin savait qu'il savait ! Ça devrait être assez pour le faire tenir tranquille. Du moins, il l'espérait.

CHAPITRE 7

Découvertes

Pendant que sa sœur rencontrait l'équipe d'éditeurs qui devait l'accompagner dans la révision de son manuscrit afin de le rendre parfait, du moins, le plus possible, Laurent, lui, vivait des émotions qu'il n'aurait jamais osé se permettre quelques mois plus tôt. Après la séance de caresses dont il avait été témoin au cinéma Crystal, le blond avait décidé de retourner à la brasserie où il était allé avec son frère. Assis à la même table, au fond, près de la porte extérieure, il dégustait une grosse tranche de rôti de bœuf accompagnée d'une bière bien fraîche. Dehors, les badauds faisaient fi du froid pour s'aventurer dans les salles de spectacles, les cabarets et les restaurants ouverts même le lundi soir. En écoutant les conversations autour de lui, Laurent s'apercevait de plus en plus que ce quartier de Montréal était considéré comme mal famé par les bonnes gens, qui pressaient même la Ville d'aboutir à une meilleure réglementation pour cet endroit de perdition.

— Bien hâte de voir, moi, si notre maire va écouter monsieur et madame trouble-fête pour nous empêcher d'avoir du fun sur la *Main !*

L'homme en état d'ébriété s'avançait dangereusement près de la table ronde de Laurent, qui plongea sa tête dans son assiette pour éviter une discussion.

— Qu'est-ce que tu fais, mon poussin ? Tu sais pas que c'est dangereux ici pour les jolis garçons dans ton genre ? continua le soûlon en profitant des ricanements que son commentaire attirait.

Il prit place sur la chaise à côté de Laurent, au grand déplaisir de ce dernier, qui voyait tous les regards fixés sur lui. Il s'aperçut bien vite que les seules femmes qui se trouvaient dans la brasserie devaient passer leur vie dans les bordels au sud de Dorchester ! Une de celles-ci, le visage quelconque grossièrement maquillé, tirait d'ailleurs sa langue pour la passer de façon suggestive sur ses lèvres rouge écarlate. Le geste obscène était de toute évidence destiné à Laurent, qui ne savait plus où regarder. Il accrocha l'œil d'un homme un peu plus vieux qui le regardait avec un air goguenard. Bien mis, ce client aux cheveux noirs et à la fine moustache souleva son verre pour le saluer, ce qui mit encore plus Laurent dans l'embarras. Il se sentait comme un poisson hors de l'eau, pris entre la prostituée qui s'approchait maladroitement de lui et l'énergumène maintenant assis à ses côtés, qui attendait sa réaction. La femme se pencha au-dessus de la table et c'en fut trop pour Laurent, qui sortit un dollar de sa poche pour le jeter près de son verre.

— Qu'est-ce que tu fais, mon mignon ? Va-t'en pas tout de suite, on commençait tout juste à se connaître, toi et moi !

L'odeur du parfum bon marché devançait la femme de mauvaise vie, qui tira une boîte de cigarettes de son soutien-gorge noir.

— Je t'offre le vice, mon chéri ?

Elle tendit sa main tout en s'avançant vers Laurent pour bien lui montrer sa poitrine à moitié dévoilée par la lingerie usée. Affolé, le jeune homme délaissa son assiette encore pleine pour reprendre son manteau et son chapeau. Sentant toujours sur lui le regard chaleureux de l'autre client, il marmonna quelque chose avant de s'enfuir vers la sortie. Dès qu'il fut sur la rue Saint-Laurent, il respira mieux et prit la peine de reprendre ses sens. Il n'était pas fait pour la grande ville et ses perversions. Après quelques minutes, adossé au mur du cabaret voisin de la brasserie, il soupira enfin de soulagement en glissant sa pipe entre ses lèvres gelées. Il recommença à marcher lentement, sous une fine neige qui virevoltait dans l'air. Le temps s'adoucissait. Perdu dans ses pensées, il ne réalisa pas tout de suite qu'on s'adressait à lui.

— Vous l'avez échappé belle, n'est-ce pas ? Mon cher monsieur, vous m'écoutez ? répéta la voix basse.

— Hein ? Pardon vous disi... oh vous !

Rougissant, Laurent s'aperçut que l'homme moustachu qui lui parlait était le même qui l'avait salué dans la brasserie quelques instants plus tôt. Un type élégant au sourire complaisant. Le Cécilois chercha une réponse adéquate et rapide pour se débarrasser de l'importun.

— J'avais terminé mon repas. Je voulais partir de toute manière, répondit-il avant de lancer un regard froid vers son vis-à-vis maintenant à ses côtés.

— Ah bon ? J'ai plutôt cru que Lison vous avait fait peur !

L'homme portait un manteau de laine bleu nuit croisé sur le devant du corps. Fermé par quatre gros boutons, le vêtement d'hiver était ceinturé à la taille et les deux poches sur le devant bordées de cuir noir. Avec son pantalon gris en tweed chevronné, le contraste était marquant avec les vêtements usés de Laurent. Ce dernier eut envie de prendre ses jambes à son cou, mais la curiosité l'emporta.

— Lison ?

— Oui, Lison... la charmante femme qui vous a offert une

cigarette. Je m'appelle Rudolphe Savard. Je suis de passage, j'habite en Ontario depuis quelques années.

— Laurent Gélinas. Je viens des Laurentides.

En prononçant ces mots, le villageois se dit que son origine devait se lire dans la médiocrité de son habillement. Gêné, il voulut prendre congé, mais l'autre l'accrocha gentiment par le coude.

— Alors, monsieur Gélinas, je vous invite à prendre une bière pour vous remettre de vos émotions ?

Laurent comprit alors. Le regard que le moustachu lui lança était sans équivoque. Cette bière partagée ne serait que le début. Incapable de répondre, sachant qu'une acceptation à cette invitation risquait de le mener dans un chemin déviant, l'homme hésita. Il continua à marcher sans parler, puis l'autre l'agrippa par la manche de son manteau. Il avança sa bouche près de son oreille et murmura sensuellement :

— Je pense que nous avons beaucoup en commun, mon cher Laurent. Beaucoup.

Le Cécilois sentit son cœur bondir dans sa poitrine et, jetant un regard éperdu autour de lui, il accepta la proposition, une fébrilité nouvelle s'emparant de tout son être. Il devait savoir. Il voulait découvrir.

Pour une première fois depuis dix jours, Louisette avait réussi à obtenir une soirée avec son amie Florie.

— Je te dis, un peu plus puis je me dirais que tu l'aimes un peu trop, notre cher James ! dit-elle à la grosse femme d'un ton moqueur lorsque celle-ci déposa son corps sur la chaise de bois autour de la table de cuisine.

Aussitôt, Florie se releva, les éclairs dans les yeux. Le doigt accusateur, elle grogna:

— Qu'est-ce que tu racontes, Louisette Marquis ? Pars pas des rumeurs malveillantes, toi là ! Tu sais bien que ce que je fais pour James, je l'ai fait pour ton fils et je le referais pour quiconque a besoin de mon aide.

— Oui, oui, tu sais bien que je te connais assez pour savoir que c'est ta bonté qui ressort. Je t'agace, mon amie. Mais je m'ennuie quand même de nos rencontres. Puis les soirs de chorale, sans toi, c'est pas pareil. As-tu une idée du moment de ton retour avec nous ? Jeremiah me demandait ça hier, puis j'avais pas vraiment de réponse pour lui !

À la mention du nom tant aimé, Florie décida de bien lisser sa jupe pour ne pas montrer son émotion. Lorsqu'elle avait choisi de taire son amour pour le ferblantier, elle avait fait le pari qu'en quelques semaines son attirance disparaîtrait. La plupart du temps, quand l'homme et sa nouvelle femme prenaient part aux répétitions, elle arrivait à les considérer comme les autres chanteurs. Sauf lorsqu'il s'approchait trop près pour lui poser une question ou lire une partition avec elle; sauf lorsque Béatrice, son épouse, posait innocemment la main sur ce ventre encore plat sur lequel Florie jetait un regard inquiet chaque fois que la femme enlevait son manteau d'hiver. Un jour prochain, elle le savait trop bien, ils feraient l'annonce d'une grossesse espérée et alors, son deuil d'une relation pourrait s'amorcer véritablement. Même si sa décision avait été prise froidement, son cœur battait toujours un peu trop fort en présence de Jeremiah.

— Tu peux dire aux membres de la chorale que je recommencerai à vous accompagner à partir de la semaine prochaine. Le docteur Trudel a permis à James de se lever depuis deux jours. Il a commencé à marcher un peu et il insiste pour que je le laisse seul le soir de temps en temps et la nuit par la suite. Les radiographies prises à Saint-Jovite ont montré qu'une côte seulement a été cassée. Tous les organes internes sont corrects. Une chance, parce que le docteur avait peur que sa « rote » soit touchée.

— Sa quoi ?

— Sa « rote ».

Louisette regardait son amie avec un air d'interrogation sur le visage.

— Bien voyons donc, l'organe, là, qu'on a tous dans le ventre, puis qui sert pas à grand-chose...

— Sa rate ?

Florie fronça un peu ses sourcils noirs avant qu'une lueur vive s'installe dans ses iris.

— Bien oui, sa rate ! Je suis donc bien nounoune !

Elle éclata de rire en se tapant sur les genoux, accompagnée de Louisette qui n'en pouvait plus de déformer le nom d'autres organes pour faire rire son amie :

— Ça aurait pu être son « foin » ! Ha, ha, ha !

— Ou bien sa « vestibule » !

Pendant quelques minutes, les femmes rirent aux larmes, puis Florie reprit son sérieux. Elle fit part de son désaccord avec la proposition de son voisin de rester seul, mais en même temps, la fatigue commençait à se faire ressentir, elle qui n'avait pas dormi une nuit dans son lit depuis la violente attaque. Louisette se pencha vers son amie sur le ton de la confidence :

— Dis-moi donc, qu'est-ce qui lui est vraiment arrivé à notre ami ? Il avait un peu trop bu, tu penses ?

Parfois, la commerçante ne pouvait s'empêcher de reprendre

ses mauvaises habitudes de commérage. Généralement, Florie l'encourageait dans ses potins en lui en fournissant même quelques-uns. Mais pas quand cela concernait un être proche d'elle.

— Louisette ! Pas du tout ! Je te l'ai dit. James a fait une chute de son cheval et ce dernier lui a marché dessus ! Tu le sais bien. Puis je te prierais de le dire à tous ceux qui médisent sur son compte.

— Je te crois, moi ! se défendit la rousse. C'est juste que tu connais Alcide Constantin, il essayait encore de semer le doute au magasin hier.

— Bien, fermes-y la boîte à celui-là ! Il m'enrage tellement ! Je te dis que cet homme-là, j'ai beau lui chercher du positif, il y a pas grand-chose qui me vient en tête !

Les yeux noirs de Florie lançaient des éclairs et Louisette crut bon de changer de sujet. Elle sortit la liste de chansons qu'elle avait notées pour la prochaine répétition. Le concert de Pâques était encore bien loin dans le temps et le groupe avait l'occasion de pratiquer des chansons un peu plus longues et un peu plus ardues. Soupirant d'aise, Florie apprécia ce retour à la vie normale. Bientôt, « l'accident » de son voisin ne serait plus qu'un mauvais souvenir à enterrer. Un autre.

Au même moment, James savourait lui aussi cette période de solitude pendant que sa garde-malade bien attentionnée s'était éclipsée pour la soirée. Il n'attendait personne et avait pris soin de préciser à Florie qu'elle n'avait pas à s'inquiéter. C'est pourquoi il grogna vivement lorsqu'on cogna à la porte. Se relevant péniblement de sa chaise près de son poêle, il trottina doucement jusqu'à la porte, écartant le rideau pour vérifier l'identité de son visiteur. Toute cette mésaventure avait généré une appréhension chez James. Sa porte n'était plus jamais débarrée ; il marcherait longtemps en jetant un regard derrière lui. Son visage s'éclaira en voyant la frimousse qui lui souriait de l'autre côté de la fenêtre.

— Ah bien, si c'est pas la plus tannante du village, dit-il en ouvrant rapidement.

— Pas vrai, James ! répondit Marie-Camille en s'élançant dans la cuisine où il faisait bon. Elle tendit ses petites mains près du poêle avant d'enlever ses bottes sous le regard sévère d'Édouard.

— J'avais oublié, papa. Désolée, James. Je vais laver ton plancher !

Les deux hommes sourirent tendrement. La blondinette s'avança vers son grand ami noir et planta ses deux mains sur ses hanches en le regardant sérieusement.

— Papa dit que tu es tombé de ton cheval ! Tu es donc bien nono !

— Marie-Camille !

— Je voulais dire, est-ce que ça fait encore mal ? reprit la fillette en lançant un regard d'excuse à son père encore dans l'entrée.

James, qui ignorait l'histoire inventée pour expliquer ses blessures, retint un soupir de soulagement.

— Beaucoup moins, Marie-Camille.

— D'abord, on peut faire une partie de cartes ?

L'espoir dans ses yeux bleus, elle mit ses mains ensemble pour prier James qui secoua sa tête à regret. Son visage d'ébène avait encore des marques sur les joues, mais l'enflure avait disparu grâce à la glace posée dessus aux quatre heures. Toutefois, sa côte le faisait terriblement souffrir et il ne pouvait rester longtemps dans la même position. Il lança un regard déçu vers Édouard qui s'agenouilla près de sa fille.

— Marie-Camille, je t'ai expliqué qu'on venait faire un petit tour pour dire bonjour à James.

— Bien un petit tour, ça peut vouloir dire une petite partie de cartes, non ?

Pleine d'espoir, Marie-Camille fit la moue en le voyant refuser.

— OK. Mais, d'abord, James, est-ce que tu veux que je te lise une histoire ? Parce que je lis, maintenant. Très bien !

— Marie-Camille ! reprocha son père à nouveau.

Mais son ami l'arrêta en mettant sa main sur le dessus de la tête de l'enfant.

— Ça, ça me ferait un grand plaisir, ma puce. *But,* dans mon lit, d'accord ?

— *But* oui, rigola l'enfant. J'ai compris, tu sais. *But,* ça veut dire mais ! Puis tu vois, papa, je le savais que je servirais à James ! Et c'est comique, c'est inversé. D'habitude, c'est la grande personne qui lit à l'enfant avant son dodo.

Elle tendit la main au grand Noir qui marcha doucement avec elle dans le corridor alors qu'Édouard les regardait s'éloigner, la rage encore vibrante dans le cœur. Il n'arriverait jamais à oublier ce qui avait amené son ami à souffrir ainsi. Cette ignorance, cette peur de l'inconnu qui amenaient tant d'hommes à juger sans connaître. Il déposa son manteau sur une chaise et décida de faire bouillir de l'eau afin de remplir une théière pour son ami et lui. La visite menaçait d'être plus longue que prévu. Ainsi en avait décidé sa fille ! Mais il n'avait pas eu le choix de venir, car depuis qu'elle avait appris l'accident de James, Marie-Camille lui demandait matin et soir quand elle pourrait aller consoler son ami en chocolat. Maintenant qu'elle fréquentait l'école, la fillette avait accepté et compris que la peau de James n'était que d'une teinte plus foncée que la sienne. Par contre, la fillette était convaincue que son ami aimait bien être comparé au chocolat et pour lui faire plaisir, elle continuerait de l'appeler ainsi longtemps !

— Martin est un garçon..., commença la voix claire de Marie-Camille dans la chambre du malade.

Souriant, Édouard s'installa à la table de la cuisine, un vieux journal ouvert devant lui. Pourtant, ses yeux se posèrent plutôt vers la fenêtre alors que son esprit s'évadait vers la grande ville de Québec. Il espérait vraiment pouvoir s'y rendre bientôt afin de se lancer sur la trace de ce père absent. Il savait aussi, à cause des regards et des soupirs de son cadet, que Laurent était plus que prêt à poursuivre cette aventure. Maintenant qu'on ne craignait plus pour la vie de James, il lui faudrait prendre une décision pour en faire part à Florie, qui s'occuperait à nouveau de Marie-Camille.

Couché dans son lit étroit dans la chambre de sa pension, Laurent écoutait les bruits de la rue en revivant avec une émotion intense ses actions de la soirée. Après avoir suivi Rudolphe Savard dans une sombre brasserie au sud de la rue Dorchester, les hommes s'étaient installés près du fond et avaient un peu parlé. Après quelques bières, l'inhibition du villageois s'était amoindrie et il avait accepté les avances de l'Ontarien, adossé au mur de la ruelle adjacente. Crispé, incapable de se détendre complètement, Laurent avait compris que le plaisir ressenti lors de ce moment éphémère n'enlèverait jamais le sentiment d'impureté et de culpabilité qu'il éprouvait au plus profond de lui-même. Tournant la tête dans son oreiller, il pleura toutes les larmes de son corps en revoyant les gestes, les caresses de l'inconnu. Jamais plus. Il saurait retenir ses pulsions pour éviter de ressentir à nouveau ce profond dégoût de lui. Chaviré, il essayait d'imaginer le regard de Florie, si un jour elle savait que son cadet avait osé aimer un corps d'homme dans les bas-fonds de la grande ville.

— Elle m'haïrait. Elle me bannirait.

Des sanglots étouffés montèrent à sa gorge et Laurent s'endormit en se promettant que cette aventure resterait la seule de sa vie, dut-il se faire curé pour l'assurer. Il ne désirait que retrouver sa maison, sa bouteille sous son lit qui lui permettrait d'oublier cet épisode inavouable. Sa sœur Adèle, de son côté, passa une soirée dans un état d'euphorie pur. Après deux heures à travailler sur son manuscrit, elle promit de revenir dans les bureaux de l'éditeur dès neuf heures le lendemain matin. Entre-temps, elle décida d'aller prendre un petit souper léger dans un café de la rue Saint-Denis. Je vais juste jeter un coup d'œil, se dit-elle. Après tout, il faut bien que je mange!

— Bon choix, mademoiselle, vous y trouverez plusieurs petits restaurants agréables. À demain! l'avait saluée son éditeur.

En arrivant au coin de la rue, près des bureaux du *Petit Journal,* Adèle sentit son cœur s'emballer et elle se traita d'idiote.

— Tu aurais l'air fine que Jérôme te voie «scèner» autour de son travail.

Elle fixa la porte du grand édifice en pierres brunes. Bien installées au-dessus du portail, deux statues, deux muses, qui représentaient la peinture et la sculpture. Adèle sourit en se disant qu'évidemment, son ancien amant aux goûts de luxe ne pouvait œuvrer dans un sous-sol quelconque! La respectabilité suintait dans cet environnement et la femme sourit avec fierté. Fondée par les frères Maillet, cette publication hebdomadaire visait un grand public et s'affirmait indépendante des partis politiques. Jérôme y travaillait depuis le début de l'année 1939*.

— Bravo, mon amour, tu as réussi.

Satisfaite, Adèle tourna sur elle-même pour se diriger vers le premier restaurant qu'elle aperçut. Elle avait faim ! En jetant un regard à sa montre, elle constata qu'il était presque huit heures et demie et c'est avec un réel soulagement qu'elle ôta son chapeau, puis ses épingles à cheveux, qui lui serraient la tête depuis la fin de l'après-midi.

— Enfin, souffla-t-elle en massant sa chevelure emmêlée. Elle plongea le regard dans son menu et ne le releva pas lorsque la clochette d'entrée signala l'arrivée de clients. Et puis, un fourmillement léger, subtil, parcourut sa nuque penchée. Adèle cessa sa lecture et se figea. Coup au cœur. Incapable de bouger, Adèle vit, dans un brouillard épais, s'approcher l'homme qui avait changé sa vie près de six ans auparavant. Jérôme Sénéchal la regardait avec tendresse, avec bonheur et Adèle sut que son destin venait de la rattraper. Il n'avait guère changé, étant aussi élégant que dans ses souvenirs; dégageant le même magnétisme à travers son regard pâle qui se posait sur elle. Vêtu d'un complet noir qui contrastait avec sa chevelure blonde, Jérôme lui fit un geste discret de la main. Inspirant profondément, Adèle lissa sa jupe et attendit qu'il s'approche d'elle en pensant à la tenue noire et blanche qu'elle portait, au long toupet qui frôlait ses sourcils. Une multitude d'interrogations affluaient dans son esprit: aimerait-il sa nouvelle coupe de cheveux ? Trouverait-il qu'elle avait engraissé ? Maigri ? Maintenant que son corps était guéri, que son âme l'était aussi, pourrait-elle encore résister à l'attrait de son grand amour ?

— Bonsoir, Adèle.

Cette voix qu'elle avait tant aimée fit monter les larmes à ses yeux. La sienne tremblait lorsqu'elle dit :

— Jérôme.

Adèle conserva un sourire figé sur son visage blême, alors que le regard de son ancien amant caressait son corps, sa peau, sa bouche charnue. Sans même la toucher, il la faisait trembler, vibrer. L'homme blond se pencha à son oreille où brillait une petite perle délicate.

— Enfin, murmura-t-il.

— Alors, mon Laurent, tu as fait les achats que tu voulais ?

Comblée par sa nuit d'amour avec Jérôme, Adèle sourit gentiment à son frère, qui n'avait pas dit un mot du déjeuner et qui semblait parti sur le même ordre d'idées pour leur voyage de retour. Elle supposait que la conduite automobile le stressait même s'il lui avait affirmé le contraire. La femme se forçait pour s'intéresser à son cadet, car si elle l'avait pu, elle aurait fermé les yeux pour revivre les heures qui venaient de passer. Malgré les années écoulées sans se voir, les gestes, les caresses entre les deux amants n'avaient guère tardé à se reproduire fidèlement comme avant.

— Oui.

Le ton laconique de son frère l'empêcha de rêvasser.

— Ça va, Laurent ? Tu sembles fatigué.

Son frère tourna son visage torturé vers sa grande sœur. Ils étaient sortis de la grande ville et Adèle n'avait pas osé le déranger avant, puisque les routes achalandées rendaient fous tous les visiteurs de l'extérieur. Dans leur cas, la vitesse qu'atteignait la voiture ajoutait un élément nouveau pour le conducteur habitué à Aramis. Laurent aurait tant voulu avoir une bouteille de boisson à sa portée. Pouvoir s'étourdir, s'évanouir d'ivresse pour oublier les moments passionnés vécus avec l'inconnu le soir précédent. Rudolphe Savard. Il n'oublierait jamais ce nom. Il ne dit pas un mot pendant toute la première heure de leur route, les traits tirés et le regard las. Un moment donné, Laurent tourna la tête vers sa sœur et chuchota :

— Je l'ai fait, Adèle.

— Pardon ?

L'aînée fronça les sourcils, essayant de décoder les paroles de son frère.

— Tu as fait quoi ?

— Je l'ai fait, répéta à voix basse le jeune homme en laissant les larmes couler sur ses joues rousselées. Je suis maudit, Adèle.

— Pardon ? répéta-t-elle.

Les yeux écarquillés, la femme crut que son ouïe lui jouait des tours. Mais Laurent réitéra, le regard fixé sur la route.

— Je suis maudit.

— Qu'est-ce que tu racontes, toi là ? Il t'est arrivé quelque chose ?

Le blond se mit à trembler et à pleurer sans pouvoir s'arrêter. La route les avait menés près de la ville de Laval, une grosse banlieue de Montréal où les champs s'étiraient à perte de vue. Il était midi et les voitures côtoyaient les carrioles dans ce coin du pays. Plus ils s'éloignaient vers le nord, plus les voitures se faisaient rares, remplacées par de vieilles charrettes, des carrioles neuves ou même de simples cultivateurs à cheval. Les automobiles rutilantes qui abondaient dans la métropole n'avaient pas encore réussi à déclasser les vieux moyens de transport dans le reste de la province. Adèle sortit de son nuage de volupté pour prendre soin de son cadet. Elle posa sa main sur son avant-bras.

— Range-toi sur le côté, Laurent, ordonna-t-elle, tu vas prendre le champ à pleurer de même.

Incapable de refuser, conscient de sa fragilité, Laurent accepta et dirigea l'automobile près du fossé enneigé. Parce que si à Montréal les rues étaient bien dégagées, il n'en était pas de même pour les routes extérieures à la grande ville. Adèle observa quelques secondes ce frère torturé au regard naïf, aux boucles blondes qui lui donnaient parfois l'impression d'avoir encore dix ans. Les larmes roulaient sur son visage alors qu'il essuyait nerveusement son nez, comme un enfant.

— Je sais pas ce qui t'est arrivé, mon Laurent, mais une chose est certaine, tu es un homme bon qui mérite pas de souffrir ainsi.

— Si tu savais…

— Si je savais quoi ? Que tu as accepté l'amour d'un homme à Montréal peut-être ?

— Comment…

— Comment je sais ? Rien d'autre ne pourrait te bouleverser autant, mon frère. Et puis quoi ? Si c'est ainsi que tu trouves ton bonheur, qui suis-je, qui sommes-nous pour juger ? Sais-tu ce que j'ai fait, moi, cette nuit ? Si je te disais que j'ai revu mon ancien amant, que j'ai passé des moments au creux de ses bras, m'en voudrais-tu ? Serais-je maudite, moi aussi ?

Laurent écoutait en secouant sa tête frisée. Même l'aveu de sa grande sœur ne pouvait lui enlever cette impression d'amoralité. Par ses gestes vulgaires, il avait transgressé les lois de l'Église dans lesquelles Florie avait tenté de les élever. Il n'arrivait pas à chasser les images malsaines de son esprit. Il avait touché, il s'était laissé toucher par un inconnu. Un homme qui avait profité de sa naïveté sans soucis pour son trouble à venir. Et il avait aimé, Dieu qu'il avait aimé ces moments.

— Je suis sale.

— Arrête, Laurent ! Et moi, alors ?

Pour la première fois, le plus jeune tourna sa tête vers sa sœur et la fixa longuement.

— Toi, tu es pure, tu es…

— Mon pauvre Laurent, si tu savais !

Adèle hésita à se laisser aller dans les confidences. Devait-elle en rajouter ? Son frère, si candide, saurait-il comprendre ? Toutefois, la panique qu'elle lisait sur les traits de Laurent la persuada d'aller plus loin.

— Moi, j'ai couché avec Jérôme tant de fois, dit-elle clairement. Et puis… j'ai couché avec James aussi.

Adèle fit cet aveu pour soulager son frère et sa conscience. Laurent resta stoïque quelques secondes avant que les paroles de sa sœur ne le fassent réagir. Alors il se tourna vivement vers elle et la fixa avec effarement. Elle lui sourit doucement sans se préoccuper des conséquences de sa confession.

— James ? Notre James ? demanda la voix hésitante de Laurent.

— Oui. Lui.

— Oh.

— Et tu sais quoi, mon frère, je n'ai pas de remords ! Cette attirance était trop forte pour que je m'empêche d'être heureuse.

— Mais… mais il est noir !

— Avant d'être noir, riposta Adèle, c'est un homme ! Un bel homme, généreux, charmant, bon.

Laurent, choqué, avait les yeux fixés sur le visage empourpré de sa sœur. Innocemment, il demanda :

— Mais tu les aimes tous les deux ?

Pendant quelques secondes, il oublia son tourment. Quand même, sa sœur qui venait de lui avouer qu'elle avait une relation charnelle avec l'homme noir de leur village, c'était assez pour déstabiliser n'importe qui. L'éclat de rire d'Adèle le fit tressaillir.

— Non. Bien sûr que non. Avec James, c'est terminé. Pour toujours. Pour Jérôme, c'est compliqué. Mais ce que tu dois comprendre, c'est que le corps a des besoins qui doivent être comblés. Évidemment, ta voie n'est pas la plus facile, mais si tu es discret, mon frère, personne n'a à savoir. Personne. Ce que tu as fait, ce que tu as vécu t'appartient, dit-elle en fixant tendrement le visage torturé de son frère. Sois ce que tu veux, ce n'est pas mauvais, je te le jure, continua-t-elle en essuyant tendrement les perles sur le visage rougi par l'émotion.

Bouleversée par sa douleur, elle le prit contre elle et le laissa sangloter longtemps sans dire un mot. Qu'est-ce qui pourrait consoler son jeune frère ? Jamais elle ne l'avait vu ainsi.

— Je… sais… sais pas… comment être moi.

— …

— …comment être moi dans… notre… monde. Je sais pas.

Adèle ne répondit pas. Il n'y avait rien à dire. Laurent devrait trouver son chemin par lui-même. Il lui faudrait accepter sa différence pour être heureux. Soulagé d'avoir partagé son péché, le conducteur tourna la clé pour faire démarrer la voiture. Ils poursuivirent leur route jusqu'à Sainte-Cécile dans un silence chargé d'émotion. Le temps apporterait peut-être des réponses.

Le mois de février était le plus tranquille de l'année dans le village de Sainte-Cécile. Toute la vie se déroulait au ralenti. Les villageois se déplaçaient surtout pour aller au magasin général, où une atmosphère cordiale s'installait pendant l'hiver. Les hommes et les femmes s'y pressaient le dimanche après la messe et restaient jaser pendant de longues minutes. Les Marquis avaient même installé deux tables près de la boucherie, où des joueurs de dames et d'échecs se disputaient des parties amicales sous les regards bienveillants des autres clients. On n'avait pas grand-chose d'autre à faire lorsque la terre était gelée. À la pharmacie, le propriétaire recevait les malades envoyés par le docteur Trudel, satisfait de ne pas avoir à se préoccuper de cet aspect de son métier.

— Je commence à me faire vieux, marmonnait-il à sa femme, lorsqu'un paroissien faisait appel à lui en pleine nuit glaciale. Il glissait ses jambes maigres dans son pantalon, prenait sa sacoche de cuir en bâillant et se disait qu'il serait peut-être temps de raccrocher son stéthoscope !

Le Collège des médecins avait promis un remplaçant, du moins à temps partiel, à partir du mois de mai. En attendant, le docteur Trudel continuait à se déplacer lorsqu'on faisait appel à ses services. Depuis quelques années, en plus, sa femme Georgine le taraudait pour vendre leur maison et aller s'établir près de leurs filles à Saint-Jérôme. Lui aussi commençait à avoir envie de se rapprocher des siens.

Le 16 février 1940, soir de pratique de la chorale, resterait pour Florie l'un des moments les plus difficiles de sa vie. Alors que tous les membres entonnaient le dernier chant de la soirée, Jeremiah délaissa le groupe pour s'approcher d'elle. Florie profitait de la présence de Louisette, qui dirigeait la dernière mélodie, pour ramasser les chaises, les papiers qui traînaient à l'arrière de la salle, afin de laisser la pièce telle qu'elle était à leur arrivée.

— Laissez-moi vous aider, chuchota Jeremiah.

— Merci, souffla Florie, un sourire reconnaissant sur le visage.

Pendant quelques secondes, ils ne parlèrent pas, écoutant avec bonheur la mélodie chaleureuse qui envahissait la salle. Puis, Jeremiah jeta un regard vers la chorale dos à eux pour murmurer avec un ton de regret:

— Béatrice est enceinte.

Figée, Florie reçut le coup en plein cœur et son cou se tendit douloureusement. Elle ferma les yeux une fraction de seconde avant de passer une main nerveuse dans sa chevelure tirée. Levant lentement la tête, elle fit son meilleur jeu d'actrice pour sourire à l'amour de sa vie. Le ferblantier ne la quittait pas du regard, tentant de faire comprendre à la femme combien il aurait aimé que ce soit elle, la mère de ses enfants. Une lueur de détresse passa dans les yeux noirs qui le fixaient.

— Félicitations.

— Merci. Je suis…

Florie l'arrêta d'une main placée sur ses lèvres.

— Non. Félicitations, Jeremiah. Soyez heureux tous les deux… trois.

Un sanglot coupa son dernier mot et sans en dire plus, elle prit son manteau accroché au mur, mit son chapeau vert avec un ruban gris et plongea son regard triste dans celui de l'homme.

— Je vais y aller. Dites à Louisette que j'ai eu un coup de fatigue ou que je me suis sentie mal. Peu importe. À bientôt.

Jeremiah ouvrit la bouche pour la retenir, mais savait qu'il n'y avait plus droit. Bien emmitouflée dans sa large pelisse grise, Florie se faufila en dehors de la pièce sans que personne d'autre ne s'en aperçoive. Sa vie glissait hors de son contrôle. Dans la nuit froide, elle haleta en ouvrant la bouche bien grande. Descendant les marches de la salle paroissiale en vitesse, elle se dirigea presque en courant vers la beurrerie en espérant de tout son cœur qu'Édouard ou James s'y trouvait encore. James qu'elle avait soigné comme un frère et qui n'avait repris le travail que la semaine dernière, après plusieurs semaines de convalescence douloureuse. À la vue de la lumière, elle soupira de soulagement.

— Édouard, James ? dit-elle en ouvrant la porte.

— Florie ?

Le grand Noir lui fit un large sourire en sortant doucement de l'arrière de la beurrerie. En voyant la femme en pleurs, son sourire disparut et il s'avança du plus vite qu'il pouvait. Elle s'élança dans ses bras et sanglota de longs moments sans qu'aucun des deux ne dise un mot. Puis, le Noir la repoussa légèrement et dit :

— Vous êtes malade, Florie ? Il est arrivé quelque chose dans la famille ?

— Non. Je suis triste. Seulement triste.

— D'accord.

Sans demander la raison de sa peine, James la reprit contre

son corps ferme pour la protéger de la douleur. Il aimait cette femme comme une sœur. Ce drôle de duo que personne n'avait vu venir s'étreignit longtemps avant que Florie ne reprenne le dessus.

— Vous pouvez m'amener chez moi, James ?

— Avec plaisir, Florie, je partais.

Quelques minutes plus tard, lorsque la carriole s'arrêta devant la ferme, Florie se tourna vers son voisin et lui sourit amèrement.

— Merci. Merci pour tout.

— Je serai toujours là pour vous tous, Florie.

— Je sais.

Elle descendit du véhicule avec le poids du monde sur ses épaules et James la regarda s'éloigner vers l'escalier, une douceur affectueuse au fond des yeux. Chaque fois qu'il posait son regard sur un des Gélinas, il savait qu'il avait retrouvé une nouvelle famille ici, à Sainte-Cécile. Quand Florie ouvrit la porte de la cuisine, elle soupira en voyant sa sœur assise près du poêle. Elle aurait tant voulu être seule pour une fois. Adèle leva les yeux de sa lecture et lui sourit.

— Tiens, déjà là ! Je croyais que tu arriverais plus tard. Veux-tu un thé ? L'eau est chaude, je viens de la faire chauffer.

— Non, je suis fatiguée.

— Florie, tu vas bien ?

Le long regard triste que posa sur elle sa sœur rappela à Adèle celui de Laurent lors de leur retour de Montréal. Sa fratrie se mourait d'amour, comprit-elle à cet instant. Cette promesse ignoble que leur avait extorquée leur mère sur son lit de mort était en train de tuer à petit feu sa grande sœur d'amour et son petit frère torturé.

— Jeremiah et Béatrice attendent un bébé.

Doucement, Adèle se releva de la berçante, déposa son roman sur celle-ci et s'avança vers sa grande sœur immobile, le visage défait. Elle lui enleva son manteau comme si c'était une enfant avant de la prendre contre son cœur. Mais Florie n'avait plus de larmes. Elle resta la tête posée contre la poitrine d'Adèle à fixer le mur de son regard éteint. Au bout de plusieurs minutes, la cadette la prit par la main, la força à s'asseoir près du poêle et lui sourit avec affection.

— Je suis heureuse pour eux.

— Moi aussi, Adèle, moi aussi, mais…

— Je sais, ma belle.

Pour la première fois de leur vie, les deux partageaient la conviction que le serment fait à Rose, leur mère, avait gâché le reste de leur existence. Même si Adèle en était consciente depuis longtemps, Florie, elle, l'admettait enfin.

— J'aurais voulu…

— Il est trop tard.

— Oui. Il est trop tard.

Les murmures des deux femmes continuèrent longtemps, chacune repensant aux sacrifices exigés d'eux par leur mère au moment de sa mort.

CHAPITRE 8

La nouveauté s'installe !

Il était presque dix heures. Les sœurs s'étaient installées au salon un peu plus tôt. L'aînée ne parlait plus depuis un bon moment, sommeillant doucement près du piano inutilisé. Adèle chuchota son prénom et lorsqu'elle ouvrit les yeux, elle lui sourit d'un air mystérieux :

— J'ai une idée qui devrait te faire sourire, ma Florie.

— Quoi donc ?

— J'aimerais ça qu'on installe un téléphone dans la maison.

L'autre ouvrit grand les yeux avant de froncer les sourcils. Comme d'habitude, elle refusa sec. La « Germaine » venait de reprendre sa place. La peine était disparue pour faire place à la sécheresse habituelle face à cette demande inusitée.

— Un téléphone ? Tu es bien comique, toi !

— Écoute-moi donc, Florie, avant de grimper dans les rideaux. On vieillit, ici, même si ça paraît pas, puis moi j'aime pas ça quand tu restes toute seule. Avec « l'accident » de James, j'ai réfléchi et je me dis que ce serait pas du luxe.

Depuis 1918, l'hôtel du village, avec l'accord du magasin général, avait fait appel à la compagnie de téléphone de La Conception pour installer les boîtes obligatoires ainsi que les fils nécessaires au fonctionnement des appareils. Lorsque les gros poteaux avaient fait leur apparition sur le chemin

Des Fondateurs, plusieurs villageois jaloux s'étaient plaints de cet enlaidissement de leur paysage. Mais avec les années, de plus en plus de Cécilois avaient fait affaire avec la compagnie, si bien que les installations se retrouvaient maintenant un peu partout dans le village.

— Gaspard Marois l'a fait installer l'année passée, tu t'en souviens ? Ça fait que tous les aménagements sont faits, il nous reste juste à payer pour l'appareil.

— Bien c'est ça qui me dérange, payer !

Toute la frustration contenue pendant cette soirée ressortait dans le ton de Florie, mais depuis longtemps, sa sœur connaissait cette façon qu'elle avait de dissimuler sa peine ou sa colère et elle n'en tint pas compte. Mettant ses deux mains sur les épaules de Florie, elle lui fit une grimace affectueuse avant de préciser :

— Écoute, je vais le payer, moi, le téléphone. Avec l'argent que je reçois pour ma nouvelle colonne au journal, mentit-elle avec aplomb, tu t'apercevras même pas de ça dans le budget familial.

Les éditeurs lui avaient offert une avance appréciable lors de son séjour à Montréal le mois précédent. Avance qu'elle avait déposée dans son compte bancaire ouvert depuis peu à la caisse populaire de Labelle. Adèle avait hésité avant de s'aventurer dans cette avenue ; toutefois, après avoir discuté avec Édouard, ce dernier l'avait convaincue qu'il s'agissait de la meilleure solution pour déposer l'argent reçu de l'éditeur.

— Tu n'es pas pour garder cinquante piastres cachées en dessous de ton matelas, Adèle ! Tu sais bien qu'il n'y a rien à l'abri de Florie dans cette maison ! En plus, imagine si vous passez au feu ! Les villageois ont beau avoir peur de laisser leurs économies à des étrangers, la plupart des commerçants ont ouvert un compte à la caisse depuis belle lurette, tu sauras! lui avait dit Édouard, qui était un de ceux qui déposaient scrupuleusement le moindre profit à la caisse de Labelle.

Malgré l'offre d'Adèle, la grosse femme hésita encore, par principe. Mais en même temps, à la pensée de pouvoir pavoiser auprès de Louisette qui avait ce service depuis si longtemps, son opposition s'étiolait. Peut-être que…

— Puis tu dis que ça nous coûterait rien du tout?

— Pas un sou! Promis.

— Parce qu'avec la guerre, c'est bien évident qu'il faut faire plus attention, tu sais bien.

— Je sais. Mais mon argent, c'est un surplus pour la famille et ça me fait plaisir de nous gâter un peu.

Encore hésitante, l'aînée soupira, épuisée par les nouvelles que cette soirée amenait. Son heure de coucher était passée depuis longtemps et elle n'avait guère la tête à s'obstiner. Mais elle s'informa tout de même:

— Puis ça te coûterait combien environ?

— Laisse faire, ma Florie, c'est moi qui assume!

Florie siffla entre ses lèvres avant de hausser les épaules. Elle tenta de cacher un léger sourire.

— Si tu veux dépenser pour des niaiseries pareilles, maugréa-t-elle de mauvaise foi, c'est toi qui le sais.

— Bon, bien, c'est réglé, ma sœur. Je vais m'informer dès demain. Puis là, je pense que je vais monter lire un peu. Vas-tu être correcte?

— Moi? Bien oui, franchement!

Secouant légèrement sa tête, Adèle salua la force de sa sœur qui, malgré les épreuves de la vie, réussissait toujours à braver les tempêtes sans perdre la face. En grimpant l'escalier, elle soupira en pensant à Laurent, pour qui elle ne pouvait faire le même constat. Depuis ses aveux concernant son expérience homosexuelle à Montréal, il refusait de la regarder dans les yeux et faisait semblant que tout allait bien. Il refusait toute forme de discussion pouvant mener au sujet de sa différence. Pourtant, chaque soir, vers huit heures, il montait dans sa chambre pour s'étourdir en s'enivrant jusqu'au sommeil. Pour éviter les commentaires ou les coups d'œil trop insistants, il trouvait toujours des excuses pour rester plus longtemps que Ludovic dans la grange le soir :

— Aramis boite, je veux l'observer.

— Les mulots ont fait leur nid dans la stalle de Bécassine, je vais les déloger.

— La chatte des Marois vient encore d'avoir une portée, il faut que je les déplace.

Florie avait beau insister sévèrement pour qu'il s'assoie avec eux à la table du souper, il ne le faisait que deux ou trois soirs par semaine. Voyant de la lumière sous sa porte de chambre, Adèle cogna un petit coup :

— Laurent ? Laurent ?

Pas de réponse. Supposant qu'il devait dormir et avait laissé sa lumière allumée, la femme ouvrit délicatement la porte. Figée sur le seuil, elle vit son frère endormi, mais encore vêtu, la bouteille à la main.

— Oh, Laurent, mon pauvre Laurent, chuchota-t-elle en entrant dans la pièce et en s'empressant de refermer derrière elle.

Pendant quelques secondes, Adèle observa le long corps couché de travers, les boucles blondes pressées contre la courtepointe verte et ne put retenir une larme. Elle avait tenté de le rassurer, de lui affirmer qu'il n'était pas mauvais, mais Laurent refusait de l'entendre. Il n'avait trouvé que la boisson comme fuite, comme soulagement à ce qu'il considérait une déviance ignoble. S'il continuait à boire ainsi, il ne pourrait cacher cette dépendance à Florie encore bien longtemps. S'approchant doucement, elle s'assit près de la tête de son frère pour lui caresser la joue.

— Hum... hein...

— Laurent, déshabille-toi, mon frère.

— Lai... laisse-moi... tran... tranquille.

La bouche pâteuse, l'homme se tourna sur le côté et fit tomber la bouteille qu'il tenait à la main dans un bruit qui sembla tonitruant aux oreilles d'Adèle. Elle s'empressa de ramasser en vitesse le récipient vide avant de mettre une couverture sur le corps de l'ivrogne. Il lui faudrait parler avec son cadet au petit matin. Il ne pouvait continuer à s'enfoncer ainsi.

Quand Laurent revint de la traite, à six heures trente le lendemain matin, Adèle avait convaincu sa sœur de la laisser seule dans la cuisine sous prétexte qu'elle désirait lui faire un dîner spécial pour lui montrer à quel point elle l'appréciait.

— Tiens, tu es là !

— Oui, as-tu déjeuné, Laurent ?

— Non, mais je vais revenir tantôt.

— Non. Tu vas t'asseoir tout de suite.

Le blond lança un regard hargneux à sa sœur adossée au comptoir, les deux mains sur la taille.

— Je peux toujours bien faire ce qui me tente, Adèle, tu n'es pas ma mère !

— Mais c'est tout comme, tu sauras ! Alors si je te dis de t'asseoir, tu vas le faire ; à moins que tu préfères que je demande à Florie de se joindre à nous pour la discussion que je désire avoir avec toi ?

La mention du prénom fit tressaillir le fermier, qui ne

pouvait, ne voulait imaginer ce qui arriverait si son aînée apprenait un jour qu'il avait fait « ça » avec un homme. Déjà avec une femme, elle lui en voudrait à mort, mais savoir que son petit frère était un homosexuel, un de ces êtres qu'elle abhorrait, la rendrait folle de rage, il le savait. Alors il n'eut d'autre choix que de s'écraser sur la chaise droite devant lui. Adèle lui versa une tasse de café avant de faire réchauffer sa crème de blé.

— Hier soir, tu as trop bu, Laurent, chuchota-t-elle l'œil fixé sur le corridor.

— De quoi tu te mêles ? J'ai vingt-sept ans, si j'ai le goût de boire, je vais boire. Je te parle pas, moi, de toutes tes…

Il cessa sa phrase devant le regard sévère de sa sœur. Il n'oserait pas utiliser ses confidences pour se défendre. Adèle poursuivit :

— Tu veux devenir comme le gros Constantin et ses fils ? C'est à ça que tu aspires, mon frère ? Parce qu'au rythme où tu t'enfonces, tu devrais les rejoindre dans les bas-fonds sous peu, laisse-moi te le dire !

Le ton mordant d'Adèle rendit son frère nerveux et il jeta un regard derrière son épaule pour être certain que Florie n'avait pas entendu dans sa chambre.

— OK, j'avoue qu'hier j'ai dépassé un peu la limite.

— Un peu ? Voyons, Laurent, tu m'as même pas entendue rentrer, tu bavais sur ton oreiller ! Imagine que ce soit Florie qui ait voulu te parler. Imagine, Laurent !

Comme un enfant, l'homme mit les mains sur ses oreilles pour ne plus entendre. Une larme pointa au coin de son œil et il se leva sans dire un mot pour monter à l'étage panser ses plaies alors qu'Adèle s'en voulait d'avoir trop poussé.

— Reviens, Laurent, tu n'as pas déjeuné.

— J'ai plus faim.

Elle allait répliquer lorsque Florie trottina jusqu'à la cuisine en bayant aux corneilles.

— Mautadine que ça fait du bien dormir le matin.

Jetant un regard vers l'escalier, elle dit :

— Ton frère est déjà remonté ?

— Oui, il a mangé puis il veut se reposer un peu.

— Se reposer de quoi, marmonna Florie de mauvaise foi. Il y a rien à faire depuis un mois à la ferme.

— Arrête donc de l'asticoter de même !

— J'ai rien dit !

Lorsque Florie était blessée au plus profond d'elle-même, l'attaque devenait sa meilleure arme, comme en ce moment. Pour éviter de penser à Jeremiah, sa femme et leur futur enfant, elle s'acharnerait sur ce jeune frère ingrat qui lui faisait la tête depuis trop longtemps. Sans s'expliquer, elle referma sa robe de chambre du mieux qu'elle put sur sa grosse poitrine et s'enligna pour les marches.

— Tu t'en vas où, là ?

— Je veux dire deux mots à mon frère. Je dois te demander la permission, avant ? cracha l'aînée sans regarder Adèle.

— Non. Mais…

— Mais quoi ?

Adèle hésita. Devait-elle parler de la fragilité d'esprit de Laurent à cette grande sœur intransigeante ? Constatant la raideur du corps de l'autre, elle se dit qu'elle ne ferait que mettre de l'huile sur le feu. Il valait mieux la laisser aller.

— Rien, rien. Je mets la tourtière au four, je m'habille, puis je descends au village pour faire la commande de notre téléphone.

— Oh oui. C'est vrai !

— Veux-tu venir avec moi ? Tu pourrais en profiter pour faire un tour chez Louisette.

Florie hésita, puis se dit qu'en effet, il faudrait bien que les deux femmes préparent leur liste de chansons pour le concert de Pâques.

— Tant qu'à ça, je pense que c'est une bonne idée. Je vais aller m'habiller tout de suite.

Oubliant qu'elle allait disputer son frère, Florie fit demi-tour et mit le cap sur sa chambre au grand soulagement d'Adèle. Se pressant vers la sienne à l'étage, la femme posa son oreille sur la porte de chambre de Laurent, hésitant. Elle cogna un coup léger.

— Oui.

— C'est moi, Laurent, je peux entrer ?

— Oui.

Lorsqu'elle ouvrit la porte, son regard se posa aussitôt sur l'homme, assis sur la chaise face à la fenêtre. Il regardait le ciel, interrogeait ce Dieu qui l'avait fait si différent. Il souhaitait tellement avoir des réponses. Si Édouard n'en parlait pas bientôt, c'est lui qui proposerait d'aller à Québec retrouver Antoine Gélinas. Et puis si son aîné n'avait pas le temps, eh bien il irait seul, voilà tout ! Adèle s'avança et mit sa joue contre la sienne. Toute la détresse du monde se trouvait dans cette grande silhouette corpulente.

— Je m'excuse.

— Moi, je m'excuse. Je suis tellement perdu, Adèle.

— Et si tu allais voir le curé Latraverse ? commença la femme avant de secouer sa tête brune. Oh et puis non, mauvaise idée, bien sûr.

— Je crois que je vais retourner à Saint-Jérôme. J'y ai rencontré un curé, là, qui comprend. Il n'approuve pas, mais il pardonne…, dit Laurent, des sanglots dans la voix. Puis là, j'ai tellement besoin d'aide que j'en dors plus.

— Tu fais bien, mon frère. Dis-moi quand tu veux y aller et je m'arrange avec Florie pour qu'elle te laisse partir en paix.

— Demain ? proposa Laurent le regard plein d'espoir. Demain, je partirais très tôt et je serais revenu avant le souper.

— Considère que tu pars, t'en fais pas avec notre sœur.

Un sourire reconnaissant apparut sur le visage rond ; un premier sourire depuis longtemps.

— Merci, Adèle.

— Non, toi, merci d'être ce que tu es. Je t'aime, je t'adore, mon petit frère. Tu verras qu'il y aura des jours meilleurs.

Elle posa un baiser sur le dessus de sa tête avant de refermer doucement la porte, laissant l'homme au même endroit, dans la même fixation. À peine la porte close, il glissa la main derrière son oreiller pour en sortir la bouteille de gros gin. Une longue rasade, les yeux fermés sur ses péchés ; l'envie de retrouver le corps de l'inconnu à ses côtés ; la haine de ce désir malsain. Il prit une autre gorgée en sachant qu'il risquait encore de ne plus s'arrêter avant d'en voir le fond.

Comme une gamine, Florie sautillait dans la cuisine en ce 1er mars 1940. Le nouveau téléphone trônait sur la petite table de bois adossée à l'escalier dans le corridor. Un appareil noir, assez lourd quand même, avec un beau cadran à roulette. L'Uniphone, comme l'indiquait la brochure publicitaire, avait été conçu aux États-Unis et…

— C'est le modèle le plus vendu au Québec actuellement, avait précisé Adèle.

— Je pense même qu'il est plus récent que celui des Marquis… Pas que ce soit important, évidemment ! avait dit Florie une fierté dans le regard. Ça coûte cher, cette bébelle-là ?

— …

Adèle n'eut pas le temps de répondre, sa sœur continuait :

— Au moins, eux autres aussi ils participent à l'effort de guerre, je me sens moins mal de leur donner mon argent* ! dit-elle sans voir le rictus de sa sœur puisque pas un sou ne sortirait du budget familial !

— Qui ça, eux autres ? demanda Laurent, qui fixait lui aussi le téléphone comme s'il était vivant.

— Bien Bell Canada, qu'est-ce que tu penses !

L'une des différences entre les deux sœurs se situait dans cette relation avec le progrès. Adèle vibrait pour les avantages que la radio, le cinéma, les voitures procuraient. Florie, elle, se méfiait comme de la peste de tout ce qui pouvait nuire à son train-train quotidien. Pas besoin de radio, avait-elle d'abord dit, pour être celle qui ne pouvait s'en passer. À quoi ça sert d'avoir une automobile, on va de chez nous jusqu'au village ! avait-elle marmonné avant de jubiler le jour où son amie Louisette lui avait proposé d'aller à Labelle avec eux.

— C'est vite en pas pour rire cette machine-là ! On devrait y penser nous autres aussi !

Puis, le téléphone ! Depuis le matin, Florie passait dans le corridor pour toutes sortes de raison pendant que sa sœur la regardait affectueusement.

— J'ai oublié ma veste dans ma chambre.

— Je pense que la fenêtre du salon est mal fermée.

— Aurais-tu vu la pantoufle de Laurent ?

Adèle, dans la cuisine, souriait de contentement. Enfin,

plus besoin de courir au village pour parler à son éditeur ou à Jérôme. Bien sûr, il lui faudrait prendre grand soin d'attendre l'absence de sa sœur pour téléphoner à Montréal, mais comme celle-ci pratiquait avec la chorale deux ou trois soirs par semaine en plus de ses visites hebdomadaires chez Louisette Marquis, elle aurait le champ libre pour ses appels. L'auteure pourrait même aviser son amant de ses visites à l'avance. La jeune femme avait hâte de séjourner de nouveau dans la grande ville pour se glisser entre les bras de Jérôme. Depuis son retour, elle rêvassait souvent, au grand dam de sa sœur, qui la sortait abruptement de ses rêveries. Encore six semaines avant de retourner chez son éditeur. Six semaines à patienter et à garder pour elle l'excitation qui l'envahissait. Heureusement, elle pouvait partager sa joie avec Édouard lorsqu'ils se trouvaient seuls tous les deux. Son frère avait gardé le secret sur son roman, comme promis. Elle avait eu envie d'annoncer la sortie de son premier livre à James, mais avait renoncé. Il lui semblait amoral que son deuxième amant lise l'histoire d'amour qu'elle avait eue avec son premier ! Parfois, lorsque le Noir et elle se rencontraient, leurs regards se fixaient quelques secondes alors qu'ils repensaient à leur relation antérieure. Puis, leur amitié prenait le dessus sur ces souvenirs un peu gênants ! Adèle sortit de la lune en recevant un petit coup sur l'épaule.

— Je pense qu'il faudrait que tu m'aides, j'ai un appel à faire ! annonça finalement Florie, qui n'en pouvait plus.

— Ah bon ? À qui ?

— Bien à Louisette, voyons donc ! Je dois l'avertir que je vais être un peu en retard ce matin.

Adèle retint un fou rire en se relevant de la berçante. Laurent s'approcha aussi lorsqu'elle commença à expliquer à

Florie comment composer, comment placer le récepteur près de sa bouche et de son oreille. La main tremblante, la grosse femme prit l'appareil alors qu'elle dictait les numéros à sa sœur:

— Voilà, Florie. C'est fait.

La femme attendit deux secondes avant de mettre le récepteur devant elle pour l'observer avec un air dubitatif.

— Ça marche pas cette affaire-là!

— Voyons, Florie, attends...

— Allo, allo, Louisette, m'entends-tu? cria la femme pendant qu'Adèle se tenait les côtes de rire.

Elle prit le récepteur de la main de sa grande sœur et le colla à son oreille en chuchotant à travers ses larmes:

— Tu dois attendre que ton amie décroche, Florie!

— Oh!

— Oui allo? fit la voix de la marchande.

Florie regarda l'appareil avec des gros yeux sans répondre. Adèle chuchota:

— Dis allo!

— Allo!

— Florie, c'est Louisette.

— Bien oui...

La noire, la main sur la hanche, attendit sans dire mot pendant qu'Adèle, écarlate, lui faisait signe de parler.

— Quoi? chuchota Florie.

— C'est toi qui l'as appelée, dis-lui pourquoi!

— Bien oui! Euh, Louisette, c'est moi, Florie. Je vais arriver plus tard finalement. Allo?

La conversation surréaliste se termina sur un signe de la main de Florie pour dire au revoir à son amie alors que Laurent se disait qu'il n'essaierait jamais cette affaire-là tandis qu'Adèle, hilare, se cachait dans la cuisine pour s'éviter les foudres de son aînée.

— Bon. C'est facile de téléphoner, je trouve ! Il faut que j'aille m'habiller astheure, sinon je vais être obligée de rappeler Louisette. Puis j'ai pas mal hâte de montrer mon téléphone à Édouard puis à James. Je pense que mon achat va pas mal les épater !

La journée se déroula sous le signe de la bonne humeur. Lorsqu'une sonnerie annonçait un appel, Florie se figeait dans l'attente. Comme les lignes du village étaient partagées, elle comptait les coups en espérant que l'appel soit pour elle. En attendant, elle se berçait dans la cuisine, les yeux fixés sur le corridor, et commentait sans arrêt :

— Je te dis que le pharmacien en a des appels !

— Encore pour Louisette, mon Dieu, je me demande bien...

— Oh ! C'est pour nous autres, vite Adèle, c'est pour nous autres !

Et puis l'envie d'écouter à la ligne se fit de plus en plus intense au courant de la matinée. Dans le fond, pensa Florie, personne ne va savoir si je me trompe et que je prends l'appareil quand ce n'est pas pour moi ! C'est pas de ma faute si je me mélange !

Mais Adèle l'ayant bien avertie que c'était VRAIMENT impoli d'écouter les appels des autres villageois, pour une fois, Florie sut se retenir. Laurent était parti pour Saint-Jérôme tout de suite après son déjeuner. Serein face à sa décision, il avait menti sans vergogne à l'aînée, lui disant :

— J'ai vraiment besoin d'une pièce pour la sarcleuse et il y a juste chez Serge Turgeon à Saint-Jérôme qu'ils l'ont en stock. Je peux pas attendre que Jeremiah y aille, puis comme Ludovic m'a dit qu'il s'occupait d'arranger les banneaux, je vois pas pourquoi je resterais à le regarder faire. On n'a pas besoin d'être deux pour changer les roues de nos brouettes.

Encore fébrile de son appel à son amie, Florie avait acquiescé sans répliquer. Une rareté fort appréciée par son frère qui l'embrassa sur la joue avant de s'éclipser à l'extérieur. Il grimpa dans sa carriole en savourant l'air froid sur son visage découvert. À peine passé le rang Leclerc, lorsqu'il fut certain que personne ne pouvait le voir, Laurent sortir une flasque de la poche de son parka et avala une longue rasade réconfortante.

— Il faut bien que je me réchauffe, on gèle ce matin ! pensa-t-il. La couverture glissa de ses jambes sans qu'il n'y prenne garde.

Quand il arriva dans la ville au sud, le blond conduisait lentement. Le contenu de la flasque se trouvait en entier dans son estomac et malgré son état d'ébriété avancé, il restait conscient que ses réflexes étaient déficients.

— Je… je pense que… je… vais manger avant d'aller à l'église.

Hésitant, il descendit difficilement de la carriole avant d'attacher Aramis près d'un restaurant. Il rota en s'excusant même si personne ne se trouvait près de lui. Ce qui le fit rire.

— Maudit niaiseux, tu parles… tout… tout seul !

Il lança un regard autour de lui avant de s'avancer en titubant dans l'escalier du Petit Jérôme.

Depuis l'attaque dont il avait été victime, deux mois auparavant, James gardait une certaine raideur dans la jambe qui le dérangeait surtout lorsqu'il était fatigué. Comme en ce moment. Depuis deux semaines, Édouard et lui étaient revenus à la beurrerie pour mettre le tout en branle afin d'être en service à la fin du mois. Déçu que son « accident » l'ait empêché de conduire l'autoneige une partie de l'hiver, James avait vu le jeune Ludovic devenir premier chauffeur et Anasthase Constantin son second. Malgré la rage que cette pensée lui inspirait, il restait convaincu que sa seule option pour demeurer au village était de se taire. Il pointa la grosse centrifugeuse, puis dit à Édouard :

— Tu veux que je la démonte pour vérifier *if everything is OK*[26] ?

— Non, non. On l'a fait avant de fermer la beurrerie. J'aimerais mieux que tu comptes les papiers parchemin pour que je puisse faire ma commande. Ça prend souvent deux, trois semaines avant que je la reçoive et je veux pas en manquer. Ça aurait l'air fou !

— D'accord.

Alors que les deux hommes travaillaient côte à côte dans l'arrière-pièce, la clochette de l'entrée les surprit.

— Tu attends quelqu'un ?

— Non. Ça doit être ma sœur. Allo ?

— Monsieur Gélinas ?

Surpris, les amis se regardèrent, puis le maître-beurrier sortit de la pièce où il était. Un homme de grande taille, bien vêtu, observait les lieux avec intérêt. Il portait un sac de cuir et semblait venir de la ville.

---

26 Si tout est OK ?

— Bonjour, je peux vous aider, monsieur ?...

— Latulippe. Robert Latulippe.

Les deux se serrèrent la main alors qu'Édouard avait un drôle de pressentiment.

— Je suis du ministère de l'Agriculture. Je vais être honnête avec vous, nous avons eu des plaintes concernant certains de vos produits et...

— Des plaintes ? interrogea Édouard en levant les sourcils.

— Oui. J'aurais besoin de voir vos procédés, vos recettes ainsi que...

— Je m'en vais vous le dire, moi, pourquoi vous avez eu des plaintes ! Je peux même vous donner le nom de la personne qui vous a contacté.

Imperturbable, l'homme se promenait devant le comptoir et passait un doigt dessus pour vérifier sa propreté. Insulté, Édouard leva sa tablette pour l'inviter à le suivre.

— Venez voir tout ce que vous voulez et après vous pourrez dire à Alcide Constantin...

— Qui ? demanda innocemment l'homme sous le regard furieux d'Édouard.

Sans répondre, le maître-beurrier passa devant pour le mener dans la chambre de fabrication où James fit semblant de ne rien entendre. Dès qu'il mit le pied dans la pièce, le responsable du Ministère grimaça en voyant le Noir, ce qui enragea encore plus son ami.

— Je vous présente mon aide-beurrier, James Jackson.

— Monsieur.

— Bonjour.

Sentant l'animosité dans le ton du responsable, James reprit sa place dos tourné pour éviter d'envenimer la situation.

Un lourd poids s'installa dans son corps alors qu'il songeait que, peut-être, sa présence nuirait au résultat de cette inspection surprise. Pendant plusieurs minutes, l'homme questionna sèchement le propriétaire en tentant de le prendre en défaut. Finalement, au bout d'une trentaine de minutes pendant lesquelles James avait senti la tension monter entre son employeur et le responsable du Ministère, ce dernier prit congé en promettant de revenir prochainement avec d'autres questionnements. Aussitôt la porte refermée, Édouard donna un coup de poing dans le mur en maudissant le gros fermier.

— S'il continue à nous harceler, ce maudit-là, je vais finir par lui dire ses quatre vérités. Je te le dis, James, il va nous mener à notre perte.

Attristé, James replongea ses yeux dans le panier devant lui. Il commençait à songer à quitter le village afin de régler pour de bon la situation. Si Alcide Constantin ne s'en prenait qu'à lui, il savait gérer. Mais maintenant qu'il s'attaquait à son meilleur ami et à l'œuvre de sa vie, pourrait-il assister à cet acharnement sans dire mot ? Quand la clochette retentit de nouveau, quelques minutes plus tard, les deux hommes expirèrent avec exaspération.

— Quoi ? demanda bêtement Édouard sans prendre la peine d'avancer à l'avant de sa beurrerie.

— Mon doux Seigneur, mon frère, si c'est de même que tu accueilles tes clients, tu es aussi bien de vendre des vaccins contre la rage ! répondit la voix insultée de Florie.

Les amis sourirent de soulagement avant qu'Édouard n'aille la rejoindre rapidement.

— Je t'expliquerai plus tard. Bonjour, ma belle Florie, qu'est-ce qui t'amène par ici ?

— Je suis allée discuter avec Louisette pour notre prochain

concert et comme Laurent est parti à Saint-Jérôme pour la journée, je n'ai pas de *lift* pour remonter à la ferme. Ça fait que je me suis dit que tu pourrais peut-être venir dîner, puis en même temps, je profiterais d'un transport, qu'est-ce que tu en penses ? En plus, j'ai quelque chose de pas mal spécial à te montrer. Oh James, bonjour, mon ami.

— Florie, bonjour.

La femme l'observa longuement dans son déplacement pour s'assurer que ses soins avaient eu de bons résultats. Satisfaite du visage apaisé de son voisin, elle lui sourit avant de l'inviter à son tour.

— On a une grosse tourtière puis Laurent est parti et Ludovic est pas un gros mangeur. Il pigrasse à peu près comme ta fille, y a pas à dire. Pas étonnant qu'il soit pas plus épais qu'une brindille, grommela Florie. Elle lança un œil averti sur son ventre rebondi, préférable à la maigreur de Ludovic. À son avis, du moins ! Frustré par les événements qui s'étaient produits un peu plus tôt, Édouard accepta aussitôt en priant James de les suivre.

— On a travaillé assez fort, puis toi tu mérites une pause encore plus longue. Tu es ici avant moi le matin alors que le docteur Trudel t'a bien demandé de te ménager… ce que tu ne fais pas vraiment, mon ami !

Le Noir fit un sourire d'excuse avant d'accepter à son tour l'invitation. Manger seul dans sa maison, ça devenait ennuyant à la longue. Puis il pourrait voir Adèle qu'il n'avait pas revue depuis un petit bout. Il aimait toujours discuter avec elle et le reste de la famille Gélinas malgré la fin de leur aventure. Édouard pointa l'arrière de la beurrerie.

— Laisse-nous dix minutes pour finir nos affaires, puis on arrive, Florie.

— Parfait, en attendant, donne-moi une guenille que je te nettoie ton comptoir.

— Je viens de le faire !

— Bien je vais le refaire, parce qu'ici dans le coin, il y a une petite tache ! pointa la femme en grattant du bout de l'ongle.

Édouard fit un clin d'œil à James avant de lancer un torchon humide à sa sœur.

— Tiens, amuse-toi si ça te plaît !

— Niaiseux !

— Florie, tes paroles, je t'en prie !

Soulagé par le relâchement de la tension, James fit un large sourire à sa voisine, envers qui il éprouvait une affection presque aussi grande que pour sa mère. Il n'oublierait jamais sa présence auprès de lui dans les derniers mois. Quand il l'aida à grimper dans la carriole de son frère, elle le remercia gentiment alors qu'Édouard se passait la réflexion qu'en général, si un d'eux tentait de l'aider, elle marmonnait que ce n'était pas nécessaire, qu'elle n'avait pas cent ans ou, au contraire, elle les harcelait pour qu'ils aillent plus vite. Décidément, James était devenu l'homme idéal dans la vie de Florie !

Après un dîner gargantuesque – gros sandwich au rôti de bœuf baignant dans son jus – et deux tasses de thé bien corsé, Laurent marchait à présent dans le vaste parc face à la cathédrale de Saint-Jérôme. Il tentait de trouver le courage pour se présenter de nouveau devant le curé qui l'avait gentiment accueilli l'année précédente.

— Il m'avait dit de faire pénitence, on peut pas dire que c'est ça que j'ai fait ! Comment faire pour lui avouer mon péché ? Mosus, je ferais mieux de m'en retourner au village.

Hésitant, il s'assit sur un banc avec vue sur la façade, les deux pieds ancrés dans la neige devant lui. Il avait beau geler, il n'arrivait pas à faire le mouvement suivant. Ce n'est que lorsqu'il entendit les cloches d'une heure qu'il se décida.

— Je suis toujours pas venu jusqu'ici pour rien !

Relevant ses larges épaules, enfonçant sa tuque jusqu'à ses yeux bleus, Laurent prit la décision qui s'imposait s'il ne voulait pas finir sa vie dans un parc comme celui-ci. Dès son entrée dans le lieu sacré, un sentiment d'apaisement l'envahit. Il s'avança vers le devant de l'autel et resta les yeux figés sur l'énorme croix en or. Il murmurait des paroles de pardon, faisait des gestes de prière en souhaitant être entendu, être guéri. Tout son être vibrait dans l'attente d'un signe annonçant son absolution. Agenouillé, la tête entre les mains, il n'entendit pas la porte de la sacristie s'ouvrir. Ce n'est que lorsqu'une main ferme appuya sur son épaule qu'il releva sa tête et posa un regard éperdu sur le prêtre qu'il avait déjà rencontré.

— Mon père !

— Monsieur, je vous sens en questionnement. Désirez-vous vous confesser ?

— Oui. Oh oui, si vous saviez, mon père.

Les larmes que le jeune homme ne cessait de verser depuis les événements dans la ruelle de Montréal reprirent de plus belle. Secouant sa chevelure bouclée, il se releva péniblement pour suivre l'homme d'Église dans le confessionnal sur le côté. Quelques personnes observèrent le duo s'éclipser à l'intérieur des portes puis reprirent leurs prières silencieuses. Une douce musique comblait le vide dans les cœurs présents. Laurent resta longtemps assis sans parler. Il ne faisait que pleurer, alors que son vis-à-vis l'encourageait à lâcher prise sur cette douleur qui l'envahissait. Puis, au bout de plusieurs minutes, le jeune souffla:

— Mon père, je veux confesser un grave péché. Le péché de la chair.

— Vous n'êtes pas marié, mon cher?

— Non. Non.

Et les pleurs reprirent de plus belle. Le curé, qui en avait entendu de toutes sortes, fit un léger sourire affectueux envers cette ouaille qui se fustigeait pour un crime qui, somme toute, devenait assez fréquent au sein de la nouvelle génération. L'homme, qui avait fait vœu d'abstinence des décennies plus tôt, n'ignorait pas à quel point le désir charnel pouvait mener à la folie. Il avait sacrifié un amour de jeunesse contre celui de son Dieu. Il ne pouvait en demander autant à tous les jeunes hommes qui défilaient devant lui pour obtenir son pardon. Mais rares étaient ceux qui vivaient une telle souffrance. Il s'apprêtait donc à réciter les bénédictions et pénitences coutumières lorsque Laurent murmura:

— Avec un homme.

— Pardon?

Laurent voulut fuir le cubicule, mais la voix du curé l'arrêta aussitôt.

— Restez, monsieur. Restez et je vous écouterai.

Tout à l'espoir de connaître enfin la paix, Laurent se rassit doucement en essuyant ses joues. Il décrivit en détail ses désirs, ses envies, sa terrible, mais si troublante aventure avec Rudolphe Savard, un soir d'hiver. Il ne tut pas ce que son corps avait fait; ce que son corps avait reçu. Il avait l'impression que les vannes de son tourment venaient de s'ouvrir et il ne sut retenir le flot d'informations qui s'y précipita sans égard pour son interlocuteur. Puis, au bout de quinze minutes, plus rien. Il garda alors le silence, libéré d'une énorme charge émotive. Tête appuyée derrière lui, il attendit les critiques, les reproches qui ne manqueraient pas de suivre ses aveux. Pourtant, ce curé en qui il avait mis toute sa confiance pour la deuxième fois de sa vie fit acte de compassion.

— Vous êtes malade, assurément, et devez tout faire pour guérir cette tare qui vous afflige. Cette souffrance, vous devrez la transformer pour vous donner la force de poursuivre votre chemin sans ne plus jamais en dévier.

— Mais j'ai plus de voie, monsieur le curé. Chaque fois que je pense à cette soirée, je sens le poids de la douleur.

— Ce que je vous dis ici restera entre nous pour toujours. Dieu est pardon. Peu importe le crime, il respecte l'être humain dans son entièreté. Vous avez reçu en venant au monde un handicap qui, en 1940, peut être passible de mort dans certains pays. Ici même au Québec, les homosexuels représentent la plaie de notre société. Tout comme l'abbé Victorin Germain, j'ai des convictions profondes, mais mon opinion personnelle importe peu dans ce débat…

— Victorin Germain ? fut la seule parole que prononça Laurent.

— C'est un grand homme de l'Église aux idéaux de société bien définis. Il représente la voix que n'ont pas tous ces enfants orphelins nés dans le péché. Il a dit, et je le cite, qu'il s'agit « d'enfants comme les autres ayant droit à une famille et dont les défauts hérités de leurs parents naturels devraient être contrés par une bonne éducation*. »

— Mais moi, je ne…

— Vous, mon cher, avez droit aux mêmes égards que ces petits êtres et leur pauvre mère qui ont dévié du droit chemin. Vous ne pouvez vous enfoncer davantage. Il vous faut maintenant trouver la force, le courage de ne plus récidiver. Est-ce que ce sera facile ? Non, évidemment. Mais la main de Dieu vous accompagnera tout au long de votre vie.

Laurent attendit quelques instants avant de dire d'un ton hésitant :

— Est-ce que... je pourrais vous écrire mon père ou vous téléphoner dans mes moments de doute ?

Un long silence de plus en plus inconfortable envahit le confessionnal et Laurent regretta ses paroles. Mais comme il allait les retirer, l'homme en face de lui prononça les mots qui le sauveraient peut-être de la folie.

— Je serai là pour vous. Si vous en ressentez le besoin, je serai là pour vous lire ou au bout du fil.

— Merci, mon père.

Après les pénitences conventionnelles, Laurent ressortit la tête haute de l'église en levant les yeux vers le ciel gonflé de flocons. Une bonne tempête s'annonçait pour la soirée et l'homme se dépêcha de grimper dans sa carriole pour ne pas avoir à l'affronter sur la route. Se pouvait-il que le curé comprenne vraiment sa déviance ? Qu'il l'accepte et la lui pardonne ? Il tenta d'imaginer le curé Latraverse recevant les mêmes confidences ! Jamais il n'aurait cru qu'un homme d'Église puisse faire preuve d'une telle ouverture. Était-ce dû à la proximité de la grande ville ? Saint-Jérôme avait peut-être aussi sa part de noirceur comme dans la métropole.

— Au moins, je n'aurai pas à me confesser à Sainte-Cécile ! soupira avec soulagement le jeune homme.

Il lança un regard aigre vers la flasque vide avant de la jeter dans le premier champ qu'il longea. Il devait mettre fin à cette folie avant que Florie ne s'en aperçoive.

CHAPITRE 9

Engin dangereux !

Avec fierté, le maire de Sainte-Cécile présenta une motion pour remplacer les trottoirs de bois du chemin Des Fondateurs par des nouveaux en ciment. Il avait obtenu un devis et croyait que les économies réalisées à long terme justifiaient une telle dépense.

— En plus, vous comprendrez que si on veut devenir une plaque tournante vers l'Abitibi, il faut qu'on soit à la hauteur.

Personne ne le contredit, surtout pas Édouard, perdu dans ses pensées depuis le début de ce conseil. Il avait beau éviter tous les contacts avec les Constantin, le patriarche semblait se plaire à l'affronter depuis l'attaque contre James. Au magasin général, lorsqu'ils se croisaient, Alcide faisait parfois un commentaire sur la beurrerie d'un concurrent. Après la visite de l'employé du ministère de l'Agriculture, le maître-beurrier avait été encore plus prudent que jamais. Plus rien ne traînait sur les comptoirs ; les guenilles usées étaient immédiatement mises à tremper dans l'eau de Javel ; le balai passé plus d'une fois par jour. Rien n'était laissé au hasard. Pour l'instant, il n'avait pas eu de nouvelles, bonnes ou mauvaises. Il espérait recevoir son certificat de conformité avant la fin de l'hiver. À la patinoire, quand Anasthase avait vu le père avec sa fillette, il avait ricané avant d'imiter l'enfant malhabile sur ses lames.

Même sur le parvis de l'église, le père et le fils se faisaient un malin plaisir de commenter les vêtements que portaient ses sœurs. Alcide Constantin espérait le faire sortir de ses gonds, mais Édouard ne lui donnerait pas ce plaisir. Alors il avait pris sa décision. Lorsque la réunion tira à sa fin, il se releva en inspirant profondément et dit:

— J'aimerais vous parler à tous avant de quitter la salle.

Pour une rare fois, il vit la crainte poindre dans les petits yeux méchants des deux comparses et il se dit qu'il devrait peut-être accuser les hommes de l'attaque sournoise de janvier. Mais sans preuve, il ne ferait qu'aggraver la cause de son ami et il choisit plutôt de mettre fin à son mandat.

— Ça fait maintenant deux ans que je siège au conseil et avec la venue du printemps et de l'été, je suis dans l'obligation de laisser ma place.

— Une bonne affaire, ça, marmonna le fermier sans aucune retenue.

Édouard ne le regarda pas avant de sourire au maire chagriné. De tous ses conseillers, celui-ci représentait assurément le plus posé, le plus instruit, avec le maître de poste. Il se retrouverait maintenant pris avec, au pire, des goujats sans éducation, au mieux, des hommes âgés un peu insouciants. Mais il ne tenta pas de faire changer d'avis le maître-beurrier, qui avait le regard déterminé et fier.

— Je pense que je parle pour tous, ici présents, lorsque je dis que votre présence, vos actions au sein de ce conseil nous manqueront.

— Mettez-moi pas des mots dans la bouche, monsieur le maire, s'opposa Alcide avant de se racler la gorge avec un air dédaigneux.

Le magistrat ferma les yeux quelques secondes afin d'éviter

de prononcer des paroles regrettables. Mais Rosaire Barnabé, lui, n'eut pas la même retenue:

— Tant qu'à être méchant, Alcide, fermez donc votre bouche! Ça ferait plaisir à tous ici!

À peine les paroles passées ses lèvres, le jeune moustachu grimaça de regret. Il n'aimait pas se mêler des chicanes de village et voilà que l'autre avait réussi à le mettre en colère. À croire que cet homme avait un don! Le gros Constantin ricana en donnant un coup de poing sur l'épaule de son fils:

— Tu vois, mon gars, quand je te dis que le Gélinas les a tous sous sa coupe, je me trompe pas, hein?

Découragé par tant de mauvaise foi, Édouard serra la main du maire et des autres conseillers, mais s'arrêta devant le duo père-fils avec une moue peu engageante. Face à lui, le plus âgé tentait de relever son corps trapu, mais il n'arrivait toujours pas à regarder l'autre dans les yeux sans hausser la tête. Dans un silence total, le brun fit un léger rictus et cracha:

— Je n'irai pas jusqu'à vous serrer la main, monsieur. Nous savons, vous et moi, que jamais nous pourrons nous entendre. Certains gestes posés sont encore bien frais dans ma mémoire, mais n'ayez crainte, cela restera entre vous, moi et Notre Seigneur. Messieurs, au revoir!

Sur ces paroles insidieuses, Édouard inspira un grand coup avant de sortir de la salle paroissiale, soulagé de sa décision et fier de ses dernières paroles.

— Au moins, Constantin sait que je sais! S'il s'avise de nouveau à toucher à un cheveu de quelqu'un que j'aime, je n'hésiterai pas à le traîner en justice.

Il se dépêcha de monter à la ferme pour aller chercher sa fille, qui devait être bien maussade rendue à près de neuf heures. Édouard avait demandé à ses sœurs de ne pas la coucher pour lui éviter d'avoir à la rhabiller. Mais il connaissait bien le caractère de Marie-Camille lorsqu'elle était fatiguée. Pourtant, lorsqu'il mit les pieds dans la cuisine de la maison grise, il fut étonné d'entendre les éclats de rire de son enfant.

— Ha, ha, ha... C'est pas vrai ! Ça se peut pas !

— ...

— Je vais demander à mon père si c'est vrai !

Édouard s'avança pour découvrir sa fillette assise sur les genoux de Florie, le téléphone à la main. Elle lui fit un signe de joie en le voyant et dit d'une voix trop forte :

— Je dois raccrocher, Jeremiah. Mon papa est là ! Bye, bye !

Elle déposa l'appareil, glissa des grosses cuisses de sa tante avant de courir au-devant de son père :

— Papa, papa, Jeremiah dit que si je me couche trop tard, il va me pousser une moustache pendant la nuit. C'est pas vrai, hein ? Je lui ai dit que ça se peut pas !

L'enfant riait aux éclats alors qu'Édouard faisait mine de réfléchir. Puis, il la prit contre lui en secouant sa tête :

— Il te raconte des blagues, ce comique-là ! Mais qu'est-ce que tu fais au téléphone à cette heure-là ?

— C'est matante Florie qui a dit oui. On a téléphoné à Louisette, après à Jeremiah. J'avais peur que ce soit sa femme qui réponde, mais une chance que non ! Sinon, j'aurais « mouru », c'est sûr !

Florie et Édouard éclatèrent de rire devant le franc-parler de l'enfant qui ressemblait tellement à celui de Clémentine, qui n'avait jamais eu trop de retenue !

— Bon, alors mademoiselle, on y va.

— Oui. Je vais chercher Doudoune.

Les deux adultes la regardèrent s'éloigner vers le salon avec affection. Florie passa une main sur le bras de son frère.

— Ça s'est bien passé, le conseil? demanda-t-elle soucieuse.

— Oui, oui. Ne t'en fais pas. Le maire était déçu, mais en même temps, il comprend que je manque de temps.

— C'est bien de valeur, par exemple. C'était bien le fun d'avoir un Gélinas au courant de tout avant le reste du monde.

Édouard sourit avant de se moquer gentiment:

— Bien tu n'as qu'à te présenter à ma place, ma sœur.

— Es-tu fou, toi, Édouard Gélinas?

Son frère s'écarta pour éviter le coup de poing qu'elle voulut lui donner sur l'épaule et c'est encore mort de rire qu'il sortit de la maison, sa fillette et Doudoune bien calées contre son épaule.

Depuis son retour de Saint-Jérôme quelques jours auparavant, Laurent savourait chaque journée passée sans avoir eu de mauvaises pensées. Il avait décidé de prendre sous son aile Ludovic Marquis, même si ce dernier n'appréciait guère les conseils prodigués.

— Si tu veux que les vaches te fassent confiance, il va falloir que tu apprennes à leur parler doucement, même à siffler si tu le peux.

À partir du jour où il avait appris à travailler avec les animaux, Laurent avait mis au point un sifflement particulier qui attirait ses bêtes à lui. Il les approchait tout doucement, avec une attitude ferme et rassurante que les animaux appréciaient. La plupart des bovins éprouvaient une crainte de l'être humain qui pouvait diminuer leur production laitière. Mais dans le cas des vaches de la famille Gélinas, un lien de confiance s'était établi dès le début entre le cadet de la famille et les bêtes. À l'approche de toute autre personne, le stress augmentait parfois chez Bécassine et sa bande, ce qui amenait le reste de la fratrie à dire avec satisfaction:

— Occupe-toi-z'en donc, d'abord, Laurent! Je pense qu'il y a juste toi qui peux les calmer, ces vaches-là!

Avant son arrivée dans la maison Gélinas, Ludovic Marquis n'avait à peu près jamais mis les pieds dans une étable, encore moins dans une stalle qu'il devait décrotter. Au début, le travail le rebutait un peu, mais il y avait pris goût, même si ses approches restaient trop brusques de l'avis de Laurent. Alors à son retour de Saint-Jérôme, il se dit qu'il était temps de se prendre en main et de cesser de s'apitoyer sur son sort. Il était homosexuel et pas le seul au pays d'après ce qu'il avait vu dans la grande ville. Il avait décidé de passer outre cette déviance pour faire de sa vie une expérience satisfaisante, à défaut d'être heureuse. Et cela commençait par l'enseignement à Ludovic, qui ne savait plus comment réagir devant le changement d'attitude de l'autre. Florie, par contre, souriait de bonheur à la vue de ce retour de son jeune frère heureux. Adèle, de son côté, hésitait à se réjouir en sachant que de tels démons ne disparaîtraient pas si aisément. Elle connaissait les tourments qui envahissaient son frère et ne savait comment réagir devant cette volte-face.

— J'espère que ça va durer, songeait-elle en observant les flocons virevoltant dans le ciel d'hiver. Elle rêvait à sa prochaine visite à Montréal, qui se conclurait assurément par un rendez-vous avec son ancien amant.

Tout son être désirait à nouveau se retrouver entre les bras de Jérôme. Ce qui avait changé, c'est qu'Adèle n'éprouvait plus de culpabilité face à Florie et le reste de la famille. Elle assumait enfin ce besoin d'amour que la promesse faite à sa mère n'avait pas réussi à tuer.

Le soir du 14 mars, appuyé contre le comptoir de la cuisine, Laurent était en train d'expliquer à leur engagé comment vérifier l'intérieur des naseaux des bovins, lorsque la porte s'ouvrit en vitesse pour laisser passer une tornade blonde qui se jeta sur lui. Surpris par cette approche inhabituelle, Laurent repoussa sa nièce en grimaçant légèrement.

— Euh… bonjour, Marie-Camille…

— C'est ta fête, mon oncle Laurent ! Bien, pas ta vraie fête, mais on n'a pas eu le temps avant alors là, c'est ta fausse fête. Bonne fête.

La gamine fit du mieux qu'elle put pour reprendre son câlin, mais les bras de Laurent restèrent le long de son corps. Malhabile, il ne savait comment réagir à cette affection inaccoutumée et lorsque l'enfant dit : « Tu pourrais me serrer, toi aussi, tu sais ! », il fit un léger sourire en l'enlaçant maladroitement. Adèle, Florie et Édouard les regardaient en savourant l'innocence de cette enfant qui voyait la beauté des gens, même lorsque la carapace était épaisse, très épaisse.

— C'est une surprise, mon frère ! annonça le père de la fillette. Vingt-sept ans, on pouvait pas passer ça sous silence ! Tu t'en viens vieux ! James aussi devrait arriver sous peu !

— Eh bien, comment ça ?

Dans la famille, à part un gâteau, un petit présent parfois, les anniversaires des frères et sœurs s'inscrivaient généralement dans le cadre d'une journée normale. Cette fois-ci, pourtant, Adèle avait eu envie de faire plaisir à son cadet. De connivence avec Édouard, les deux s'étaient mis sur le cas de Florie pour lui faire accepter leur idée. Après plusieurs semaines de négociations, l'aînée avait accepté la proposition de sa cadette en maugréant :

— Je te le dis tout de suite, on est mieux de pas faire faillite, nous autres, après ça !

Pourtant, en ce moment, elle anticipait avec joie la surprise de Laurent à la vue du cadeau coûteux qu'ils avaient acheté.

— Bien, répondit Édouard en souriant, on en profite puisque tu n'es pas trop occupé. Avec la neige qui tombe depuis des jours, tu tournes pas mal en rond dans la maison, si j'ai bien compris nos sœurs !

Édouard éclata de rire en faisant un clin d'œil moqueur à Laurent, qui rougit un peu. Il était revenu de son périple soulagé, mais l'hiver le rendait tout de même maussade puisqu'il n'y avait pas grand-chose à faire sur leur terre. De temps en temps, en passant devant l'hôtel du village, il remarquait et enviait les jeunes gens qui poussaient la porte de l'établissement le samedi soir pour aller boire un verre malgré les sermons hebdomadaires du curé. Mais il savait résister, sachant trop bien que sa sœur le mettrait à la porte s'il osait pousser celle de l'hôtel ! Depuis qu'il avait décidé de mettre la bouteille de côté, il s'endormait tard et rongeait son frein en pensant au printemps, qui aurait au moins l'avantage de le faire tomber d'épuisement chaque soir. Il devait admettre que les réveils étaient plus faciles sans la gueule de bois qu'il devait auparavant s'efforcer de cacher à ses sœurs. Mais à l'occasion, il se disait qu'une petite gorgée serait la bienvenue afin d'alléger son insomnie. Toutefois, il avait promis. Promis à ce curé particulier qui lui avait accordé sa confiance et son pardon et à ce Dieu qui l'avait fait ainsi. Pour l'instant, il ne savait plus trop où mettre ses bras, Marie-Camille ayant décidé de rester appuyée sur ses jambes. Il observa la nuque penchée de la fillette qui jouait avec une longue ficelle accrochée au bas de sa jupe qu'elle avait relevée pour mieux voir. Sentant son malaise, Édouard attira sa fille vers lui et chuchota :

— Va donc voir dans le fournil si James s'en vient, ma cocotte !

— Oui.

Elle se tourna pour dire quelque chose à Laurent, vit son regard interrogatif et hésita avant de souffler :

— Bonne fête encore, mon oncle Laurent. Tu es chanceux, ton cadeau est…

— Mimi !

Sa tante Florie la gronda et elle se dépêcha de filer en maugréant. Elle n'allait pas lui révéler ce qu'était son cadeau, franchement ! Les grandes personnes la prenaient toujours pour un bébé. Les sœurs et Édouard regardèrent affectueusement ce grand gaillard maladroit qui n'aimait pas les effusions. Le maître-beurrier entreprit de lui jaser tout en servant à tous un petit verre de gros gin. Lançant un regard hésitant à Adèle, Laurent accepta en voyant son fin sourire d'encouragement.

— Imagine-toi donc que je jasais avec Philippe-Joe Lalonde, l'autre matin, puis il me parlait du nouveau tracteur Ford-Ferguson qu'il a décidé de s'acheter. Ça a l'air que son beau-père vient de mourir en laissant un petit montant d'argent à sa femme, puis il a décidé de jeter son dévolu sur le petit tracteur qui vient d'être mis sur le marché. C'est toute une machine, mais elle est pas donnée, je m'en vais te le dire.

Laurent haussa les épaules, confus quant au bavardage insouciant de son grand frère. Il jeta un regard d'envie sur la belle pièce de viande qui trônait dans son jus au centre de la table. Il allait demander à Florie quand le souper serait servi, lorsque sa nièce tout énervée revint en trombe dans la cuisine :

— Il arrive ! James arrive !

Édouard interrompit son monologue pour se lever et mettre la main sur l'épaule de son frère. Son regard affectueux le mettait mal à l'aise et Laurent se demandait bien ce qui se passait dans cette cuisine pour que tous soient ainsi à le regarder, l'œil humide. Marie-Camille s'avança à ses côtés et il hésita quelques secondes avant de prendre la petite main qu'elle tendait.

— Dépêche-toi donc, mon oncle ! Tu es plus lent qu'un escargot !

Très fière de ce nouveau mot appris à l'école, Marie-Camille sourit à la ronde. Les autres adultes, fébriles, les suivaient en jubilant. Seul Ludovic resta assis, désintéressé par la commotion autour de lui. Tout ce qu'il voulait, c'était manger pour ensuite aller s'écraser au salon pour une heure ou deux. Au loin lui parvenaient les murmures dans le fournil et il soupira avant de se lever à son tour. Aussi bien s'y rendre puisqu'il semblait bien que le repas ne se prendrait pas de sitôt !

— Ferme tes yeux, mon oncle ! Allez, triche pas !

L'homme regarda la petite boule d'énergie à ses côtés, une interrogation dans le regard. À son tour, il commençait à sentir une fébrilité l'envahir. Édouard mit la main sur la poignée de la porte avant de dire :

— Comme je t'expliquais tantôt, Philippe-Joe Lalonde s'est acheté un nouveau tracteur, ce qui fait qu'il m'a vendu son Farmall pour une fraction du prix. Puis, ça, mon frère, bien c'est ton cadeau de fête de la part de tout le monde !

Édouard ouvrit bien grand la porte alors que James

débarquait d'un tracteur rouge flamboyant aux larges roues arrière. Il en fit le tour pour s'avancer dans l'escalier et salua gentiment Laurent, debout, la bouche grande ouverte avec la fillette toujours pendue à son bras. Elle sautait sur place en riant aux éclats.

— Allez, mon oncle, vite, va l'essayer !

Insatisfaite de l'immobilité de Laurent, Marie-Camille descendit en vitesse tout en tirant le cadet qui était figé sur la galerie, entouré de sa famille émue. Florie lui poussa dans le dos en disant :

— C'est sûr que ça fait un trou dans notre budget, mais je pense qu'il est temps que les Gélinas aient un tracteur ! Puis tu le mérites, mon frère ! J'en connais pas de plus vaillant que toi quand vient le temps d'aller labourer et semer nos terres.

Elle lui fit une accolade maladroite avant de resserrer son châle sur son dos. Comme Laurent restait cloué sur place, elle grogna :

— Bien là, avance, bonyenne ! On va mourir gelé si tu t'entêtes à le regarder de loin de même.

Enfin, Laurent se remua et murmura :

— Un tracteur ? Pour moi ? Bien, voyons donc ! C'est bien trop !

— Tsss, tsss, tsss, mon frère, arrête tes niaiseries. Ça fait des années que je répète qu'on devrait en avoir un. Je sais bien que tu m'as toujours dit que tes bras musclés faisaient l'affaire, mais une machine de même, c'est pas un luxe. Nos terres sont de plus en plus défrichées, puis tu vas voir l'énergie et le temps que tu vas économiser.

Laurent sourit enfin devant le monologue d'Édouard, exalté. Pendant toutes les années qu'ils avaient travaillé ensemble, pas une semaine ne passait sans que le plus vieux n'aspire à acheter un tel engin pour les aider. Lui ne se plaignait pas, trop heureux de toucher de ses mains cette terre qu'il aimait tant. Un sourire rayonnant comme un enfant devant une nouvelle bébelle, il se tourna vers ses sœurs, l'œil encore indécis :

— Vous êtes certaines ? C'est de l'argent en maudit, ça !

— Certaines ! répliqua fermement Adèle en jetant un regard d'avertissement vers Florie, qui allait ouvrir la bouche. Mais grouille avant que je pogne mon coup de mort !

Alors Laurent descendit l'escalier en sautant trois marches et courut jusqu'au tracteur sans s'apercevoir de l'air glacial. Il passa sa main sur les grosses roues arrière qui arrivaient au niveau de ses épaules puis se tourna vers la galerie où tous l'observaient avec affection à travers un rideau de flocons blancs.

— Est-ce que... je peux embarquer dessus ?

— C'est à toi, Laurent.

— À moi, chuchota l'homme en grimpant vivement pour poser ses fesses sur le petit siège de cuir noir.

Adèle essuya les larmes qui coulaient sur ses joues glacées. Dans la dernière année, elle n'avait guère vu son frère heureux. Pas depuis le mariage de Léo avec Bérangère Barnabé, en fait. Le jeune bègue n'était jamais revenu au village et Florie avait été très frustrée d'apprendre qu'il avait convolé sans les avoir invités à ses noces.

— Voyons donc, Florie, on peut pas dire qu'on l'a traité avec gentillesse quand il nous a parlé de son départ !

— Bien puis avant, hein ? Il me semble que toutes les années qu'on lui a fait la charité, ça devrait compter aussi, non ? En tout cas, qu'il revienne pas nous demander un service, parce que je vais te le revirer de bord assez vite, je te le dis !

Alors en cette journée d'hiver, Adèle vibrait d'amour pour

ce petit frère fragile qui tentait de survivre dans ce monde qui n'était pas fait pour lui. Elle craignait parfois un geste de désespoir comme celui de Marc-Joseph et lorsqu'elle le vit au volant de ce nouveau jouet pour adulte, elle sentit l'optimisme monter en elle.

— C'est bien trop beau ! Vous êtes fous ! Oh, mon doux que j'ai hâte au printemps ! cria Laurent en riant à gorge déployée.

— Puis en plus, dit Édouard, le vieux Lalonde avait payé cent trente dollars de plus pour avoir un essieu avant à voies réglables. Mais il voulait tellement s'en débarrasser parce que sa femme refusait de lui donner l'argent pour acheter le nouveau tant qu'il n'aurait pas vendu celui-là, qu'il m'a fait un vrai prix d'ami. Je pense que c'est la crème des tracteurs, cette machine-là !

Le groupe debout sur la galerie commençait sérieusement à être gelé et Florie donna le signal de la rentrée.

— Bon, nous autres on va t'attendre dans la cuisine pendant que tu t'amuses avec ton jouet, mon Laurent !

— Mais dépêche-toi d'aller le mettre dans la grange, mon frère, je vais t'ouvrir les portes.

— Il rentrera pas, c'est rempli de ballots de paille !

— T'en fais pas, répondit Édouard en faisant un clin d'œil à James, on s'en est occupé.

À son arrivée, une heure auparavant, il s'était dirigé dans la grange avec son ami pour faire de la place pour l'engin écarlate. Marie-Camille avait été très heureuse de les accompagner, le nez fourré derrière la stalle de Bécassine, où une maman chatte avait donné naissance quelques semaines auparavant. D'ailleurs, l'enfant se proposait de quémander un nouveau chaton à son père. Barbouille se faisait vieux et ne voulait plus jouer. Il faisait juste dormir, manger, dormir, manger et la fillette désespérait d'avoir un nouvel ami à quatre pattes.

— Il faut te dépêcher, Laurent, réitéra Édouard, parce que c'est pas trop bon de le laisser dehors. C'est James qui l'a caché dans sa grange depuis le début de la semaine !

Leur voisin sourit gentiment avant de suivre la famille et Ludovic au chaud.

— Je pense qu'il est content ! dit-il en refermant la porte du fournil.

— Moi j'aurais aimé ça qu'il soit vert, son tracteur. C'est plus beau ! s'exclama Marie-Camille, déjà assise à sa place.

Elle fixait de son regard bleu le beau gâteau au glaçage blanc qui trônait sur le comptoir. Elle s'en léchait les babines. Par contre, à la vue des légumes qu'elle devrait manger avant d'y avoir droit, son estomac se contracta de dédain. Vivement le temps des concombres frais ! L'hiver pénible n'en finissait plus avec ses carottes et ses navets qui sentaient les petits pieds sales. Alors la fillette mit ses coudes pointus sur la table devant elle en lançant un regard suppliant à sa tante Adèle pour qu'elle comprenne qu'un morceau de chacun serait bien en masse pour son appétit. Heureusement, Florie jasait avec James sans se préoccuper de l'assiette de sa nièce, si bien que c'est avec un large sourire que Marie-Camille piqua le minuscule morceau de navet que sa marraine venait de lui glisser dans son assiette.

— Bon, vous voilà enfin ! Allez, à table !

Souriant, Laurent, Édouard et James passèrent le reste du repas à faire l'apologie du nouveau tracteur, qui était bien meilleur que tous ces modèles récents qui brisaient juste à les regarder ! James, qui n'avait pas un tel véhicule puisqu'il ne cultivait pas les terres derrière sa fermette, écoutait les deux frères en mettant parfois son grain de sel dans la discussion. Il observait à la dérobée son amante d'hier qui lui souriait avec affection. Avec un certain regret, il avait compris que leur aventure s'était terminée comme elle avait commencé. Il ne ressentait pas de colère ou d'amertume puisque cette relation sans issue, quoique fort agréable, comportait des risques qu'il ne voulait plus assumer depuis la vicieuse attaque dont il avait été victime.

— Bon, les hommes, c'est bien beau tout ça, mais je pense qu'il y a quelqu'un qui aimerait vraiment manger un morceau de gâteau !

— C'est moi ! cria Marie-Camille qui n'avait pas quitté le dessert des yeux depuis que le repas était commencé.

Tous éclatèrent de rire devant la vigueur du cri et les deux femmes entreprirent de débarrasser la table dans la bonne humeur générale.

Un matin, encore à l'aube, Laurent se dépêcha de lever son rideau de la fenêtre de sa chambre pour voir si la neige avait continué de fondre pendant la nuit. Il n'avait toujours pas essayé son tracteur et il avait beau passer plusieurs heures par semaine à le nettoyer, graisser, vérifier, l'arrivée du mois d'avril lui laissait enfin espérer une sortie pour son engin sous peu. Il descendit dans la cuisine en bâillant malgré une bonne nuit de sommeil.

— Maudit que j'ai hâte d'aller dans les champs ! Ludovic, tu vas voir, mon gars, labourer puis défricher ça va se faire tout seul astheure !

— Hum.

Laurent leva les yeux au plafond devant le manque d'enthousiasme de leur engagé. Le jeune Marquis venait juste d'arriver du village et n'avait aucune petite rougeur au visage, même après avoir été dehors plusieurs minutes. Ce qui fit dire à son vis-à-vis, d'un ton rempli d'espoir :

— Il a pas l'air de faire froid du tout ! Je me demande si je pourrais pas le sortir un peu de la grange pour le tester dans notre cour…

Ludovic posa son regard vert éteint sur l'autre avant de hausser les épaules. Depuis l'incendie, deux ans auparavant, il n'avait plus guère d'intérêt pour ces discussions futiles. Il avait même d'autres projets, mais ne savait guère comment les aborder avec ses parents. Il fit donc semblant de se passionner pour le sujet du tracteur, surtout lorsque Florie refusa net la proposition de son cadet :

— Pas question, Laurent ! Édouard a dit qu'il faut pas le sortir tant qu'il y a encore de la neige.

— Bien justement, viens voir, il y a pas une graine au sol près de la grange. Je te dis pas que je vais m'en aller dans les champs, juste un petit tour de l'entrée pour être certain que tout est sous contrôle. Je le sais pas, moi, si le vieux Lalonde en a pris soin de ma machine !

Florie jeta un œil par la fenêtre. Elle ne pouvait lui donner tort, en effet, la terre était bien visible entre la maison et la grange. Mais à moins de tourner en rond, son frère ne pourrait pas faire grand déplacement. Elle apostropha Adèle qui descendait l'escalier avec son bagage pour Montréal.

— Toi, qu'est-ce que tu en penses, Adèle ?

— De quoi ?

Laurent s'empressa de lui expliquer son désir et devant son

visage enflammé, Adèle lui aurait donné le bon Dieu sans confession. Le voir heureux ainsi la comblait de joie.

— Bien oui, pourquoi pas !

— Mais s'il fallait que tes roues s'enfoncent... marmonna Florie. Toi, Ludovic, qu'est-ce que tu en penses ?

— Hein ? Euh...

Mal à l'aise, il tenta de cacher sa joue au regard des deux femmes qui s'étaient placées à sa gauche. Autant que possible, il réussissait toujours à s'installer de manière à ce qu'il n'y ait personne du côté de ses brûlures. Alors il mit sa main sur son visage, faisant mine de se gratter avant de se dépêcher de donner raison à Adèle. Florie soupira en hésitant encore.

— Je vais appeler Édouard, tiens, pour avoir son avis !

— Édouard n'a pas le téléphone, lui rappela Laurent.

— Bien, il doit être à la beurrerie et Jeremiah...

Elle cessa de parler en lançant un coup d'œil hésitant vers sa sœur.

— En fait, Adèle, appelle donc, toi, à la forge, tu sais comment j'haïs ça parler dans cette affaire-là !

— OK.

— Faites-moi pas confiance surtout, maugréa Laurent en se rassoyant, boudeur.

Adèle lui fit un sourire d'excuse, mais elle savait bien qu'il valait mieux valider cette décision auprès de son aîné pour éviter que la grogne ne reprenne à la ferme. Si Édouard donnait son accord, alors Florie ne pourrait pas bougonner si un problème survenait. Et comme prévu, le maître-beurrier trouva que l'idée de son frère était excellente.

— Ça va lui permettre de voir si toutes les pièces sont en bon état. Monsieur Lalonde en a pris soin, mais il y a rien qui nous dit que l'usure ou la rouille s'est pas mise dedans. Puis dis-lui que si j'avais pas autant d'ouvrage ici, j'irais le voir faire son tour d'honneur !

Satisfaites d'avoir l'approbation du maître-beurrier, les sœurs regardèrent leur frère sauter sur ses pattes, agripper son manteau et glisser ses pieds dans ses vieilles bottes. Avant de s'élancer au dehors, il se tourna vers Ludovic Marquis, toujours le nez dans son café.

— Tu viens ?

— Euh… oui, oui. J'arrive.

Désespérant de ne pouvoir rester tranquille pour réfléchir en paix, le rouquin se résigna plutôt à suivre l'autre sans ressentir autant d'excitation.

— C'est toujours bien juste un tracteur, pensa-t-il. Il y a des choses pas mal plus importantes que ça dans la vie !

Entre autres, les nouvelles venant du Vieux Continent, même si Florie baissait le poste de radio chaque fois que la guerre venait sur le sujet. Cela agaçait prodigieusement Ludovic, avide de connaître la situation en Europe. Lorsqu'il entrait pour se reposer ou pour manger, pas moyen de prendre le pouls de ce qui se passait au loin. Sauf si l'aînée s'était absentée pour la chorale ou une visite à sa mère. Dans ces cas-là, il savourait les moments passés avec Adèle, qui écoutait insatiablement toutes les statistiques, les commentaires et les propos concernant la guerre en Europe. Étonnée, la femme s'était aperçue de l'intérêt marqué de Ludovic face au conflit européen. Depuis sa réconciliation avec Jérôme, Adèle retrouvait avec joie les longues discussions avec son ancien amant revenu dans sa vie. Après leurs nuits d'amour au mois de janvier, les amants s'étaient quittés, repus, en se promettant de se revoir bientôt. Même si le lien s'était recréé aussitôt que leurs corps s'étaient enlacés, tous deux savaient bien que leur amour d'hier n'avait pas plus d'issue qu'auparavant. Par contre, une nouvelle étincelle était née, ce qui plaisait à tous les deux. Jérôme ne la brusquerait pas cette fois-ci et Adèle... Adèle prendrait le temps. Un jour à la fois. Malgré leur éloignement physique, l'installation du téléphone à la ferme leur permettait de communiquer plus souvent ensemble. Ils se devaient de rester très discrets, les commères du village ne résistant pas toujours à l'envie d'écouter sur la ligne. Mais ils avaient trouvé des codes qui les faisaient rire malgré le danger. Après leur rencontre à l'hiver, Adèle et Jérôme s'étaient revus en mars à Saint-Jovite, comme dans le bon vieux temps. Juste une journée pour leur permettre de patienter jusqu'à la prochaine visite de la jeune femme à Montréal. À défaut de jaser de la guerre avec Jérôme, elle partageait souvent ses pensées avec leur engagé, qui s'enflammait aussitôt.

— Ça n'a pas de bon sens, lui disait-elle, que des hommes doivent se battre, s'entretuer pour s'assurer qu'un autre règne en maître partout ailleurs.

— Mais si on laisse faire Hitler, répliquait Ludovic, il va prendre le contrôle du continent au complet. Ce serait mieux ? Moi je pense que le Canada a bien fait de leur déclarer la guerre. Si j'étais pas...

— Si tu étais pas ?

— Non, rien, laisse faire. Je dois aller rejoindre Laurent.

Alors quand il voyait tout le monde s'extasier sur une « bébelle » en métal, le jeune Marquis ne pouvait s'empêcher de réfléchir au sens de sa vie. Même si Laurent tentait un rapprochement depuis quelques semaines, il éprouvait encore des difficultés à ne pas se rouler en boule dans son lit pour attendre que ses cicatrices hideuses disparaissent. Deux ans déjà étaient passés depuis le terrible incendie qui l'avait laissé défiguré. Si les blessures physiques ne le faisaient plus souffrir, il en était autrement pour son mental. Dans son autre vie, il y a longtemps qu'il aurait courtisé la sœur de Télesphore Mailloux, qui venait d'avoir vingt ans et qui n'était pas encore fiancée. Timide et effacée, cette jeune femme-là aurait bien fait son affaire comme épouse. Jolie, sans plus, elle avait un corps fort appétissant qui faisait réagir ses sens chaque fois qu'il la voyait à l'église ou au marché. Mais même si elle le regardait sans curiosité malsaine, il n'arrivait pas à passer par-dessus ses blessures pour tenter une approche. S'il avait su que cette brunette se languissait de quitter un foyer mal famé où le père, un ivrogne abruti, donnait des coups à tous ses enfants qui osaient se trouver dans son chemin, Ludovic aurait peut-être pris une chance. Évidemment, Émilienne aurait préféré un homme sans défaut de la sorte, mais comme les célibataires sous trente ans ne couraient pas le village, elle préférait de loin Ludovic Marquis à Anasthase Constantin, vers qui son père tentait de la diriger.

— Veux-tu l'essayer, mon tracteur ? demanda Laurent avec fierté.

— Moi ? Non, pas vraiment. Mais il est beau.

Déçu, Laurent jeta un regard autour de lui et s'apprêtait à le rentrer dans la grange quand Adèle descendit les quelques marches de la ferme. Elle leva les mains vers son cadet en lui faisant un clin d'œil.

— Moi, je voudrais bien, mon frère !

— Toi ? Es-tu folle ? Tu vas l'envoyer direct dans le mur, c'est pas pour une femme, ces affaires-là !

Adèle s'avança jusqu'à la machine éteinte et tira son cadet par la manche pour rapprocher son visage du sien. Ses yeux bruns lançaient des éclairs :

— Écoute-moi bien, mon petit gars ! Je suis capable de conduire ce tracteur aussi bien que toi, je t'en donne ma parole ! Puis je vais te le prouver aussitôt que tu vas lever tes fesses pour me laisser ta place. Allez, ouste !

Hésitant, Laurent fit la moue en regardant Ludovic qui souriait, de son sourire penché d'un côté. Il releva ses larges épaules en pointant un doigt sévère vers Adèle.

— Si tu le brises, je te dis que ça va aller mal, ma sœur !

— Je te promets de te le rembourser si je rentre dans le mur, c'est correct, ça ?

Irritée par le ton arrogant de l'autre, elle grimpa lestement sur le banc avant de tourner la clé et de faire avancer le tracteur. Laurent serrait ses mains l'une contre l'autre et mimait les gestes qu'elle devait faire comme si cela réduisait les risques d'accident. Il respira un peu mieux en constatant qu'elle roulait prudemment et que son bel engin ne semblait pas en danger. La porte de la maison claqua soudainement.

— ADÈLE, ES-TU MALADE, TOI, LÀ ?

Sur la galerie derrière les deux hommes, Florie poussa les gros cris en voyant sa sœur, tout sourire, tournoyer au volant du tracteur rouge vif. Elle fit semblant de ne pas entendre en pointant le bruit du moteur et cela enragea encore plus l'aînée, qui descendit en se dandinant sur ses courtes pattes. Elle s'approcha de Laurent et cria :

— Veux-tu bien me dire pourquoi tu l'as laissée conduire ton tracteur ?

— Tu connais notre sœur ? C'était ça ou une discussion éternelle sur les droits des femmes qui sont toujours brimés. J'ai choisi d'abdiquer, ricana Laurent à présent confiant.

Pendant cinq minutes, le trio eut le loisir de voir les grosses roues tourner, reculer, avancer alors que la femme s'amusait ferme. Quand enfin elle tourna la clé et descendit de la machine, Adèle s'avança vers eux en disant tout sourire:

— Tu as raison, mon Laurent, c'est toute une belle bébelle cette affaire-là. Je pense que je vais aller t'aider plus souvent dans le champ cette année!

Elle fit un autre clin d'œil à son cadet et retrouva, l'espace d'un moment, cette connivence qu'ils avaient déjà eue lorsqu'ils étaient plus jeunes. Choquée, Florie lui donna une petite tape en arrière de la tête.

— Arrête donc de dire des niaiseries, toi, puis viens m'aider à servir le dîner. Il est pas arrivé le jour où tu vas aller faire ton homme au milieu du champ quand on fournit pas dans la maison avec nos tâches quotidiennes. Tiens-toi-le pour dit, ma sœur!

Adèle éclata de rire en tapant la main de son frère dans le même état de contentement qu'elle. Il faisait bon faire fâcher leur grande sœur avec une situation aussi peu dramatique. Laurent reprit le contrôle de SA bête avec plaisir, sans remarquer le poteau de la corde à linge qu'il frôla en reculant un peu trop rapidement. Le hurlement de Florie ne couvrit pas le bruit de son moteur et c'est la tête bien haute que l'inconscient fit rouler l'engin entre les portes de la grange sous les jérémiades de sa grande sœur et les fous rires de la cadette.

— Pour moi, il va falloir mettre une couverte de protection sur notre galerie puis notre clôture , dit malicieusement Adèle.

— Toi, là, innocente! Attends que je lui dise deux mots à ton frère! Que je le voie pas se mettre à faire de la vitesse avec cette affaire-là, parce que je m'en vais le revendre au vieux Lalonde, moi!

Quand le grand jour arriva, toute la famille – Édouard et Marie-Camille compris –, ainsi que leur voisin, se tenait à la limite du champ pour admirer Laurent et Ludovic partir vers la terre du fond. Le premier, au volant du tracteur, envoya une main enthousiaste pendant que l'autre s'accrochait au dossier, juste heureux de savoir que les prochains mois signifiaient enfin le retour des lourds travaux extérieurs.

— J'espère que tu es prêt, Ludovic, parce qu'on a du pain sur la planche, s'exclama Laurent en conduisant prudemment entre les futurs rangs de maïs.

La terre, après l'hiver, avait besoin d'être émottée et sarclée. Ce qui leur prenait des semaines se ferait maintenant en beaucoup moins de temps, maintenant que la machine ferait le travail du cheval. Avec un réel bonheur, les deux hommes passèrent le premier mois de dégel à labourer et à ramasser les roches remontées à la surface après l'hiver. Tous les matins, les deux se levaient à l'aube avec une énergie renouvelée. Lorsque les premiers rayons de soleil faisaient leur apparition, Laurent arrêtait le tracteur quelques minutes pour savourer la chaleur sur son visage. Il était heureux. Depuis le début du printemps, son engagé et lui avaient aussi repris le chemin du quai en espérant chaque jour que le lac aurait calé pendant la nuit. Enfin, lors de la dernière fin de semaine du mois de mai, Laurent annonça que le dimanche après la messe, ils iraient faire un tour sur le lac.

— On est chanceux, avec la chaleur des dernières semaines, la glace est disparue et il nous reste juste à aller chatouiller la truite pour enfin manger d'autres choses que des patates et des navets !

— Hey, toi, là, Laurent Gélinas, tu sauras que tu es bien chanceux d'avoir quelque chose à te mettre sous la dent. Il y a du monde qui n'ont même pas ça, des patates et du navet! Puis…

Laurent riait aux éclats devant la rougeur du visage de Florie. Il la prit par les épaules en disant:

— Arrête de grimper dans les rideaux, ma sœur, tu es rouge comme mon tracteur! Je t'agaçais, tu sais bien!

— Toi, mon petit mautadine!

Hilare, Laurent tenta de faire partager sa bonne humeur à Ludovic qui, pour une fois, avait lui aussi un large sourire – déformé, mais un large sourire au visage. Alors ce dimanche-là, dès leur retour à la ferme, ils prirent deux tranches de pain et un morceau de fromage avant de s'éloigner dans le petit chemin derrière le potager.

— Maudit qu'on est bien, hein, Ludovic?

— Oui. Mais…

— Mais quoi?

Le blond arrêta de marcher pour se tourner vers l'autre. La canne à pêche sur l'épaule, le panier d'agrès à la main, il attendit:

— Mais il me semble qu'on devrait aller à la guerre plutôt qu'à la pêche!

— Es-tu malade, toi? La guerre? De quoi tu parles, Ludovic! On est bien corrects ici au fond des Laurentides. Moi, j'ai pas le goût pantoute d'aller me faire tirer dessus. Viens pas me dire que t'aimerais ça participer à cette folie-là?

Ludovic haussa ses épaules étroites avant de poser son regard vert sur l'autre.

— Non, non, je disais ça de même. C'est vrai qu'une bonne truite à nous mettre sous la dent, ça ferait du bien. Allez, grouille!

Hésitant, le premier attendit et vint pour ajouter quelque chose, mais une lueur dans l'œil du rouquin l'empêcha de revenir sur le sujet. Même si un léger malaise l'envahit tout de même. Malaise vite oublié lorsqu'ils furent au bout du quai.

— Enfin ! Vite, dépose le plat de vers qu'on en pique deux biens dodus. Tu vas voir qu'on va lui ramener tout un souper à ma chialeuse de sœur ! Ça va peut-être lui changer les idées, puis elle va arrêter de s'inquiéter des voyages d'Adèle dans la grande ville dangereuse !

CHAPITRE 10

Drame à la ferme

Dès qu'elle mit les pieds hors du train à la gare Centrale, Adèle respira de bonheur. Florie la laissait maintenant partir sans trop rouspéter, malgré ses craintes.

— Après tout, tu vas avoir trente ans dans quelques mois, tu dois quand même être un peu responsable.

— Merci bien, ma sœur, avait rigolé la cadette.

— Mais fais bien attention aux machines, tu n'es pas trop habituée à tout ce trafic-là, toi ! Tu es tellement tête en l'air que tu vas vouloir regarder partout sauf à la bonne place ! Manquerait plus juste que tu te fasses frapper par une automobile.

Adèle avait ri avant de faire son bagage le 1er juin au soir en se promettant de rester au moins trois jours dans la grande ville. Depuis que le téléphone était installé dans leur maison, elle avait réussi à communiquer quelques fois avec Jérôme, qui l'attendait justement à la sortie de la gare, sur la rue Bonaventure.

— Jérôme !

— Adèle !

Heureux, le couple se serra longuement sous les regards indulgents de la plupart des passants qui ne s'offusquaient plus guère en ces temps de guerre. Si l'amour pouvait aider à faire passer la morosité, tant mieux.

— Tu as fait un bon voyage ? dit Jérôme en agrippant le maigre bagage.

— Oui, j'ai dormi tout le long même si je suis énervée sans bon sens !

D'ici quelques heures, Adèle tiendrait dans ses mains son livre tout neuf, fin prêt pour la vente. Du même coup, elle avait compris qu'elle n'avait plus le choix d'expliquer à son amant les circonstances ayant mené à leur rupture bien des années auparavant. À la lecture de son roman, Jérôme comprendrait bien vite et ferait le lien avec l'état dans lequel se trouvait la femme lorsqu'elle avait mis fin à leur relation. Mais pour l'instant, l'auteure n'était pas prête à passer aux aveux. Ce soir, peut-être, pensa-t-elle. Ou demain. Le duo unit leurs mains en marchant le long de la rue Dorchester. Sans plan précis, sans but, ils savouraient simplement le fait d'être réunis après toutes ces années loin l'un de l'autre. Jérôme, à présent âgé de quarante ans, présentait un visage plus mature avec de fines ridules autour des yeux. Il la caressa du regard avant de se pencher pour chuchoter à son oreille.

— Dieu que tu es belle !

Adèle rougit comme avant. Elle releva sa tête avant de sourire gentiment.

— Allez, mon charmeur, allons porter mes bagages à l'auberge. Ensuite…

— Ensuite ?

— On verra !

Un clin d'œil coquin suffit à émoustiller l'homme, qui retint son souffle en regardant Adèle. Ses cheveux bruns coupés à la hauteur du menton bougeaient au rythme de ses pas. Elle avait toujours cet œil noisette vif, ces lèvres boudeuses qui le rendaient fou. Il se prit à espérer que cette fois-ci serait la bonne. Il ne s'était jamais marié, avait mis fin à deux fiançailles dans les dernières années, conscient qu'il ne pourrait jamais être aussi heureux qu'aux côtés de cette femme.

— Je t'aime, murmura-t-il. Je t'ai toujours aimée.

— Je sais.

Rien de plus. Adèle ne pouvait rien promettre à Jérôme, mais peu importe, il ne demandait que sa présence. Lorsqu'elle tint enfin son roman entre ses mains, chez son éditeur en début de soirée, il était à ses côtés pour partager son bonheur. Messieurs Lampron et Chartrand furent-ils surpris de voir le couple arriver ensemble ? Ils acceptèrent de bonne grâce les explications sommaires d'Adèle concernant une vieille amitié datant de plusieurs années entre elle et le rédacteur en chef pour lequel elle avait déjà travaillé.

— C'est le plus beau livre que j'ai jamais vu ! N'est-ce pas, Jérôme ? demanda la femme en lui tendant le roman à la couverture sobre beige liserée de rouge.

Il lui sourit affectueusement en acquiesçant. Le titre, son pseudonyme en gros, l'illustration d'un cahier et d'une plume, tout était parfait. Le cœur rempli de joie, Adèle remercia avec émotion ses éditeurs pour leurs conseils, leur soutien et leurs bons mots. Elle avait les yeux remplis de larmes lorsqu'elle les posa sur Jérôme en sortant des éditions du Chêne. Le roman dans son sac lui rappelait à chaque pas qu'elle ne pouvait plus attendre. Main dans la main, ils marchèrent doucement pour trouver un endroit calme. À l'entrée d'un parc, la femme inspira profondément avant de murmurer :

— Je dois te parler, mon amour.

Dans la chaleur de cette journée de début d'été, Adèle avoua à l'homme le viol qu'elle avait subi des années auparavant. D'abord figé, Jérôme la regarda avec stupeur, puis avec peine. Une peine poignante qui fit rouler les larmes sur ses joues, puis sur ses lèvres. Ils s'étaient assis sur un banc de bois, à l'ombre d'un érable majestueux.

— Mais pourquoi, Adèle, pourquoi ne me l'as-tu pas dit ? J'aurais...

— Tu aurais fait quoi, Jérôme ? Battu Marc-Joseph ? Alors en plus de ma honte, j'aurais eu à vivre avec la révélation de la femme impure que j'étais à ce moment-là.

— Je...

Jérôme plongea son visage entre ses mains en sentant un énorme soulagement l'envahir à l'idée que leur rupture n'était pas due au manque d'amour de sa douce envers lui.

— Alors, tu m'aimais quand même un peu ?

— T'aimer, Jérôme ? dit la voix souffrante de la femme. Je t'adorais et j'étais prête à tout laisser pour toi. J'aurais trahi ma promesse pour rester à tes côtés.

Presque violemment, son amant essuya ses pleurs avant de l'agripper pour la serrer contre lui de toutes ses forces. Il ferma les yeux en pensant au gâchis qui avait suivi le terrible geste d'un homme pitoyable. Le duo resta longtemps assis l'un contre l'autre, chuchotant leur chagrin, leur désir, leur amour retrouvé. Heureuse de ne plus avoir de secret, Adèle sourit avec bonheur à l'idée d'un futur beaucoup plus enviable que son passé. Pendant les trois jours qu'elle passa à Montréal, la jeune auteure fit des rencontres mémorables, comme Alain Grandbois et Albert Pelletier, deux auteurs fort respectés dans le domaine de la littérature québécoise. Elle eut même la chance de jaser avec la cousine de Claude-Henri Grignon, lors de la soirée hommage orchestrée par ses éditeurs en l'honneur des meilleurs auteurs de la maison d'édition.

— Peux-tu croire que j'ai parlé à Germaine Guèvremont et

qu'elle m'a même questionnée sur un futur livre, Jérôme ? Je n'en reviens pas ! Moi, Adèle Gélinas, petite fermière de Sainte-Cécile dans les Laurentides, j'intéresse – un peu – cette grande journaliste...

— Et tu intéresses beaucoup ce petit Jérôme ! l'interrompit son vis-à-vis en plantant un bec sur son nez fin.

Vibrante enfin après toutes ces années noires, Adèle voulait crier de joie, mais même au cœur de Montréal, elle n'osa pas. Assis sur une grosse roche grise face au fleuve Saint-Laurent, le couple faisait le bilan de cette fin de semaine. Jérôme revoyait le corps tordu de plaisir de son amante lorsqu'il l'embrassait, l'embrasait. Il se remémora son souffle court quand il se glissait en elle alors qu'elle l'accueillait avec jouissance.

— Tu reviens quand ? demanda-t-il, incapable d'attendre pour savoir.

Adèle ferma les yeux quelques instants. Malgré son envie de venir s'établir à Montréal, elle savait qu'elle ne le ferait pas. Pour le moment, Florie et ses frères avaient encore besoin d'elle à Sainte-Cécile. Un jour peut-être... Mais pas pour l'instant. Le soutien, l'amour des siens l'avait sauvée des années auparavant et elle ne pouvait détruire cette harmonie. Elle se promettait toutefois des visites fréquentes dans la grande ville, par contre.

— Si je te dis septembre, qu'en penses-tu ?

— J'en dis que c'est loin, mais j'attendrai, murmura Jérôme en collant ses lèvres contre celles de sa maîtresse. Nous pourrons sûrement nous croiser dans un village près de chez toi au courant de l'été ! déclara-t-il, un sourire dans la voix.

Tête brune contre tête blonde, ils restèrent plusieurs minutes à savourer cette complicité retrouvée. Enfin, à regret,

Adèle referma son manteau léger et repositionna son petit chapeau rouge sur sa chevelure.

— Je dois y aller, chuchota-t-elle avant de l'embrasser voluptueusement.

À bout de souffle, ils se dégagèrent pour se remettre en marche vers la gare. L'épisode amoureux tirait à sa fin. Mais contrairement à leur première relation, tous deux savouraient chaque instant qu'ils passaient ensemble sans attente, sans obligation. Adèle n'éprouvait plus de culpabilité face à sa mère Rose et la promesse qu'elle lui avait faite. Tant d'eau avait coulé sous les ponts; Marc-Joseph l'avait attaquée; Édouard s'était marié; Marie-Camille était née; Laurent avait compris sa vraie nature. Non, depuis longtemps, la femme avait choisi de ne plus craindre les feux de l'enfer. Même Florie ne lui faisait plus peur. Ce qui ne l'empêcha pas de cacher l'exemplaire de *La Promesse* tout au fond de son sac de voyage!

Après l'anniversaire de Laurent, la relation entre Marie-Camille et son oncle s'était modifiée. Les deux s'étaient tranquillement apprivoisés et souvent, lorsqu'elle passait du temps à la ferme, la fillette le suivait partout en discutant naïvement sans attendre de réponse. Malgré toute sa volonté, Laurent avait tranquillement repris ses mauvaises habitudes et maintes fois, il s'endormait le soir le corps enivré et la tête embrouillée. Sa bouteille des mauvais jours avait retrouvé sa place sous son lit et parfois, il ne pouvait résister à l'envie de noyer ses désirs inavouables. Le réveil n'était pas toujours facile pour l'homme, mais Marie-Camille ne s'apercevait guère de sa mauvaise humeur ou de sa fatigue lorsqu'elle marchait à ses côtés.

— Puis là, la maîtresse Aglaé, elle a dit à Gaston que s'il continuait à parler, elle lui mettrait un bonnet d'âne !

— J'ai eu tout bon dans ma dictée de mots, mon oncle Laurent.

— Tu savais ça, mon oncle, que les océans prennent plein de place sur la Terre ! Moi, j'ai appris que…

Laurent l'écoutait souvent distraitement, mais le babillage constant de l'enfant le faisait tout de même sourire. Adèle et Florie étaient confondues devant cette étrange relation qui faisait l'affaire des deux. Mais en ce matin de juillet, Marie-Camille était fâchée contre son oncle.

— Il m'avait dit qu'on pourrait aller brosser les veaux puis là, il décide d'aller à la pêche.

— Marie-Camille, parfois les plans changent, ma pitoune ! répondit distraitement Adèle, occupée à nettoyer sa plaque de métal pour le pain.

— Bien moi aussi je veux pêcher, d'abord !

— Hum, hum.

Seules puisque Florie était partie au village rejoindre Louisette pour lui montrer sa dernière création – hideuse, de l'avis de sa sœur – , la marraine et sa filleule profitaient d'une journée nuageuse pour travailler à l'intérieur. L'écrivaine réfléchissait et espérait que son livre se vende bien tout en craignant chaque semaine de voir apparaître sa photo ou son vrai nom dans une page du journal. S'il fallait que quelqu'un découvre qu'elle en était l'auteure, elle ne donnait pas cher de sa peau. Adèle travaillait pendant que Marie-Camille babounait assise en indien dans la chaise près du poêle.

— Ma tante, tu m'écoutes ou quoi ?

— Bien oui, ma chérie !

— Bien alors, on va les rejoindre à la pêche, Laurent et Ludovic ?

— Hein ? Non, non, Mimi, j'ai plein d'affaires à finir ici avant que Florie revienne.

— Mais moi je m'ennuie !

Soupirant d'exaspération, Adèle eut presque envie d'aller reconduire la fillette à son frère Édouard. Mais ce dernier lui avait mentionné une autre visite de l'employé du Ministère dans la journée et il ne fallait surtout pas que l'enfant s'y trouve. Il souhaitait que cette deuxième visite puisse clore le dossier en ce qui avait trait à la « supposée insalubrité » de sa beurrerie. Tout devait être parfait et la présence de Marie-Camille sur les lieux n'était pas souhaitable. Alors Adèle tenta de trouver une occupation pour cette dernière.

— Tu veux m'aider à laver mes gros chaudrons ?

— Bof, non.

— Bien alors, va faire une petite maison à Doudoune avec les couvertures dans le coffre du corridor.

La petite blonde, maintenant âgée de six ans et demi planta ses deux mains sur ses hanches en levant un nez dédaigneux sur sa tante :

— Franchement, ma tante Adèle, je suis plus un bébé !

— Oh, arrête un peu, Marie-Camille, et occupe-toi d'abord, moi je dois finir ma vaisselle, puis j'en ai pour un bout.

Fâchée, l'enfant alla ouvrir la porte de la cuisine pour s'asseoir dans l'escalier extérieur de la maison. Elle laissa ses yeux se promener sur les champs chatoyants en poussant des soupirs d'ennui. Encore une fois, elle désespérait d'avoir des cousins ou cousines pour jouer avec elle. Mais son père lui avait vaguement expliqué que ses tantes et son oncle n'en voulaient pas. C'est pour ça qu'elle était toujours toute seule !

— OK, mais il est où mon autre grand-papa ? avait-elle répliqué. Éléonore puis Alice, à l'école, elles arrêtent pas de dire : « Mon grand-papa a fait ça ! » ou « Grand-papa a dit ça ! » Moi, j'ai juste pépère Roméo puis on le voit presque jamais !

Ce qui avait replongé Édouard dans les projets de recherche de son père. Il avait dû délaisser l'opération avec l'ouverture de la beurrerie au printemps, puis ses problèmes avec le ministère de l'Agriculture avaient compromis ses plans de voyage à Québec. Toutefois, il se promettait bien d'aller dans la vieille capitale à l'automne pour poursuivre sa quête. Il en avait parlé à son frère qui avait donné son accord, avec enthousiasme. Lui aussi avait envie de revoir son père et attendait depuis trop longtemps à son goût ! Quand Marie-Camille vit les portes de la grange s'ouvrir et son oncle Laurent en sortir, elle sauta sur ses petits pieds et se mit à courir vers lui.

— Mon oncle Laurent, youppi, tu n'es pas encore parti ! Je veux aller avec vous.

— Non, Marie-Camille, pas aujourd'hui. On s'en va en chaloupe et...

— J'aime ça, moi, la chaloupe ! s'exclama la fillette en levant de grands yeux suppliants vers son oncle.

Il hésita un peu, mais en voyant Ludovic grimacer, Laurent refusa.

— Non, ma cocotte, pas aujourd'hui. Une autre fois, promis.

Et sans plus un mot, les deux hommes s'éloignèrent sans voir les froncements de sourcils de l'enfant. Elle mordillait ses lèvres en trépignant sur place et en donnant des coups de pieds dans les cailloux sur le sol asséché après plusieurs semaines sans pluie.

— Bien moi, je vais y aller quand même, marmonna-t-elle en suivant le duo de loin.

Même si elle savait qu'elle n'avait pas le droit de s'aventurer près de l'eau sans surveillance, la fougueuse Marie-Camille avait décidé que puisque personne ne voulait s'occuper d'elle, elle s'arrangerait toute seule ! Cachée par les longs foins qui longeaient le sentier jusqu'au quai, l'enfant s'amusait comme une espionne.

— Ha, ha, ils me voient même pas, les deux nonos !

En effet, Laurent et Ludovic, heureux d'avoir quelques heures de pause dans cette période éreintante, ne pensaient qu'au moment où ils s'éloigneraient de la rive et jetteraient leur ligne à l'eau. Depuis le début de l'été, les moments pendant lesquels Laurent avait pensé aux événements de la dernière année s'étaient estompés. Un jour de mai, alors qu'il s'était déplacé à Sainte-Agathe pour aller chercher un outil de travail, il était entré sur un coup de tête dans le cinéma du village.

— Peut-être qu'ici aussi… avait-il pensé en se rappelant les soldats de Montréal qui utilisaient la salle sombre pour leurs étreintes cachées.

Mais avec dépit, le pauvre homme n'avait observé que quelques couples « normaux » alors que sur le grand écran Charlie Chaplin*, dans le rôle d'un ouvrier d'usine, faisait rire les spectateurs.

Laurent avait bien compris qu'en région, son homosexualité ne serait jamais acceptée ou tolérée. Alors, il l'avait enfouie au plus profond de lui-même, réussissant presque à être heureux pour Léo et Bérangère.

— À chacun son combat, avait-il pensé en comparant son épreuve à celle d'Édouard, de sa mère Rose…

Il avait écrit péniblement une courte missive au curé de

Saint-Jérôme, au mois de juin, pour le remercier de l'avoir remis sur le droit chemin. Même si son attirance pour les hommes ne disparaissait jamais, il savait maintenant qu'il pouvait faire le choix difficile de l'abstinence. Être un curé, sans la soutane ! Avec le soutien de la bouteille, il pourrait y arriver. Sa relation avec Ludovic Marquis ne serait jamais comme celle qu'il avait eue avec Léo, mais au moins, le jeune roux ne parlait pas pour rien et aimait bien pêcher, chasser et trapper. Ce qui en faisait un partenaire adéquat, même s'il n'avait pas le talent de son ancien ami pour attraper les bêtes sauvages.

— Avec la pluie qui menace de tomber, ça devrait être bon pour la pêche ! dit Laurent en pointant le ciel.

— Oui, j'aurais bien le goût d'un gros brochet !

— Hey, rêve pas en couleur, le jeune, tu as jamais réussi à attraper d'autres choses que des minuscules truites grises. Je pense bien que tu sais pas pêcher ! l'agaça le blond pendant que l'autre lui faisait une grimace.

Arrivés sur la rive, les hommes se dépêchèrent de détacher la barque, de sauter à bord et de s'éloigner du quai. Ils espéraient être épargnés par la pluie, mais même quelques gouttes d'eau ne les dérangeraient pas, la température ambiante étant bien au-dessus de vingt-cinq degrés[27]. Après quelques bons coups de rame pour se rendre au centre de la petite baie, les amis soupirèrent d'aise.

— Maudit qu'on est bien ! souffla Ludovic, pour une rare fois satisfait.

— Mets-en !

---

27 À l'époque, la température s'exprimait en degrés Fahrenheit. Pour faciliter la lecture, les températures données dans le roman sont en degrés Celsius.

Les yeux de Laurent se fermèrent aussitôt qu'il mit sa ligne à l'eau. Il s'était fabriqué un petit banc pour appuyer son dos, ce qu'il fit avec bonheur. Il sentait la brise chaude caresser son visage rond et savourait cet instant lorsque la voix basse de Ludovic fractura le silence :

— C'est pas ta nièce qui est sur le quai ? demanda-t-il avec curiosité.

— Hein ?

— Marie-Camille, elle est pas sur le quai ? répéta Ludovic.

Laurent tourna sa tête et posa son regard au loin sur la plate-forme de bois. Il fronça les sourcils en cherchant une de ses sœurs auprès d'elle.

— Veux-tu bien me dire ce qu'elle fait là, la petite bonyenne ! Marie-Camille ! Marie-Camille, cria-t-il.

La fillette sautilla sur place en lui envoyant la main. Elle répondit à son cri en hurlant de toutes ses forces :

— Viens me chercher, mon oncle Laurent !

— Qu'est-ce qu'elle raconte ?

— Je sais pas, j'ai pas compris, marmonna Ludovic, que la fillette fatiguait. Il décida de l'ignorer et après quelques secondes, Laurent fit de même en espérant qu'elle retourne à la ferme s'il ne lui répondait pas.

Mais c'était mal connaître l'enfant ! Déçue de voir que la chaloupe restait si loin, au milieu de la baie, elle s'agenouilla pour tenter de voir au bout du quai s'il y avait des poissons qu'elle pourrait attraper avec sa petite chaudière.

— Moi aussi je vais pêcher d'abord. Puis toute seule !

Elle se pencha, pencha pour glisser le seau dans l'eau et…

Plouf !

Surprise, la fillette resta quelques secondes immobile avant de se mettre à caler. Marie-Camille, comme la plupart des jeunes du village, n'avait jamais appris à nager. Elle cracha l'eau et sans lâcher sa chaudière, tenta d'agripper le bois du quai. Mais chaque tentative l'éloignait un peu plus de la plate-forme et la panique s'installa chez l'enfant au même rythme que l'essoufflement.

— Mon… ONCLE… Au sec… secours !

Les cris de la petite téméraire, étouffés par l'air ambiant, ne se rendaient pas aux deux hommes. Mais mal à l'aise de l'avoir ignorée, Laurent reporta son regard sur le quai.

— Bon, elle est partie au moins. Je vais…

Puis, il vit un petit bras battant l'air dans le lac au bout du quai. Il remarqua les boucles blondes qui s'enfonçaient à intervalles réguliers dans l'eau et la chaudière rouge qu'elle n'avait toujours pas délaissée qui réapparaissait aux cinq secondes à la surface du lac. Son cœur se contracta.

— LUDOVIC, VITE ! MARIE-CAMILLE EST TOMBÉE À L'EAU !

Sursautant, le jeune Marquis agrippa sa rame et l'accrocha à son anneau pendant que l'autre faisait de même. Laurent hurlait, paniqué :

— TIENS BON, MARIE-CAMILLE, TIENS BON ! J'ARRIVE. Oh maudite marde ! Vite, vite…

Comme il ne savait pas nager, le blond considérait que leur seule chance de sauver sa nièce était la rapidité de leur ramage. Alors les hommes fonçaient à toute allure, les lignes à pêche encore dans l'eau. Lorsqu'ils arrivèrent à une dizaine de pieds de l'enfant, elle s'enfonça une dernière fois et Laurent ne vit que le petit seau flottant seul sur le lac. Il se releva et cria : « MARIE-CAMILLE ! » avant de sauter maladroitement dans le lac. Ludovic tenta d'approcher la barque le plus près de l'endroit où avait disparu l'enfant. Laurent pataugeait de manière malhabile en plongeant, de plus en plus paniqué. Au bout d'instants qui parurent à Ludovic une éternité, il remonta enfin, la fillette inerte au bout de son bras.

— Ludovic... ouf... ouf... aide-nous.

Inconsciente du drame qui se vivait au lac Mauve, Adèle écoutait la radio en paix dans la cuisine. Lorsque la porte claqua, elle dit sans se retourner:

— Alors, ma cocotte, tu as trouvé quelque chose à faire finalement ?

— C'est moi, Adèle.

— Oh, Florie, je pensais que c'était Marie-Camille. Tu es déjà revenue ?

La grosse femme essuya son visage en sueur en posant son large derrière sur la chaise la plus près.

— Oui, Louisette s'en allait à Labelle, ça fait que j'ai profité de leur voiture pour ne pas avoir à marcher tout ça ! Il fait tellement chaud que je serais morte, je pense ! dit-elle d'un ton dramatique qui fit rire sa sœur.

Florie alla à sa chambre pour se rafraîchir et en passant, jeta un regard au salon.

— Marie-Camille est où ?

— Elle n'était pas dans l'escalier ?

— Non.

— Oh, elle a dû aller voir les chatons, elle arrête pas d'achaler notre frère pour qu'il en rapporte un chez eux. Mais quand il va dire oui, ça risque de plus être des bébés !

Adèle sourit avant de se retourner vers sa grande sœur, qui avait revêtu sa robe la plus légère. Quand elle était tombée amoureuse de Jeremiah Holland, la femme avait décidé de se prendre en main et puis, petit à petit, le poids de la peine avait retrouvé son chemin jusqu'à son estomac qui se remplissait parfois à un rythme effarant. Mais pour Florie, le plaisir de la nourriture comblait un vide immense qui ne pourrait jamais l'être autrement. Au moment où la pluie commençait à tomber, Adèle se figea en entendant la voix du journaliste radio annoncer le titre qui ferait l'objet de la chronique littéraire «tout de suite après la pause»: «*Revenez-nous pour entendre les commentaires de nos invités sur le livre-choc de l'heure,* La Promesse, *d'une auteure inconnue et...* »

— Va donc chercher la petite, Adèle, dit Florie en fermant le poste de radio. Je lui ai acheté une petite gâterie chez Louisette, sourit l'aînée en s'éventant énergiquement.

— Oh Florie, laisse-moi écouter la chronique littéraire avant, rougit Adèle qui espérait que sa sœur mette ses couleurs sur le compte de la chaleur.

L'aînée soupira en tournant le bouton du poste. Elle posa son gros derrière sur une chaise de bois en zieutant les pets-de-sœur qui traînaient au centre de la table. La voix forte du journaliste résonna dans la pièce: «*Depuis un mois, un livre publié aux éditions du Chêne crée une onde de choc partout dans la province.* La Promesse, *écrit par une auteure plus que discrète qui ne désire pas être reconnue...* »

Attendant avec anticipation la suite de la critique, Adèle frottait depuis quelques minutes le même chaudron lorsque sa sœur se releva en lui enlevant le linge des mains.

— Je peux pas croire qu'ils laissent des livres de même dans les étagères des librairies. Peux-tu t'imaginer ce que les jeunes femmes vont lire astheure! J'espère bien que les curés vont s'opposer à une telle littérature ici au Québec. On n'est pas comme les Américains, nous autres, ou les Français! On est pas des cochons! grogna Florie en rougissant en prononçant ces dernières paroles.

Adèle, qui flottait sur un nuage de bonheur à la suite des bons mots entendus à la radio concernant son œuvre, ne releva même pas le commentaire désobligeant de sa sœur. Le roman *La Promesse* était bien écrit, solidement ficelé, crédible et hautement réaliste, avait jugé le critique littéraire. Un petit chef-d'œuvre !

— Bon, va chercher Marie-Camille maintenant. Ton émission plate est terminée !

— Mais j'ai pas fini mes chaudrons, répondit Adèle.

— Je vais m'en occuper, tu as assez travaillé. Allez, ouste, elle va être tellement contente !

Florie sourit de plaisir à la pensée de l'affection qu'elle verrait dans les yeux clairs de sa nièce quand elle lui donnerait le petit sac de bonbons.

— En plus, Louisette lui en a mis deux de plus, gratis ! dit-elle à Adèle avant de la pousser vers la porte.

Comme elle sortait sur la galerie, le regard de la brune fut aussitôt attiré par le sentier du lac qui passait près de la grange. Au loin, elle voyait un homme, mais elle n'arrivait pas à le reconnaître. Il tenait quelque chose dans ses bras.

— Veux-tu bien me dire... marmonna Adèle en remontant sa jupe pour descendre les marches. Les gouttes de pluie ne la dérangeaient pas, il faisait tellement chaud. Elle se dirigea lentement vers eux lorsqu'elle entendit crier.

— AU SECOURS ! AU SECOURS !

— Voyons, c'est Laurent, ça !

Alors Adèle se mit à courir pour les rejoindre. Plus elle s'avançait, plus elle distinguait, plus elle paniquait. En haut de la petite butte, quand il ne fut qu'à une cinquantaine de pieds d'elle, la femme comprit. Dans ses bras, Laurent tenait sa nièce inerte dont les vêtements et la chevelure dénouée dégoûtaient sur la terre sèche. Derrière eux courait aussi Ludovic qui tentait de rester à la hauteur du duo pour aider le blond.

— Vite, Adèle, vite.

Le visage blanc comme un drap, Laurent pleurait à chaudes larmes. Il était à bout de souffle, ayant nagé pendant dix minutes alors qu'il savait à peine se maintenir à la surface de l'eau.

— Oh mon Dieu, oh mon Dieu. FLORIE ! FLORIE ! hurla Adèle lorsque son frère transféra l'enfant dans ses bras et qu'il s'écrasa sur le sol en sanglotant.

De la fenêtre de la cuisine, Florie souriait en observant sa jeune sœur alors qu'elle se dirigeait en courant sur le sentier.

— On dirait une enfant ! pensa-t-elle avec affection.

Et puis Florie remarqua le corps affaissé de son frère, le visage tourné de sa sœur vers la maison et le cri qu'elle n'entendait pas, mais qui semblait viscéral. Elle ne distingua pas l'enfant allongée sur le sol chaud. Pourtant, quelque chose l'amena à essuyer ses mains avant de sortir sur la galerie. Dès qu'elle mit le pied dehors, elle entendit le hurlement.

— FLOOORIIIE !

Alors la femme sut qu'une tragédie venait de se produire. Du plus vite qu'elle put, elle descendit l'escalier, courut vers le groupe qui avait recommencé à marcher. Quand elle aperçut sa nièce inanimée dans les bras de sa sœur, un long cri guttural s'échappa de ses lèvres :

— MARIE-CAMILLE !

— Où est-elle ? Où est Marie-Camille ? cria Édouard en repoussant Adèle qui l'accueillait le visage encore blême. Elle avait eu tellement peur pour sa nièce, voyant encore et encore le moment où elle avait retrouvé sa mère, Clémentine, quelques années plus tôt. Elle n'avait jamais avoué à son frère que son amie avait eu une autre faiblesse auparavant et se sentirait à jamais coupable envers son aîné de n'avoir rien dit comme son amie le lui avait fait promettre. Mais le mal était fait, elle ne voulait pas revenir sur cette terrible journée. Et puis voilà que l'accident de Marie-Camille faisait remonter en surface toutes ces émotions, cette culpabilité de n'avoir pas bien pris soin de la petite fille. Elle n'avait pas voulu l'écouter. Pourtant, l'enfant ne voulait qu'un peu d'attention de la part de sa tante.

Le maître-beurrier avait reçu l'appel téléphonique de sa cadette tout de suite après celui qu'elle avait fait au docteur Trudel. Adèle pointa le corridor les joues mouillées de larmes et son frère courut jusqu'à la porte de la chambre de Florie, grande ouverte.

— Papa ! chuchota la blondinette, la chevelure encore tout humide reposant sur le gros oreiller de plumes de sa tante.

— Oh ma Mimi. Ma belle fille d'amour.

Le père s'élança près de son enfant et la prit contre son cœur, convaincu qu'il ne pourrait jamais plus la laisser aller. Il la repoussa délicatement pour regarder son petit visage pâle. Il la dévisagea comme au jour de sa naissance pour s'assurer que tous ses morceaux étaient bien en place.

— Comment vas-tu ? Qu'est-ce qui s'est passé ? Comment ça se fait qu'elle se soit retrouvée toute seule au quai ? Comment ça se fait ? cria-t-il en la serrant contre lui et en se retournant vers ses deux sœurs qui se tenaient sur le seuil de la porte.

— C'est de ma faute, Édouard ! commença Adèle en

laissant les larmes couler sur son visage défait. Je n'ai pas pu sauver ta femme et j'ai presque laissé mourir ta fille, pensa-t-elle sans le dire.

Elle s'en voulait tellement de son moment d'impatience, de son incapacité de s'occuper d'une gamine de six ans qui s'ennuyait.

— Pleure pas, ma tante Adèle, c'est pas vrai que c'est ta faute ! Tu m'as pas poussée, je suis tombée toute seule, chicana Marie-Camille avec un sourire las.

Sa marraine fit une pauvre grimace devant cette tentative de consolation. Édouard murmura entre ses dents.

— Tu le sais pourtant que s'il lui arrive quelque chose, je vais mourir aussi, Adèle. Tu le sais. Cette enfant est ce qui m'a retenu à la vie après...

Il éclata en sanglots pendant que sa fille lui caressait les cheveux qu'il avait trop longs, comme chaque été. Au lieu de se raser la tête comme les autres hommes du village, Édouard lui, faisait le contraire. Il les coupait ras juste avant Noël pour être propre pour le temps des fêtes parce que son aînée trouvait que les cheveux longs, ça faisait pouilleux. Adèle plongea son visage dans ses mains avant de ressortir de la chambre pour aller s'asseoir dans le salon en compagnie des deux pêcheurs. Laurent lui fit un signe épuisé avant de se lever, comme s'il avait dix ans de plus. Il attendit que le docteur Trudel quitte la maison en disant :

— Elle en est quitte pour une bonne frayeur, la petite. Je pense qu'elle n'ira pas sur le quai pour un bout !

Ensuite, lorsque la fillette s'endormit enfin, Édouard sortit de la chambre en laissant la porte grande ouverte pour l'avoir à l'œil. Son frère l'attendait, debout près de la fenêtre du salon, le regard perdu sur la côte Boisée. L'enfant avait expliqué à son père qu'elle avait suivi en cachette son oncle et Ludovic parce qu'elle aussi voulait pêcher. Incapable de la disputer, Édouard n'avait pas arrêté de la serrer contre lui jusqu'à tant qu'elle chuchote:

— Papa, tu m'étouffes un peu. Puis je suis fatiguée, je vais dormir.

Alors, à contrecœur, il l'avait installée contre les oreillers, emmitouflée dans la lourde douillette et déposé un baiser sur son front pendant un long moment. La vie sans cette enfant ne vaudrait pas la peine d'être vécue. De cela, il en était convaincu. S'essuyant les yeux, il prit son frère par les épaules pour le regarder droit dans les yeux.

— Merci, mon frère. Sans toi…

— Sans moi, coupa la voix amère de Laurent, ta fille serait jamais venue au quai.

— Qu'est-ce que tu racontes?

— J'aurais dû le savoir qu'elle nous suivrait. Elle avait tellement envie de venir avec nous. Mais moi, en égoïste, je voulais y aller seulement avec Ludovic. Je m'en veux, Édouard, si tu savais.

Laurent éclata en sanglots sous le regard gêné du rouquin qui ne savait où regarder. Ils avaient eu vraiment peur tous les deux. Quand il avait vu disparaître son ami pour une troisième fois sous l'eau, Ludovic était certain de ne jamais revoir ni l'homme ni l'enfant. Alors il s'approcha des frères et pour une rare fois de sa vie, consola quelqu'un d'autre.

— Édouard, moi je peux te dire que si ton frère n'avait pas été là, bien ta petite fille n'y serait pas non plus. Il a plongé même s'il sait pas nager et a tout fait pour la rattraper au risque de sa vie. Je peux dire que je suis très fier de connaître un homme qui a un tel courage.

Surpris de ces éloges émanant de ce jeune homme, Édouard leva les yeux au ciel en remerciant ce Dieu qui l'avait tant de fois laissé tomber. Puis, il baisa le front de son frère comme il l'avait fait quelques minutes plus tôt avec sa fille.

— Merci, mon Laurent. Je l'oublierai jamais.

À la suite de l'incident, Édouard avait dû réapprendre à faire confiance. Après quelques semaines difficiles, pendant lesquelles le père de l'enfant refusait de la laisser hors de sa vue, son aînée avait réussi à lui faire entendre raison.

— T'es pas pour la garder sous une cloche de verre, cette enfant-là ! Elle a échappé à la surveillance, mais je pense qu'elle a appris sa leçon, non ?

— Sa leçon ? Franchement, Florie, ma fille a failli se noyer, je trouve qu'elle aurait pu l'apprendre autrement !

— Tu sais ce que je veux dire, Édouard. Adèle s'en veut tellement, elle pense que tu vas l'haïr jusqu'à la fin de ses jours !

Édouard avait fait une petite moue. Il n'avait pas encore pardonné à sa cadette, qui parlait peu ou s'éclipsait discrètement chaque fois qu'il venait les voir. En même temps, il connaissait très bien le caractère de son enfant et savait qu'elle aurait réussi à se faufiler au quai malgré la surveillance, si c'était ce qu'elle avait décidé de faire. Puis Marie-Camille lui avait répété mille fois que « matante Adèle était occupée ce jour-là, c'était pas de sa faute, bon ! » Alors la veille au soir, lors de leur traditionnel souper du samedi, il avait décidé de faire cesser le tourment de sa sœur en jasant avec elle comme avant. Soulagée, Adèle s'était penchée vers lui et avait dit, d'une petite voix :

— Alors tu me pardonnes, mon frère ?

— J'ai rien à te pardonner, Adèle. Je connais ma fille et sa tête dure. Fais-toi-z'en plus avec ça ! J'ai juste eu tellement peur de perdre l'unique personne qui me rattache à ma Clémentine. Si tu savais comme j'aime cette enfant. Si tu savais !

Souriant timidement, sa sœur avait posé sa main sur la sienne en murmurant :

— Je le sais, mon Édouard. Alors tu vas lui permettre de revenir se faire garder ici ? Parce que Florie se meurt sans elle, je te le jure !

— Bien oui ! Dès lundi matin, si vous voulez. J'ai quelques rencontres de prévues avec des gens du Ministère et...

— Encore ? coupa Adèle inquiète.

— Oui ! Je sais pas comment le gros Constantin a réussi son coup, mais ils me lâchent pas. Je commence même à penser que je devrais peut-être vendre à la coopérative des Laurentides. Pourtant, la dernière visite m'avait semblé réussie. Le représentant est reparti de la beurrerie en me disant qu'il était très satisfait de la tenue de mon établissement. Je ne comprends pas trop !

Adèle fronça ses épais sourcils. Elle voulait tant aider son frère dans ses démarches. Le lendemain matin, toujours préoccupée par les problèmes à la beurrerie, elle prit quelques secondes avant de s'apercevoir de l'émoi de Florie qui marchait de long en large dans la cuisine, une tasse de thé à la main.

— Mautadine, mautadine ! rageait la grosse femme. Adèle tenta de l'apaiser, mais l'anxiété avait envahi Florie. Elle se tourna vers sa cadette, déposa sa boisson chaude sur la table et mit les deux mains sur les hanches. Réalises-tu que si ça continue de même, à nous autres aussi, ils vont finir par demander d'aller faire la guerre, bon sang !

La plus jeune secoua doucement sa tête pour la calmer.

— Florie, on est déjà enregistrées. Avant que le gouvernement se rende jusqu'à nous autres pour aller au front, il faut d'abord qu'il défile la liste de tous les hommes célibataires du pays !

Mais Adèle avait aussi une légère crainte par rapport à la nouvelle qui mettait sa sœur dans cet état. Après un enregistrement obligatoire pour tous les Canadiens de seize ans et plus en juin, voilà que le gouvernement venait d'annoncer la mobilisation des hommes célibataires dans un délai de trois jours.

— C'est pas pour rien qu'Alcide Constantin veut marier son fils ! marmonna Adèle.

Florie grimaça avant de s'arrêter devant la chaise de sa sœur.

— J'ai pas peur pour nous autres, innocente, expliqua-t-elle de son ton revêche, mais tes frères par exemple, il y a plus grand-chose qui les protège. Puis James, puis Ludovic, puis...

Adèle prit la main de son aînée entre les siennes pour l'empêcher d'énumérer tous les hommes du village.

— Pour Édouard, il y a pas de problème. Ce sont les célibataires et les veufs sans personnes à charge qui sont appelés. Mais c'est vrai que Laurent...

— Oh mon Dieu ! Puis il peut même pas se marier pour s'en sauver ! rappela Florie alors que sa sœur retenait un cri de colère.

Elle voulait dire à son aînée que son frère POURRAIT se marier, mais qu'il ne le VOUDRAIT pas. Pas pour respecter une promesse vieille de vingt ans, mais parce qu'à l'idée de toucher un corps de femme, il sauterait sur l'occasion de s'enrôler ! Elle mit la main sur celle de Florie qui tortillait le devant de son tablier.

— Ma grande sœur d'amour, pour l'instant, comme il est responsable de la ferme, Laurent ne sera pas visé. Puis le gouvernement fait d'abord appel aux jeunes de vingt et un à vingt-quatre ans, n'oublie pas !

Soulagée, Florie poussa un soupir avant de se crisper à nouveau.

— Mais Ludovic, lui ?

Adèle y avait pensé. Toutefois, elle avait entendu parler d'une exemption médicale que les Marquis avaient réussi à obtenir pour leur aîné en vertu des blessures subies lors de l'incendie. Finalement, les femmes convinrent que même si la situation était loin d'être idéale, ce n'était pas encore le temps de paniquer !

CHAPITRE 11

Départ inattendu

Les nouvelles du Vieux Continent continuaient d'arriver régulièrement depuis le lancement du bulletin spécial. Il y avait un an jour pour jour que le Canada était entré en guerre et les conséquences commençaient à se faire sentir jusque dans les Hautes-Laurentides.

— Louisette m'a dit hier qu'ils n'auront bientôt plus de café ou de sucre. Du sucre, bon sang ! Comment on va faire nos confitures si on peut pas les sucrer ? Puis elle me disait que les compagnies de la grande ville ont même plus le droit d'engager des hommes célibataires pour travailler. Si c'est pas la conscription déguisée, ça* ! Si ça continue de même, on va nous donner des coupons comme à la Première Guerre. Puis en plus, je suis sûre que nos chers voisins ont pas de restrictions, même s'ils n'envoient pas de soldats en Europe, eux autres !

Les États-Unis n'avaient toujours pas brandi la menace de la guerre à leurs citoyens. Par contre, comme pour les Canadiens, le rationnement des denrées alimentaires commençait à se faire sentir là-bas aussi, quoi qu'en dise Florie. Frustrée de constater que son pays se privait d'hommes vaillants pour travailler, mais qu'en plus, les aliments commençaient à manquer, la femme replète ronchonnait à chacun de ses retours du magasin général. Depuis l'enrôlement obligatoire* des hommes célibataires, au cœur de l'été, elle craignait de voir Laurent lui être enlevé. Adèle avait beau tenter de la rassurer en lui disant qu'il ne s'agissait pas de conscription, sa sœur lui rappelait les événements du passé lorsque des émeutes avaient éclaté partout au pays au moment de la Première Guerre mondiale*.

— Mais Florie, justement, le premier ministre a été clair là-dessus. Il ne répétera pas cette erreur !

— OK, alors pourquoi demande-t-il aux hommes de s'inscrire au registre de l'armée si ce n'est pas pour les envoyer en Europe à un moment donné ? Non, moi je te dis que cette guerre-là va mal finir.

Adèle ne put retenir un sourire en entendant les paroles de sa sœur. Elle faillit lui mentionner qu'une guerre qui finissait bien n'était probablement pas réussie pour les acteurs du conflit. Elle profita d'un petit sursis dans la grogne de sa sœur pour ouvrir le poste de radio dé-li-ca-te-ment pour être certaine de ne pas se faire réprimander. Le bulletin de nouvelles débutait à l'instant et les deux femmes restèrent figées sur place à son écoute :

« Mesdames et messieurs, ce soir, Londres se prépare à des bombardements pour la troisième nuit de suite. Depuis samedi, les forces allemandes utilisent une nouvelle tactique afin d'abattre le moral de l'ennemi : des centaines de bombardiers allemands, escortés par des chasseurs, pilonnent Londres toutes les nuits sans répit. Les premiers chiffres avancés font état de plus de 430 morts, surtout dans les quartiers populaires de l'East End*. »

Louis Francœur*, qui animait l'émission *La situation ce soir*, offrait une revue quotidienne des nouvelles de la guerre, en reprise le matin. L'homme relayait les nouvelles de la BBC et les discours émanant de l'étranger. La larme à l'œil, Florie s'en voulut aussitôt d'avoir chialé pour un petit manque de sucre, quand ailleurs des gens mouraient pour rien. Les sœurs n'avaient pas remarqué l'arrivée de Ludovic dans la cuisine. Il était resté près de la porte entrouverte, les yeux fixés sur l'appareil radiophonique. Les jeunes Canadiens francophones qui avaient choisi de servir leur pays n'avaient souvent pas d'autres options que de se diriger vers la division militaire la plus dangereuse, soit l'infanterie. Il s'agissait du seul régiment où les opérations se déroulaient en français, alors que dans le reste des forces militaires, les commandements se donnaient en anglais.

— As-tu entendu ça, Ludovic ? Une chance que vous êtes ici bien en sécurité parce que je te dis que c'est pas drôle par là-bas ! Bon, on fait nos tartes à la farlouche, Adèle ? On mettra un peu de sirop d'érable pour économiser le restant de sucre.

Comme d'habitude, Florie passait rapidement à autre chose. L'Angleterre, c'était si loin d'eux après tout ! Ludovic ne prit qu'un morceau de pain avant de leur souhaiter une bonne soirée. Il partait chez lui pour la nuit après une longue journée de travail. Chaque moment passé dans le logis familial auprès de ses deux frères imbéciles lui rappelait à quel point sa vie avait changé. Ses cadets, eux, après quelques mois de désorganisation à la suite de l'incendie, avaient repris le fil de leur existence sans conséquence. Il leur en voulait, oh combien il leur en voulait de pouvoir rire et se moquer des gens comme avant. L'envie et la jalousie le rendaient malade, parfois au point où il regardait les gorges, les visages parfaits de Maximilien et de Georges-Arthur, et il souhaitait qu'un malheur semblable au sien les frappe. La nuit, déjà tombée à ce moment de l'année, l'accompagna tout au long de sa marche jusqu'au village. Il aimait cette heure du jour où il pouvait être sur la route sans craindre les regards curieux des gens.

Pendant que ses sœurs s'inquiétaient des effets de la guerre pour son frère et lui, Édouard avait bien d'autres préoccupations. Après ses démêlés avec le ministère de l'Agriculture qui avait finalement fermé le dossier sans trouver de preuves, certificat enfin à l'appui, voilà qu'un autre problème lui pendait au bout du nez.

— La coopérative de Labelle veut acheter ma beurrerie, expliqua-t-il à James. Ils ont déjà mis la main sur celle de Sainte-Agathe, imagine-toi donc!

L'assistant resta silencieux quelques secondes avant de lever sa tête. Il posa son regard sombre sur son ami:

— Mais tu as juste à refuser, c'est tout!

— Ce n'est pas si simple que ça! Si je comprends bien, les maîtres-beurriers de Nominingue et de Saint-Faustin ont refusé et la coopérative de Labelle offre maintenant d'acheter le lait de leurs «patrons»* pour dix cents de plus. C'est juste une question de temps avant qu'ils fassent la même chose avec nous autres.

James le remercia du regard de l'inclure dans le problème. Il se sentait en effet autant concerné que son ami. Depuis la dure attaque de janvier, il n'avait plus reparlé de ses agresseurs et Édouard avait – difficilement, il faut dire – accepté de mettre cette mésaventure derrière eux. Mais chaque fois que James ou Édouard croisaient l'un des Constantin, ils bouillaient de rage. Chez James, cet homme puissant, musclé et solide, s'était en plus installée une crainte qu'il n'arrivait pas à chasser. Désirant contribuer à trouver une solution au problème de son ami, il réfléchit à la situation.

— Qu'est-ce que ça implique si tu vends à la coopérative ? Resterais-tu le maître-beurrier ou ils te mettraient à la porte ?

Édouard lança un regard triste vers son ami.

— Je pense qu'ils voudraient tout simplement que je mette la clé dans la porte. J'ai une rencontre la semaine prochaine à Labelle avec eux. Je devrais en savoir plus. Mais moi, je veux pas vendre ! C'est l'œuvre de ma vie ; que veux-tu que je fasse si je peux pas faire du beurre et du fromage ? Retourner m'occuper des pondeuses de Clémentine à temps plein ?

Il eut un petit rire sarcastique alors que James mettait sa main sur la sienne. Jeremiah, qui venait leur faire une petite visite, les trouva pensifs alors que lui rayonnait de bonheur à l'idée d'être père dans moins de deux mois.

— *My God*, vous avez donc une *petite* air triste, les gars !

James entreprit de relater la crise dans laquelle la beurrerie était plongée et Jeremiah eut une réaction choquée.

— Ils peuvent pas te forcer à fermer, Édouard ! On va t'aider, nous autres !

— Vous êtes tous les deux de grands amis. Je vous remercie, dit le maître-beurrier d'une voix lasse. Pour l'instant, laissons ce contretemps de côté et passons à des choses plus joyeuses. Comment va la future maman ?

Jeremiah retint une petite grimace. Même s'il rêvait du jour où il tiendrait leur premier enfant dans ses bras, il sentait chez son épouse une irritation de plus en plus constante face à sa condition. Elle avait eu quelques nausées en début de grossesse qui s'étaient atténuées à partir du quatrième mois. Mais parfois, Jeremiah se demandait comment elle passerait au travers des dernières semaines avant son accouchement, tant la situation semblait lui peser. Ses demandes incessantes commençaient à miner leur relation.

— J'aimerais bien un verre d'eau.

— Peux-tu me monter mon tricot ?

— Je crois que je vais dormir dans la chambre d'en bas, c'est trop ardu de monter et descendre les marches dans mon état.

L'homme avait envie de brasser sa femme parfois pour lui annoncer qu'aux dernières nouvelles, être enceinte n'était pas une maladie ! Lorsqu'il lui avait dit qu'ils descendraient donc leurs oreillers et couvertures dans la pièce près du salon, elle l'avait regardé avec gêne avant de lui dire :

— En fait, je pense que tu ferais mieux de dormir en haut. J'ai tellement de difficultés avec mon sommeil que je préfère dormir seule. Pour quelque temps du moins…

Alors Jeremiah s'était rendu compte que la lune de miel était terminée. Jusqu'au début de sa grossesse, la femme avait accepté ses approches non pas avec ferveur, mais au moins en y mettant un peu du sien. S'il osait par contre lui toucher le sein ou la fesse hors de leur chambre à coucher, il recevait une petite tape offusquée avec un « franchement, retiens-toi ! » bien senti. Il se prenait parfois à rêvasser à ce que sa vie aurait pu être si Florie avait accepté ses avances. Il ne pouvait s'empêcher de croire que celle-ci aurait été une amante passionnée. Alors il répondit à ses amis en plaquant un léger sourire sur son visage étroit.

— Elle va bien. Fatiguée, mais quelle femme ne l'est pas dans *son* condition, n'est-ce pas ? demanda-t-il avec espoir.

— Bien sûr ! répondit Édouard, qui sentait l'inquiétude dans le ton de son ami. Remarque que ma Clémentine avait tellement d'énergie qu'au moment de sa grossesse, elle est juste devenue normale comme les autres femmes !

Il éclata de rire en se remémorant son épouse qui avait toujours eu mille et un projets en branle. Les trois hommes restèrent silencieux, chacun d'eux ayant en tête la jolie Clémentine qui mordait dans la vie avant que celle-ci ne soit fauchée sous ses pieds. Sur une impulsion qu'il regretterait par la suite, Jeremiah invita ses deux amis à venir souper à la maison. James et Édouard refusèrent d'abord, mais devant l'insistance de l'Anglais, ils acceptèrent avec reconnaissance. Parfois, les deux hommes trouvaient leurs soirées bien longues sans adultes avec qui dialoguer. Édouard avait bien sa Marie-Camille, mais ses préoccupations enfantines ne faisaient guère de profondes conversations ! Quant à James, depuis l'accueil déplorable fait aux siens par les Constantin l'année précédente, il n'osait plus espérer revoir sa famille à Sainte-Cécile un jour. Il s'ennuyait d'eux parfois et comme il n'avait pas le téléphone, il utilisait celui de la forge pour avoir de leurs nouvelles. Mais cela lui laissait souvent un goût amer, puisque les appels se terminaient immanquablement par des souhaits de le voir abandonner son village d'adoption pour retourner dans la civilisation, c'est-à-dire la grande ville de Montréal ! Il préférait passer ses soirées seul, en tête à tête avec la radio. Alors une invitation à souper n'était pas de refus.

— Tu es certain, Jeremiah ? demanda tout de même Édouard.

— Oui, oui ! Béatrice a fait un gros bouilli cet après-midi et il y en a pour une armée ! Venez !

Lorsque les trois hommes mirent le pied dans la maison du couple, une bonne odeur de légumes et de viande taquina leurs narines. Les invités sourirent et leur estomac affamé se réveilla aussitôt.

— Béatrice ? Béatrice ? demanda Jeremiah en s'avançant dans la cuisine proprette.

— Ici.

Édouard et James ne purent s'empêcher de remarquer la moue déçue de leur ami en entendant la voix faible émanant de la chambre du fond. Il s'y dirigea en leur faisant signe de s'asseoir à la table. Les amis restèrent silencieux quelques instants, de plus en plus mal à l'aise en entendant les murmures contrariés entre les jeunes mariés. Ils sentaient bien le mécontentement dans le ton de la femme et après un regard surpris vers James, Édouard s'avança un peu dans le corridor pour dire :

— Tu sais quoi, mon Jeremiah, une autre fois ! Je pense qu'aujourd'hui n'est pas une bonne soirée. Nous n'aurions pas dû t'écouter, mon ami, ta femme doit se reposer et…

— *Nonsense*[28] *!*

La réponse claqua alors que le grand maigre sortait de la chambre, suivit par son épouse au ventre rebondi et à la mine maussade. Mais lorsqu'elle vit Édouard, Béatrice retrouva son savoir-vivre et lui tendit une main faible.

— Restez, restez. Il y en a pour tous ! dit-elle sans trop de vigueur dans le ton.

Hésitants, James et Édouard acceptèrent devant le regard suppliant de leur ami, qui ne voulait être humilié par le manque d'hospitalité de sa femme. Pendant tout le repas, qu'elle servit en poussant de légers soupirs, les trois hommes discutèrent de la guerre tandis que Béatrice lançait des regards ennuyés à l'horloge au mur. Quand sept heures sonnèrent, elle se leva pour prendre le plateau de beignets qu'elle avait

---

28 Pas question !

cuits dans la matinée en espérant pouvoir en garder pour la semaine. Inconscients de ce désir, les hommes engloutirent en moins de quinze minutes les dix pâtisseries alors que la blonde se renfrognait de plus en plus. C'est James qui, le premier, se rendit compte de la mauvaise humeur de la future mère et il fit un signe de la main à Édouard.

— Je pense qu'on devrait y aller; Béatrice, vous devez être fatiguée.

Elle répondit vaguement sans vraiment nier et Jeremiah eut de plus en plus honte lorsqu'elle lui dit, devant ses amis:

— Tu rangeras, mon cher, je vais m'étendre un peu. Le bébé me pèse. À bientôt, James et Édouard. Ravie de vous avoir reçus.

Elle s'éloigna après un dernier sourire, sans voir le rictus de son mari. Mais de toute manière, la femme n'en faisait guère de cas, n'ayant plus à cœur de tenter de le séduire maintenant qu'il l'avait épousée. Lorsque Jeremiah referma la porte derrière le duo, il s'y adossa longuement en regardant les assiettes décoratives qui ornaient toujours le mur de la cuisine sur des tablettes. Dès son entrée dans la maison, sa femme avait tenté de les faire disparaître, mais l'Anglais avait été catégorique.

— Tous les souvenirs de mes parents restent ici. *It's non negotiable*[29] !

— Arrête de me parler en anglais, tu sais que j'haïs ça!

— C'est non négociable, tu as compris maintenant?

Alors dire que la relation de couple était au beau fixe serait mentir. Toutefois, le futur papa espérait de tout cœur qu'à partir du jour de la naissance, il pourrait retrouver la femme

---

29 C'est non négociable!

de belle humeur qu'il avait fréquentée l'année précédente. Il en était rendu à être satisfait de la voir s'absenter des répétitions de la chorale sous prétexte que le chant lui donnait mal à l'estomac ! Jeremiah jeta un regard las à la table encombrée et entreprit de la desservir en écoutant la radio et en chantonnant doucement. L'avenir auprès de Béatrice ne s'avérait pas le plaisir qu'il avait escompté. Il se retrouvait presque aussi seul qu'à la mort de son père, malgré la présence de sa femme dans sa maison.

Le lendemain matin, James tournait en rond dans la beurrerie, attendant le bon moment pour parler à Édouard. Depuis quelques semaines, il avait pris sa décision, non sans un grand déchirement au fond du cœur. Il quitterait le village de Sainte-Cécile avant la fin de l'année.

— Mais pourquoi ? Je ne comprends pas, mon ami, je ne comprends pas ! dit Édouard en regardant le Noir avec stupeur. Tu m'as toujours dit que tu adorais vivre ici, que tu avais l'impression d'avoir retrouvé une famille auprès de la mienne.

Les hommes avaient terminé leur journée en emballant vingt-cinq livres de Saint-Clément et quinze livres de Floridèle que James devait livrer dans la journée du lendemain. Le grand Jamaïcain jeta un long regard résigné sur le visage éploré de son patron.

— Viens, allons nous asseoir.

Édouard le suivit à l'avant de la beurrerie où les deux hommes prirent place sur le banc près de la porte. La voix profonde de James emplit aussitôt l'espace.

— Depuis quelque temps, je me suis rendu à l'évidence,

Édouard. Ma place n'est pas ici à Sainte-Cécile.

— Mais je comprends pas ! répéta l'autre. Tu disais que tu avais trouvé le village où tu voulais être enterré à ta mort.

James hocha sa tête crépue. Son beau regard de velours avait la douceur de celui qui est en paix.

— Mais plus que cela, j'ai envie d'une famille, Édouard. Une femme, des enfants, tout ce qu'un homme veut. Je vois la joie que ta Marie-Camille t'apporte, celle de Jeremiah à l'arrivée prochaine de son bébé et tout cela m'a fait réfléchir. Moi aussi j'en ai envie. *I'm not getting any younger*[30], rigola James, et je veux vivre ce bonheur.

Édouard se releva et commença à marcher devant le comptoir, les bras croisés. Il retenait ses larmes à l'idée de voir cet homme disparaître de sa vie. Il s'arrêta sec devant son ami et dit :

— Mais alors, marie-toi, fais des enfants ! Qu'est-ce qui t'arrête ?

— Ce qui m'arrête ? Ici à Sainte-Cécile, ma couleur m'arrête, Édouard. Pas une femme, même tentée légèrement, n'osera jamais admettre qu'elle pourrait aimer un Noir.

— Pourtant, Adèle… commença Édouard.

— Adèle ?

— Non. Rien, laisse faire, dit l'autre d'un ton gêné.

James sentit dans le regard timide de son ami qu'il connaissait leur secret à sa sœur et lui, mais le respectait trop pour l'aborder. Il continua son plaidoyer :

— Me vois-tu aller faire la cour à mademoiselle Robichaud ou à la petite-fille de monsieur Marois ? Impossible, mon ami !

N'ayant aucun contre-argument adéquat à cette vérité, le

30 Je ne rajeunis pas.

maître-beurrier laissa couler les larmes qu'il retenait. Il se rassit à côté de James et lui prit la main.

— Mais alors, va à Montréal, trouve-toi une jolie Jamaïcaine, Haïtienne, Africaine et ramène-la ici. Nous l'accueillerons à bras ouverts, tu le sais bien !

— Vous, oui. Mais qu'en est-il du reste des villageois ? Tu crois qu'Alcide Constantin retiendra ses commentaires, ses gestes déplacés lorsqu'il croisera ma fiancée ou ma femme au marché Marquis ?

À la pensée des actions que pourrait poser l'homme grossier, un léger tremblement secoua l'aide-beurrier. S'il l'avait presque tué l'hiver dernier, il ferait bien pire à une femme noire qui oserait s'installer dans son village. Édouard agita la tête de gauche à droite en constatant qu'il n'avait aucune proposition pour réfuter cette vérité.

— Moi, je veux pas te perdre, James. Tu es mon roc.

Anéanti par la bêtise humaine qui ferait qu'un homme aussi bon que James dût fuir l'endroit qu'il aimait, seulement parce que certaines personnes n'appréciaient pas la couleur de sa peau, Édouard enlaça son ami.

— Viendras-tu nous voir, au moins ?

— Absolument !

— Tu… tu penses partir quand ?

James réfléchit avant de préciser sa pensée. Il savait que la famille Gélinas, quelques membres de la chorale et son ami Jeremiah vivraient avec désarroi ce départ imprévu.

— J'annoncerai demain matin à madame Marquis la vente de ma maison. Elle devrait accepter d'en parler et même de mettre une petite annonce sur son babillard.

— Une fois que Louisette Marquis sera au courant, tu es conscient que tout le village et plus encore saura que tu veux partir ? demanda sarcastiquement son ami.

— Oui, c'est un peu le but. Tu dois savoir que de quitter ce coin de pays ne se fait pas avec la joie au cœur, alors je n'ai pas envie d'avoir à expliquer à tout le monde pourquoi je pars.

— Il te faudra trouver une bonne raison pour madame la commère !

James posa de nouveau son regard sage sur son ami.

— Tu sais quoi, Édouard, *I will tell her the truth*[31].

Ce qu'il fit le lendemain en mettant les pieds au magasin avec son affichette préparée. Il s'avança devant le comptoir où la grosse rousse agençait les bonbons pour en faire un étalage attrayant pour les enfants. Elle jeta un coup d'œil vers l'arrivant et son visage s'éclaircit d'un large sourire.

— Tiens, mon cher James, que puis-je faire pour vous ? On a un beau mois de septembre, n'est-ce pas ?

Et elle se mit à jaser sans laisser la chance à l'autre de placer un mot. Il sourit gentiment et lorsqu'enfin elle reporta ses yeux verts sur lui sans parler, il déposa l'annonce de la vente de sa maison sur le comptoir de bois.

— Je pourrais afficher ceci ?

— Certainement, mon cher, un animal à vend… oh, votre maison ? Bien voyons donc, comment ça ? Dites-moi pas que vous avez trouvé une autre ferme ailleurs ? C'est vrai que si vous voulez commencer la culture de céréales, la terre du père Claveau ne vaut pas grand-chose. Vous pourriez peut-être voir du côté de la rivière près de Saint-Damien, j'ai entendu dire…

— Je retourne à Montréal, madame Marquis ! coupa James en posant sa main sur celle de la femme trop surprise pour

31 Je lui dirai la vérité.

songer à l'enlever malgré son inconfort. Elle avait beau apprécier le Noir, les contacts entre eux s'étaient toujours limités à des discussions à une distance raisonnable.

— À Montréal ? Pourquoi donc ? Puis la chorale ? Puis la beurrerie ?

L'homme retint un fou rire en voyant l'autre sortir de derrière son comptoir les baguettes en l'air pour se lancer dans une pétarade de questions sans lui donner le temps de répondre. Il mit le doigt sur ses lèvres avec un clin d'œil.

— Oh ! Pardon, James ! C'est l'émotion !

— Je quitte le village parce que je veux me marier et avoir des enfants. Ici, je ne trouverai jamais d'épouse et *I'm afraid that*[32]... les gens n'accepteraient pas que je ramène une femme noire de la grande ville.

Gênée par ce qu'elle considérait comme une évidence, la femme se tortilla dans sa longue robe grise et noire, ne sachant trop quoi répondre. Heureusement, Ludovic la sauva de cette situation en pénétrant dans le commerce pour la saluer avant de partir. Elle se rua vers lui dès que son fils mit le pied dans le magasin.

— Ludovic, James a décidé de quitter le village, imagine-toi donc !

— Ah.

Le rouquin tourna son regard sur l'aide-beurrier avec un air interrogateur sur le visage. Il n'eut pas le temps de dire autre chose puisque sa mère entreprit de répéter les paroles du Noir en y mettant sa touche personnelle.

— Alors puisque du monde lui a dit qu'il trouverait jamais une femme ici, il a décidé que c'était le temps de partir.

---

32 J'ai peur que...

— Si c'est votre décision, je vois pas de problème avec ça. Bon, je dois y aller, on a pris un peu de repos ce matin parce qu'on a fini tard hier, mais Laurent doit m'attendre. À bientôt.

Il ressortit après un salut discret et James le suivit sur le perron du magasin. Le jeune se retourna, surpris, lorsqu'il entendit sa voix :

— Euh... Ludovic ?

— Oui ?

— J'aimerais l'annoncer moi-même aux Gélinas, ils le savent pas encore.

Ludovic laissa échapper un petit ricanement avant de dire :

— Vous en faites pas, c'est ma mère, la commère du village ! Puis moi, j'ai d'autres choses à faire que bavasser sur tout le monde !

James le remercia avant de retourner à l'intérieur où il dut de nouveau subir les lamentations de la grosse marchande qui avait trop hâte de parler à son amie Florie, qui devait venir passer quelques heures avec elle dans l'après-midi. Quand elle lui annoncerait sa nouvelle !

Pauvre Louisette ! James avait prévu le coup, sachant que d'ici la fin de la journée tout le monde au village et dans les alentours serait au courant de son départ imminent. Il avait donc demandé la permission à Édouard d'aller voir sa famille pour les informer lui-même. Quand il arrêta sa charrette près de l'escalier de la ferme, il soupira profondément en laissant son regard errer sur les champs chatoyants des Gélinas. En ce début d'automne, les couleurs du champ de maïs se mariaient parfaitement au feuillage des pommes de terre plantées juste à côté. Il voyait le tracteur de Laurent au loin, point rouge flamboyant dans les rayons ensoleillés. Une tristesse infinie envahissait son cœur même s'il savait qu'il avait pris la bonne décision. Il sursauta en entendant la porte se refermer derrière Adèle, qui revenait d'un court séjour dans la grande ville.

— James ? Que fais-tu ici ? Il est arrivé quelque chose à la beurrerie ?

Le ton alarmé de son ancienne maîtresse le fit réagir rapidement. Il descendit de sa charrette en secouant vivement la tête.

— Non, non. Je veux juste vous parler. À Florie et à toi.

— Oh, entre alors. On venait juste de finir de préparer nos *beans*.

Il sourit avec affection, avec une pointe de désir pour la femme voluptueuse qu'était devenue Adèle avec les années. Ses seins épanouis, ses hanches arrondies lui donnaient envie de la caresser comme avant, mais il s'en empêcherait, sachant à présent qu'il ne désirait pas de cette relation sans avenir. À peine les pieds dans la cuisine, il respira de bien-être.

— Mautadine qu'on est bien chez vous, dit-il en souriant.

— Mautadine, James ?

Adèle éclata de rire avant d'appeler sa sœur partie se reposer un peu dans sa chambre.

— Quoi ? Qu'est-ce que tu as à t'époumoner de même ? Oh James !

La cadette la rassura tout de suite sur le sort de ses frères et le trio prit place à la table de bois. Florie fit chauffer de l'eau pour retarder le moment de la discussion à venir. Elle voyait le sérieux sur le visage de son vis-à-vis et sentait que l'annonce qu'il voulait faire ne lui plairait pas. Pas du tout.

— Florie, Adèle, je veux vous annoncer que je quitterai le village avant Noël.

— Quitter le village ? Pour aller où ? demanda Adèle.

— Je retourne à Montréal.

— Bien, voyons donc, tu nous as toujours dit que tu y retournerais jamais. Veux-tu bien me dire ce qui te passe par la tête, innocent ! répliqua Florie en le traitant comme un de ses frères.

Les deux autres, malgré le sérieux de la situation, ne purent s'empêcher de sourire légèrement devant l'insulte affectueuse. Florie se leva et se planta aux côtés de leur ami, les bras croisés sur son opulente poitrine qui tirait sa blouse blanche. Pour la troisième fois en deux jours, le Jamaïcain entreprit d'expliquer les raisons de son départ et Adèle mit sa main sur la sienne.

— Je comprends, murmura-t-elle.

— Bien, moi pas ! éclata Florie les joues rouges d'émotion. C'est pas la fin du monde de pas avoir de femme puis d'enfants ! On est pas morts, nous autres, tu vois bien !

Dans l'émotion, la pauvre Florie ne s'était pas aperçue qu'elle avait tutoyé son ami. Sa sœur comprit alors à quel point James avait pris une place importante dans la vie de son aînée et son cœur se serra encore plus à la pensée du nouveau deuil qu'elle devrait vivre.

— Mais vous, Florie, si j'ai bien compris, vous n'avez pas le choix. Moi, j'ai pas envie de me priver de cet amour. Seul tous les soirs dans ma maison, je trouve le temps long. J'ai toujours aimé entendre les cris et les rires des enfants.

— Bien là…

Et la malheureuse Florie reprit place sur sa chaise en mettant son visage dans ses mains. Elle pleurait toutes les larmes de son corps, elle qui aimait cet homme comme un frère. Ses épaules tressautaient au rythme de ses sanglots et les deux autres ne pouvaient qu'essuyer leurs pleurs à leur tour.

— Mais… mais… tu reviendras… plus jamais, jamais ?

— Voyons, Florie, vous savez bien que vous êtes ma famille, mes amis d'amour. Bien sûr que je reviendrai, mais en visite. Et puis un jour, peut-être que vous pourrez venir me visiter à votre tour dans la grande ville épeurante !

Tentant d'alléger l'atmosphère, il en fut quitte pour une grimace de dédain de la part de la grosse femme qui ne comprenait pas qu'on quitte un si beau coin de pays pour aller dans une place de béton et de ciment où le danger surgissait à chaque coin de rue. Après une longue conversation sur la vie et ses injustices, James reprit la route du village en savourant chaque regard qu'il posait sur les champs des Cécilois. Un sentiment de désarroi l'accablait tout en sachant que son besoin d'amour était plus fort que son désir de rester à Sainte-Cécile.

Comme prévu, la nouvelle se répandit comme une traînée de poudre et dès le lundi suivant, soit le 23 septembre 1940, une première offre d'achat parvint à James. Pourtant, c'est enragé qu'il déchirât le papier sans même y jeter un coup d'œil.

— Quel culot ! cracha Édouard lorsque son ami arriva le lendemain matin en lui mentionnant qu'Anasthase Constantin avait eu l'audace de lui offrir d'acheter sa maison pour s'y installer avec la jeune Émilienne Mailloux, qu'il avait réussi à convaincre de l'épouser au mois de mai prochain.

Le fils d'Alcide avait tellement peur d'être appelé à aller se battre qu'il avait fait des pieds et des mains pour démontrer à la sœur de Télesphore à quel point il était un homme changé, amélioré. Tout au long de leurs fréquentations, après qu'elle eut accepté à contrecœur qu'il vienne accrocher son fanal le samedi soir, le gros blond rouquin l'avait complimentée, l'avait rassurée et finalement, la brunette réservée s'était laissée convaincre qu'une vie avec cet homme métamorphosé valait mieux que de rester auprès de ce père violent. Aussitôt sa demande acceptée, le fils Constantin avait laissé sa vraie nature tranquillement réapparaître à l'occasion, mais pas assez pour qu'Émilienne décide de mettre fin à leurs fiançailles. Lorsqu'il lui avait proposé de faire une offre d'achat sur la maison du Noir en précisant qu'il faudrait la désinfecter des combles au grenier, la jeune femme avait donc accepté.

— J'aime bien Adèle Gélinas, on pourrait devenir amies en plus d'être voisines, avait-elle pensé.

Mais si cet homme croyait que James était à ce point désespéré de vendre, il eut sa réponse lorsqu'il le croisa à la forge en venant faire ferrer son vieux cheval. Sans gêne, Anasthase interpella James alors que ce dernier s'en allait vers l'arrière pour rejoindre la beurrerie.

— Puis le Noir, me la vends-tu ta maison ? Je t'ai offert un méchant bon prix !

Figé par l'insulte, par le ton, James prit quelques secondes avant de se retourner pour s'avancer vers le rustre. Il se plaça à quelques pouces de son nez et articula clairement :

— Avant que je vende ce que j'ai de plus précieux à un lâche capable de s'attaquer à un homme seul qui ne l'a pas provoqué… JAMAIS, cracha-t-il avant de s'éloigner à nouveau.

L'homme au visage aviné fixa de son regard vicieux la nuque de l'aide-beurrier en se disant qu'ils auraient dû achever le nègre lorsqu'ils en avaient eu l'occasion, son père, son frère et lui. C'était la première fois que James Jackson l'affrontait franchement depuis leur attaque et il se demandait bien pour quelle raison l'homme ne les avait pas encore dénoncés.

En même temps, Anasthase Constantin savait très bien que personne ne prendrait au sérieux les accusations d'un étranger.

CHAPITRE 12

De Montréal à Québec !

La rencontre avec les représentants de la coopérative de Labelle devait avoir lieu le mardi 1er octobre et c'était sans contredit le moment le plus important des dernières années pour Édouard. Avec le départ annoncé de son ami et employé, il espérait de tout cœur réussir à garder en vie son projet, sans quoi, il ignorait ce qu'il deviendrait, n'ayant aucun désir de retourner travailler sur la terre familiale. Sa sœur Adèle lui avait proposé de l'accompagner à Labelle afin de s'assurer qu'on réponde à tous ses questionnements. Florie lui avait fait un air qui voulait dire « qu'est-ce qu'une femme va aller faire là ? », mais elle n'avait rien dit. Le maître-beurrier, quant à lui, approuva aussitôt.

— Oui, bonne idée, ma sœur. J'aurai besoin de toute l'aide nécessaire. J'aurais bien demandé à James, mais je crains que ça ne fasse que rebuter ces rétrogrades et qu'ils ne me laissent encore moins de chance.

— Remarque que de te voir arriver avec une femme, ça leur plaira peut-être pas plus !

— Peut-être, mais une ancienne journaliste, ça peut pas me nuire, je pense.

Édouard avait déjà songé à interpeller les journaux dans sa tentative de faire reculer la coopérative. Le petit agriculteur contre la méchante grosse machine. Alors d'avoir sa sœur à ses côtés lui faisait espérer que le pire serait peut-être évité. Il commençait à trouver qu'on s'intéressait pas mal trop à l'œuvre de sa vie. Ne pouvait-on pas le laisser tranquille afin qu'il concocte les meilleurs fromages de la région sans tenter de lui mettre des bâtons dans les roues ? Il fondait beaucoup d'espoir dans cette rencontre en souhaitant signifier clairement à tous que son entreprise n'était pas à vendre. Pas maintenant, pas jamais ! Quelques heures plus tard, dans la charrette en revenant de cette rencontre, il jubilait devant le résultat inattendu de cette réunion.

— Tu as été extraordinaire, ma sœur ! Attends que je raconte à tous comment tu as réussi à faire changer d'idée cette bande d'attardés ! Je te remercierai jamais assez.

Il lui prit la main pendant que les deux savouraient ce moment de complicité. Très nerveux, le maître-beurrier avait mis le pied dans la grande salle de réunion où l'attendait le comité, se sentant presque battu d'avance. Même s'il se disait prêt à vaincre l'ennemi, il ne savait comment s'opposer à ce géant et avait quasiment rendu les armes avant même le début de la bataille. C'était avant qu'Adèle ne prenne la parole. Au début de son discours, les hommes en face d'eux lui jetaient un regard condescendant. Jusqu'à ce qu'elle lance :

— Je sais pas comment les gens vont réagir en lisant mon article dans le journal, mentit-elle avec aplomb. Il faut dire que le Saint-Clément et le Floridèle sont les deux fromages les plus populaires de la région. Mais si vous dites que mon frère n'a pas d'autres options, il devra donc en cesser la production.

Édouard avait aussitôt constaté un changement d'humeur dans la salle. Le gros barbu face à lui avait lancé un regard inquiet vers les hommes à sa droite et à sa gauche avant d'avancer une main boudinée sur la table :

— Bon, bon, on se calme, ma petite demoiselle. Personne n'a parlé de cesser la production de ces fromages !

— Ah ? C'est ce que nous avions cru comprendre !

Et s'était ensuivie une longue argumentation avec un Édouard ragaillardi par la lueur d'espoir qu'il entrevoyait. Il était sorti de là avec l'assurance que la coopérative de Labelle ne s'attaquerait pas à son entreprise pour…

— Les dix prochaines années ! C'est comme ça qu'Adèle a réussi à sauver la beurrerie Gélinas, compléta-t-il à la table familiale. J'ai même un contrat signé avec eux, dit-il en montrant le paquet de feuilles qu'il avait sorti de sa sacoche de cuir. Rarement aussi exubérant, Édouard lança un regard taquin vers son aînée : Puis ça, ma Florie, ça mérite un petit verre, me semble !

— Euh… c'est qu'on est mardi, mon frère !

— Et ?

Florie jeta un regard soucieux à James, Adèle, Laurent et Ludovic avant de dire :

— D'accord, mais un tout petit alors !

Les autres éclatèrent de rire, tout comme Marie-Camille, occupée à remettre une roue sur le carrosse de bois qu'elle utilisait pour promener les chatons dans la grange. Elle grognait, rageait tant et si bien qu'à la longue, elle s'approcha de Laurent et demanda :

— Peux-tu l'arranger, mon oncle, moi je suis pas capable. Toi, tu réussis toujours à tout réparer.

Le costaud blond sourit avec affection. Depuis le sauvetage de l'été, un lien particulier s'était tissé entre les deux. La fillette savait qu'il avait mis sa propre vie en danger en sautant à l'eau pour la rescaper et son oncle avait réalisé lorsqu'elle avait failli disparaître devant lui à quel point cette enfant avait de la valeur à ses yeux. Même s'il hésitait toujours à la prendre dans ses bras, il ne refusait jamais un jeu ou un câlin. Adèle profita de la bonne humeur générale pour annoncer d'un ton indifférent :

— Je dois aller à Montréal vers le 10 octobre. Quelqu'un veut m'accompagner ?

Florie arrêta aussitôt de ramasser la vaisselle sur la table avec un mouvement d'exaspération. Laurent sentit un serrement au cœur à l'idée de retourner passer un moment dans une ruelle sombre, avant de regarder sa nièce, sa douce nièce innocente et réaliser qu'il ne le ferait plus. Il secoua la tête en répondant :

— Pas pour moi, ma sœur !

— Édouard ?

— Non merci ! Par contre...

Le maître-beurrier lança un drôle de regard vers son cadet avant d'annoncer à son tour :

— Par contre, Laurent et moi devons aller à Québec vers la fin du mois.

— Québec ? s'écria Florie. Pourquoi donc ?

Édouard se leva de table et s'approcha de sa sœur. Il la prit par la taille et la fixa longuement avant de dire :

— Je peux te le dire si tu le désires, mais je pense pas que tu veuilles l'entendre.

Florie rougit aussitôt en comprenant. Leur père, leur maudit père Antoine qui devait, aux dernières nouvelles qu'elle avait eues plusieurs années auparavant, se trouver dans cette ville. Ses frères n'avaient donc pas abandonné leur projet de recherche ! Elle évita sèchement le rapprochement tenté par Édouard et s'éloigna plutôt vers l'évier.

— Qui veut un morceau de brioche ? demanda la corpulente femme en ignorant le regard suppliant de son cadet.

Adèle, qui avait aussi compris, ne daigna même pas s'intéresser à cette conversation et choisit plutôt de se tourner vers James.

— Tu as eu des offres pour ta maison, mon ami ?

— Non, pas encore. Mais bon, je suis pas pressé, mentit le Noir en riant. C'est pas comme si ma femme m'attendait déjà à Montréal !

Il fit un clin d'œil à Marie-Camille qui l'observait d'un air fâché.

— On parle pas de ça, ma tante Adèle. Moi j'aime pas ça.

— Oh, je sais, ma puce, mais penses-y, tu auras enfin une raison de prendre le train jusqu'à Montréal lorsque James y sera.

La blondinette mordilla son pouce un moment en pesant le pour et le contre. Puis, elle mit son petit poing sur la cuisse de James en disant :

— Est-ce que j'aurai une chambre dans ta maison pour mes visites ?

— Certainement, ma princesse ! rigola le grand Noir.

Un autre moment de réflexion, puis un sourire apparut sur le visage rond de l'enfant.

— Bien alors, d'accord. Tu peux partir !

Les adultes sourirent avec indulgence devant la naïveté du commentaire. Ils espéraient tous que la vie serait douce pour leur ami qui désirait tellement fonder une famille à son tour. Florie l'observait avec un sentiment d'envie. Si elle avait eu ce courage, elle aussi ! Sa vie lui semblait souvent bien terne comparativement à celle de son entourage. Adèle et ses écrits, Édouard et ses fromages, Laurent et ses bêtes… même Louisette, qui rageait pourtant souvent contre son travail au magasin, lui semblait avoir un sort enviable comparé au sien. Oui, vraiment, Florie s'ennuyait !

À chacune de ses visites à Montréal, Adèle rayonnait de joie. Elle adorait l'ambiance qui régnait dans cette grande métropole. Loin de Sainte-Cécile, la femme se maquillait un peu plus, se coiffait plus coquettement, s'habillait plus légèrement. Cette fois-ci, Jérôme lui avait promis une surprise.

— Vous verrez, ma chère, lui avait-il dit au téléphone de ce ton respectable qu'ils utilisaient dans leurs échanges publics, c'est un endroit très apprécié en ville ; vous devriez adorer.

Ils avaient grimpé à bord d'un tramway et lorsqu'ils arrivèrent près du pont Lachapelle le long de la rivière des Prairies, le rédacteur se tourna vers sa maîtresse avec un air de fierté sur le visage.

— Alors, tu as deviné ?

Adèle fit la moue tandis qu'à côté d'eux, le couple d'amis qui les accompagnait éclatait de rire. La femme avait beau regarder partout autour d'elle, rien ne lui paraissait familier. La grande blonde, épouse du journaliste à sa droite, riait en pointant les alentours :

— Nous voilà rendus en campagne en tout cas !

Pour les Montréalais, le déplacement jusqu'à ce quartier représentait un périple dans la partie rurale de la métropole, Cartierville. Cette agglomération devenue célèbre depuis l'ouverture du parc Belmont avait vu ses visiteurs augmenter progressivement au fil des années. Adèle haussa les épaules et se tourna vers eux.

— Aucune idée !

— Attends, on descend.

Suivant la foule excitée, les quatre amis arrivèrent en vue de l'enseigne « Parc Belmont Park » et Adèle arrêta de marcher. Son cœur s'était mis à battre à tout rompre dans sa poitrine. Les joues enflammées, elle serra fort la main de Jérôme :

— Vraiment ? On est au parc Belmont ? Vraiment !

Elle sautillait sur place comme une enfant à la vue des tours de chaque côté de l'enseigne et de la billetterie devant lequel les gens faisaient la file. Le quatuor se glissa avec bonne humeur dans la lignée et paya les vingt-cinq cents requis pour pénétrer sous le tunnel de l'entrée. Adèle n'arrivait pas à reprendre un visage calme et sérieux, ce qu'elle avait tenté de faire dès qu'elle avait su que des amis de Jérôme les accompagneraient à ce lieu mystérieux. Ayant toujours un léger sentiment d'insécurité lorsqu'elle se mêlait aux Montréalais, elle n'arrivait plus à reprendre son flegme.

— Tu as vu, c'est la grosse femme qui rit ! chuchota Jérôme en pointant un personnage mécanique au costume de diseuse de bonne aventure, qui avait un rire épeurant et devant lequel les gens se pressaient.

Adèle tournait la tête de tous bords tous côtés. Elle se pencha vers Jérôme à son tour en criant pour se faire entendre dans la foule.

— On peut aller faire le Cyclone*, dis, on peut y aller tout de suite ?

Fascinée, elle souriait en remerciant sa chance de voir enfin ce parc d'attractions. Les montagnes russes à charpente de bois, majestueuses et épeurantes, représentaient l'engouement principal de ce lieu d'amusement. Jérôme fit signe à son couple d'amis et le groupe se dirigea vers l'entrée du manège. L'odeur de barbe à papa flottait dans l'air et Adèle se promit d'en manger une, aussitôt ressortie – vivante l'espérait-elle – du train mécanique. Mais à peine cette attraction terminée, grisée par l'ivresse de la vitesse, la femme courut vers le Rotor, puis le Tourbillon, pour supplier finalement son ami de l'amener tout de suite à l'intérieur de la Maison hantée.

— Tu ne veux pas prendre une pause avant ? riait Jérôme en la couvant d'un regard amoureux.

— Non, vite. Je veux tout voir !

Et Adèle de s'élancer à nouveau, enivrée par ces sensations fabuleuses. Elle aurait voulu avoir ses frères et sa sœur à ses côtés, tout en sachant que Florie n'accepterait jamais de grimper dans « une affaire de bois qui va s'écrouler, je t'en passe un papier » lui avait-elle dit quand sa cadette avait fait la lecture décrivant les attractions du parc Belmont, quelques années plus tôt. Cette journée resterait pour la Céciloise l'une des plus magiques jamais vécue. Après un hot dog et une liqueur avalés à la vitesse de l'éclair, Adèle avait voulu tenter sa chance aux jeux d'adresse, TOUS les jeux d'adresse, avait-elle précisé avant d'abdiquer après huit.

Lorsqu'ils s'installèrent dans le tramway de retour vers six heures ce soir-là, le bonheur visible sur le visage de l'auteure ravit son amant, qui voulait la rendre heureuse sans penser au lendemain. Jérôme avait compris que jamais ils ne seraient un couple formel, mais après l'avoir perdue tant d'années, il était prêt à bien des sacrifices pour avoir le plaisir de sa compagnie.

— Merci ! chuchota Adèle en posant sa tête sur son épaule.

Il lui caressa la joue avant de resserrer doucement son foulard bleu pour éviter qu'elle ne prenne froid. À cette période-ci de l'année, les soirées étaient fraîches et elle le remercia d'un regard tendre. Son roman recevait de belles critiques partout dans les cercles avant-gardistes ; son amant d'autrefois acceptait de la revoir à ses conditions ; ses frères et sa sœur allaient bien, oui, la vie était belle pour Adèle, enfin.

Pendant que sa sœur s'amusait ferme dans la grande ville, Florie était embêtée. Alors qu'ils devaient préparer le concert de Noël, voilà que certains de ses chanteurs tombaient au combat ! D'abord James, qui ignorait si sa maison serait vendue, lui avait dit de ne pas compter sur lui.

— Vous comprenez, mes amies, je souhaite partir avant décembre, mais j'attends toujours une offre intéressante. Si je pratique avec vous et que je quitte Sainte-Cécile pour Montréal, vous allez vous retrouver avec *une* problème. Alors *it's best*[33] que je laisse ma place.

Mais ce qui tracassait encore plus Florie était le cas de Béatrice, l'épouse de Jeremiah. Même s'ils avaient prévu quelques duos avec elle, la future mère ne s'était pas présentée depuis près d'un mois aux répétitions.

— Là, il va falloir lui parler, ma foi ! Penses-tu que tu pourrais faire ça, toi, ma Louisette ? demanda Florie d'une voix mielleuse. Le couple formé par Jeremiah et Béatrice ne l'atteignait plus autant, toutefois elle ne portait pas vraiment la femme dans son cœur, elle qui ne semblait pas réaliser le trésor d'homme sur lequel elle avait mis le grappin !

Louisette hésita en fourrant un macaron au chocolat dans sa bouche. Les deux amies étaient assises dans sa cuisine. Depuis quelque temps, elle avait moins de disponibilité, car

33 Il est préférable.

son pauvre mari et elle avaient dû se rendre à l'évidence : son arthrite le faisait de plus en plus souffrir et Gérald ne pouvait plus passer de longues heures à l'arrière de la caisse enregistreuse. Alors sa femme se devait de le remplacer, mettant de côté ses projets et ses rencontres avec son amie. D'ailleurs, celle-ci pencha sa tête noire striée de blanc pour la sermonner affectueusement :

— Me semble que tu n'as plus bien, bien de temps pour moi, Louisette ! Astheure, il faut presque que je prenne un rendez-vous comme à l'hôpital pour qu'on passe du temps ensemble !

— Je le sais bien, mon amie, si tu savais comme je trouve ça déplorable. Mais que veux-tu, mon mari a de la misère à marcher puis c'est sans parler de ses pauvres mains qui ne lui obéissent plus comme avant. Même moi je commence à trouver ça difficile. Je rajeunis pas, puis mes fils...

Elle ricana avant de marmonner :

— ...sont pas trop aidants. Il faudrait presque que je trouve quelqu'un qui pourrait nous aider quelques heures par semaine.

Louisette lança cela dans les airs et les amies continuèrent leur commérage superficiel. La commerçante ne remarqua pas le trouble généré par ses paroles, mais elle avait pourtant semé une graine dans la tête de Florie. Toute la journée et la soirée qui suivit, seule dans la maison désertée par sa sœur et par son frère encore dans la grange à réparer une bébelle quelconque, Florie réfléchit. Elle marmonnait tout bas en faisant sa vaisselle, les yeux glissant sur leurs champs.

— Je pourrais peut-être... oh puis non, voyons donc, je sais même pas compter plus que cent. Mais quand même, je suis pas si niaiseuse...

Au matin, elle avait pris sa décision et demanda à son cadet de venir la reconduire chez son amie.

— Encore ? Bonyenne, qu'est-ce que vous avez tant à jaser, tu es allée hier ?

— Laisse faire, c'est pas de tes oignons. Je te dis-tu, moi, que tu vas trop souvent parler à Bécassine ? Non, bon, ça fait qu'attelle la charrette puis viens me chercher en bas de l'escalier !

Laurent soupira profondément en se disant qu'au moins, il n'aurait pas sa sœur sur le dos, lui qui voulait aller vérifier ses collets après le dîner. À cette période-ci de l'année, les foins étaient terminés, les récoltes à peu près toutes rentrées sauf le champ de choux qu'il espérait finir avant la fin de la semaine. Mais le gros du travail était fini et Laurent avait envie d'une pause. Il avait offert à Ludovic de l'accompagner et le jeune avait semblé intéressé. Le blond était indifférent à sa présence ou non. Il ne lui tapait plus autant sur les nerfs, mais Laurent ne recherchait pas nécessairement sa compagnie comme il l'avait fait avec Léo. Le regard dans le vague en attendant que sa sœur sorte de la maison, il repensa avec nostalgie aux belles années que les deux amis avaient eues avant qu'il ne gâche tout en lui volant un baiser. Ils avaient des nouvelles sporadiques de Saint-Jérôme où le jeune couple s'était installé. Bérangère attendait son premier enfant, la mère de Léo était décédée au début de l'été et la ferme à laquelle le bègue travaillait profitait bien. Laurent était content que la vie de son ancien homme engagé se déroule à son goût. Il ne ressentait plus cette jalousie, cette envie morbide de détruire toutes les relations autour de Léo. Il n'avait plus jamais éprouvé cet amour intense pour personne. Les paroles réconfortantes du curé de Saint-Jérôme lui avaient au moins permis de faire le deuil de l'homme normal auquel il aspirait. Sans accepter totalement son homosexualité, Laurent savait qu'il ne revivrait plus un épisode comme celui avec Rudolphe Savard. Il avait touché le fond à ce moment, maintenant il devait apprendre à se faire abstinent, ce qui n'était pas bien différent de ce que vivaient Florie et Édouard. Enfin, surtout Florie !

— Je suis là, mon Laurent. Aide-moi donc à grimper au lieu de rester figé comme une statue !

Souriant affectueusement devant la femme potelée qui peinait à grimper, l'homme l'attira à lui pour qu'elle puisse poser son gros derrière sur le cuir du banc. Après l'avoir déposée chez son amie, il en profita pour passer à la pharmacie chercher un ciseau bien affûté pour tailler sa nouvelle barbe. Quand il avait de nouveau cessé de se raser au début du mois, sa sœur l'avait regardé étrangement un matin avant de grommeler :

— Je pense qu'il commence à être temps que tu te fasses la barbe ! Tu as l'air d'un pouilleux.

— Bien justement, je la laisse pousser.

— Hein ? Non, pas question !

— Écoute bien, ma sœur, il y a des choses sur lesquelles tu n'as plus de contrôle et ça, c'en fait partie !

Grognonne pour un petit bout de temps comme chaque fois qu'elle était contrariée, Florie l'avait observé longuement et avait dit :

— Dans le fond, c'est vrai que ça te fait pas si mal.

— Merci bien ! avait ri Laurent avant de frotter son menton. Il en avait assez de ne pas faire son âge et de ne pas être pris au sérieux. Le fait d'avoir un visage un peu rond, des boucles blondes, faisait toujours croire aux gens qu'il n'avait que vingt ans. Au moins, ainsi il faisait plus…

— …mâle, avait rigolé Adèle en lui frottant la tête.

En pénétrant dans la pharmacie près du magasin, Laurent se passa la réflexion qu'il s'agissait de sa première visite en ces lieux. Curieux, il laissa ses yeux se poser partout, observant la qualité du bois qui mansardait les quatre murs. Il salua François-Louis Beaulieu qui faisait ses comptes, assis sur un tabouret derrière son comptoir. Il se leva lorsque Laurent s'avança vers lui.

— Monsieur… Gélinas n'est-ce pas ?

— Oui, c'est ça.

— Que puis-je faire pour vous ?

Mal à l'aise d'expliquer son besoin à l'homme à la fine moustache noire, il se mordit l'intérieur des lèvres en se traitant d'idiot.

— J'aurais besoin d'un ciseau à barbe. En fait, je sais pas si vous avez ça ici ? C'est juste qu'au magasin général, ils en tiennent pas parce que les barbes sont pas à la mode, m'a dit madame Marquis.

Il éclata d'un rire bref qui fit briller ses yeux et son vis-à-vis sourit en imaginant fort bien le commentaire de la marchande. Il sortit de derrière son comptoir et se dirigea vers la gauche en faisant signe à Laurent de le suivre. Ce dernier tenta de ne pas zieuter le corps élancé du pharmacien qui lui rappelait celui de Léo. Il ferma les yeux quelques secondes en se réprimandant silencieusement.

— Hein ? Pardon ?

L'homme fixa ses yeux bruns sur le visage empourpré de Laurent en répétant ses explications :

— J'ai deux modèles. Ils sont sensiblement pareils sauf pour la longueur des lames. Celles-ci mesurent un pouce de plus.

— Euh... je sais pas. Lequel vous me conseillez ?

Le pharmacien remit un des deux à sa place en présentant l'autre à Laurent.

— Prenez donc celui-ci, il est cinq cents de moins. Puis il fait très bien le travail !

— Vous êtes pas trop vendeur !

— Vous me semblez sympathique, j'ai pas envie de vous escroquer !

Les deux hommes éclatèrent d'un rire complice avant que le plus jeune ne paye son achat en sortant de la pharmacie. Il sourit jusqu'à son arrivée à la ferme, mais en voyant Ludovic qui l'attendait sur les marches de la maison, il reprit son sérieux. Pas envie d'expliquer à l'autre la raison de sa bonne humeur. Pendant ce temps, au magasin général, Florie tournait autour du pot afin de proposer son aide à son amie.

— Voyons, mon amie, qu'est-ce que tu as à te tortiller les mains de même !

La pauvre Florie regarda ses doigts avant de les cacher dans les plis de sa jupe marron. Elle hésita un peu et se pencha pour murmurer :

— Moi, je pourrais vous aider.

— Quoi ? Parle plus fort !

— Je pourrais vous donner un coup de main au magasin, moi. Je suis pas bien, bien bonne pour compter, mais...

— Oh !

Florie se leva en lissant son chignon parfait et se mit à marcher dans la cuisine.

— Oublie ça ! Je comprends que tu me fasses pas confiance ! Je sais même pas ce qui m'a pris de te proposer une affaire de même ! Des fois, il me passe des idées par la tête !

— Tais-toi, Florie, laisse-moi réfléchir.

Louisette se leva à son tour pour déambuler dans la pièce. Les deux se croisaient sans se regarder, puis la rousse claqua des mains avant de donner deux becs sur les joues de son amie.

— Maudite bonne idée, ça !

— Euh, oui ?

— Certainement ! Si tu penses que je te fais pas confiance ! Au contraire, s'il y en a une à qui je peux confier mon magasin quelques heures par semaine, c'est bien toi, mon amie ! Quand est-ce que tu peux commencer ?

Abasourdie par l'ivresse du moment, Florie fit ce qu'elle ne faisait jamais et plaqua à son tour deux gros becs sur les joues rousselées de l'autre. C'est ainsi que Gérald Marquis les trouva en entrant péniblement dans la cuisine. Ses traits tirés dénotaient la souffrance que chaque pas lui soutirait. Plus l'automne avançait, pire c'était. Il trouva tout de même la force de sourire à son épouse et Florie.

— Mon doux, qu'est-ce qui vous rend tellement de bonne humeur, vous deux ? Un autre concert à préparer ?

— Non, mon cher. Assieds-toi et écoute bien la bonne nouvelle !

Pendant que Florie se dandinait de manière inconfortable en tirant sur les pans de sa blouse, Louisette annonça à son mari qu'elle viendrait maintenant les aider au magasin. L'homme las eut un sourire hésitant. Une Louisette, d'accord, mais une deuxième dans le même genre ! Était-ce ce qu'il désirait pour accompagner ses journées difficiles ? Mais devant le regard presque suppliant et rempli d'espoir de la femme au petit menton pointu, il acquiesça.

— Excellente idée !

— Vous trouvez ? Oh mon doux ! J'ai peur maintenant. Si je me trompe avec la caisse, si j'oublie le nombre de bonbons, tout d'un coup que je donne de la farine au lieu du sucre et...

Louisette, hilare, mit sa main sur le bras de l'autre.

— Tu vas venir me rejoindre quelques matins et je vais tout t'apprendre. Tu vas faire une très bonne commerçante.

La complicité dans le fou rire des deux femmes fit sourire Gérald, qui avait l'impression de partager la cuisine avec des fillettes de dix ans! Volant presque sur le chemin du retour qu'elle avait décidé de faire à pied, Florie se sentait comme dans les débuts de la chorale. Une reine, une présidente! Arrivée à la maison, à bout de souffle, elle entreprit de délacer ses chaussures avant de mettre ses pieds enflés près du poêle. Déçue, elle vit que Laurent était reparti au champ et Ludovic aussi. Alors elle ouvrit sa radio, ferma les yeux de plaisir et chantonna au rythme de la voix de Marlene Dietrich, l'actrice préférée d'Adèle. Lorsqu'elle en parlait, sa sœur vantait les exploits cinématographiques de cette Allemande, mais surtout le fait qu'elle était une fervente opposante au parti nazi. En 1938, cette femme à la voix sourde et passionnément amoureuse de la culture française avait été naturalisée américaine*. Lorsqu'un haut dirigeant nazi avait tenté de la convaincre de jouer dans un film allemand, elle n'avait eu qu'une seule demande: être dirigée par le réalisateur Joseph von Sternberg. Ce qui lui fut évidemment refusé, cet homme étant juif.

— J'ai tellement hâte de dire à tout le monde que je vais avoir un travail. Un vrai travail, pareil comme ma sœur puis mes frères. Je suis certaine qu'ils vont être bien fiers de moi!

Florie s'assoupit lentement, pleine d'espoir pour les jours à venir.

Comme prévu, les frères mirent le cap sur la ville de Québec le 30 octobre au matin. Ils avaient décidé de laisser la charrette d'Édouard à la gare de Labelle pour ne pas avoir à conduire de longues heures sur un chemin qu'ils ne connaissaient pas.

— De toute manière, c'est bien trop long et épuisant pour le cheval, ça, dix heures de route.

— Puis pour nous autres aussi ! On va se payer deux billets de train, on mérite bien une petite vacance dans cette belle ville, hein, mon Laurent ? On n'est jamais allés aussi loin de chez nous, c'est pas rien, ça !

Les yeux brillants à la pensée d'avoir peut-être quelques réponses à ses questions, le cadet hocha vigoureusement la tête. Il était passé voir son frère à la beurrerie pour lui apporter une tarte aux rognons que Florie voulait lui remettre et en profiter pour tâter le terrain concernant les recherches de leur père. Même si son aîné avait mentionné qu'il voulait y aller à la fin du mois, pas une fois, depuis, les deux hommes n'avaient réussi à être seuls pour discuter de leur projet. Alors Laurent n'attendait que ça, un plan pour visiter leur père dans la ville de Québec. Enfin, la journée était arrivée. Fébrile, il attendait impatiemment sur la galerie l'arrivée de la charrette qui amènerait sa nièce à la ferme et leur permettrait de se rendre à Labelle. Une fois les saluts à leurs deux sœurs renfrognées complétés, les frères s'éloignèrent sur la côte Boisée.

— Tu n'as pas oublié l'adresse que le monsieur nous a donnée quand on l'a vu à Montréal, hein ?

— Non, non, Laurent, t'en fais pas. Le bout de papier est dans ma poche. Mais…

L'aîné se tourna vers son petit frère qui, malgré sa barbe, le regardait d'un air rempli de l'espoir d'un enfant à la vue du père Noël. Avait-il bien fait de l'encourager à venir avec lui ? Peut-être que cette recherche aurait été plus simple si son cadet n'avait pas autant d'optimisme ! Décidé à le ramener sur terre, Édouard lui dit :

— Tu sais, mon frère, que c'est fort probable que ce soit une fausse piste encore une fois. Et si jamais on le trouve pas, je pense qu'il va falloir abandonner, tu comprends ?

— Je suis sûr que c'est lui. Le vieil homme, là, à Montréal…

— Paul Gélinas ?

— Oui, lui. Il a dit que ce cousin de Québec était un artiste. Il a le même nom que notre père et la même profession. Je suis sûr…, murmura-t-il pour se convaincre.

Fermant les yeux pour éviter d'entendre d'autres paroles décourageantes, le plus jeune sommeilla une bonne partie du trajet jusqu'à la gare de Montréal où ils prirent un second train pour la ville de Québec. Cette fois-ci, les frères jouèrent quelques parties de cartes en sortant à l'occasion du wagon pour fumer leur pipe et regarder le paysage. Une fine couche de gel couvrait les champs entre Montréal et leur destination finale, et ils frissonnèrent en remontant leur col sur leurs joues. Bientôt, la neige envahirait le Québec qui deviendrait ainsi une terre d'hibernation pour presque tous les habitants. Il y avait bien les travailleurs de la voirie et ceux de la construction qui continueraient une vie normale, mais tous les agriculteurs ne feraient que quelques tâches peu demandantes autour de la ferme ou de la maison. Quand le train ralentit en entrant à la gare du Palais sur la rue Abraham-Martin, les frères regardèrent avec admiration l'imposant bâtiment construit en 1915* qui s'harmonisait à la perfection avec le château Frontenac.

— Wow ! Pas trop notre gare de Labelle, ça ! siffla Édouard en prenant son mince bagage.

Les toits très hauts de la bâtisse se terminaient en pointe ou en plate-forme avec des tourelles, des cheminées s'étirant vers le ciel et une multitude de lucarnes. L'Américain responsable de sa conception avait créé un bâtiment solide en briques, granit et pierres qui se trouvait coiffé d'une couverture de cuivre*. Les passagers, pour la plupart habitués d'y passer, se pressaient vers la sortie alors que Laurent et son frère marchaient la tête en l'air pour admirer les sept fenêtres de près de quarante pieds de hauteur. À leur sortie sous la marquise de la façade principale, les hommes observèrent une large avenue bordée d'arbres qui s'étirait au loin. Ils se dirigèrent lentement, malgré la température glaciale, vers la station de tramways.

— Notre pension est près d'ici ? demanda Laurent en frissonnant.

— Je ne sais pas. Je vais vérifier, attends-moi une minute !

Édouard laissa sa petite valise de vêtements aux pieds de l'autre avant de se diriger vers un kiosque d'informations à l'intérieur de la gare. Il revint le sourire aux lèvres quelques instants plus tard. Il empoigna son bagage avant de dire :

— Sais-tu quoi, mon frère, on va marcher !

— Euh…

— Bien, le préposé m'a dit que l'hôtel Le Priori est à environ un demi-mille d'ici. On va pas payer un billet de tramway pour ça ! Allez !

Lorsqu'ils mirent enfin les pieds dans leur petite chambre sous les toits, les hommes s'effondrèrent sur leur lit en respirant de soulagement.

— Enfin !

— Oui, une méchante longue journée !

— Puis il faut qu'on recommence après-demain, marmonna Laurent en fixant la fenêtre à carreaux près de lui.

Il était déjà allé deux fois à la toilette, trop content à l'idée de ne pas avoir à sortir à l'extérieur pour faire ses besoins. S'il enviait quelque chose à ses voisins mieux nantis du village, c'était assurément de pouvoir se payer le luxe d'une salle de bain intérieure. Les frères firent un nettoyage rapide avant de mettre le cap sur un bistrot qu'ils avaient vu au coin de la rue. Ils commenceraient leurs recherches le lendemain. D'ici la fin de leur séjour, Laurent et Édouard espéraient bien obtenir des réponses à leurs questions. Le cadet n'en avait qu'une: pourquoi son père était-il parti sans jamais lui donner la chance de le connaître?

Pendant ce temps, au village de Sainte-Cécile, la nouvelle avait fait le tour de tous les habitants. Florie Gélinas travaillait maintenant à la caisse du magasin général. Les uns ricanaient, les autres souriaient. Mais une chose était certaine, tous attendaient avec anticipation leur prochaine visite au commerce Marquis en espérant être servis par la nouvelle caissière. La grosse femme saurait-elle occuper un tel emploi alors qu'elle n'avait qu'une deuxième année d'études?

CHAPITRE 13

Florie passe à la caisse !

À leur réveil à l'aube, comme d'habitude, les frères se donnèrent le droit de paresser quelques instants dans leur lit. Ne pas avoir de vaches à traire pour Laurent ou de canisses à ramasser pour Édouard arrivait si rarement qu'ils appréciaient toujours le moment. Au bout d'une quinzaine de minutes, l'aîné s'activa lentement.

— Bon, mon frère, on serait mieux de se mettre en branle, tout d'un coup que cela s'avère plus difficile qu'on l'espère !

— Oui, tu as raison. Laisse-moi aller à la toilette et je suis prêt.

Édouard lui sourit avec affection, lui qui avait accès à la salle de bain intérieure de Jeremiah et Béatrice lorsqu'il était à la beurrerie. Bien qu'il tentât de s'y rendre le moins souvent possible depuis que la femme de son ami les avait reçus à souper. Il ne souhaitait guère envenimer les choses entre elle et son mari par sa présence, peu souhaitée de toute évidence. Quand les frères furent repus, ils mirent la carte de la ville qu'ils avaient achetée sur la table devant eux pour situer les deux adresses possibles que Paul Gélinas leur avait remises au printemps.

— Mais je n'ai aucune idée si ce cousin y demeure encore, avait-il averti en tendant le morceau de papier du bout des doigts.

Alors les hommes se dirigèrent lentement à pied vers la rue

du Parloir, éblouis par l'agitation autour d'eux. Ils croisèrent de jeunes enfants qui couraient sur le trottoir. Près de leur hôtel, un énorme camion de livraison tentait de tourner alors qu'une charrette tirée par deux chevaux l'en empêchait. Les conducteurs s'obstinaient à savoir lequel devrait reculer. Laurent s'arrêta, fasciné par le combat singulier qui se déroulait sous ses yeux. Au bout d'une minute, la charrette fit demi-tour en grimpant au préalable sur le trottoir devant eux. Personne d'autre que les frères ne semblaient se formaliser de la situation comme ils le constatèrent en regardant autour.

— Moi, je virerais fou ici ! dit Laurent. C'est mieux qu'à Montréal, mais je m'ennuierais du calme pareil !

— Même chose pour moi, mon frère !

— Il y a juste Adèle qui aime ça, la grande ville.

Ils sourirent en imaginant le contentement de leur sœur devant la pagaille qui régnait ici. Une Ford noire rutilante les dépassa à toute vitesse et ils secouèrent la tête avec désapprobation. Non, pas pour eux, la cohue ! Après une marche d'une quinzaine de minutes entrecoupée d'arrêts pour admirer des façades ou des voitures, Édouard mit la main sur l'épaule de son cadet. Le barbu se retourna en souriant, mais perdit de sa superbe en voyant l'air sérieux de l'autre.

— C'est… c'est ici ? demanda-t-il en pointant une large porte double rouge vif.

— Oui.

Les frères restèrent devant la maison sans oser tourner la sonnette. C'est que l'édifice devant lequel ils se trouvaient était impressionnant de hauteur et de richesse. Tout comme à Montréal, le plus jeune doutait de la probabilité d'y trouver leur père et Édouard hésitait à l'entraîner dans une autre déception.

— Je me demande…

— Bien allez, on sonne, Édouard !

— Tu crois vraiment qu'il pourrait se trouver ici ?

— Bien en tout cas, si on s'informe pas, on le saura jamais !

Laurent passa devant son frère pour actionner la sonnette. La façade était découpée de huit fenêtres à battants, entourées de volets de la même couleur que la porte. Ils patientèrent à peine quelques secondes avant qu'on ouvre et qu'une petite bonne femme d'environ huit ans demande d'une voix claire :

— Vous êtes qui ?

Édouard sourit avant de se pencher à la hauteur de la fillette. Les mêmes yeux pétillants que ceux de sa Marie-Camille.

— Je m'appelle Édouard. Voici mon frère Laurent. Tes parents sont là ?

L'enfant hésita avant de se tourner et de crier :

— Maman, c'est des monsieurs que je connais pas.

Les frères sourirent avec indulgence, anticipant la venue de celle qui pourrait peut-être leur en dire plus sur leur père. Ou pas ! En peu de mots, la dame blonde d'une trentaine d'années qui arriva leur fit perdre le peu d'espoir qu'ils avaient.

— Monsieur Gélinas ? Ça ne me dit rien. Nous avons acheté cette maison il y a une dizaine d'années à un dénommé Laliberté.

— Ah bon !

— Je suis désolée.

Laurent resta les bras ballants derrière son frère, le visage défait par la douleur de ne pouvoir jamais mettre la main sur cette partie de son passé qui expliquerait peut-être la tare dont il était affecté. Il se détournait déjà lorsque la femme dit :

— Mais attendez un moment. J'ai l'adresse de l'homme qui

nous a vendu la maison, peut-être que lui connaît ce monsieur Gélinas ?

— Oui, s'il vous plaît, ce serait extrêmement gentil, sourit Édouard avec un regain d'espoir.

Même si lui avait envie d'avoir des réponses, il constatait que son jeune frère le désirait encore plus. Laurent qui n'avait jamais vécu avec ce père, qui avait parfois l'impression que sa naissance avait contribué à son départ, à cette absence… Alors si Édouard voulait retrouver Antoine Gélinas, c'était en grande partie pour redonner à Laurent un peu de cette sérénité qui lui faisait défaut depuis quelques années sans vraiment d'explications. Quand la porte se referma derrière eux, il tenait une nouvelle piste et c'est en souriant avec plus de confiance qu'il n'en avait vraiment qu'Édouard dit :

— Bon, allons-y, mon frère.

— Pourquoi ? On va encore se faire dire qu'ils n'ont jamais entendu parler d'Antoine Gélinas. À croire que notre père est disparu de la surface de la Terre en même temps que de nos vies !

Édouard mit ses mains sur les épaules courbées de Laurent en approchant son visage du sien. Malgré la fraîcheur du temps, il se devait de prendre un moment pour tenter de rassurer le grand barbu au cœur d'enfant.

— Le jour où Antoine Gélinas nous a quittés, il a changé notre destinée à tous les quatre. Tu as cru toute ta vie, mon frère, que ta venue au monde avait signé la fin de ce mariage qui n'en était plus un depuis longtemps. Ça faisait des années que notre père se morfondait en essayant de jouer au pourvoyeur. Mais c'était lui-même un enfant qui ne savait pas comment prendre soin de lui, encore moins d'une famille de cinq personnes. Alors je te demande de cesser de croire que tu es responsable de son abandon, parce que même présent, il n'avait de père que le titre.

Laurent laissa couler les larmes qu'il retenait depuis quelques instants. Elles ruisselaient en un flot régulier sur ses joues rougies pour mourir dans cette barbe blonde qui devait lui permettre d'avoir enfin l'air d'un homme.

— Mais je voudrais tellement savoir...

— Savoir quoi, mon frère ?

Le cadet releva sa tête et lança un regard honteux vers ce frère qu'il avait toujours vénéré. Il osa chuchoter :

— Pourquoi je suis pas normal !

Édouard arrêta son mouvement pour le consoler et plissa son visage en faisant un signe d'incompréhension.

— De quoi parles-tu, Laurent ?

— Arrête, je sais qu'Adèle t'a tout dit.

Édouard secoua sa tête brune couronnée d'une casquette de feutre qui ne le tenait pas vraiment au chaud, mais qui faisait plus sérieux qu'une tuque enfoncée jusqu'aux yeux ! Il tira sur le manteau de Laurent :

— Viens, on va aller au coin là-bas, j'ai vu un petit restaurant. J'ai quelques sous pour nous réchauffer avec une bonne soupe ou une tasse de thé.

Sans dire un mot, l'autre le suivit, la mort dans l'âme. Il regrettait d'avoir parlé et savait que son frère ne le laisserait pas tranquille tant qu'il ne lui aurait pas confié son secret. Et en effet, à peine assis près du bon feu qui brûlait dans l'âtre du restaurant désert en ce mercredi matin, Édouard insista :

— Bon, dis-moi ce qui te fait croire que tu es anormal, mon frère ? Moi je te connais assez pour savoir qu'il y a pas un homme plus correct que toi.

Laurent fixait les flammes, ses yeux bleus se remplissant à

nouveau. Comment avouer à Édouard qu'il était homosexuel ? Comment supporter le dégoût qui ne manquerait pas d'envahir son visage à cette annonce ? Tournant lentement sa tête bouclée vers son frère, il murmura, le regard fixé sur la table de bois :

— Il y a rien de normal dans le fait d'aimer un autre homme.

— Hein ?

— Je te dis que je suis homosexuel, Édouard, tu comprends ce mot ? Ton petit frère amoral a déjà… déjà fait des gestes avec un inconnu et j'ai compris à ce moment pourquoi je n'avais jamais regardé les femmes comme toi ou les autres hommes du village.

Assommé par la nouvelle, Édouard plongea son visage dans ses mains quelques secondes pour reprendre ses esprits. Évidemment ! Comment n'avait-il pas compris en voyant la relation de Léo et Laurent ? La peine ressentie par son frère lors du départ de son engagé ! Tout s'expliquait enfin. Mais il sentit une colère poindre au fond de lui.

— Voyons donc, veux-tu bien me dire pourquoi tu veux aimer des hommes ? demanda-t-il à voix basse avec irritation.

— Parce que tu penses que je choisis, peut-être ? répondit amèrement son cadet.

En voyant l'air fermé sur le visage d'Édouard, le plus jeune regretta son aveu soudain.

— Laisse faire. J'ai rien dit. Mange.

L'aîné le regarda à peine avant de dire :

— Laurent, je suis choqué. Évidemment, je comprends pas. Comment veux-tu que j'y arrive ? Tu m'assommes avec une telle nouvelle puis tu voudrais que…

— Je ne veux rien, que je te dis.

Les bols de soupe refroidissaient sur la table devant eux. Aucun des deux n'avait faim en ce moment. Longuement, le silence plomba le duo, puis Laurent n'y tint plus.

— Dis quelque chose, Édouard, dit-il en pleurant. Si tu penses que c'est facile, que c'est ce que je veux ! Depuis que j'ai compris ce que je suis, je rêve de mourir, de disparaître comme notre père. Si un jour Florie apprenait la vérité…

Il déposa sa tête entre ses bras croisés et sanglota de désespoir. Édouard prit conscience à ce moment du drame que cette réalité faisait vivre à son cadet. Il se leva sans dire un mot et alla prendre place sur le banc près de son frère. Il l'entoura de son bras, colla sa tête contre la sienne et lui souffla :

— Je comprends pas, Laurent, ça, c'est certain. Mais je t'aime quand même, petit frère. Tu devrais peut-être penser en parler au docteur Trudel, il y a sûrement quelque chose qui peut être fait. On en reparlera une autre fois, pour l'instant, je ne peux pas.

À travers ses larmes, Laurent murmura :

— Je pense pas que c'est une maladie qui se guérit, Édouard.

— Mange un peu ; après, on a du chemin à faire.

Les deux hommes restèrent silencieux pour le reste de leur repas. Incapable de discuter légèrement après une telle confession, Édouard gardait les yeux fixés sur son assiette. Laurent, quant à lui, déplorait profondément sa confidence en se maudissant de ne pas avoir pu retenir ses paroles. Enfin, au bout d'une trentaine de minutes, ils prirent de nouveau la route en prenant soin de bien enrouler leur foulard autour de leur cou. Le soleil avait enfin fait son apparition et l'air était doux, ce qui allégea leur parcours. Édouard leva son papier devant ses yeux et dit, la voix un peu plus rauque que d'habitude :

— Essayons de nous concentrer sur notre recherche, mon frère. Pour ce qui est de ton... ta...

— Mon handicap, ma maladie ? ricana amèrement Laurent.

— Ton secret. Laisse-moi le temps.

— N'en parlons plus, Édouard, je t'en prie.

Le plus jeune voulut prendre le papier des mains de son frère, mais celui-ci l'en empêcha:

— On s'en va au 34, rue de la Porte. C'est pas loin d'ici, je pense. Allez, viens, Laurent!

Décidant tous les deux de concentrer leurs énergies sur la raison de leur visite à Québec, les frères se présentèrent devant ce qui ressemblait à une maison de chambre.

— Ça fait pas mal dur! ronchonna Laurent en voyant la dizaine de marches usées, la vieille porte de bois défraîchie.

— Mais ça fait peut-être plus d'allure, mon frère, par exemple!

— Ouais... vu de même, c'est certain que j'ai toujours imaginé notre père vivre dans un endroit comme ici et non pas dans un château comme tantôt!

Ils grimpèrent lentement l'escalier en admirant le parc et le fleuve Saint-Laurent au loin. Édouard mit le doigt sur un écriteau décoloré.

— Sonnez et entrez. Bien alors, sonnons et entrons, répéta-t-il dans un souffle.

À l'intérieur, une dame âgée maigrichonne les accueillit avec un semblant de sourire.

— On n'a plus de chambres, si c'est ce que vous cherchez!

— Non, on se demandait si on pouvait parler à monsieur Laliberté ? demanda Édouard.

— Vous êtes comiques, vous! ricana la femme.

— Euh ?...

— Monsieur Laliberté fait juste acheter des maisons, il vit pas ici dans une petite chambre de pension !

Déçu, Laurent tourna son corps costaud en décidant de mettre une croix définitive sur ces recherches qui l'épuisaient mentalement. Il avait déjà la main sur la poignée de porte quand son frère posa une autre question à la dame :

— À tout hasard, madame, est-ce que vous connaîtriez un dénommé Antoine Gélinas ?

Tout d'un coup, le visage de la femme devint sérieux et elle referma sa veste élimée sur son corps maigre. Elle mesurait à peine cinq pieds, ce qui fit que les hommes durent pencher la tête vers elle lorsqu'elle sortit de derrière son comptoir pour s'approcher.

— Qui le demande ?

Le ton suspicieux surprit les hommes, qui sentaient un sentiment de fébrilité les envahir.

— C'est un membre de notre parenté. Une dame sur la rue du Parloir nous a donné cette adresse disant que monsieur Laliberté pourrait nous aider à retrouver Antoine Gélinas.

— Bien c'est de valeur, messieurs, mais vous arrivez un an trop tard !

Ragaillardi à l'écoute de sa réponse, Laurent revint se placer aux côtés de son frère.

— Il habitait ici ?

— Bien oui ! Depuis dix ans. Si j'ai bien compris, il travaillait pour monsieur Laliberté et quand il a vendu sa maison, bien mon patron lui a offert une chambre ici en échange de la conciergerie.

Excités par la nouvelle, les frères regardaient avec plus d'intérêt le lieu où Antoine Gélinas avait passé toutes ces années.

— Alors, ma bonne dame, lorsque vous dites qu'il est parti,

vous devez bien avoir une autre adresse pour le joindre ?

— Une adresse ?

Elle éclata d'un rire désabusé :

— Je vous donnerai pas une adresse, je vais vous donner un nom. L'Hôtel-Dieu ! Voilà où vous pourrez trouver monsieur Antoine Gélinas. Sur ce, messieurs, si c'est tout, je dois aller m'occuper du repas de mes pensionnaires.

Sans trop comprendre, les frères s'éloignèrent vers la sortie en retenant le nom que la femme venait de leur donner.

— C'est quoi, ça, l'Hôtel-Dieu ? demanda Laurent. Notre père est rendu dans un grand hôtel ?

— Je pense que c'est un...

Hésitant à énoncer la vérité à ce frère fragile, Édouard grimaça avant de dire :

— Un hôpital.

— Un hôpital ? Bien voyons donc, c'est bien niaiseux ce que tu dis là. La madame a dit Hôtel-Dieu, pas Hôpital-Dieu, Édouard !

L'aîné avait vaguement entendu parler de ce lieu, premier établissement du genre en Amérique du Nord*. Mais avant d'énerver Laurent, il se dit qu'il serait mieux de vérifier auprès de la tenancière de la pension. Il retourna sur ses pas et entra de nouveau dans la petite salle d'accueil. En entendant la clochette, la femme sortit de la cuisine et retint un soupir d'exaspération en voyant les deux mêmes hommes.

— Quoi encore ?

— Euh, juste une question pour vous, madame. L'Hôtel-Dieu, c'est bien l'hôpital, n'est-ce pas ?

— Oui, l'hôpital sur la côte du Palais.

Édouard allait repartir, mais son frère derrière lui posa la question qui le taraudait.

— Qu'est-ce qu'il fait là, Antoine Gélinas ? Il y travaille ?

Rigolant sans tenter de cacher son sourire édenté, la femme attendit de reprendre son sérieux avant de répondre.

— Travailler ? Mes pauvres amis, Antoine Gélinas a perdu la boule ! Il est fou, le vieux bonhomme, voilà ce qu'il fait à l'Hôtel-Dieu.

Assommés par la nouvelle, les frères allèrent s'asseoir sur un banc dans le parc et ne ressentirent même pas les légers flocons de neige qui s'étaient mis à tomber sur leur visage.

— Fou, chuchota Laurent avec désespoir. Notre père est fou.

Pendant que les frères trottaient la mine basse en direction de l'hôpital de la rue du Palais, Florie, elle, entreprenait une autre journée à la caisse du marché général Marquis. Son amie lui avait proposé de s'asseoir sur un tabouret lorsqu'elle était fatiguée, ce à quoi la femme avait répondu :

— Pas question ! Je suis pas pour accueillir nos clients assise, voyons donc !

Louisette avait donc commencé à enseigner les rudiments du travail à une Florie qui notait dans un petit cahier noir tous les détails pouvant servir à faciliter son apprentissage. Elle suivait Louisette pas à pas, tremblant parfois d'effroi à la pensée de se tromper dans le prix d'une denrée. Depuis qu'elle avait pris sa décision, elle avait eu des nuits entrecoupées de cauchemars dans lesquels elle échappait des aliments, déchirait des sacs, perdait de l'argent, enfin bref, rien pour la rassurer.

— Donc, la farine, je la pèse, puis après, je charge les clients. Les patates, je les pèse aussi ?

Comme la ferme était autosuffisante pour les légumes et la viande, la nouvelle marchande était indécise.

— Non, mon amie, les patates tu les comptes si les gens en veulent pas trop. Mais d'habitude, t'en fais pas, on vend une poche au complet !

Toute la matinée du 31 octobre, les deux amies papotèrent donc, tout en recevant les clients qui faisaient mine d'ignorer la raison de la présence de Florie à la caisse.

— Monsieur Marquis est absent ?

— Vous donnez un coup de main, mademoiselle Gélinas ?

Tout allait très bien pour Florie jusqu'à ce que Béatrice Holland, l'épouse de Jeremiah, n'ouvre la porte en ahanant devant l'effort. Elle dut d'ailleurs s'appuyer contre le mur avant de se dandiner vers le devant du marché. Hésitante en voyant le sourire figé de Florie, elle plongea ses yeux sur son lourd ventre protubérant. Son enfant devait naître d'ici quelques semaines et la future mère n'en pouvait plus. Par contre, face à la responsable de la chorale qu'elle soupçonnait d'entretenir un sentiment ambigu envers son époux, la femme plaqua un large sourire qu'elle voulut serein.

— Tiens, bonjour à vous deux.

— Bonjour, Béatrice, répondit une Louisette rayonnante, dites donc, vous êtes sur le bord d'exploser, vous là ! Êtes-vous certaine qu'il y en a juste un petit Anglais là-dedans ?

Sans plus de cérémonie, elle s'approcha de l'ancienne maîtresse d'école au rictus figé pour lui toucher le ventre. Mal à l'aise, Florie ne savait où regarder et elle s'empressa de compter les bonbons à la cent pour faire des sacs plus faciles à vendre. Des cerises en gélatine rouges, des bonbons durs multicolores, des chocolats achetés en gros à la biscuiterie Viau de Montréal*. En plus, depuis la réouverture du magasin, les

Marquis avaient maintenant un comptoir à biscuits un peu moins garni en ce temps de guerre, mais où les Cécilois les plus nantis pouvaient se gâter. Whippets, biscuits Village et biscuits au chocolat se trouvaient dans de grandes boîtes de fer-blanc à la vue de tous les villageois.

— Vous travaillez ici maintenant, Florie ?

La nouvelle épicière releva un visage empourpré et tenta de cacher son émotion devant l'épouse de l'homme qui avait charmé son cœur. Même si elle la voyait chaque semaine à la messe du dimanche, il était facile alors d'éviter les contacts directs avec le couple. Comme la femme n'était pas revenue aux répétitions de l'automne, c'était la première fois que les deux se trouvaient aussi près l'une de l'autre depuis longtemps. Alors Florie sortit son jeu d'actrice et hocha la tête :

— J'ai décidé de donner un coup de main à mes amis. J'ai beau avoir une ferme à gérer, il me reste toujours du temps pour aider ! Ça fait que je suis là !

— Ah. Ah bon.

Béatrice tourna la tête vers la droite et annonça en se dirigeant vers la boucherie :

— Je vais me chercher un peu de foie de veau. Avec le bébé, je me sens toujours faible.

Elle partit alors que le regard foncé de Florie la suivait jusqu'au comptoir des viandes où se tenait Georges-Arthur, appuyé sur son étal. Il avait le visage renfrogné comme d'habitude et portait son éternelle casquette brune sur ses cheveux carotte, malgré la demande répétée de son père d'accueillir les clients sans couvre-chef.

— Ils viennent acheter de la viande, pas voir mon habillement, répliquait toujours le fils.

Devant la femme enceinte, il étira sa courte silhouette,

serra la ceinture de son tablier blanc et replaça ses bretelles noires. Il retint un long soupir de lassitude devant la demande :

— Je voudrais une livre de ton plus beau foie. Puis si tu avais du bacon fumé, j'en prendrais deux livres.

Alors que son fils servait la femme du ferblantier, Louisette murmura à l'oreille de son amie :

— Elle, je te dis que depuis qu'elle est enceinte, on dirait que c'est une poupée de cire ! Comme si attendre un bébé était une maladie !

Florie ne fit que sourire alors qu'elle pensait exactement la même chose, mais en plus, elle rageait de savoir que cette femme ne réalisait pas la chance qu'elle avait de vivre avec un homme bon, généreux comme Jeremiah. Désireuse d'être parfaite en sa présence, elle voulut nettoyer l'étagère de bois derrière la caisse et ce faisant, accrocha les deux pots de mélasse qui se fracassèrent sur le sol dans un bruit d'enfer. Avec horreur, la nouvelle caissière fixa le liquide visqueux qui s'écoulait doucement sur le plancher.

— Ah mon doux ! s'écria Louisette en se dépêchant d'aller chercher sa vadrouille dans l'arrière-boutique.

Florie était blanche comme un drap, les deux mains sur la bouche. Lorsque Béatrice s'approcha pour voir le dégât, c'est la rousse qui dit :

— Un petit accident, madame Holland, rien à voir, ma chère !

Au bout de quelques minutes, Florie sortit de sa fixation et arracha la moppe des mains de son amie :

— Maudite niaiseuse !

— Pardon ?

— Je suis juste une maudite niaiseuse ! Je vais ramasser puis après je vais m'en retourner chez nous !

— Bien voyons donc, pourquoi tu ferais ça ?

Florie avait les yeux pleins d'eau lorsqu'elle les leva vers son amie. La lèvre tremblante, elle pointa le plancher, les pots cassés, le liquide noir sirupeux.

— Parce que tu n'as pas besoin d'une innocente pour faire des dégâts dans ton commerce, Louisette.

L'autre éclata de rire.

— En effet, mais au cas où tu aurais oublié le début de notre amitié, il y a cinq ans, j'avais les deux fesses dans la farine, si je me souviens bien !

Ce souvenir fit timidement sourire Florie qui termina de nettoyer les dommages. Elle hésita avant de demander :

— Tu es certaine que tu veux que je reste ?

— Certaine, ma chère ! C'est juste une maladresse de débutante, rien de bien énervant !

Elle se tourna alors vers la femme de Jeremiah qui attendait impatiemment près de la caisse.

— Alors, ma bonne dame, qu'est-ce qu'on vous sert d'autre ?

— Je vais prendre trois livres de farine et une poche de patates.

— Un cinq ou un dix livres ? demanda Florie d'un ton encore un peu tremblant.

Elle attendit la réponse et le ton de la femme lui tomba sur les nerfs.

— Ça dépend ! Madame Marquis, pensez-vous que votre fils pourrait me livrer ça chez nous ? Parce que sinon, je vais laisser faire les patates.

La nouvelle employée retint un commentaire acerbe du genre : « Votre bébé va peser pas mal plus que cinq livres à mon avis ! Vas-tu falloir vous le livrer lui aussi ? » Mais à la place, elle continua de nettoyer le comptoir derrière la caisse en regardant le sol pour s'assurer que la mélasse n'avait pas laissé de trace.

— Georges ? cria Louisette, tu prendras deux minutes pour aller porter les marchandises de madame Holland.

Ragaillardi à la pensée de pouvoir enfin fumer une cigarette, le jeune homme sortit avec le paquet de viande entre les mains. Il s'avança près du trio.

— Je vous donne donc un cinq ou un dix livres de patates ?

— Dix livres.

— Tiens, vas-y donc, ma Florie ! Je te laisse compter ça !

— Moi ?

— Allez, allez, il faut bien que tu utilises la caisse parce que bientôt tu vas te retrouver toute seule ici, ma chère !

Louisette lui fit un sourire d'encouragement alors que la cliente faisait une mine indiquant qu'elle aurait préféré que la nouvelle employée commence son apprentissage avec quelqu'un d'autre. Le cœur battant, les mains moites, Florie commença à poinçonner consciencieusement les chiffres sur la nouvelle caisse enregistreuse des Marquis. La langue sortie, elle termina et annonça :

— Ça fait trois dollars trente-cinq, Béatrice.

— Vous êtes bien certaine, là ?

Doutant d'elle-même devant le ton soupçonneux de la femme, Florie recalcula lentement puis hocha vigoureusement sa tête au chignon bien serré.

— Oui, trois dollars trente-cinq.

— Si vous le dites.

La cliente sortit l'argent de son petit porte-monnaie en cuir et attendit impatiemment que l'autre lui rende sa monnaie qu'elle s'empressa de compter comme si sa vie en dépendait.

Insultée, Florie voulut l'apostropher, mais le regard sévère de Louisette l'en empêcha.

— Bon, à bientôt, mesdames. Georges-Arthur, on peut y aller.

Sans plus d'égard, Béatrice Holland s'en alla et les amies se retrouvèrent seules dans le magasin.

— Coudonc, elle pensait que je voulais la voler, elle, là ! éclata Florie, les yeux lançant des éclairs.

— Ma pauvre amie, tu vas te rendre compte que le commerce de détail, c'est loin d'être une partie de plaisir tous les jours ! Il y a ceux qui t'obstinent sur le change que tu leur remets, il y en a d'autres qui trouvent que tes aliments sont pas assez frais, même quand les œufs ont été pondus le matin même. Il y a des clients qui essaient de négocier tous les prix… tu vas en voir de toutes les couleurs !

Frustrée, la pauvre Florie s'assit sur le tabouret en se demandant dans quelle galère elle venait de s'embarquer.

— Je m'excuse encore pour la mélasse, Louisette. Tu me l'enlèveras sur ma première paye.

— Pas question, mon amie ! C'est un accident.

— Pareil ! Tu n'as pas à payer pour mes gaucheries.

Il avait été entendu que Florie recevrait un salaire de deux dollars par jour de travail. D'abord hésitante à prendre l'argent de Louisette et Gérald, elle s'était laissée convaincre par Adèle.

— Tu n'as pas à faire du bénévolat au magasin, ma sœur. Tu vas travailler fort, alors tu as le droit de recevoir un salaire.

— Tu penses ? J'ai pas d'études, quand même.

— Puis, ça ? Tu vas donner un très bon service et ça compte, ça ! On peut pas dire que le jeune Georges-Arthur a le sourire collé dans la face et il est payé, j'en suis sûr !

Florie avait donc accepté avec reconnaissance le petit salaire que lui proposaient les deux commerçants en rêvant aux achats qu'elle pourrait faire avec toute cette fortune !

Cet après-midi-là, lorsque Ludovic revint des champs, il trouva Florie endormie sur la chaise berçante près du poêle. Il tenta de quitter la pièce sans faire de bruit, mais peine perdue, le craquement du plancher près de la porte de la cuisine réveilla Florie.

— Tiens, tu es arrivé, toi ! Il est quelle heure ?

— Quatre heures. Je m'excuse, je voulais pas vous réveiller.

— Qu'est-ce que tu dis là, toi, je dormais pas, je réfléchissais, dit la femme sans même rougir un peu, habituée à répéter ce mensonge plusieurs fois par année.

Elle refusait d'avouer qu'elle aimait bien piquer un petit somme en fin de journée. Surtout qu'à maintes reprises, elle avait réprimandé l'un de ses frères lorsqu'ils avaient le malheur de dormir dans le jour. Elle se leva péniblement de la chaise en se tenant le bas des reins. Adèle était partie chez Édouard pour garder Marie-Camille. Elles ne devaient revenir que le lendemain matin avant l'école. En temps normal, la fillette serait restée à la ferme avec ses tantes, mais la jeune Marguerite, qui prenait soin des pondeuses, était partie à Saint-Jérôme pour la nuit chez sa marraine. Alors Adèle et sa filleule s'étaient amusées à prendre soin des animaux pendant que Florie jouait à la commerçante.

— Viens prendre une tasse de thé, on va pouvoir jaser. C'est rare qu'on se retrouve les deux tout seuls !

Maintenant qu'elle travaillait au magasin de ses parents,

Florie croyait avoir enfin un sujet de discussion qui les intéresserait tous les deux. Se tournant vers le poêle pour y déposer sa bouilloire de fonte, elle ne vit pas la grimace de déplaisir sur le visage cicatrisé. Mais pas le choix sans en faire une histoire d'État, alors Ludovic enleva son manteau et sa tuque grise tout en conservant le foulard qu'il avait toujours autour du cou dès que la température le permettait. Ainsi, il pouvait cacher une partie de ses blessures, même si les cicatrices de son visage demeuraient visibles pour tous.

— En tout cas, mon Ludovic, je te dis que la *job* de tes parents est pas mal moins facile que ça a l'air! ronchonna Florie en tendant une assiette de biscuits cassés que son amie lui avait donnés. « Personne achète ça, des morceaux de même, allez, prends-les donc, nous autres on en a tous les jours! » avait insisté Louisette avant son départ.

— Hum...

— Les clients sont pas mal malcommodes, je trouve. Heureusement qu'il y en a des corrects comme nous autres par exemple, parce que je pense que je fermerais boutique si c'était mon magasin!

Ludovic lança un regard amusé à la femme qui avait oublié les années précédant son amitié avec sa mère, quand elle chialait sur tout et rien en magasin. Exactement comme les clients qu'elle dépeignait maintenant. Mais il se tut, trop habitué à garder ses pensées pour lui depuis l'incendie. Il n'avait pas envie de s'obstiner avec personne.

— Ça te tente-tu d'écouter les nouvelles? Parce que sinon, j'ouvre pas la radio.

— Oui, oui, pas de problème, répondit un Ludovic soulagé devant l'exutoire que lui offrait la femme.

Florie trottina vers le buffet et tourna le bouton en

haussant le son pour être certaine de ne pas avoir à se déplacer une nouvelle fois si c'était trop bas. Les nouvelles de la guerre prenaient évidemment le plus de place dans le bulletin et Ludovic Marquis se redressa vivement sur sa chaise.

« *Sous une fine bruine, les bombardements se sont poursuivis au-dessus de l'Angleterre une partie de la nuit dernière. Près de 300 avions allemands y ont été envoyés et les pompiers s'affairent à éteindre les feux allumés à la suite des bombardements. On décompte jusqu'à présent près de 2 700 civils britanniques tués et environ 30 000 blessés par les attaques sur l'Angleterre*.* »

— Veux-tu bien me dire quand est-ce qu'ils vont arrêter de s'entretuer de même ! C'est de la folie pure.

Florie secouait sa tête avec effarement. Si elle s'attendait à une réaction de son vis-à-vis, elle en fut quitte pour sa peine, puisque le jeune roux se mit debout dès la fin du bulletin de nouvelles pour retourner chez lui. Malgré son inconfort en présence de leur engagé, la noire tenta de le garder avec elle un peu plus longtemps. Elle n'aimait guère manger sans compagnie.

— Si tu veux, tu peux souper avec moi ! Je suis toute seule puis...

— Je peux pas, mes parents m'attendent. Je vais revenir demain matin pour la traite.

— J'espère bien, marmonna la grosse femme lorsque la porte se referma sur Ludovic. Je te dis que le savoir-vivre l'étouffe pas, celui-là ! Je sais bien pas comment ça se fait qu'il est bête de même avec des parents aussi gentils !

Déçue de rester en solitaire dans la grande maison désertée, la femme se reprit rapidement en entendant les chants à la radio. Elle mit le son au maximum et pour une fois, se mit à chanter à tue-tête dans la maison sans craindre de faire rire d'elle !

Le lendemain matin, Florie se remit en marche pour le village sous une petite pluie fine automnale, si bien qu'elle grelottait en mettant les pieds dans le magasin.

— Ma pauvre amie, l'accueillit Louisette en s'élançant au-devant d'elle, tu aurais dû m'appeler, Georges-Arthur serait allé te chercher !

— Non, non. C'est juste cette mautadine de pluie. Elle rentre partout dans notre linge !

— En tout cas, à la fin de ta journée, mon fils va aller te reconduire sans faute, n'est-ce pas Georges-Arthur ?

Le rouquin ne daigna que hocher sa tête avec un air maussade. Il regardait par les grandes fenêtres du magasin et rêvait de retourner dans son lit. Gâté par la vie, il ne se rendait pas compte à quel point il était choyé par rapport aux autres garçons du village qui devaient se lever aux aurores pour prendre soin des bêtes. Lui, il dormait jusqu'à huit heures, se réveillait doucement, puis vers neuf heures, il descendait au magasin. Pour sa deuxième journée d'ouvrage, Florie se sentait déjà plus à l'aise. Elle était moins crispée et même si certaines personnes étaient surprises à sa vue derrière la caisse enregistreuse, la nouvelle de sa présence au marché Marquis commençait déjà à faire le tour des environs. Louisette souriait en l'entendant accueillir les clients :

— Puis-je vous être utile, madame Lalonde ?

— Soyez bien aise de me demander de l'aide, monsieur Marois.

Florie avait pratiqué devant son miroir afin de bien parler en présence de la clientèle du magasin. Vers midi, Alcide Constantin pénétra dans le commerce en faisant du tapage inutile comme d'habitude, pour indiquer sa présence.

— Tiens donc, dit-il en cognant ses bottes sur le sol, si c'est pas mademoiselle Gélinas.

Il insista sur le « mademoiselle » en détaillant le corps opulent de Florie qui le regardait d'un œil froid. Comme s'il réalisait tout à coup que la femme était célibataire et qu'il aimerait bien qu'elle réchauffe son lit, le gros fermier rota le plus discrètement qu'il put dans sa main avant de s'avancer avec un sourire à moitié édenté.

— Dites donc, ma chère, vous aimeriez pas ça que j'aille accrocher mon fanal chez vous ? Il me semble qu'on s'entendrait bien, nous deux !

— Vous… vous… quoi ?

Incapable de parler tellement la rage l'envahissait, Florie mit ses deux mains sur le comptoir de bois sans se préoccuper de la main apaisante de son amie dans son dos.

— JAMAIS, souffla-t-elle entre ses dents. Maintenant, dites-moi ce que vous voulez au lieu de dire des niaiseries de même.

Le fermier, dont la tête n'avait plus que quelques cheveux pâles épars, se pencha sans se soucier des oreilles indiscrètes et poursuivit d'un ton vulgaire :

— Vous êtes plus de la première jeunesse, mais je pourrais vous montrer comment on prend soin d'un homme, moi !

— Monsieur Constantin, franchement, ça va faire ! claqua la voix de Louisette qui se plaça devant son amie pour la protéger en dévisageant sévèrement l'homme.

Il leva deux mains en signe de reddition tout en ricanant tout bas.

— Si jamais vous changez d'idée, vous le direz à mon fils, il risque de devenir votre nouveau voisin !

Florie reprit sa place en tassant son amie. Elle secouait sa tête noire méchée de blanc en croisant les bras sur le devant de sa blouse fleurie.

— Je sais pas de quoi vous parlez, monsieur Constantin, mais il y a juste des niaiseries qui sortent de votre bouche aujourd'hui !

— Florie, franchement.

— Je m'excuse, Louisette, je pense que je vais te laisser ce client-là puis aller faire du ménage en arrière.

Alors qu'elle s'éloignait la mine basse, convaincue que son amie la mettrait à la porte dès que le gros fermier aurait quitté le commerce, elle s'arrêta sec en entendant ses paroles.

— Je constate que votre Noir vous l'a pas dit, mais mon Anasthase puis sa femme vont lui acheter sa maison. Vous allez avoir la chance d'avoir un Constantin comme voisin !

Lentement, en retenant un mouvement de colère, Florie se retourna et revint sur ses pas. Louisette avait la main sur la bouche, étant sans mot devant le combat singulier qui se jouait dans son magasin. Même Georges-Arthur, qui d'habitude bâillait de façon désintéressée aux ragots qui seraient, de toute manière, répétés au souper, s'était approché le regard allumé. Florie réfléchissait à cent milles à l'heure. Elle connaissait les commentaires désobligeants que portait continuellement la famille Constantin sur James et jamais, au grand jamais elle n'accepterait que l'un d'eux ne lui achète son bien.

— Ah bon ? C'est étrange, parce que moi j'ai entendu autre chose ! annonça-t-elle du ton le plus assuré qu'elle pouvait prendre.

Alcide Constantin détailla sans scrupule la lourde poitrine appétissante de Florie avant de se pencher au-dessus du comptoir pour approcher sa bouche du visage de la femme. Sa mauvaise haleine fit reculer Florie, mais ne lui fit pas perdre son assurance.

— Bien vous vous trompez sûrement, ils devraient signer sous peu à ce que mon fils m'a dit, mentit avec aplomb l'homme.

Alors Florie asséna le coup final en disant:

— Bien c'est trop tard, la maison est déjà vendue à mon frère!

CHAPITRE 14

Petit mensonge deviendra grand

— Tu lui as dit quoi ?

Adèle arrêta de frotter le poêle avec de l'huile et se tourna vers Florie. Cette dernière faisait tellement pitié qu'elle se dépêcha vers elle pour l'amener dans le salon. Les sœurs prirent place dans le divan qui commençait à montrer des signes marqués de vieillissement.

— Explique-moi donc ce qui s'est passé, Florie.

Et la pauvre femme de relater en détail sa perte de contrôle devant les commentaires et les suggestions méchantes d'Alcide Constantin. Elle se tordait les mains en se disant que son frère ne lui pardonnerait jamais ce mensonge et que James la bannirait de sa vie avant même son départ pour la grande ville de Montréal.

— Bon, bon, calme-toi, ma chère, ce n'est pas la fin du monde, tempéra Adèle en lui essuyant les joues pleines de larmes.

— Oui c'est la fin du monde ! Imagines-tu comment tout le village va rire de moi quand ils vont savoir que j'ai conté une menterie ?

Florie recommença à pleurer en lui disant que Louisette le dirait à tous les clients et que son frère arriverait ici et saurait que sa sœur avait prévenu les villageois qu'il avait fait un achat qui n'en était pas un.

— Écoute-moi, Florie, la première chose qu'on va faire, c'est passer voir James pour... pour l'avertir de ton...

— Ma menterie ! Oh que je me sens mal ! J'ai jamais eu aussi honte ! Même quand tout le monde parlait de toi, c'était moins pire !

Adèle leva les yeux au ciel en priant sa mère de lui donner la force de passer à travers cette nouvelle crise ! Florie se balançait d'en avant en arrière et se remémorait en plus la leçon de Louisette sur la façon de répondre aux clients les plus déplaisants. Étonnamment, son amie ne s'était pas fâchée devant les réponses sèches que son employée faisait au gros fermier. Il faut dire qu'au village, Alcide Constantin était de loin l'homme le moins apprécié. Ses fils ne l'étaient guère plus ! Depuis la mort de son épouse, il ne s'empêchait jamais de dire à quel point il avait enfin la paix après toutes ces années à s'occuper d'une femme plus bonne à rien. Ce qui déclenchait l'ire de tous les Cécilois. Adèle se releva et rattacha le devant de sa robe grise et verte qu'elle avait déboutonnée avant de commencer à ranger la cuisine.

— Je vais aller voir James pour tenter de discuter avec lui de notre... petit problème !

Florie plongea à nouveau sa tête dans ses mains et attendit dans le noir pendant que sa sœur sortait de la maison en vitesse. Il s'agirait de la première fois qu'elle mettrait les pieds chez leur voisin sans être accompagnée depuis sa guérison. Mais avec la reprise de sa relation avec Jérôme, la femme désirait plus que tout remercier James pour les moments amoureux qu'ils avaient passés ensemble. Par contre, elle ne croyait pas avoir à démêler une telle situation avant de passer aux remerciements !

— James, bonsoir !

— Adèle ! *What a surprise*[34] *! Something's wrong ?* Il y a un problème ? demanda l'homme en remontant ses bretelles sur sa chemise blanche.

— Non, pas vraiment. Je peux entrer ?

— C'est sage ? Les voisins…

Adèle tourna la tête vers le chemin désert à cette heure et haussa ses épaules.

— Peu importe les voisins.

James ouvrit la porte plus grande pour laisser entrer son amie. Ils se prirent les mains et plongèrent leurs regards l'un dans l'autre avec affection.

— Ça fait longtemps ! murmura James.

— Oui. Avant tout, mon ami, merci. Tu m'as ramenée à la vie. Je ne pourrai jamais te dire à quel point notre relation m'a permis de guérir une plaie vive.

Surpris, James voulut questionner, mais Adèle posa un doigt fin sur ses lèvres charnues.

— Laisse faire. Merci.

Elle déposa son manteau sur la table en observant le soin avec lequel le Noir avait décoré l'ancienne cuisine du père Claveau. Les rideaux vert foncé de la porte d'entrée, le tapis de table crocheté par sa mère, même les murs avaient changé de couleur, un blanc bleuté illuminant la pièce.

— Bon, alors je viens te voir parce que ma chère Florie s'est mis les pieds dans les plats !

— *What*[35] *?*

Adèle entreprit de relater la conversation que sa sœur avait eue avec le fermier Constantin au magasin Marquis et au fur

34 Quelle surprise !
35 Quoi ?

et à mesure qu'elle parlait, tout plein d'émotions envahissaient son vis-à-vis, qui se mit à marcher autour de la table, les mains dans les poches.

— Il a dit que je vendais ma maison à son fils ?

— Oui.

— *He's crazy*[36] *!* Avant que je fasse ça, il va falloir me passer sur le corps !

La hargne contenue dans le ton de son ami était si inhabituelle qu'Adèle se leva à son tour pour le calmer.

— Tu m'as jamais dit, mais ce sont eux qui…

— Non ! On parle pas de ça, Adèle, je t'en prie.

Adèle eut ainsi la réponse à sa question et détesta encore plus les Constantin. James sortit quelques minutes de la cuisine et revint avec un morceau de papier dans sa main. Il le tendit à Adèle.

— Voici ce qui reste de la demande d'achat d'Anasthase Constantin. Jamais, *you hear me*[37], jamais je permettrai à un tel homme de mettre la main sur ma maison. Alors s'il faut que je mente moi aussi, je le ferai sans gêne. Puis après tout, je trouve que l'idée de ta sœur est assez bonne, non ?

Adèle hésita, n'ayant pas réfléchi à cet aspect de la situation. Mais dans le fond, plus elle y pensait, plus la pensée de voir Édouard s'établir sur la terre à côté de la leur ne comportait que du positif.

— Oui… oui, peut-être ! La petite vient à l'école au village, la beurrerie est en bas de la côte, ils viennent à l'église ici… Sais-tu quoi, mon ami, je pense que tu devrais faire une

36 Il est fou !
37 Tu m'entends.

proposition à ton patron ! Ça ferait l'affaire de tout le monde, j'en suis certaine, s'il revenait s'installer à Sainte-Cécile !

À Québec, les deux frères se tenaient devant le gigantesque édifice gris au toit vert, grelottant malgré le soleil éclatant. Ils n'arrivaient pas ni l'un ni l'autre à se décider à rentrer. Depuis plusieurs minutes, ils faisaient des va-et-vient constants devant la porte principale. C'est une sœur hospitalière, qui, les voyant dans cet état depuis la fenêtre, s'emmitoufla dans une grosse veste par-dessus sa longue tenue religieuse avant de sortir les apostropher.

— Messieurs, je vous regarde depuis plusieurs minutes. Vous avez besoin d'aide ?

Les hommes la dévisagèrent avec stupeur, n'ayant pas réalisé qu'ils étaient arrivés depuis si longtemps. Édouard se secoua le premier en prenant le bras de son frère.

— Non, non, ma sœur. Nous étions…

— Nous nous demandions comment trouver un patient, continua Laurent sorti de sa léthargie et maintenant prêt à faire face à son père, même malade.

— Rien de plus simple ! Vous n'avez qu'à vous présenter à l'accueil et donner le nom de l'homme que vous cherchez. Les registres sont bien à jour, les sœurs responsables y voient quotidiennement, assura la religieuse. Alors, si je ne peux rien faire d'autre, je vais entrer pour ne plus geler. Vous devriez faire de même !

Elle les salua en baissant sa tête coiffée d'un long voile blanc et les devança à l'intérieur de l'hôpital. D'un pas décidé, le duo l'y suivit sans plus d'hésitation. Dès leur entrée, le brouhaha autour d'eux les étourdit et ils restèrent silencieux quelques secondes avant de se diriger vers le comptoir d'accueil.

— Bonjour, ma sœur, commença courageusement Laurent, nous aimerions visiter monsieur Antoine Gélinas.

— Vous connaissez le numéro de sa chambre ?

— Non. Est-il possible de le trouver ?

— Sûrement, répondit sèchement la vieille religieuse.

Après une dizaine de minutes à fouiller dans un énorme registre, elle claqua sa langue avec un bruit sec.

— Ce sera difficile, j'en ai bien peur.

Laurent plissa les yeux en s'avançant au-dessus du comptoir pour comprendre ce qui rendait leur demande si compliquée. Mais le regard sévère de la femme le fit rougir et il recula. Édouard insista à son tour :

— C'est important, ma sœur. Vous voyez, nous sommes ses… fils et nous le cherchons depuis des années.

Le visage ridé de la religieuse s'adoucit en entendant les paroles suppliantes du grand brun. Tour à tour, elle posa ses yeux, cachés derrière des lunettes à monture dorée, sur les frères avant de dire.

— Donnez-moi une minute, je vais voir ce que je peux faire.

Elle disparut dans un bruissement de tissus blanc et gris et les hommes allèrent s'asseoir sur un banc de bois tout près. Les deux avaient ôté leur casquette et la tordaient entre leurs mains moites. Être si près du but, que pouvait-il encore arriver pour nuire à leurs retrouvailles avec leur paternel ? Partout autour d'eux le personnel vêtu de blanc se déplaçait en vitesse alors que certains patients déambulaient avec lassitude. Enfin, la sœur revint vers eux avec un médecin d'une quarantaine d'années qui semblait peu enclin à acquiescer à leur demande.

— Messieurs, votre père n'est pas en état de recevoir de la visite, mentionna-t-il.

— Mais comme nous l'avons dit à la sœur, nous le cherchons depuis longtemps et même cinq minutes en sa compagnie nous suffirait, pria Édouard alors que Laurent à ses côtés avait commencé à trembler.

L'aîné tenta de mettre toute sa conviction dans ses paroles en serrant le coude de son frère pour lui donner du courage. L'hésitation se lisait sur le visage du docteur pendant qu'il réfléchissait à la situation. Finalement, il soupira avant de faire un geste de la main.

— Soit, je vais vous permettre d'accéder à sa chambre pour quelques minutes. Mais ne soyez pas trop optimistes, je doute qu'il puisse vous parler. Suivez-moi.

Les trois hommes s'éloignèrent aussitôt vers un large escalier et montèrent deux étages avant d'arriver devant une porte close. Le médecin se pencha pour l'ouvrir avant de leur dire :

— Je vous demanderais de laisser ouvert, c'est préférable. Monsieur Gélinas pourrait être agité, alors si vous êtes inquiets, vous n'avez qu'à sonner. Une infirmière viendra.

Debout devant la chambre, les pieds des frères refusèrent de bouger. Ils inspiraient profondément et Laurent pleurait déjà. Il essuya rageusement ses joues en se traitant d'innocent, puis il devança son aîné dans la pièce éclairée par une large fenêtre montant jusqu'au plafond. Dans le lit près de la fenêtre se trouvait un homme. Son regard était tourné vers l'extérieur et son corps disparaissait sous un drap blanc. Il semblait avoir peu de cheveux et ce qu'il en restait avait la blondeur de Laurent. Édouard s'avança à son tour et murmura :

— Monsieur Gélinas ? Monsieur Antoine Gélinas ?

Le patient tourna un regard vide vers les frères qui tressaillirent. Édouard retrouva chez ce vieil homme les traits de son père, près de trente ans plus tard. Il hocha imperceptiblement la tête vers son cadet pour lui faire signe qu'ils avaient retrouvé leur père. Laurent fit un signe de dépit. Ce vieil homme fragile à la peau translucide ne s'apparentait guère à ce qu'il avait imaginé depuis toutes ces années. Où se trouvait ce père costaud, viril et résolu qu'il avait visualisé ?

— C'est l'heure de manger ? demanda la voix caverneuse du vieux qui agrippa la main de son fils aîné.

Si Édouard calculait bien, Antoine devait approcher de soixante-cinq ans. Il ne restait plus rien de l'artiste rêveur charismatique dont le visage s'éclairait au moindre sourire. Non, ce que le maître-beurrier avait devant lui n'était que l'ombre de ce paternel. Il prit place sur la chaise de bois près du lit et ferma les yeux. Laurent restait loin, près de la porte, incapable de produire un son.

— Non. Nous sommes…

Que dire à cet homme ? Comment lui annoncer qu'il avait détruit la vie de ses enfants ? Et puis, assis à ses côtés, Édouard voyait toute son existence défiler et s'interrogeait sur la responsabilité de son père quant à la promesse qu'ils avaient faite. Car après tout, d'autres mères et épouses avaient été abandonnées ainsi et n'avaient pas cru bon de victimiser leurs enfants. Elles s'étaient prises en main, remariées sans hypothéquer la vie de leur progéniture. Alors, que dire à cet homme ?

— Papa, c'est nous autres, tes garçons ! cria Laurent arrivé derrière son frère. Il espérait une lueur de reconnaissance dans ce visage vide.

— C'est l'heure du repas ? répéta le malade comme s'il n'avait rien entendu.

— Non. Je suis Édouard. Édouard Gélinas. Et voici ton autre fils, Laurent.

— Vous êtes qui, vous autres ? Vous m'apportez mon repas ?

Découragé, l'aîné des frères se releva en remettant sa casquette.

— Édouard, papa, je m'appelle Édouard.

Le vieil homme le regarda tout à coup, l'œil bleu vif.

— J'en ai connu un, autrefois, un Édouard. Je sais pas où puis pourquoi, mais j'en ai connu un.

Il regarda ensuite Laurent dont la bouche tremblotait avec émotion, le cœur en mille morceaux, sachant fort bien qu'il n'aurait pas de réponses à ses interrogations.

— Moi, c'est Laurent, murmura-t-il avec espoir.

Puis, la réponse laconique de son père vint anéantir son espérance.

— Laurent ? Non, ça me dit rien. Vous êtes venus avec mon repas ? répéta-t-il sans remarquer les larmes de ses deux enfants, dévastés.

Édouard s'en voulait tellement d'avoir entraîné son frère dans cette aventure. Il voyait les épaules de son cadet courbées vers l'avant, son port de tête abattu et son repli sans plus attendre vers le corridor. Il allait le suivre, lorsque la voix au fond du lit murmura :

— Vous connaissez un Édouard ? J'ai une lettre pour lui dans mon tiroir. Vous pourriez lui donner.

Le grand brun arrêta puis se dirigea lentement vers le meuble usé et hésita avant d'ouvrir le premier tiroir. Là, près d'une pile de sous-vêtements, une enveloppe. Il la prit dans ses mains et fondit en larmes en voyant son nom sur le dessus. Laurent, revenu à ses côtés, le serra dans ses bras. Puis, les frères les virent. Trois autres enveloppes identiques: Florie, Adèle et Laurent.

— Il nous avait pas oubliés, pleura le blond en serrant les lettres sur son cœur. Il nous avait pas oubliés.

Édouard retourna près du lit et fixa son regard sur le pauvre homme qu'était devenu son père. Il mit sa main sur la sienne et lui baisa le front, sachant fort bien qu'il ne le reverrait jamais vivant. Laurent hésita avant de l'imiter. Puis, alors qu'il se relevait, le vieil Antoine l'agrippa par son manteau et dit:

— Vous m'apportez mon repas?

Retenant un sourire las, son fils passa une main tendre sur son visage émacié.

— Moi non, mais je vais demander qu'on te l'apporte... papa, dit-il pour la seule et unique fois de sa vie.

Lorsqu'ils sortirent de la pièce, les frères s'étreignirent longuement en espérant avoir quelques réponses dans les lettres qu'ils ramenaient à la maison.

— Papa! cria Marie-Camille en entendant la carriole avant ses tantes.

Elle sortit sur la galerie sans tenir compte de l'avertissement de Florie.

— Mets-toi un manteau! Mautadine de tête dure, cette enfant-là! marmonna la femme en la suivant avec son blouson chaud.

Adèle la regarda avec affection, se rappelant le nombre de

fois que sa sœur lui avait dit la même chose. Édouard accueillit sa fille en la serrant profondément contre son cœur. Au retour d'un tel périple, il réalisait encore plus tout l'amour qu'il avait pour son enfant et la détresse que son père avait dû ressentir au moment de les abandonner ainsi. Il avait décidé de croire que la fuite de l'homme ne signifiait pas qu'il ne les aimait pas, mais qu'il avait choisi la seule option qui pouvait lui permettre de survivre. Il avait lu sa lettre dans le train alors que son frère refusait même d'en parler. Sans étonnement, les mots d'Antoine envers son fils aîné étaient tendres, maladroits, mais remplis de regrets. Ils avaient eu l'effet d'un baume sur une plaie encore ouverte après toutes ces décennies. Serein, Édouard pouvait maintenant passer à autre chose. Il avait fait la paix avec son passé. Qu'en serait-il pour ses deux sœurs à qui il espérait remettre les lettres avant le souper.

— Entrez donc, les gars, vous allez mourir de froid, cria Florie en grelottant.

— Moi, je vais aller à la grange voir si tout est correct.

— Bien oui, tout est correct ! Mais va donc voir tes animaux, je pense que tu t'ennuies toujours plus d'eux que de nous autres quand tu pars ! répondit sèchement l'aînée pour cacher son trouble.

Elle était ébranlée pour deux raisons, la pauvre femme, et ignorait comment gérer toute cette anxiété ! En voyant le visage paisible d'Édouard, elle avait compris qu'ils avaient réussi la mission de retrouver leur père. Heureusement, avait-elle rapidement constaté, ils ne l'avaient pas ramené avec eux ! Deuxièmement, elle voulait mourir en pensant qu'elle devait avouer à son frère le mensonge éhonté qu'elle avait servi au bonhomme Constantin. Elle savait que dès que son frère mettrait le pied au village, quelqu'un s'empresserait de le féliciter de son achat. Elle n'aurait donc pas le choix de passer aux aveux ! Mais pour l'instant, afin d'éviter ces deux sujets, elle se mit à expliquer de long en large ses journées au marché général, les clients pas du monde, en ne remarquant pas les yeux au ciel d'Adèle qui n'avait pas placé un mot depuis l'arrivée de ses frères. Finalement, la cadette arrêta le flot de paroles en disant :

— Va donc te décrasser un peu, Édouard, puis on va pouvoir souper tranquillement quand Laurent aura fini de se rassurer sur le bien-être de ses animaux ! Notre sœur a quelque chose à te dire !

Le regard que Florie posa sur Adèle aurait fait frémir n'importe qui d'autre. Mais avec les années et les épreuves, la cadette ne craignait plus les colères de sa sœur. Elle savait qu'elle finissait toujours par s'amadouer et de toute manière, c'était la grosse femme elle-même qui lui avait dit qu'il lui fallait faire amende honorable auprès d'Édouard. Ce dernier passa près de sa cadette et lui souffla à l'oreille :

— Moi aussi je veux te parler ! murmura-t-il en pensant à la confession de son frère.

Adèle le regarda avec curiosité, espérant qu'il ne voulait pas s'étendre sur les découvertes qu'ils avaient faites à Québec. Dès que celui-ci sortit de la cuisine, sa fille pendue à sa taille, Florie grogna :

— Veux-tu bien te mêler de tes affaires, Adèle Gélinas !

— Quoi ? demanda innocemment la jeune.

Dans la grange, assis sur une grosse botte de foin, les pieds pendant quelques pouces au-dessus du sol, Laurent sortit lentement l'enveloppe de son manteau de laine avant de la presser contre son cœur. Il relut son prénom inscrit sur le dessus, encore et encore. Puis, il osa. La lettre semblait avoir été écrite depuis fort longtemps et le papier jauni craqua lorsqu'il le déplia.

Mon Laurent,

L'homme se mit aussitôt à sangloter, troublant ainsi sa vision. Il s'essuya rageusement le visage avant d'inspirer profondément.

Je suis parti, tu étais un bébé. Un tout petit bébé. C'est pas ta faute si j'ai été un mauvais père. J'avais pas cette force. J'ai essayé, si tu savais combien j'ai essayé de me ranger, de m'occuper de votre mère et de vous. Mais peine perdue. Quand tu m'as regardé avec tes grands yeux bleus, je me suis senti minable de pas être capable d'être un bon pourvoyeur. J'ai voulu tenter ma chance de bien gagner ma vie avec mon art et retourner triomphalement avec plein d'argent pour ma famille. Mais j'ai tout raté. Je pouvais pas retourner sans une maudite cent, puis vous m'aviez sûrement oublié. Mais je veux que tu saches que moi, Antoine Gélinas, je t'ai toujours porté dans mon cœur et que je t'ai jamais oublié. Je sais que je serais fier de l'homme que tu es devenu. Un jour peut-être, on se reverra. Je t'aime, ton père.

Laurent tremblait à la fin de sa lecture, les mains crispées sur le papier. Il pleurait ce père différent aussi, ce père qui n'était pas méchant comme avait prétendu sa mère, juste rêveur. Il savait qu'il devait aller retrouver sa fratrie dans la cuisine, mais avant, il voulait relire sa lettre. Ce qu'il fit, à plusieurs reprises. Au bout de trente minutes, avec un léger sourire aux lèvres, l'enveloppe dans la poche intérieure de son manteau, Laurent comprit qu'il pouvait enfin poursuivre le reste de son existence en étant différent. Il ferait lui aussi les sacrifices que son père avait faits pendant de longues années avant de les quitter. Et si un jour il devait succomber à ses démons, bien il savait maintenant que ce père singulier, où qu'il soit, pardonnerait à son cadet d'aller au bout de ses désirs. Il referma les portes de la grange en regardant vers le ciel avec une sérénité renouvelée.

— Bon, il était temps ! Puis, tes bêtes sont pas mortes pendant ton absence ? ironisa affectueusement Florie en finissant de mettre les assiettes sur la table.

— Non, ma sœur. Hum, ça sent bon en maudit ! Qu'est-ce que tu nous as fait ?

— C'est les brioches de ta sœur qui sentent la cannelle. On a une chaudronnée de légumes à l'érable avec du poulet.

— Ça va être délicieux ! Merci les filles. Je vais me débarbouiller, puis je reviens.

Les sœurs regardèrent leur frère s'éloigner vers sa chambre d'un pas léger. Un pincement au cœur pour les deux qui réalisaient qu'elles n'auraient pas le choix de savoir. S'il était mort, marié, riche… Antoine Gélinas refaisait surface dans leur vie et ni l'une ni l'autre n'en était satisfaite.

— Ma tante Florie, j'ai faim. On peut manger tout de suite ?

— Cinq minutes. Va chercher ton oncle Laurent.

Marie-Camille hésita quelques secondes avant de sortir en trombe de la cuisine et d'aller au bas de l'escalier.

— MON ONCLE LAURENT ! ON MANGE ! ! !

Adèle éclata de rire devant ce comportement si semblable à celui de Clémentine, son amie, la mère de l'enfant. Florie, elle, secoua la tête pour la réprimander avant de laisser faire, ayant bien d'autres préoccupations ! Elle sortit le gros chaudron de fonte du four et le déposa sur la planche sur la table. Les femmes réussirent à éviter le sujet de leur père une bonne partie du souper, jusqu'au dessert lorsque Marie-Camille décida de s'éclipser au salon pour dessiner sur la petite table devant le divan. Laurent jeta un regard à Édouard qui comprit tout de suite.

— Est-ce qu'on peut vous dire qu'on a vu notre père, hier ?

— Tu peux nous le dire, répliqua sèchement Adèle. Voilà, tu l'as dit. Florie, veux-tu une autre brioche ?

Elle vint pour se relever quand Laurent la supplia du regard. Elle ne pouvait jamais rien refuser à son cadet et se rassit en exhalant toute sa colère contenue.

— Bon, dites ce que vous avez à nous dire puis on va pouvoir passer à autre chose.

— Moi, je veux pas le savoir !

La voix de Florie claqua dans l'air et Édouard lui prit les deux mains pour la forcer à le regarder.

— J'aimerais ça que tu nous écoutes. Ensuite, on pourra ne plus jamais en parler, je te le promets.

Le visage fermé de l'aînée n'augurait rien de positif pour la suite, mais elle hocha imperceptiblement la tête. Alors, Édouard relata d'une voix douce leurs recherches, les inquiétudes et les incertitudes qui y étaient associées avant d'énoncer l'état dans lequel ils avaient retrouvé Antoine Gélinas. Ce fut à ce moment qu'une lueur d'intérêt apparut dans l'œil noir de Florie.

— Ça veut dire qu'il est fou, notre père ?

Elle voulut parler d'une voix ferme, mais un léger tremblement trahit ses sentiments.

— Pas fou… mais il a tout oublié.

— Aussi bien! claqua la voix ferme d'Adèle qui se releva pour aller regarder par la fenêtre, le visage dur comme la pierre.

— Mais avant qu'on parte, il nous a laissé quelque chose.

— Quoi, ça?

— Des lettres. Une pour chacun de nous.

Près de la fenêtre, les épaules étroites d'Adèle bougeaient doucement alors qu'elle versait des larmes retenues depuis si longtemps. Tant que personne ne parlait de ce père qu'elle avait tant aimé, tant admiré petite fille, la femme pouvait faire semblant de le haïr de toutes ses forces. Mais à présent, sa carapace venait de fondre comme neige au soleil. Elle se retourna en laissant ses yeux brillants parler pour elle.

— Je peux te remettre ta lettre, ma sœur… est-ce que tu la veux?

Adèle renifla sans délicatesse avant de tendre sa main tremblante. Elle prit l'enveloppe, l'approcha de son nez pour voir si l'odeur de son père s'y était imprégnée. Puis, elle la glissa dans la poche de sa jupe sans la détacher de son poing fermé. Laurent regardait sa grande sœur avec soulagement. Il savait que cette lecture permettrait sûrement d'apaiser les douleurs du passé. Puis, avant que son frère ne puisse parler, il se leva pour aller mettre les mains sur les épaules de Florie. Il pencha sa belle tête blonde contre celle noire de sa mère de remplacement et chuchota:

— Prends-là aussi, Florie, je t'en prie. Si tu le fais pas pour toi, fais-le pour moi.

Les trois autres regardaient la femme se débattre avec ses émotions. Tout passait sur son visage au menton pointu. La rage, la colère, la tristesse, la curiosité. Celle-ci l'emporta enfin et l'aînée tendit la main pour prendre la lettre que son frère avait glissée sur la table près d'elle. Comme si la missive était en feu, elle la mit sur ses genoux avant de finir sa bouchée de brioche sans dire un autre mot.

— Qui veut un café ? Je pense qu'on en mérite tous un ! dit Édouard en se levant.

— Moi, je prendrais un chocolat chaud ! cria la petite voix de Marie-Camille dans le salon. Elle se disait qu'elle pouvait bien tenter sa chance, parfois les adultes la gâtaient ainsi !

Édouard sourit et accepta la demande de sa fille. Il posa ensuite son doux regard bleu sur chaque membre de la fratrie et il susurra « merci » en embrassant les joues humides de ses sœurs. La boucle était bouclée. Ce qu'elles feraient de ces lettres ne le concernait plus. Il observa sa cadette qui savourait chaque gorgée les yeux à demi fermés. Il lui fit un signe discret pour qu'elle le suive dans le salon pendant que Florie finissait de préparer son pain pour le lendemain. Ils se placèrent près de la fenêtre, dos à Marie-Camille qui chantonnait en crayonnant.

— Tu savais pour notre frère ? chuchota Édouard en approchant sa tête de celle de sa sœur.

— Notre frère ? dit innocemment Adèle.

— Adèle, ne joue pas à ce jeu-là. Pour son… son… je suis même pas capable de dire le mot ! grogna l'homme en jetant un coup d'œil à son enfant concentrée.

Sa sœur glissa son bras sur ses épaules et les murmures qu'ils échangèrent pendant de longues minutes permirent à Édouard de faire un peu la paix avec la « maladie » incurable qui affligeait son jeune frère. Ce fut l'arrivée de Florie dans le salon qui mit fin à la discussion, mais Édouard avait promis à Adèle de reparler à Laurent pour tenter d'apaiser ses souffrances. Il l'aimait trop pour lui faire mal. Sa sœur l'avait aidé à cheminer et il tenterait maintenant de comprendre ce que vivait son frère. Ce ne serait pas facile, mais il essaierait de toutes ses forces, promettrait-il à Laurent. La soirée était bien avancée et Florie n'avait toujours pas soufflé mot du mensonge qu'elle devait avouer à son frère. Mais lorsqu'il se leva de sa chaise préférée pour aller réveiller sa fille endormie dans la chambre de sa tante, celle-ci ne put remettre son aveu à plus tard.

— Ahurg, ahurg..., tenta-t-elle sous le regard indulgent d'Adèle qui cousait près de la lumière. Euh... hum... Édouard ?

Celui-ci, le pied dans le couloir, se retourna.

— Oui ?

— Peux-tu... peux-tu rester encore quelques minutes, s'il te plaît ?

— Hum, c'est qu'il se fait tard, Florie, et je vais devoir partir très tôt demain matin pour la beurrerie et...

Adèle arrêta son mouvement et, voyant le visage démonté de sa grande sœur, elle fit signe à son frère.

— Assieds-toi une minute, je pense que ce que Florie doit te dire ne prendra pas beaucoup de temps. Mais il vaut mieux que tu l'écoutes...

Elle fit un sourire d'encouragement à son aînée qui sentait la sueur lui couler entre les seins. Laurent leva sa tête de son jeu de cartes solitaire, conscient que la discussion serait plus divertissante. Il avait bien l'impression que Florie avait fait une bévue et il souriait derrière sa barbe en la voyant se tortiller sur le canapé près de sa sœur. Si souvent, d'un seul regard acerbe, l'aînée le faisait sentir minuscule, il aimait bien la façon dont la conversation à venir semblait la rendre à son tour mal à l'aise ! Alors il s'adossa en frottant son menton et il lança un regard interrogatif à Adèle qui lui fit signe d'un doigt ! Une minute, semblait-elle dire !

— Bon... hum... tu sais que je travaille au magasin maintenant, hein, Édouard ?

— Hum, hum...

— Avant-hier, le bonhomme Constantin est venu et...

Édouard sauta aussitôt sur ses pieds, enragé.

— Dis-moi pas qu'il t'a manqué de respect, le maudit, parce que je m'en vais...

— Non, non... enfin pas trop. Puis t'en fais pas, je suis capable de me défendre contre ses mautadines de remarques innocentes. Sauf que quand il a dit qu'Anasthase, son fils, voulait acheter la maison de James...

— QUOI ? Il n'en est pas question ! cria le maître-beurrier.

Jamais il n'accepterait que son ami se fasse humilier de la sorte. Un peu rassérénée par la réponse de son frère, Florie s'avança sur le bout des fesses en lissant sa robe de chambre en ratine rose.

— C'est ça que j'ai dit moi aussi. Bon, alors c'est parfait ! Ouf, une chance que tu...

— Florie ! avertit Adèle en déposant sa courtepointe dans son panier de couture à ses pieds.

Florie grimaça en lançant à toute vitesse.

— C'est juste que je lui ai dit que c'est toi qui allais acheter la maison de James. Pas son fils !

Laurent ouvrit grand les yeux avant d'éclater d'un rire puissant qu'il n'arriva pas à calmer malgré les gestes rageurs de son aînée. Il riait, trépignait sur sa chaise et cachait sa bouche dans sa main. Mais les dommages étaient faits, Florie se leva pour lui sacrer une taloche en arrière de la tête. Même s'il ralentit un peu son éclat, ses yeux pleuraient encore de joie et Adèle, qui tentait de garder son sérieux, n'y arriva plus et laissa à son tour échapper un fou rire incontrôlable. Édouard sortit de sa torpeur et s'approcha de Florie, qu'il releva de la chaise pour la mettre à sa hauteur.

— Quoi ? Mais es-tu devenue folle ?

Florie plongea sa tête dans ses mains et secoua ses boucles noires et blanches qui touchaient à ses seins.

— Il m'a tellement fâchée que j'ai voulu lui clouer le bec. Je m'excuse, mon frère.

Édouard bascula la tête pour regarder le plafond et pourfendre tous les dieux avant de la prendre contre lui.

— Bon, bon… on va arranger ça. T'auras juste à lui dire que tu t'es trompée, ma sœur.

Florie rougit à la pensée d'avouer cela à tous. Mais elle n'aurait pas le choix, son frère ne mentirait pas pour elle. C'est le moment que choisit Adèle pour ajouter son petit commentaire qui, l'espérait-elle, amènerait son frère à faire un choix judicieux pour sa fille, ses sœurs, son frère et lui.

— Ou bien… commença-t-elle, tu pourrais vraiment y songer, mon frère.

— Pardon ?

Édouard repoussa Florie et s'avança vers Adèle. Laurent ne riait plus du tout à présent, espérant que les paroles que venait de prononcer la brune étaient bien réelles.

— J'ai dit, mon Édouard, que tu pourrais penser à revenir t'installer dans ton village. Tu travailles ici, ta fille vient à l'école ici et toutes tes activités – messe, marché… – sont à Sainte-Cécile. Alors à bien y penser, quel meilleur endroit où habiter que la maison de James, voisine de la nôtre, hein ?

CHAPITRE 15

Absence inexpliquée

Florie se faisait une joie de faire un gros gâteau au chocolat pour l'anniversaire de sa sœur pour le lendemain 16 novembre, lorsque Laurent ouvrit la porte en grognant contre le temps glacial. La femme mit de côté sa tasse de lait pour lui offrir aussitôt un thé bouillant. Il souffla dans ses mains pour les réchauffer, alors que sa sœur lui présentait deux épaisses tranches de pain rôties.

— J'espère bien qu'on va pas geler de même tout l'hiver! Moi j'aime bien mieux de la neige que ce froid-là, maudit! Il doit faire moins vingt ce matin!

— Branche-toi, mon frère, l'agaça Florie, tu chiales quand il fait froid, tu chiales quand il fait chaud!

— Non, je chiale quand il fait chaud, mais qu'il ne DEVRAIT pas faire chaud! Comme au début du mois de mai par exemple! C'est toute la différence!

Il fit un clin d'œil à son aînée avant d'aller se laver les mains dans la bassine de la petite salle d'eau que Florie avait aménagée après avoir vu celle chez Clémentine et Édouard. Ce dernier n'avait pas reparlé de la discussion qu'ils avaient eue la semaine précédente à son retour de Québec. Il avait dit comprendre qu'elle se soit laissé emporter par la colère face à Constantin, mais pas un mot sur les propos qu'Adèle avait tenus. Florie n'osait pas lui demander s'il avait parlé à James pour éviter de mettre de l'huile sur le feu. Au magasin général, la pauvre femme s'était vue obligée de confesser à Louisette qu'elle « avait mal compris finalement ». Mais pour une rare fois, son amie n'avait pas tenté d'en savoir plus. Elle avait mis sa main sur celle de Florie en hochant la tête d'un air compréhensif. Elle savait bien que le gros Constantin l'avait fait sortir de ses gonds. Par contre, la commerçante était bien embêtée d'avoir elle aussi colporté ce mensonge. Elle ne pouvait tout de même pas avouer à son amie que le « secret » ne l'avait pas été bien longtemps. Il lui faudrait donc à son tour informer ses clients de la méprise sans fournir trop de détails. Louisette était habile, elle saurait bien s'en sortir sans être trop écorchée !

Aucune des deux sœurs n'avait lu la lettre que leur avait adressée leur père. Adèle l'avait glissée dans son tiroir de bureau avec l'intention de l'enterrer à jamais et Florie, elle, sous son matelas. Pour l'oublier. Pourtant, chaque nuit elle restait éveillée de longues minutes à contenir l'envie de la reprendre. De toutes ses forces elle voulait tenir bon parce qu'elle aurait l'impression de tromper sa mère, de bafouer son souvenir. L'anniversaire de sa sœur, qui aurait trente ans, devait donner lieu à un petit souper de fête avec James comme seul invité extérieur à la famille.

— J'aurais bien invité Jeremiah, chuchota en cachette Florie à son frère Laurent, mais bon sang, sa femme… pas capable ! Je te jure, chaque fois que je la vois, on dirait qu'elle est atteinte d'une maladie incurable, pas enceinte ! Il me semble qu'elle pourrait faire un effort. En tout cas, je la veux pas ici pour la fête d'Adèle avec sa face d'enterrement !

L'autre allait répondre, mais elle ne lui laissa pas le temps.

— Puis aurez-vous fini sa berçante pour demain, Ludovic

et toi ? Parce que je voudrais pas que son cadeau arrive après la journée de sa fête. Ça aurait l'air fou en mautadine !

Laurent savourait son déjeuner, les yeux fixés sur le mur. Il avait mal dormi la nuit précédente et avait de nouveau abusé de l'alcool. Cela lui arrivait de moins en moins souvent, mais à l'occasion, un souvenir, une pensée le bouleversait tellement qu'il n'avait pas le choix d'avoir recours à la bouteille pour oublier. Il passerait à l'église un peu plus tard dans la journée afin de faire amende honorable. Une petite prière devrait faire pardonner son offense ! Il hocha sa tête ébouriffée et répondit la bouche pleine.

— Devrait… la finir… cet… après-midi… quand Ludovic va arriver !

Florie arrêta de fouetter sa crème et attendit que son frère pique du nez sur son repas pour plonger un doigt dedans. Elle le mit dans sa bouche en savourant le goût de la mousse au sirop d'érable qui accompagnerait le dessert du lendemain. Elle réagit à retardement au commentaire de Laurent.

— Ludovic est pas encore arrivé ?

— Non !

La veille, leur engagé avait demandé une permission spéciale à Laurent afin de s'absenter quelques heures le lendemain. Hésitant, le blond avait marmonné, la tête posée contre le flanc de sa vache :

— Si t'as pas le choix. On a quand même plein d'affaires à terminer, en commençant par la chaise de ma sœur, alors essaie au moins d'arriver pour le dîner.

Ludovic avait promis. Après sa traite, vers sept heures, Laurent avait transvidé ses seaux de lait dans de grosses canisses près de la porte et s'était éloigné en direction du lac.

— Je l'attends pas pour aller m'occuper des pièges. J'avais

prévu de le faire aujourd'hui, puis il le savait. Tant pis pour lui.

Laurent avait proposé à Ludovic de lui apprendre tous les rudiments de la pose de pièges à l'automne. En cette journée froide, il voulait colleter des lièvres et savait bien que Ludovic en aurait aussi envie. Même si l'autre l'avait déjà aidé, le jeune Gélinas avait décidé de lui transmettre les trucs, les inventions que Léo et lui avaient mis au point tout au long de leurs années ensemble.

— Si ça te tente, évidemment ! T'es pas obligé de venir avec moi, Ludovic, lui avait précisé Laurent.

— Non, non... j'ai vraiment le goût d'apprendre tous tes secrets. C'est pas pour rien que tu ramènes des prises presque à chaque sortie !

— Hum... je te dirai peut-être pas tous mes secrets, avait rigolé Laurent en lui donnant un coup de poing amical sur son épaule frêle.

À ce moment-là, le barbu avait revu la scène menant à son baiser maudit dans la grange, deux années plus tôt, et il avait aussitôt repris ses gardes. Pas question de se rapprocher de Ludovic de cette manière. Il ne manquerait plus juste qu'un autre gars du village découvre son homosexualité ! L'avant-veille, le rouquin avait hoché distraitement la tête lorsque Laurent lui avait dit qu'il pensait aller aux lièvres le vendredi, s'il ne neigeait pas. Il aimait chasser cette bête aux longues oreilles bien équipée pour faire face au danger. Grâce à son ouïe aiguisée, le lièvre arrivait même à détecter l'approche de l'humain à la vibration de ses pas et il déguerpissait alors à la vitesse de l'éclair. Hier, Ludovic n'avait pas pensé à ça en lui demandant la permission de s'absenter quelques heures. Ce qui embêtait encore plus l'esprit chasseur du grand costaud.

— Tant pis pour lui ! Il chassera en femmelette pour un bout encore ! Même pas capable de différencier une crotte de lièvre de celle d'un renard !

Laurent exagérait à cause de la frustration. Il ne comprenait pas pourquoi l'absence de l'autre l'agaçait autant ! Pourtant, il passait son temps à dire que le jeune ne l'avait pas trop ; qu'il prenait trop de temps pour la traite ; qu'il savait pas comment fendre le bois pour éviter les pertes... Mais l'amitié qu'il avait établie avec Léo avant dc tomber amoureux manquait à sa vie. Depuis quelque temps, il s'apercevait que Ludovic et lui discutaient librement sur certains sujets avant que le jeune ne se renferme de nouveau dans sa tête. Chaque fois qu'un rapprochement s'amorçait entre les deux, il se rappelait ses moments de bonheur avec Léo. Il craignait plus que tout de nouer une autre amitié profonde avec un homme. Adèle lui avait soufflé, un soir, que « Ludovic n'était pas responsable de ses malheurs » et il avait eu honte de son comportement. Et pour être bien honnête, en plus d'un an, Ludovic avait bien fait ses preuves à la ferme.

— J'espère que je vais trouver une couple de bêtes prises au piège. Avec le froid qu'il fait, les lièvres doivent plus savoir où donner de la tête !

Le fait qu'il n'y ait pas encore de neige aidait le chasseur puisque le lièvre avait son pelage d'hiver, d'un beau blanc lumineux facile à voir au travers des plantes couchées au sol et des arbres dénudés. Et en effet, quelques heures plus tard, Laurent ramena trois beaux mâles qui feraient de parfaits civets pour le temps des fêtes. Il les accrocha à la rampe de la galerie avant d'aller chercher sa sœur.

— Wow ! Trois ! Bravo, mon frère ! dit Florie en frissonnant sous sa veste légère. Mautadine, on va se régaler !

Florie plissa ses yeux derrière ses montures en métal noir avant de jeter un coup d'œil derrière Laurent.

— Il arrive à quelle heure, le jeune ? Parce que moi, je le paye pas pour qu'il aille se promener, tu lui diras !

Son frère sourit affectueusement en entendant les mêmes paroles maintes fois répétées du temps de Léo. Il décida d'attendre avant de préparer ses prises dans la grange. Son aînée refusait qu'il s'installe dans la cuisine pour dépecer les petits gibiers et l'homme avait trop faim pour prendre le temps de s'obstiner. Florie retourna vitement à l'intérieur avant d'attraper son coup de mort. Elle fronça ses sourcils en faisant signe vers le couloir à Laurent qui l'avait suivie dans la cuisine. Claquant ses mains pour les réchauffer, Florie ordonna nerveusement :

— Téléphone donc chez Louisette, il doit être revenu. Je voudrais pas qu'il prenne son temps, le petit maudit.

— Non, répondit aussitôt son frère penché au-dessus du poêle.

— Pourquoi non ?

— Parce que je suis pas sa mère et qu'il m'a prévenu de son absence. De toute manière, je lui ai peut-être dit de prendre sa journée au complet, je m'en rappelle plus.

— Bon, bien arrête de chialer, d'abord ! claqua la voix sèche de Florie.

— Je chiale pas. C'est toi qui me harcèles. Moi, je suis bien correct tout seul, on n'a pas grand-chose à faire de ces temps-ci.

— Parfait alors. Puis oublie pas de mettre une couche de vernis sur la chaise d'Adèle. C'est le temps d'en profiter, elle peut pas aller fouiner dans la grange, elle est encore chez Édouard.

La future trentenaire avait passé la soirée avec Marie-Camille la veille puisque son frère avait une réunion à Labelle. Comme il devait arriver tard, il était prévu qu'elle reste à coucher à Saint-Damien.

— T'inquiète pas, Florie, sa chaise berçante est belle en maudit ! J'ai bien appris de Léo avant son départ.

La cuisinière grimaça au prononcé du prénom de celui qu'elle aimait dénigrer. Mais pour Laurent, c'était une victoire d'arriver à le nommer sans un pincement au cœur.

— Bon, est-ce que je peux avoir une tranche de pain avec du beurre pour patienter jusqu'au dîner ou tu es trop marabout pour accepter ?

— De quoi tu parles, je suis pas marabout du tout !

Sa sœur lui beurra un morceau de pain et il sourit pour lui-même avant de ressortir dans l'air glacé. Il frissonna. La matinée s'écoula lentement et Laurent s'ennuyait presque de Ludovic. Une bonne discussion sur la saison de hockey qui commençait ou sur la nouvelle voiture achetée par le maire ne lui aurait pas déplu. Il avait les mains gelées malgré ses grosses mitaines de cuir doublées en mouton, qu'il remettait entre deux coups de couteau à dépeçage. Même s'il disait le contraire, la plupart du temps, il appréciait le caractère égal de Ludovic ; son cœur à l'ouvrage et ses longs moments de silence. Déçu de son absence plus qu'il ne voulait se l'avouer, il se promit de faire une nouvelle partie de chasse la semaine suivante, avec l'engagé cette fois-là.

— Je suis certain que ça va lui tenter ! songea-t-il.

Le grand costaud reprit le chemin de la maison à grandes enjambées jusqu'à l'escalier usé. Sa tuque grise enfoncée sur le front, il frotta ses joues rousselées pour essayer de les réchauffer. La main sur la poignée de la porte du fournil,

Laurent soupira à l'idée d'un bon café bien chaud. Il entra avec un large sourire sur son visage barbu. Il frémit de bonheur en sentant la chaleur de la cuisine l'envelopper. Adèle traçait un patron sur la table, un deuxième crayon coincé entre ses lèvres. Un peu plus tôt, Édouard était venu la laisser à la ferme avant de repartir pour la beurrerie.

— Tu arrives de bonne heure pour dîner, mon Laurent ! marmonna-t-elle avant d'enlever son crayon de sa bouche et de le déposer près du papier.

Florie délaissa sa soupe de carottes pour se tourner en souriant. Elle jeta un regard sur l'horloge.

— C'est vrai, ça, il est juste onze heures et vingt. Ça doit être l'odeur de ma soupe qui est descendue jusque dans la grange, hein, mon frère ?

Elle laissa échapper un rire heureux avant de faire un clin d'œil à Adèle. Puis, comme elle retournait à sa tâche, Florie plissa le front et constata :

— Tu as brisé ta mitaine de cuir ?

— Hein ? Oh, oui, je l'ai accrochée sur un clou qui dépassait dans la grange ! répondit distraitement Laurent qui zieutait les tranches de jambon sur le comptoir.

— Pas fort, Laurent Gélinas, si tu penses que c'est facile à réparer, du cuir !

— J'ai rien demandé, Florie. Ludovic et moi on va aller chercher la chaloupe après-midi pour la remiser. Je pense bien que la saison de la pêche est terminée.

Il fit une moue piteuse, lui qui aimait tellement taquiner la truite dans le lac Mauve. Florie l'écouta distraitement. Elle essuya ses mains sur son tablier avant de l'enlever et de le lancer sur la chaise près de son frère.

— Il faut que j'appelle Louisette, je dois vérifier si je

travaille cet après-midi ! dit-elle fièrement.

Florie aimait répéter souvent que « son travail était demandant » ; que « son travail était important » ; qu' « à son travail, elle devait faire attention de bien parler »... Ses frères et sœur étaient indulgents, comprenant à quel point leur aînée était valorisée par cette nouvelle occupation.

— Fais donc ça ! répondit Laurent avec affection.

Depuis qu'il avait lu la lettre de son père, le cadet était plus serein qu'auparavant. La sonnerie du téléphone retentit dans la maison et Adèle, qui passait tout près, décrocha avec espoir. Elle attendait un appel de son amant. Son air déçu n'échappa pas à Laurent qui l'observait de la cuisine.

— Bonjour, monsieur Marquis ! C'est drôle, Florie voulait justement appeler chez vous.

— ...

— Euh... il n'est pas ici.

— ...

— Il avait une commission à faire. Vous ne voulez pas qu'il vous rappelle ?

— ...

— Très bien, à bientôt.

Adèle raccrocha avant que sa sœur ne puisse dire un mot à son amie et reçut aussitôt une taloche sur l'épaule.

— Il fallait que je parle à Louisette, Adèle !

— Oh... c'est juste que...

La cadette hésita en se mordillant les lèvres.

— Monsieur Marquis voulait parler à Ludovic.

— Hein ?

Laurent leva la tête et plongea son regard bleu sur sa sœur. Le trio avait le même air confus.

— Tu lui as dit qu'il n'était pas ici ?

— Hum, oui. Il a dû oublier de leur dire qu'il avait un rendez-vous, c'est tout. Son père était surpris parce qu'il n'a pas pris l'auto, alors il se demande bien comment il s'est déplacé !

Florie savait que la relation entre Ludovic et ses parents était difficile depuis l'incendie. Louisette avouait parfois à son amie, à mots couverts, le peu d'intérêt qu'avait son fils aîné pour sa famille. Comme si son travail à la ferme expliquait ce désintérêt. Le jeune homme, maintenant âgé de vingt-deux ans, refusait systématiquement toutes les sorties, les invitations, les cérémonies auxquelles il était convié. Comme Laurent, il s'était découvert un amour pour les animaux et la vie au grand air. Même s'il ne parlait pas aux bêtes comme l'autre, elles avaient un effet apaisant sur l'anxiété qui l'envahissait souvent sans avertir. Son visage avait beau être cicatrisé, ses plaies invisibles, celles qui ne guériraient jamais créaient chez lui des vagues de rage, de pleurs et de panique qui ne se calmaient qu'au contact des animaux. Sa mère aurait tant voulu être celle qui apaiserait sa peine. Mais la grosse rousse avait dû se rendre à l'évidence : Ludovic ne voulait pas de rapprochement, de tendresse ou de soutien de sa famille. La colère qu'il ressentait en voyant les beaux visages lisses de ses cadets nuisait à toute tentative de réconfort.

— Bon, il va falloir que je rappelle mon amie, astheure !

Florie s'approcha lentement du téléphone en s'arrêtant près des marches pour reprendre son souffle. Son régime entrepris à l'automne n'avait pas donné les résultats escomptés et la pauvre femme voyait la quarantaine approcher sans espoir de redevenir mince comme à vingt ans. La voix essoufflée de sa sœur fit sourire Adèle, qui la força tendrement à s'asseoir sur la chaise droite près de l'appareil.

— Laurent ? cria soudainement Florie même s'il était à quelques pieds d'elle.

— Quoi ?

— Je pense à ça, peut-être que Ludovic est arrivé puis qu'il est allé dans la grange sans passer par la maison ?

Le jeune homme leva les yeux au ciel en mimant sa sœur. Il marmonna pour lui-même :

— Bien oui, c'est ça, il s'est caché en dessous d'une botte de foin. Franchement, Florie, j'étais dans la grange il y a pas une demi-heure, je pense que je l'aurais vu ! Arrête donc de t'énerver de même comme si tu étais sa mère. Je vous ai dit que Ludovic avait un rendez-vous, reviens-en, ma sœur !

Florie haussa les épaules alors qu'Adèle tapotait le bois du bout de ses ongles. Elle dit finalement en se relevant :

— De toute manière, c'est pas la fin du monde. C'est pas un enfant qui doit tout dire à ses parents.

— Tu as bien raison, ma sœur !

Décidée à ne plus accorder une seconde de son énergie à Ludovic Marquis, la femme replète fit son appel au magasin.

— Louisette n'a pas besoin de moi aujourd'hui, dit-elle piteusement en revenant dans la cuisine. S'arrêtant sur le seuil de la pièce, Florie pointa le corridor en marmonnant à Adèle :

— Il me semble que tu serais mieux sur la table de salon pour couper ton patron.

Il lui fallait trouver un moyen de ne pas avoir sa sœur dans ses pattes pendant qu'elle glaçait son beau gâteau à trois étages.

Adèle répondit distraitement :

— Non, je suis mieux ici. Il…

— Bien moi je pense que non !

Levant la tête pour s'obstiner, Adèle vit le sourire moqueur de son frère et son regard coquin. Elle comprit aussitôt, car chaque année, son aînée lui faisait le coup. Elle sourit affectueusement et empoigna son tissu bleu à pois blancs et ses bouts de papier calque.

— Tu sais quoi, ma Florie ? Je pense que tu as raison !

Satisfaite, l'autre hocha la tête vivement en souriant de contentement. Quand Adèle quitta la pièce, elle sortit le gâteau de la tablette sous le comptoir et entreprit d'étaler le glaçage auquel le peu de cacao qui lui restait donnait une teinte brun pâle, très pâle ! En début d'après-midi, comme il l'avait prévu, Laurent fit une courte visite à l'église pour en revenir avec une nouvelle d'importance.

— Le curé Latraverse est malade ! annonça-t-il à Florie qui se signa aussitôt.

— Qu'est-ce qu'il a ? demanda Adèle.

— Je sais pas trop, j'ai croisé le docteur qui sortait du presbytère puis il avait l'air pas mal soucieux.

— Oh mon doux, s'exclama son aînée, je devrais peut-être aller le visiter ?

— Non, penses-y même pas ! Le docteur a dit que personne n'était admis dans sa chambre. Il a fait un genre d'attaque, je pense.

Les sœurs restèrent silencieuses en se remémorant les années pendant lesquelles ce saint homme avait tenté de régenter son village. Florie pria en silence pour une guérison rapide alors qu'Adèle se disait qu'il serait peut-être temps qu'il tire sa révérence, lui qui devait approcher de soixante-dix ans. Le reste de la journée se déroula lentement. Comme la vie en novembre sous un couvert nuageux, lorsque la luminosité se taisait à quatre heures et que les habitants s'encabanaient, n'ayant rien d'autre à faire que de manger, tricoter ou jouer aux cartes. Laurent termina de changer les poutres pourries au plafond du poulailler en sifflotant. Sans nouvelles de Ludovic, il avait tenu pour acquis que le jeune ne serait de retour que le lendemain matin. Adèle et Florie passèrent l'après-midi à cuisiner. Depuis toujours, les deux sœurs avaient une vision différente du rôle de la femme. Alors que l'aînée jugeait qu'une bonne fermière se constatait à la qualité de ses repas, à la tenue de sa maison, Adèle trouvait que de réduire le rôle féminin à celui d'une servante n'était guère valorisant. Jamais plus qu'en cette journée de novembre 1940 la divergence d'opinions entre les deux ne parut autant. Florie martelait ses propos rétrogrades à sa sœur qui avait réponse à tout.

— Tu devrais être fière d'être responsable de nourrir les membres de ta famille et de t'assurer de garder une maison propre !

— Bien moi, tu vois, je pense qu'à leur âge, les hommes devraient être capables de se faire cuire un œuf sans que je sois obligée de faire chauffer l'eau !

— Pfff, franchement, Adèle ! Ils ont des tâches beaucoup plus importantes que ça à accomplir, tu penses pas ?

— Non. Je pense pas ! Je vois pas pourquoi ce serait pas nous autres qui tiendraient le marteau puis les clous, ou qui conduiraient le tracteur.

Lorsque Adèle était en verve, les discussions s'éternisaient jusqu'à ce que la plus vieille y mette fin en soufflant de mécontentement.

— On arrête ça là, tu fais juste dire des niaiseries.

Dans ces moments-là, Adèle souhaitait plus que tout retourner vivre loin du village. Depuis qu'elle avait repris une relation sporadique avec Jérôme, elle rêvait d'aller s'installer à Montréal, en sachant que jamais sa sœur n'accepterait ce départ. Juste avant le souper, alors que les sœurs mettaient la table, Marie-Camille grimpa en vitesse l'escalier extérieur avant de s'élancer dans la maison.

— Coucou, c'est nous !

— Ah bien, tu parles d'une belle visite ! s'exclama Florie radieuse en voyant sa nièce courir vers elle. La grosse femme se pencha péniblement et laissa la fillette plaquer un gros bec sur sa joue tiède. Son regard s'adoucit instantanément en se posant sur l'enfant aux longues boucles blondes nouées de chaque côté de son visage rond. Florie se releva en lui tendant un petit morceau de galette en vitesse avant que son frère ne les rejoigne.

— Où est ton père, ma pitoune ? demanda Adèle en lui faisant un clin d'œil.

Marie-Camille, la bouche pleine, pointa la grange. Des graines s'échappèrent d'entre ses lèvres lorsqu'elle tenta de parler et les deux femmes éclatèrent d'un rire commun.

— Finis ta bouchée, tu nous parleras après.

— Hum… hum… il… est parti voir mon oncle Laurent et Ludovic.

— OK ! Mais juste Laurent parce que Ludovic est pas venu aujourd'hui.

En constatant l'absence de Ludovic dans l'après-midi, les Gélinas avaient supposé que son rendez-vous s'était prolongé. Une légère inquiétude taraudait Florie, mais elle la garda pour elle afin de ne pas se faire dire que leur engagé n'avait pas dix ans. En plus, la nouvelle par rapport au curé avait détourné ses pensées. Elle ne pouvait imaginer leur village sans la présence de cet homme et se promit d'aller au presbytère le lendemain matin pour s'assurer de son bien-être. C'est pas le docteur qui l'empêcherait de faire cette visite-là ! L'aînée regarda par la fenêtre et sourit avec affection. Sur le côté du poulailler, ses frères discutaient avec véhémence. Le brun mince au visage sérieux se tenait aux côtés du cadet, grand blond costaud, au visage soucieux, déterminé à solidifier son poulailler avant le souper. Comme les hommes se dirigeaient vers la porte de la grange, elle cogna dans la vitre et attendit qu'ils la regardent pour ouvrir la fenêtre. L'air glacial pénétra dans la pièce.

— ÉDOUARD ? Restez-vous pour souper ?

Constatant qu'ils ne l'entendaient pas, la femme se résigna à glisser ses pieds dans ses grosses bottes de poil, mit son manteau et sa tuque et se glissa à l'extérieur. Sa nièce la suivit quelques secondes plus tard et elle lui tendit la main. Les deux se rendirent à la grange et sur le seuil, Florie répéta son appel :

— Édouard, cria-t-elle, allez-vous souper avec nous autres ?

— Oui, oui, dis oui, mon papa ! hurla Marie-Camille sous le regard indulgent de sa tante.

Le maître-beurrier, au fond du bâtiment, tourna son visage sévère vers sa fille qui se faufila dans le poulailler en attendant que les adultes discutent. Dès qu'elle arrivait à la ferme, Marie-Camille allait toujours chercher un des poussins pour le camoufler dans son manteau. Elle leur parlait comme à des enfants, malgré l'interdiction de son père qui ne voulait pas qu'elle dérange les poules. Mais comme sa mère, elle adorait s'en occuper et même si elle n'avait que six ans, Édouard devait avouer qu'elle faisait un très bon travail dans le poulailler organisé par Clémentine. Par contre, à la ferme Gélinas, il devait sans cesse lui rappeler que ces poules-ci ne leur appartenaient pas et qu'elle ne pouvait se les approprier ainsi. Mais souvent, la fillette n'en faisait qu'à sa tête et sur ce plan, son oncle Laurent et elle s'entendaient parfaitement. Ils avaient ce point en commun : l'amour des bêtes. Laurent lui jeta un regard affectueux et se détourna pour regagner la grange lorsque les paroles échangées entre son frère et sa sœur stoppèrent son élan.

— Non, non, on s'en va tout de suite à Saint-Damien, j'arrêtais juste vous dire un bonjour et rendre service à Louisette.

Florie plissa son nez gelé pendant que sa nièce faisait la moue.

— Un service à Louisette ?

— En fait, si je pouvais dire un mot à Ludovic, c'est à lui que ça s'adresse. Sa mère veut juste l'avertir que son frère Maximilien est arrivé et qu'elle aimerait ça qu'il arrive pas trop tard pour le souper.

Adèle, qui venait de les rejoindre à son tour après avoir pris le temps de mettre la tourte de rognons au four, répondit avant tout le monde :

— Il n'est pas ici, Ludovic.

Édouard eut l'air surpris.

— Ah bon ? Il est dans la maison ?

— Bien non, il n'est pas ici, qu'on te dit. Adèle a parlé à monsieur Marquis ce matin et elle lui a dit que le jeune avait un rendez-vous. Ça fait qu'il n'est pas ici.

Florie sentit le même malaise l'envahir et murmura :

— C'est bizarre, quand même. Tu es certain qu'il ne t'a pas dit où il allait, Laurent ?

— Bien non, puis je l'ai pas demandé ! répondit son frère avec humeur.

Florie rougit et aussitôt son cadet s'excusa de sa brusquerie. Marie-Camille posa la question qui trottait dans la tête de tous.

— Bien pourquoi on vient lui demander d'aller souper chez sa mère s'il est pas ici, Ludovic ?

L'air sembla se raréfier autour du groupe. Laurent laissa sa hache sur le sol, Édouard haussa les épaules avec incompréhension alors que les deux sœurs s'approchaient à quelques pouces de lui.

— Voyons donc, c'est donc bien mélangeant cette histoire-là ! dit Adèle en haussant les épaules.

Édouard prit la parole pour tenter de faire le point.

— Louisette est venue à la beurrerie vers quatre heures, elle m'a demandé si je pouvais passer demander à Ludovic de revenir plus tôt. Elle dit que ça fait deux mois que Maximilien est pas revenu...

— Ah bon ! C'est donc bien bizarre ce « rendez-vous » à Ludovic !

Florie commençait à s'agiter et Adèle tenta de se faire rassurante.

— C'est sûrement un malentendu, ma sœur. Il a peut-être manqué son train ou bien rencontré quelqu'un puis perdu le sens du temps. Il s'est peut-être même fait une amoureuse ! spécula-t-elle en rigolant pour détendre l'atmosphère. Tu t'énerves pour rien.

— Pour rien ? Tu n'es pas gênée, mademoiselle...

— Mademoiselle ! s'esclaffa Marie-Camille le nez contre son poussin.

Elle cessa net en recevant une petite taloche de son père. Florie continua dans la même veine et plus elle y pensait, plus elle s'affolait.

— Ce jeune-là est fragile, puis vous autres, vous arrêtez pas de me dire qu'il faut le laisser vivre en paix ! Bien moi, je sens ça, des affaires de même. Puis j'ai eu un mauvais « ressentiment » toute la journée, mentit-elle effrontément pour bien montrer le côté dramatique de l'histoire.

Adèle, qui n'osait pas la reprendre sur sa confusion langagière, mordillait ses lèvres, un peu embêtée. Il faut dire que l'imbroglio provoqué par l'absence de l'engagé commençait à s'envenimer. Comme souvent dans les circonstances hasardeuses, ce fut Édouard qui prit le contrôle de la situation.

— Arrête de t'énerver autant, Florie, on va comprendre ce qui se passe. Je vais retourner voir Louisette pour vérifier s'il est pas revenu chez lui entre-temps. Peut-être qu'il voulait un peu de solitude et a décidé de passer la journée à Labelle ou juste chez un ami.

— Un ami ? Quel ami ? ricana Laurent avant de se détourner avec gêne. Ce n'était pas le moment !

— Puis de toute manière, continua Adèle, j'ai parlé avec monsieur Marquis ce matin, ça fait que je comprends pas comment ça qu'ils nous ont pas rappelés, si leur gars n'est pas rentré, rajouta-t-elle en frissonnant. On pourrait peut-être aller discuter dans la maison, je sais pas comment tu fais pour passer tes journées ici, Laurent, on gèle.

Au moment où la famille pénétrait à l'intérieur de la maison, le téléphone sonna, faisant dire à Édouard :

— Bon, c'est sûrement lui !

Il alla répondre et les autres se regroupèrent autour de lui dans l'attente.

— Bien voyons donc !

— …

— Quand ça ? Quelle tristesse !

— …

— Oui je fais le message, soyez sans crainte, monsieur le maire.

Le maître-beurrier raccrocha en jetant un regarda affligé au groupe.

— C'était le maire.

— On est pas sourds ! claqua la voix nerveuse de Florie. Qu'est-ce qu'il y a ? C'est Ludovic ? Parce que je vous l'avais dit...

— Le curé Latraverse est mort.

La nouvelle se répandit comme une traînée de poudre dans le village, faisant temporairement oublier aux Gélinas leur inquiétude par rapport à l'absence de Ludovic. Le vieux curé avait subi une seconde attaque en milieu d'après-midi et celle-ci lui avait été fatale. Bouleversée, la pauvre Florie ne cessait de renifler alors que Marie-Camille, qui avait toujours eu un peu peur de l'homme à la soutane, avait passé ses petits bras autour du cou de sa tante pour la consoler. Ce n'est qu'après un bon bout de temps que la voix de la petite fit réagir les adultes :

— En tout cas, on a pas encore trouvé Ludovic !

Les regards convergèrent vers l'enfant, qui fit un sourire incertain. Pourquoi tout le monde avait cet air-là ? Florie tapota sa main avant de dire :

— Tu as bien raison, ma Mimi ! Avec l'annonce de la mort du curé, on...

Un sanglot coinça le reste des paroles de l'aînée. Adèle prit la relève :

— On peut rien faire pour notre curé, revenons donc à nos moutons !

— Nos moutons ? demanda Marie-Camille en fronçant les sourcils. Où ça, des moutons ? Ma tante Florie veut pas un poussin dans la maison, ça fait que tu peux pas entrer un gros mouton, ma tante Adèle !

Le sermon de l'enfant fit sourire ses tantes, son oncle et son père. En peu de temps, des arrangements furent pris. Édouard et Laurent montèrent dans la carriole alors que les femmes gardaient Marie-Camille. Lorsque Aramis tourna sur la côte Boisée pour descendre vers le village, Florie, la tête à la fenêtre du salon faisait une prière pour que cette disparition ne soit effectivement qu'un malentendu. Un malheur dans une journée, c'était bien assez.

— Toi, Marie-Camille, penses-tu que je devrais téléphoner chez mon amie ?

— Hein ?

Avant qu'elle ne puisse répondre à la question, un petit « cui-cui » bien senti se fit entendre derrière le divan. Florie était si inquiète qu'elle ne s'était pas rendu compte que la fillette avait caché le poussin à l'intérieur de son manteau pour le rentrer dans la maison un peu plus tôt. Le regard piteux, la fillette n'eut d'autre choix que de sortir le poussin de sa cachette en lui soufflant qu'il n'était pas fin et qu'elle ne jouerait plus avec lui. Florie jeta un coup d'œil indifférent à l'animal et attendit la réponse de l'enfant, enchantée de constater qu'elle ne devait pas retourner la petite boule soyeuse dans la grange.

— Puis qu'est-ce que tu penses que je devrais faire ?

Embêtée par la question, la fillette haussa ses petites épaules sur lesquelles flottaient ses boucles. Sa tante ne lui demandait jamais son avis sur rien d'habitude.

— Je sais pas, moi !

— Parce que c'est sûr que c'est étrange en mautadine. J'espère qu'il n'est rien arrivé de grave à Ludovic, il y a déjà assez goûté de même, je trouve ! continua Florie pour elle-même.

La femme hésita puis s'en alla dans le corridor devant le téléphone. Elle y resta plantée, inspirant profondément en espérant l'entendre sonner. La petite trotta jusqu'à elle et tira sur sa jupe noire.

— Ma tante Florie...

— Hum, oui ?

— Est-ce que je pourrais téléphoner à quelqu'un ? Ça fait longtemps que je n'ai pas...

— Bien non, Marie-Camille ! Je veux laisser le téléphone libre au cas où Louisette m'appellerait.

L'enfant fit la moue avant de dire :

— On peut manger d'abord ? J'ai faim.

— Marie-Camille, on va attendre les autres encore un peu. Va donc jouer avec ton poussin à la place.

— Mais, matante...

Les sourcils froncés, la femme fit signe qu'aucune discussion n'était permise. Marie-Camille, connaissant bien les différents faciès de Florie, sut que rien ne la ferait changer d'idée. Elle alla donc rejoindre Guimauve pour lui jaser de l'injustice de la vie des enfants. Le pauvre poussin piaillait à qui mieux mieux, coincé dans le coin du salon entre le banc du piano et trois coussins afin de lui faire un enclos. Dans la cuisine, Florie se fit chauffer une tasse d'eau avant de marmonner :

— J'espère que Ludovic a pas fait comme...

— ...comme ? questionna sa nièce arrivée sur la pointe des pieds.

— Hein ? Oh rien, rien, ma puce ! rougit Florie qui n'arrivait pas à s'enlever le souvenir de Marc-Joseph de la tête. S'il fallait que Ludovic ait mis fin à ses jours comme leur ami, plusieurs années auparavant, Louisette ne s'en remettrait jamais. Surtout que là, il n'y avait même plus de curé au village. La pauvre Florie se mit à haleter en pensant aux semaines à venir. Si le nouveau prêtre n'aimait pas la chanson, peut-être qu'il refuserait que la chorale poursuive ses activités lors des messes spéciales. Puis en plus, le curé Latraverse avait pas encore…

— Ma tante Florie, ils reviennent ! cria Marie-Camille le nez à la fenêtre du salon.

Adèle descendait en courant l'escalier, ayant vu la carriole tourner dans leur entrée de la fenêtre de sa chambre. Elle rejoignit les autres en vitesse sur la galerie et vit des visages sombres l'accueillir.

— Puis, il était chez lui ?

— Non.

Le trio pénétra dans la maison pour fuir l'air glacial de cette fin d'après-midi. Une fois à l'intérieur, sous le regard accablé de Florie, Édouard expliqua leur visite chez les Marquis.

— Monsieur Marquis avait oublié de dire à Louisette qu'il avait téléphoné ce matin. Ça fait que ton amie ignorait que Ludovic n'était pas ici.

— Il est donc bien innocent, Gérald !

— Ma tante Florie ! gronda Marie-Camille, le petit doigt dans les airs.

— Je m'excuse, ma puce. Mais d'abord, il est où le petit mau… le jeune ?

— Quand on est partis de chez eux, Louisette avait commencé à passer tout son carnet de téléphone pour savoir si quelqu'un l'avait vu. Nous autres, on a fait le tour du village, mais aucune trace de Ludovic. Il faut dire que pour l'instant, avec la mort du curé, son absence passe pas mal au second plan ! Il y a toute une foule devant l'église ! Tout le monde attend d'avoir des détails sur les funérailles à venir. C'est pas tous les jours qu'un curé meurt au village !

Le regard éteint, Laurent frotta sa barbe en se sentant tout de même un peu coupable de ne pas avoir demandé des précisions au jeune Marquis avant de lui accorder un congé. Les quatre adultes ne savaient que penser de cette disparition inexpliquée. Édouard hésita avant d'ajouter, au grand désarroi de sa sœur :

— En plus, Louisette pense qu'il n'a pas dormi dans son lit.

— Quoi ?

— Quand Louisette est montée voir dans sa chambre, elle est revenue en larmes parce que son fils…

Le son du téléphone coupa Édouard. Tous figèrent sur place et c'est Marie-Camille qui se dépêcha d'aller répondre avant qu'un adulte ne l'en empêche.

— Allo ?

— …

— Oui. Une minute s'il vous plaît !

Sa petite voix sérieuse fit sourire son père malgré la tension. Elle tendit l'appareil à Florie déjà à ses côtés.

— C'est madame Louisette.

— Allo, Louisette, tu as du nouveau ?

— …

— Non !

Le visage défait, la grosse femme posa son derrière sur le tabouret en fixant du regard ses frères et sa sœur. Elle secouait sa tête de gauche à droite la bouche ouverte, puis au bout de quelques secondes elle conclut :

— J'arrive, mon amie. J'arrive.

Dès qu'elle raccrocha, sa nièce lui prit la main pour lui faire un bisou. Florie lui sourit gentiment avant de tourner son visage démonté vers les autres:

— Ludovic est... parti pour la guerre!

CHAPITRE 16

Un départ, une arrivée

Chez les Marquis, la tension était à couper au couteau. Florie serra fort son amie contre son cœur, alors qu'Adèle demandait des détails.

— Vous avez donc eu des nouvelles ?

— Louisette a trouvé une lettre en dessous de son oreiller, répondit Gérald Marquis d'un ton las.

— Il nous écrit qu'après y avoir pensé pendant de longues semaines, il a décidé de partir se battre pour son pays.

Louisette éclata en sanglots en songeant à son pauvre fils déjà éprouvé par la vie, qui irait se faire tuer sur un champ de bataille pour une guerre qui ne le concernait pas. Son mari voulut la consoler d'une étreinte affectueuse et elle grogna :

— Toi, touche-moi pas ! Si tu m'avais dit aussi que tu avais parlé à Adèle ce matin, on en serait pas là ! On aurait pu le rattraper !

Le pauvre Gérald Marquis, découragé par son impuissance, marcha difficilement vers le canapé fleuri près de la fenêtre. Maximilien et Georges-Arthur se tenaient dans un coin du salon, hésitant entre l'admiration pour leur grand frère et la stupidité de son geste. Adèle, la seule encore capable de penser clairement, s'avança :

— Il vous a écrit à quel endroit il allait ?

— À Montréal.

— C'est vrai que les dernières fois que je me suis rendue en ville, les affiches de propagande étaient partout. Mais… il…

— Je sais rien, Adèle ! Je sais rien d'autre, pleurnicha Louisette dans les bras de Florie.

La rousse ne savait plus où donner de la tête. Elle lançait des regards éperdus comme si quelqu'un pouvait ramener son aîné d'un claquement de doigts. Tout d'un coup, elle se redressa et pointa son index sur son mari effondré dans le divan.

— On va aller le chercher !

— Euh…

— Allez, va prendre les clés, on part pour Montréal.

— Mais, Louisette.

— Il y a pas de Louisette qui tienne. Mon fils est viré fou, puis c'est pas vrai que je vais assister à ça sans essayer de le faire revenir sur sa décision. Si notre bon curé était encore vivant, paix à son âme, je lui demanderais de venir avec nous ! Je te dis qu'il lui aurait parlé dans le casque ! Quand je pense que ça nous a tout pris pour réussir à lui obtenir une exemption à cause de ses brûlures, puis lui, l'innocent…

Gérald Marquis, épuisé par sa maladie, lança un regard désespéré en direction d'Adèle, qui comprit son appel à l'aide.

— Louisette, je crois que ça donne rien de s'en aller dans la nuit à Montréal. Mais si vous voulez, je vais faire une couple d'appels pour demander à des amis qui y vivent de faire des recherches pour nous.

— Oh ! Tu pourrais faire ça ?

Adèle hocha la tête en se disant que les amis se résumaient à Jérôme, mais personne n'avait à le savoir. La grosse rousse la regardait avec espoir.

— Il faudrait juste que j'en sache un peu plus. Est-ce qu'il a dit à quel endroit il comptait s'enrôler ?

La commerçante essuya ses joues avant de sortir un papier froissé de la poche de sa robe brune déformée. C'était bien la première fois, remarqua Adèle, que la femme portait une teinte sobre. Généralement, elle se vêtait de rouge, vert, bleu, orange... tous les spectres, sauf les couleurs de terre !

— Il a écrit... commença-t-elle en se remettant à pleurer.

— Je peux ?... s'informa impatiemment Adèle en tendant la main. Les jérémiades de la mère de famille commençaient à lui taper sérieusement sur les nerfs. D'accord, la situation était dramatique, mais ce n'était pas en sanglotant comme une Madeleine qu'elle y changerait quelque chose.

Louisette lui remit la courte lettre et retourna près de Florie qui passa son bras court autour de ses larges épaules.

Papa, maman, j'ai décidé de m'enrôler pour la guerre. Je suis décidé et vous ne me ferez pas changer d'idée. Je vous appellerai bientôt, je vais tenter de rejoindre le Royal 22e Régiment. Ne me cherchez pas, je vous promets de vous donner de mes nouvelles bientôt. Je vous aime, votre fils Ludovic.

Adèle jeta un regard vers Florie puis vers les frères Marquis avant de remettre la lettre à la mère éplorée. Elle pointa le téléphone sur le meuble près de la porte.

— Vous permettez ?

— Oui, oui.

Hésitante à faire un tel appel à son amant avec autant d'oreilles à l'écoute, la femme n'eut d'autre choix que de tricher un peu.

— Bonsoir, puis-je parler à monsieur Lampron ?

— …

— Monsieur Lampron, ici Adèle Gélinas, votre journaliste.

Priant pour que son amant comprenne vite après le premier moment de surprise, elle sourit discrètement lorsqu'il lui dit :

— C'est un nouveau jeu, mademoiselle ?

— Non, répondit-elle. Il y a un problème au village et je me demandais s'il était possible pour vous de nous aider puisque nous n'avons guère la possibilité de nous rendre à Montréal ce soir.

Elle continua sur un ton amical et professionnel pendant qu'à l'autre bout du fil, Jérôme comprenait enfin la gravité de la situation. Il nota le nom du jeune et promit de donner des nouvelles le plus rapidement possible.

— J'appelle à la ferme ?

— Hum… un instant.

Adèle pencha sa tête vers les Marquis et dit :

— Ça vous va s'il me rappelle chez moi dès qu'il sait quelque chose ? Je pourrai aussitôt communiquer avec vous.

Louisette et Gérald hochèrent la tête pendant que Maximilien, un grand maigre à la chevelure auburn, se disait que son frère lui avait encore volé la vedette, lui qui n'avait pas mis les pieds dans son village depuis plus de deux mois. Son air maussade et mécontent n'échappa pas à Florie qui eut envie de passer un commentaire, mais elle se retint en voyant la mine de son amie.

Malgré leurs essais téléphoniques répétés, les Marquis ne réussirent pas à convaincre Ludovic de revenir au village. Ils eurent beau lui asséner qu'il avait la chance d'être exempté, le jeune homme avait été catégorique lors de leur visite à Montréal quelques jours après sa fuite.

— Je veux aller à la guerre, papa et maman. J'ai besoin de me sentir vivant.

— En allant te faire tuer, avait pleurniché sa mère.

Ludovic avait alors pris la parole sous les regards étonnés de ses parents qui le contemplaient, droit et fier dans son habit militaire.

— Je suis célibataire, je n'ai pas d'enfants, je n'ai pas de réel travail et avec la discipline que j'ai apprise chez les Gélinas, je suis le candidat idéal. Je veux faire ma part, vous comprenez ? J'aimerais ça me rendre dans la marine royale.

— Non ! Si la guerre était ici, au Canada, je comprendrais. Mais là, à l'autre bout du monde... Tu es bien trop jeune, tu comprends pas... martela Louisette. Dis quelque chose, bon sang, Gérald !

Et le père, pour une fois, avait tenu tête à sa femme en sachant qu'il en payerait le prix, encore plus si un jour leur fils venait à mourir dans ce conflit. Il avait mis la main sur l'épaule de son aîné et, les yeux dans l'eau, lui avait donné sa bénédiction.

— Promets-moi seulement de tout faire pour nous revenir vivant. Je peux comprendre ton désir de faire partie de l'histoire, mais sache que le jour où tu changeras d'idée...

— Je ne changerai pas d'idée, papa...

— Si cela arrive, nous t'accueillerons à bras ouverts et remplis de fierté. Prends soin de toi, mon fils, et donne-nous des nouvelles le plus souvent possible.

Dans la voiture, au retour, pas un mot n'avait été échangé entre le couple. La mère larmoyante s'était juré de ne jamais pardonner à son mari. Pourtant, Gérald Marquis savait qu'il avait fait la juste chose. Il avait ressenti un énorme sentiment de contentement face au geste posé par Ludovic. Il avait murmuré en flattant distraitement sa moustache grise:

— Tu m'en voudras sûrement longtemps, Louisette, mais sache que je n'ai pas de doute sur le choix éclairé que notre fils a fait. Je ne l'avais pas vu aussi serein depuis la nuit de l'incendie. Ses yeux brillent, son corps vibre, il se sent vivant, comme il nous l'a si bien dit. Que puis-je demander de plus pour cet enfant tellement éprouvé? Tu devrais aussi en être fière, ma femme. Notre fils est devenu un homme.

S'enfermant dans un mutisme profond, Louisette n'adressait la parole à son mari que lorsqu'elle en était obligée. Fini le potinage sur les Cécilois, finies les descriptions de ses soirées à la chorale. Après une cérémonie grandiose, à la hauteur du rang de l'homme, le curé Latraverse avait été enterré sous la terre qui l'avait vu naître, lui, un fils du village. Louisette avait tout fait pour obtenir la participation de Ludovic aux funérailles de l'homme. Peine perdue.

— Je vois pas pourquoi j'aurais besoin d'être là, maman! Vous lui ferez mes adieux. C'est pas comme si le bon Dieu puis moi on était en si bons termes!

La commerçante en voulait à mort à son mari qui avait, pensait-elle, contribué au choix de son fils. La semaine suivant son enrôlement, elle travailla au magasin de huit heures du matin à neuf heures du soir pour éviter de se trouver en présence de son époux. Florie, qui venait l'aider trois après-midi par semaine, ne savait plus comment la réconforter.

— Je me demande si on devrait pas trouver un nouveau chanteur pour la chorale? Surtout que le nouveau curé n'a pas rien dit quand je lui ai expliqué que nous chantions un dimanche par mois à la messe de dix heures. C'est plate en mautadine qu'il ne soit pas ici pour longtemps, lui ! Je le trouve bien smatte ! Parce que si j'ai bien compris, il n'est là que par intri... intir...

— Par intérim.

— C'est ça !

Florie fit un sourire à son amie.

— Puis, veux-tu qu'on cherche un nouveau chan...

— Si tu veux, coupa l'autre.

Florie fit la moue en tentant un autre sujet de conversation. Mais encore une fois, Louisette ne réagit guère.

— J'ai hâte de voir quel genre de mari va faire Anasthase Constantin !

— Hum.

La commerçante hochait la tête, souriait distraitement... Elle n'était plus que l'ombre d'elle-même.

— Je te le dis, Adèle, j'ai le goût de la brasser puis de lui dire que c'est pas la fin du monde ! Ludovic est encore à Montréal, il y a pas grand danger, là ! On pourra s'énerver quand il embarquera dans un bateau en direction de l'Europe, me semble !

— Franchement, Florie, ne put s'empêcher de répliquer sa sœur, mets-toi à sa place ! C'est pas toi qui voulais mourir quand tu as su que Laurent risquait d'être mobilisé ?

Mal à l'aise, la femme dodue réalisa son égoïsme. Elle allait répondre lorsque son frère Édouard pénétra dans la cuisine.

— J'ai une bonne nouvelle pour vous autres !

— Enfin, on est dus, marmonna Adèle en délaissant son mélange à crêpes quelques secondes pour aller l'embrasser.

— Jeremiah est papa !

— Oh !

Seulement oh... alors que les yeux de Florie se

remplissaient de larmes. Surpris, Édouard la fixa, mais Adèle, derrière sa sœur, fit un léger signe de la tête. Alors il fit comme s'il ne voyait rien et poursuivit :

— Oui, faites un vœu, mesdames...

— Une fille !

— Un gars !

— Je peux vous dire qu'une de vous deux a gagné, ricana le brun dont les cheveux bouclés tombaient sur son front, lui donnant l'air plus jeune que ses trente-trois ans.

— Innocent ! rigola Adèle en serrant la main tremblante de sa sœur derrière son dos.

— Elle a eu un beau gros garçon !

— Sais-tu comment ils vont l'appeler ? s'informa Florie en mettant le plus de neutralité dans son ton.

Édouard secoua sa tête avant de s'avancer vers le comptoir. Chaque fois qu'un des frères arrivait dans la cuisine familiale, il espérait trouver un morceau de brioche ou une gâterie quelconque à se mettre sous la dent. Il fit la moue en précisant :

— Jeremiah nous invite chez lui ce soir pour nous le présenter. Je pense qu'il est très heureux !

— Je crois bien, marmotta Florie, on aurait dit que sa femme était à veille de mourir !

Édouard et Adèle sourirent devant cette évidence. La grossesse de Béatrice Holland avait été en tous points contraire à celle de Clémentine Gélinas, malgré sa maladie. Tous les villageois avaient remarqué, semaine après semaine, les plaintes, les soupirs et les déplacements limités de la femme du ferblantier. Sans le savoir, Béatrice était devenue la risée du village chaque fois qu'elle quittait l'église en se pendant au bras de son mari comme si elle allait basculer par en avant !

— Mais ce soir, je pense pas que...

— Bien oui, tu peux ! coupa Édouard sachant d'avance ce que son aînée allait dire.

Il plongea son visage à deux pouces de sa sœur avant de murmurer :

— On est la seule famille que Jeremiah a ici au Canada ! Tu voudrais pas qu'il se sente abandonné, hein ?

Il lui plaqua un gros bec sur la joue avant d'enrouler son foulard noir jusqu'à ses yeux bleus.

— Je retourne à la beurrerie, je dois livrer des caisses de Floridèle et de Saint-Clément avant la fin de la semaine. À ce soir, les sœurs : sept heures chez Jeremiah.

Quand Laurent apprit la nouvelle de la naissance, il hocha la tête avec distraction en se disant qu'un autre homme de son âge venait de se caser pour la vie. Depuis le départ de Ludovic, il travaillait plus fort, mais remerciait le jeune de ne pas avoir quitté la ferme au printemps ou à l'été. Ça lui donnait une couple de mois pour trouver, encore une fois, un engagé !

Assise dans la carriole, les mains sur les genoux, Florie fixait la côte Boisée pendant que sa sœur tentait de lui donner un peu de force en lui serrant le coude. Laurent conduisait leur cheval en soupirant de découragement.

— Mon doux, mon frère, reviens-en, on dirait que tu t'en vas te faire arracher la moitié des dents ! dit Adèle pour détendre l'atmosphère.

— Bien je comprends pas, moi, pourquoi vous m'obligez à aller voir ce bébé-là ! J'ai bien de l'ouvrage à faire moi depuis que Victoire a donné naissance.

Une des brebis de la ferme avait mis bas la semaine

précédente et les agneaux ne se développaient pas au goût de Laurent. Adèle compatit, mais répondit tout de même:

— On y va parce que c'est notre ami!

— Bof.

Laurent et Jeremiah s'étaient peu côtoyés dans les dernières années. Même si la relation entre les deux était cordiale, l'agriculteur ne se sentait pas un intérêt particulier pour le fils de Henry Stromph. Jeremiah utilisait souvent des mots qu'il ne comprenait pas et ses intérêts pour le chant et l'histoire de la Grèce antique ne le touchaient pas du tout. Il tourna sur le chemin Des Fondateurs en regardant avec intérêt le pharmacien qui fermait la porte de son commerce.

— Je me demande quand sa fiancée va venir s'installer pour de bon! dit Adèle en saluant l'homme d'un signe de la main.

Florie sortit de son mutisme et marmonna:

— Louisette m'a dit qu'il est plus fiancé.

— Hein? Comment ça?

La grosse femme grelottante – autant de froid que d'anticipation – haussa ses épaules en hochant la tête. Son chapeau engoncé jusqu'aux yeux, elle referma le col de son lourd manteau d'hiver pour y enfoncer le menton. Sa voix étouffée répondit:

— Sais pas.

Laurent fixa de nouveau l'homme en ressentant un étrange fourmillement dans le ventre lorsqu'il leva la main pour les saluer à son tour. Ne se permettant pas de laisser son esprit s'aventurer dans des sentiers abrupts, le barbu tourna dans l'entrée de la forge et dirigea la carriole vers l'arrière, près de la maison des Holland.

— Je vous attends ici? demanda-t-il en blaguant à moitié.

— Innocent! Allez, dépêche, on va mourir gelés.

Depuis le début de novembre, les températures n'avaient

pas grimpé au-dessus de moins dix. Heureusement, la neige recouvrait maintenant le sol, permettant aux enfants de s'amuser gaiement. Laurent grimaça, attacha les rênes à la rampe de la galerie et suivit ses sœurs à l'intérieur.

— Je vous souhaite la bienvenue, mes amis ! les accueillit un Jeremiah rayonnant.

Il posa son regard doux sur Florie, qui avait mis sa plus jolie robe, la bourgogne avec un liséré noir près du col. Même si elle tirait légèrement au niveau de la poitrine, la femme savait que c'était sa tenue la plus attrayante. Laurent avait d'ailleurs passé un commentaire étonné qu'elle avait balayé du revers de la main.

— Béatrice et le bébé dorment pour le moment. Je peux vous servir un petit quelque chose pour vous réchauffer ?

Le coup à la porte l'empêcha de continuer et James arriva dans la cuisine, suivi de près par Édouard et Marie-Camille qui sautillait partout.

— Enfin, enfin, un bébé pour nous !

Les adultes éclatèrent de rire devant la fraîcheur de la fillette. Jeremiah en profita pour s'éclipser et voir si la nouvelle mère était prête à les recevoir. Lorsque le silence revint dans la cuisine, Marie-Camille posa la question tellement anticipée par tous depuis des années qu'ils ne l'attendaient plus :

— Pourquoi vous en voulez pas des bébés, vous autres, ma tante Florie, ma tante Adèle et mon oncle Laurent ? J'aimerais ça, moi, avoir un cousin ou une cousine !

— Euh…

Le regard affolé du trio se posa sur l'enfant qui attendait une réponse, les mains sur ses petites hanches. Son père se pencha pour la prendre dans ses bras. Il n'avait jamais mentionné aux siens ce petit mensonge sur leur absence d'enfant.

— On parlera de ça une autre fois, pour l'instant, on va voir le bébé de Jeremiah, d'accord, ma puce ?

Marie-Camille allait répliquer, mais les yeux de son père qui la fixaient sérieusement la firent changer d'idée. Elle connaissait ce regard et décida d'attendre un autre moment. Mais maintenant qu'elle avait posé sa question, elle ne lâcherait pas le morceau et ça, tous les Gélinas en étaient conscients ! Heureusement que le nouveau père arriva sur les entrefaites, son poupon bien appuyé sur ses avant-bras. Florie se mit à trembler de tout son corps et elle recula discrètement contre le mur près de la porte pour reprendre ses esprits. La vue de cet homme, grand et mince, de son visage heureux, de son regard doux derrière ses lunettes dorées lui fit regretter plus que jamais d'avoir refusé ses avances. Jeremiah regarda ses amis avec le même sourire que son père et il chuchota pour ne pas réveiller l'enfant :

— Mes amis, je vous présente Patrick-Henry Holland.

Pas un œil ne resta sec dans la pièce à l'annonce du nom du bébé. Le petit-fils de Henry Stromph serait né dans son village d'adoption. Édouard et Adèle s'approchèrent en premier pour voir le nouveau-né.

— Oh ! Il est tellement petit, murmura Adèle étonnée.

— *Six pounds !* Tout juste ! Mais *six pounds of muscle*[38], comme son père ! rigola le ferblantier en suppliant Florie de s'approcher. Tant de non-dits, de regrets dans cet échange de regards qui n'échappa pas à Édouard. Il se figea derrière la chaise de son ami pour fixer sa sœur. Se pouvait-il qu'il y ait eu quelque chose entre les deux ? Il secoua imperceptiblement la tête avant de regarder Adèle qui lui souriait avec affection.

38 Six livres de muscles.

Elle hocha à son tour la tête, le plus discrètement possible. Alors Édouard comprit. Il voulut prendre sa grande sœur dans ses bras, la consoler comme elle l'avait fait tant de fois. Si Jeremiah n'était pas marié et père, il l'aurait supplié de trahir la folle promesse faite à leur mère. Mais voilà, il était trop tard. Il s'avança vers elle et lui tendit une main solide sur laquelle elle s'appuya pour s'avancer vers Jeremiah.

— Il est… il est de toute beauté, Jeremiah chuchota-t-elle la voix enrouée par l'envie. L'envie d'en être la mère, de l'avoir porté, de partager ce bonheur avec cet homme.

— *He is beautiful, my friend! Congratulations*[39] *!* dit James en tendant la main pour caresser l'épaule de son ami rempli de fierté.

Le Noir aussi rêvait de ce moment et il savait que son départ – remis au printemps puisqu'il attendait d'avoir d'autres offres d'achat pour sa maison – signifierait pour lui le début d'une ère nouvelle. Du moins, il l'espérait. Le poupon de quelques heures emmitouflé dans une petite couverture bleue et blanche avait la main calée contre sa bouche. Ses yeux bordés de cils presque blancs étaient fermés, mais tremblotaient à chaque deux respirations. Il avait l'air minuscule entre les longs bras de Jeremiah qui ne se lassait pas de le regarder. Avant qu'elle le réalise, la demande fusa hors des lèvres entrouvertes de Florie :

— Je peux le prendre ?

Aussitôt, le père étira sa longue silhouette maigre pour laisser sa place sur la berçante. Florie avait rosi sous le regard étonné de Laurent qui n'avait toujours pas donné son avis sur le bébé. Il ne ressentait rien de particulier devant cette mini

39 Il est beau, mon ami ! Félicitations !

personne qui semblait faire tomber en pâmoison tous les adultes. Alors que Jeremiah déposait son Patrick-Henry dans les bras de la femme, Marie-Camille décida que son tour devrait être le prochain.

— Il est très beau, ton bébé, Jeremiah. Est-ce que je vais pouvoir venir le garder ?

Les adultes sourirent avec affection lorsque l'Anglais se pencha pour mettre son visage à la hauteur de la fillette.

— Hum... le garder, peut-être pas tout de suite, mais tu peux venir le visiter quand tu veux, Marie-Camille !

La fillette sembla réfléchir quelques instants puis elle hocha la tête vigoureusement.

— D'accord. Alors si je veux le connaître, il faudrait que je le prenne moi aussi, ma tante.

Florie, qui n'arrivait pas à quitter le nouveau-né de ses yeux noirs, toucha son chignon pour se donner une contenance. Elle regarda sa nièce et hésita. Jeremiah accepta et l'échange de place se fit en douceur. Édouard regardait avec regret son unique enfant tenir le bébé dans ses petits bras. Il aurait tant voulu donner un frère ou une sœur à Marie-Camille. La fillette parlait doucement au poupon en plaçant son visage à quelques pouces et dans la pièce, les murmures des adultes autour de la table s'intensifièrent. La chaleur du poêle rendait la cuisine vraiment chaude afin de s'assurer que le reste de la maison soit confortable. Un bruissement de pas annonça l'arrivée de la nouvelle mère que tous s'apprêtaient à accueillir avec des félicitations bien méritées. Mais personne n'en eut le temps, la voix de la femme claquant dans la cuisine :

— Voyons donc ! Veux-tu bien lui prendre mon fils ? Qu'est-ce qui te passe par la tête de laisser un bébé naissant à une petite fille de cinq ans ?

Gêné par l'éclat de son épouse, Jeremiah se releva aussitôt alors que les autres restaient figés. Marie-Camille vint les yeux pleins d'eau et avec son franc-parler habituel, répliqua:

— J'ai presque sept ans vous saurez, madame!

Le ferblantier se dépêcha de prendre Patrick-Henry des bras de la fillette, qui resta assise dans la grande chaise, toute menue avec les pieds qui ne touchaient pas au sol. Elle avait recroisé ses bras sur sa poitrine et semblait prête à exploser. Son père s'avança pour la relever affectueusement.

— Je pense qu'il est temps de partir, ma puce. Je vous félicite pour ce beau bébé, Béatrice. Nous allons vous laisser vous reposer.

Le ton frais d'Édouard fit rougir Jeremiah, qui lui lança un regard d'excuse. Depuis le début de la grossesse de sa femme, il se questionnait sur son choix d'épouse. Malgré le manque de délicatesse occasionnel de Florie, il regrettait de n'avoir pu mener à terme cette relation qui lui avait semblé avoir plus de sens que celle-ci. Mais il tentait de toutes ses forces d'aimer cette femme qui était maintenant la mère de son premier fils. Pour l'instant, dans son épaisse robe de chambre en ratine verte, les boucles blondes attachées à la nuque, l'ancienne maîtresse d'école aurait pu passer pour une enfant elle-même. Son énorme ventre avait presque entièrement dégonflé, remarqua Florie avec jalousie en portant un regard sur le sien qui ne faisait que prendre de l'expansion. Agrippant leurs manteaux accrochés au mur, les Gélinas se dépêchèrent de sortir de la maison sous les excuses de Jeremiah qui tentait d'atténuer la sécheresse de son épouse. Aussitôt à l'extérieur, Adèle marmonna:

— Ma foi, il fait pas plus froid ici qu'en dedans quand Béatrice est arrivée!

— Je te dis qu'elle a le don de faire baisser la température d'une pièce, celle-là ! ajouta Édouard encore offusqué de la remarque acerbe de la nouvelle mère envers sa fille.

Laurent allait dire quelque chose, mais il se retint. De toute manière, l'atmosphère de la maison de Jeremiah était le dernier de ses soucis ! Il avait juste hâte de retourner à la ferme pour voir si les deux nouveaux agneaux de sa Victoire réussiraient à passer la nuit. Après une difficile mise à bas, les petites bêtes présentaient encore des signes d'hypothermie qui inquiétaient le fermier.

— Veux-tu un coup de main ? demanda Édouard en soulevant dans la carriole sa fillette encore choquée par la remarque de la femme de Jeremiah.

Laurent lui lança un regard découragé avant de hocher la tête. La neige fine qui virevoltait dans les airs avait amené un réchauffement de la température, mais les femmes leur demandèrent de se presser un peu. Assises sur la couverture qui couvrait le banc de cuir, les deux sœurs ne dirent mot jusqu'à la maison. Les véhicules des Gélinas et de James s'éloignèrent sous le regard déçu de Jeremiah, qui laissa retomber le rideau de la fenêtre en poussant un long soupir. Sa vie auprès de Béatrice ne serait pas une partie de plaisir, elle venait de lui en fournir un nouvel exemple !

— Vous allez rester coucher, Édouard ? demanda Florie avant que les hommes ne s'en aillent dans la grange.

— Dis oui, papa, s'il te plaît, le supplia Marie-Camille.

— Oui, si ça vous dérange pas !

— Tu sais bien que vous êtes toujours les bienvenus. Ta chambre est libre. Ludovic restait surtout coucher ici l'hiver. Mais astheure qu'il est parti pour de bon, c'est pas un problème !

Dès qu'elle mit les pieds dans la cuisine, Marie-Camille se

dirigea vers la chaise berçante près du gros poêle et dit, catégorique:

— En tout cas, moi je l'aime pas la mère de Patrick-Henry ! Une chance que c'était pas ma maîtresse d'école !

Les deux sœurs échangèrent un regard qui démontrait que toutes les deux étaient bien d'accord avec les paroles de l'enfant. Ce soir, Béatrice Holland n'avait pas gagné de points de la part de personne ! La tête à la fenêtre, Adèle regardait James suivre ses frères et se tourna, les fesses appuyées sur le comptoir.

— James n'a toujours pas trouvé quelqu'un pour sa maison, Florie ?

— Moi, je veux pas parler de ça ! dit Marie-Camille.

Adèle s'approcha en riant et, se penchant au-dessus d'elle, répondit:

— Alors, mets tes mains sur tes oreilles ou va dans le salon, ma chérie, parce que moi, j'ai envie d'en parler.

Adèle lui fit un clin d'œil pendant que l'autre restait songeuse quelques secondes. Puis, elle glissa de la chaise en tirant la langue avant de courir vers le salon en riant.

— Florie ? répéta Adèle.

Mal à l'aise à l'idée qu'elle avait peut-être fait perdre la seule vente possible que son voisin aurait pu réaliser, avec sa grande langue, l'aînée secoua la tête.

— Non, pas aux dernières nouvelles. Tu penses qu'il va finir par accepter l'offre du jeune Constantin ?

— Je ne crois pas. De toute manière, j'ai entendu dire qu'il se marierait dans le temps des fêtes, ça fait que j'imagine qu'il a trouvé autre chose pour se loger...

— Ou qu'ils vont rester chez le bonhomme Constantin en attendant d'acheter une autre maison ! En tout cas, on sait pourquoi il se dépêche de se marier, l'Anasthase, ricana Florie.

Il a bien trop peur d'attendre au mois de mai, le peureux!

Depuis l'été, dans toute la province du Québec, une course au mariage s'était enclenchée à la suite de la mobilisation des hommes célibataires. Les Québécois avaient assisté à des épousailles accélérées un peu partout sur le territoire. Au parc Jarry de Montréal, des centaines de couples s'étaient même unis pour la vie, la même journée. Les discussions allaient bon train dans les chaumières de la province: certains critiquaient cette fuite déguisée pour cacher la lâcheté, alors que d'autres l'approuvaient sans hésiter, considérant que la guerre à laquelle s'était joint le Canada en septembre 1939 ne concernait pas les francophones du Québec. Florie jeta un coup d'œil par la fenêtre et murmura:

— On devrait avoir un beau Noël blanc cette année.

— Puis ça a l'air qu'Anasthase Constantin va être responsable de l'autoneige à temps plein puisque James et Ludovic ne voulaient pas s'engager. Moi, il faudrait que je sois mal prise en bibitte pour embarquer avec cet innocent-là!

Florie retourna son visage plein au menton pointu vers sa cadette avant d'éclater de rire:

— C'est rare que je t'entende parler de même, ma sœur! Tu l'aimes pas trop celui-là, hein?

Adèle secoua vivement sa tête brune et plissa son nez fin.

— Pantoute! C'est le plus grand imbécile du village! Je te dis que si James décide de lui vendre sa maison, on met la pancarte devant la nôtre!

Les sœurs éclatèrent d'un rire nerveux, conscientes que cette situation pourrait bien être la leur d'ici quelques mois si personne d'autre ne se présentait pour acheter la demeure de James Jackson.

CHAPITRE 17

Amitié nouvelle

—Moi j'aime pas ça les vacances !

C'était la première phrase prononcée par Marie-Camille en arrivant à la beurrerie le vendredi 20 décembre. Aglaé Robichaud, la maîtresse d'école, avait quant à elle refermé avec bonheur et soulagement la porte de l'édifice devenu silencieux à la suite du départ de ses vingt-deux élèves turbulents. Édouard, qui comptait sa caisse derrière son comptoir, éclata d'un rire sonore qui fit sortir James de l'arrière de la beurrerie.

— Tiens, bonjour, mademoiselle ! Qu'est-ce qu'il y a de si comique ici ? demanda le Noir avec affection. Il fit un clin d'œil à la fillette boudeuse.

— Marie-Camille n'aime pas les vacances ! répéta son père avec un sourire.

— Pantoute ! réitéra-t-elle la mine renfrognée.

James rigola à son tour et la fillette s'assombrit encore plus. Voyant que leur fou rire ne la déridait pas, son père s'agenouilla devant elle et tendit sa large main.

— Madame, me feriez-vous l'honneur de cette danse pour fêter les vacances ?

Marie-Camille fronça ses sourcils blonds en hésitant puis sourit enfin avant de lancer :

— Il y a même pas de musique, papa!

— Bien sûr que si, écoute!

Édouard se tourna vers son ami qui comprit aussitôt et se mit à claquer des doigts sur le comptoir avant de chantonner de sa voix chaude une chanson à la mode. Alors Marie-Camille prit la main de son père qui la fit tournoyer doucement, puis de plus en plus vite jusqu'à ce que la fillette demande grâce. La bonne humeur retrouvée, elle se dirigea dans la chambre de fabrication avec eux.

— Qu'est-ce que je peux faire, papa?

Depuis quelque temps, Marie-Camille quittait l'école pour venir le rejoindre à la beurrerie. Parfois, elle faisait ses devoirs sur le banc ou le comptoir, mais comme le congé des fêtes signifiait aussi une trêve dans les leçons, il n'était pas question qu'elle attende de rentrer à la maison sans rien faire. Le maître-beurrier regarda autour de lui et pointa la table basse dans le coin:

— Tu veux bien me compter les emballages de Floridèle et de Saint-Clément, ma puce? J'aimerais ça que tu me fasses des paquets de dix, peux-tu faire ça?

— Pfff, c'est certain! Je sais compter jusqu'à mille!

Le trio se mit à la tâche et n'entendit pas la clochette d'entrée. Ce n'est que lorsque Jeremiah les interpella qu'Édouard s'avança vers l'avant. Il retrouva son ami les joues cramoisies sous les larges cernes occasionnés par les nuits pénibles que Patrick-Henry leur faisait vivre à son épouse et lui depuis sa naissance, un mois plus tôt. Découragé, il avait décidé de venir voir son ami pour des conseils:

— Je te le dis, je pense que ce bébé-là dort une heure par jour! Le reste du temps, il pleure!

Marie-Camille voulut répondre que «c'était bien évident

avec une mère de même ! », mais elle se retint, sachant fort bien que ses paroles la mèneraient directement dans sa chambre en arrivant. Alors elle écouta plutôt attentivement son père expliquer les trucs que sa mère Clémentine utilisait pour calmer ses coliques, ses crises de larmes à elle. Les souvenirs que lui fabriquait son papa lui permettaient de se faire une belle image de la maman qui lui manquait tant. Parfois, elle observait tristement les autres enfants de sa classe courir au-devant de la leur en sortant de l'école, mais avec son optimisme hérité de sa mère, elle souriait en se disant qu'elle au moins avait deux matantes juste pour elle ! Jeremiah écoutait et hochait la tête avec lassitude, sachant que chaque essai qu'il ferait auprès de son épouse se solderait par une rebuffade, la femme considérant que les hommes ne comprenaient rien aux bébés.

— Pourtant, je te jure, Édouard, que j'arrive à le calmer parfois. Mais…

— …mais Béatrice veut pas te le laisser, n'est-ce pas ?

Se sentant coupable de blâmer sa femme, le ferblantier baissa son regard fatigué sur ses mains usées par le travail de la forge. Édouard s'assit près de lui en lui mettant une main franche sur le genou :

— Tu sais, mon ami, les nouvelles mamans sont très protectrices de leur nouveau-né, c'est normal. Ma Clémentine grognait quand je voulais promener notre fille pour lui donner un peu de répit, dit-il en mentant un peu afin d'encourager Jeremiah.

— Mais elle te laissait la bercer ?

— Oui, bien sûr.

Marie-Camille s'était assise sur son père pour écouter la conversation. Chaque fois qu'il parlait de sa mère, la fillette était tout ouïe, déterminée à en apprendre le plus possible sur celle qu'elle n'avait pas connue. L'Anglais secoua son visage anguleux en y passant une main lasse.

— Bien pas moi ! Alors je suis pris pour l'écouter pleurer toute la nuit sans pouvoir rien faire. Oh et puis excuse-moi de te déranger pour de telles…

Il chercha son mot et la blondinette glissa :

— …niaiseries !

Jeremiah poussa un léger rire en lui frottant la tête.

— Oui, c'est ça ! Bon, je vous laisse travailler.

— Parce que moi je dois finir de compter des paquets d'étiquettes, tu le savais que je travaillais aussi ? demanda Marie-Camille en sautant sur ses pieds.

— Wow ! Il est chanceux, ton père ! J'espère que Patrick-Henry voudra m'aider aussi quand il sera grand comme toi !

— Peut-être. Mais…

La fillette allait rajouter que sa mère ne voudrait sûrement pas lorsque la pression de la main de son père sur son épaule la retint. Elle fit un signe de main avant de rejoindre James qui n'avait que salué son ami avant de retourner à son travail. Remarquant la neige qui s'intensifiait lorsque Jeremiah ouvrit la porte, Édouard annonça à James que sa fille et lui allaient retourner à Saint-Damien tout de suite pour éviter d'être pris dans la tempête. Il avait une idée en tête que cette soirée enneigée lui donnait envie de réaliser.

— C'est bon, je termine l'écrémage des trois dernières canisses, puis je vais m'en aller, moi aussi. À demain !

Une fois arrivés chez eux, le père et la fille mirent près d'une heure à déblayer la galerie de leur maisonnette, au grand plaisir de Marie-Camille qui donnait deux coups de pelle, puis s'étalait dans la neige pour faire un ange ; deux coups de pelle, puis un saut dans la montagne sur le côté de la maison. Édouard riait de la voir ainsi, le chapeau tout croche, les mitaines mouillées, les joues écarlates. Elle respirait le bonheur, cette enfant de l'amour. Dans la maison, lorsqu'il eut accroché leurs vêtements trempés sur la corde dans la salle d'eau, Édouard fit chauffer un chaudron de soupe aux pois et commença à couper deux épaisses tranches de pain. Quand Marie-Camille prit place à la table pour le regarder préparer le repas au lieu d'aller jouer avec son chat Barbouille, son père comprit que le moment était venu de parler du passé à sa fille adorée.

— Marie-Camille ?

— Hum ?

— Tu m'as déjà demandé pourquoi tu n'avais pas de cousin ou de cousine. Je t'ai dit que mes sœurs et mon frère n'en voulaient pas. Mais ce n'est pas tout à fait ça. Je vais te l'expliquer, ma chérie.

Édouard inspira pour se donner le courage de trouver les mots justes. Il ne voulait en aucune façon que sa fille croie être tenue un jour à la même promesse qu'ils avaient faite à leur mère. Il plongea son regard bleu dans celui plus pâle de son enfant et la prit sur lui dans la chaise qui avait bercé tant de nuits sans sommeil depuis le départ de son amour, de sa douceur.

— Tu te rappelles que ma maman s'appelait Rose ?

— Oui.

— J'avais un papa aussi…

— Bien c'est sûr ! Mais… il est où, donc, ton papa ? demanda l'enfant en plissant le front.

— Eh bien, tu te souviens le mois passé quand je suis allé à Québec avec mon oncle Laurent ? Nous y allions pour retrouver notre papa Antoine qu'on avait pas vu depuis très, très longtemps.

— Ah bon ? Je pensais qu'il était mort lui aussi et je voulais pas te faire de la peine, ça fait que je t'en parlais pas. Alors on peut aller le voir ? demanda Marie-Camille en tournant son petit minois plein d'espoir vers son père.

Édouard lui caressa doucement la joue avant de secouer sa tête.

— Il est malade, ton grand-papa. Il reconnaît plus personne.

— Mêmc pas toi ?

— Même pas moi !

— Hum...

Le duo se berçait doucement au son des bourrasques à l'extérieur qui projetaient des milliers de flocons sur les terres enneigées de Saint-Damien et des environs.

— Mais ça, c'est pour mon grand-père, mais mes cousins et cousines, eux autres ?

Édouard leva les yeux au plafond en priant sa douce Clémentine de l'aider à trouver les paroles adéquates.

— Lorsque Laurent est né, notre papa Antoine est parti.

— Parti où ?

— Juste parti ! Il... il voulait essayer de devenir un artiste-peintre et il trouvait que dans une maison avec quatre enfants, ce n'était pas possible.

— Ah bon ? Mais grand-maman Rose est allée avec lui ?

— Non.

— Ah.

Édouard voyait tous les questionnements passer dans les yeux sérieux de son enfant. Elle mordilla ses lèvres en attendant la suite.

— Et c'est pour ça que tu n'as pas de cousin ou de cousine. Ma maman Rose a eu tellement de peine qu'elle nous a demandé de…

Sachant qu'il n'y avait aucun moyen d'adoucir la promesse, l'homme la cracha d'un jet:

— …de ne jamais nous marier ou d'avoir d'enfants. Et on a promis, tous les quatre.

— Bien là, murmura Marie-Camille, après un long moment de silence, je comprends pas parce que moi, je suis là! Oh… je suis pas à toi peut-être? dit-elle les yeux pleins d'eau.

Son père la rassura aussitôt et expliqua:

— Tu vois, ma chérie, même si j'ai promis de pas me marier ou d'avoir d'enfants, quand j'ai rencontré ta maman, ta belle et douce maman, j'ai été obligé de briser ma promesse. Je l'aimais trop.

— Mais quand on promet…

— Promettre, c'est sérieux en effet, tu le sais. Pourtant, je n'ai jamais regretté d'avoir choisi ta maman Clémentine, même si au début, ta tante Florie n'était pas très contente.

Quel euphémisme, ricana-t-il intérieurement en se remémorant les longs mois pendant lesquels il n'avait plus eu aucun contact avec Florie ou Laurent. Le visage sérieux, Marie-Camille ferma longuement les yeux et un instant, son père crut qu'elle s'était endormie. Puis, elle se leva et se tourna contre lui en mettant ses petites mains en coupe autour de son visage. Posant un doux baiser sur son menton elle chuchota tendrement:

— Bien moi, mon papa d'amour, je suis contente que tu aies brisé ta promesse, parce que sinon, je serais pas là!

— Moi aussi, ma chérie. Et si tu veux, je vais te lire quelque chose qui va te donner une petite idée de mon papa.

Édouard se releva lentement et alla chercher sa lettre déposée dans le tiroir de sa table de chevet depuis sa lecture, quelques semaines auparavant. Il la relisait souvent pour mettre un baume sur la plaie que le départ d'Antoine avait laissée en lui. Lorsqu'il revint dans la cuisine, Marie-Camille était assise dans leur chaise berçante, son chat Barbouille sur les genoux. Son père prit l'animal, qu'il déposa sur le sol avant d'empoigner l'enfant sous les épaules.

— Vous permettez, ma chère ?

Elle rigola alors qu'Édouard s'installait confortablement dans la chaise avant de l'asseoir sur ses genoux. Il sortit la lettre de sa poche et la déplia sous le regard curieux de Marie-Camille.

— C'est quoi ?

— Chut, écoute bien.

Mon cher Édouard,

Je veux te dire la peine que j'ai eue de te quitter alors que tu étais si petit. Mais je n'avais pas le choix…

— On a toujours le choix que tu me dis, papa !

— Oui. Mais parfois on a pas cette impression, ma cocotte. Je continue.

…si je voulais réussir à être le pourvoyeur que j'espérais.

— C'est quoi un pourvoyeur ?

— Quelqu'un qui fait des sous pour nourrir sa famille.

Les années ont passé et je me suis rendu compte de mon erreur. Pourtant, il était trop tard pour retourner auprès de vous, je vous avais trop fait de mal. Me pardonneras-tu un jour...

La voix d'Édouard se rompit, comme à chaque lecture de cette partie. Marie-Camille fit la moue en remarquant la tristesse sur le visage aimé de son papa. Elle mit sa petite main sur sa joue et Édouard la pressa dans la sienne.

— Veux-tu que je continue pour toi, papa ?

— Non, ma chérie.

Me pardonneras-tu un jour de t'avoir laissé devenir le chef de la famille Gélinas avant d'en avoir l'âge ? Tu étais petit, tu n'avais pas à t'occuper de ta mère, de tes sœurs et de ton frère. Je t'ai toujours aimé, mon Édouard, sache-le. Je sais que tu es devenu un homme fort, fier et surtout fiable. Pardonne-moi, ton père Antoine.

Édouard resta silencieux quelques instants sous le regard pensif de sa fille, qui lui posa une seule question:

— Est-ce que tu lui pardonnes à ton papa ?

La semaine avant Noël, deux mariages rapides furent célébrés à l'église de Sainte-Cécile: celui d'Anasthase Constantin et Émilienne Mailloux, et un jeune couple de Saint-Damien, peu connu au village. Quelques jours après l'annonce de l'événement, le père Constantin avait eu le culot de pavoiser sur le parvis, au magasin général et à la forge en vantant le courage de son fils qui permettait à sa fiancée de quitter un milieu familial pas très chaleureux.

— Veux-tu bien me dire comment il fait pour tourner les affaires à son avantage, ce gros épais-là ? demanda Édouard à James quand Jeremiah leur rapporta ses paroles dans son atelier le matin même.

Le Noir haussa les épaules. Il ne voulait accorder aucune attention à cette famille qu'il détestait plus que tout dans sa vie.

— Moi, tant qu'il m'achale plus pour avoir ma maison, il peut bien marier n'importe qui, puis dire n'importe quoi ! grogna-t-il.

— Ouin… en parlant de ça, tu n'as pas eu d'autres offres ? s'enquit son ami.

— Non.

James le regarda, déçu.

— Mais en janvier, je vais aller poser des affichettes jusqu'à Saint-Jérôme. Jamais je croirai que les gens du sud n'ont pas envie de venir s'installer ici.

— C'est certain qu'avec la guerre, l'argent se fait rare… Mais perds pas espoir, mon ami, je suis certain que tu vas avoir une offre.

Même si les gens n'aimaient guère la famille Constantin, la plupart des villageois se déplacèrent tout de même par temps doux pour assister à la noce. En cette période d'austérité, le moindre événement social permettait aux gens de sortir de leur routine quotidienne. La timide Émilienne portait une robe de dentelle blanche trop grande pour elle. Elle pendait au niveau de sa poitrine et au-dessus des fesses. Sous son petit voile de résille, elle jetait un regard affolé sur tous ces voisins qui la détaillaient avec pitié dans la plupart des cas. Tous avaient en tête la manière dont la mère de son futur époux avait été traitée toute sa vie et n'avaient aucun doute sur l'avenir qui l'attendait. Lorsqu'elle prononça un oui craintif, son mari souleva le torse avec fierté.

— Pauvre petite fille, dit Florie à Louisette lorsqu'elle celle-ci lui relata en détail le mariage auquel elle avait assisté.

— Voyons, mon amie !

— Quoi ? Viens pas me dire que tu penses qu'Anasthase Constantin va faire un bon mari ?

Louisette hésita en revoyant la pauvre madame Constantin mère avant sa maladie. Maigrichonne, les traits tirés, elle cachait toujours quelque ecchymose sous ses vêtements élimés.

— Ouin… j'avoue que…

Dring, dring !

Sursautant avec crainte, la rousse jeta un regard hésitant vers le salon.

— Tu réponds pas, Louisette ?

La sonnerie du téléphone retentit à nouveau alors que l'imposante marchande se relevait avec lourdeur de sa chaise de cuisine.

— Oui, oui.

Elle s'avança lentement vers le meuble, le cœur étreint par le pressentiment d'une mauvaise nouvelle. Inconsciente de son agitation, son amie relut lentement la liste des chansons que la chorale présenterait pour accompagner la messe du réveillon à l'église. Elle mit un point d'interrogation au bout de l'une d'elles en sortant la langue à cause de l'effort demandé pour faire la distinction entre les signes de ponctuation existants : exclamation, interrogation, virgule et point… pour Florie, c'était du pareil au même ! Lorsqu'elle devait écrire une note au magasin général, elle réfléchissait pendant de longs moments afin d'éviter de faire des erreurs. Malgré tout, elle écrivait « ognon », « pattate » et compagnie en se doutant bien qu'elle mélangeait ou ajoutait des lettres ! Dans ces moments, la femme regrettait de ne pas avoir insisté pour fréquenter l'école plus longtemps. Une deuxième année, c'est tout ce qu'elle avait comme études ! Bientôt, sa nièce la rejoindrait au niveau scolaire, pensa-t-elle en faisant la moue. Un regard sur l'assiette de chocolats près d'elle la réconforta.

— J'en prends juste un en attendant Louisette.

Un, deux... au troisième, Florie hésita, mais le gros morceau de cerise caché sous l'enrobage la fit plonger. Elle avait la bouche pleine, les yeux fermés de ravissement lorsque son amie revint dans la pièce éclairée par trois larges fenêtres.

— Oh, désolée mon amie, j'ai pas pu... bien voyons donc, pourquoi tu pleures de même toi ?

— Mon Ludovic s'embarque pour le Vieux Continent. Il part à la guerre demain matin.

Sous le regard estomaqué de son amie, Louisette plongea sa tête rousse entre ses bras croisés. Elle sanglotait tellement que Florie ne savait plus quoi faire. Elle décida d'aller chercher le commerçant en bas, au magasin. À bout de souffle au pied de l'escalier, elle fit un signe à l'homme assis sur son tabouret pour éviter de trop se fatiguer.

— Je sais plus quoi lui dire, je pense que vous devriez aller la voir, Gérald. Je vous remplace à la caisse.

L'homme courtaud se déplaça rapidement, heureux d'être dans une bonne journée. Le nouveau pharmacien lui avait donné un médicament à l'essai qui semblait apaiser ses douleurs plus que tout ce qu'il avait essayé auparavant. Il entendit les pleurs de sa femme avant de la voir. Se glissant derrière elle, il l'entoura dans ses bras en joignant ses larmes aux siennes.

— Chut, chut, ma Louisette.

— Oh Gérald… s'il allait mourir !

— Non, non. Je suis certain qu'il…

— Dis rien, tu peux pas me promettre ça.

— C'est vrai. Mais je peux te promettre que notre fils est brillant et qu'il saura faire face à cette épreuve.

— Mais… mais moi, Gérald, moi ?

L'homme secoua doucement la tête en baisant la chevelure de son épouse éplorée.

Le départ du premier Cécilois au front juste avant les fêtes mit un frein à certaines célébrations. Au magasin général, où l'on avait l'habitude de servir un morceau de bûche glacée aux meilleurs clients, la tradition n'eut pas lieu. D'ailleurs, malgré les tentatives de Florie, son amie refusa toute invitation et ne participa pas à la chorale de Noël.

— Je comprends son inquiétude, avait-elle marmonné à Adèle, mais il me semble que ça lui ferait du bien de se changer les idées ! C'est pas parce qu'elle arrête de vivre que son fils va être en sécurité.

— Florie, imagine que ce soit un de nos frères à la place de Ludovic. Penses-tu que tu aurais le goût de fêter ? la réprimanda sa sœur.

— Oui. Tu as bien raison. Pauvre Louisette ! répondit Florie après quelques secondes de réflexion.

Alors la femme avait vaillamment monté la garde et comme d'habitude, les choristes avaient charmé le public venu de partout dans les environs. Jeremiah, qui n'avait participé qu'à une répétition depuis la naissance de son fils, retrouva la paix pour quelques heures avant de retourner chez lui avec sa femme et leur fils emmitouflé comme un ours. Béatrice avait même suggéré à son mari de garder le poupon avec elle à la maison pour éviter qu'il ne prenne froid.

— Pas question ! lui avait-il répliqué sèchement. Il y a toujours bien des limites ! Il est pas fait en chocolat ce bébé-là ! Puis on habite *in front of the church*[40], il aura même pas le temps de voir la différence de température, exagéra l'homme pour montrer sa dissidence.

En janvier, lors du retour à la vie normale, les heures du magasin général furent réduites sans explications. Certains se cognaient le nez sur la porte et devaient s'informer au pharmacien qui, lui, avait décidé d'ouvrir tous les soirs jusqu'à huit heures.

— De toute manière, avait-il dit à Édouard qui trouvait l'homme fort sympathique, j'ai rien d'autre à faire ! Aussi bien servir des clients !

Les deux hommes se mirent à échanger de plus en plus souvent lorsque le pharmacien venait chercher son petit morceau de fromage ou son quart de livre de beurre chaque semaine. Fort instruit, l'homme du même âge qu'Édouard expliqua que sa famille vivait près de Québec et que c'était la raison pour laquelle il avait passé des fêtes bien tranquilles.

— Mais je ne me plains pas, vous savez. J'aime lire, écouter de la musique. Alors j'ai profité de ce petit congé pour me faire plaisir.

— Quand même ! Avoir su, lui dit Édouard, vous seriez venu souper à la ferme avec nous ! Quand il y en a pour six, il y en a pour sept !

---

40 En face de l'église.

L'homme à la fine moustache noire l'avait remercié gentiment. Puis, Édouard avait renchéri :

— D'ailleurs, venez donc souper samedi prochain. Je suis certain que mes sœurs vont se faire un plaisir de vous recevoir. Florie me dit tout le temps qu'elle a pas assez de visite. Vous connaissez toute ma famille en plus, non ?

— Oui, bien sûr !

— Alors, c'est réglé. James y sera aussi, comme chaque samedi !

— Bien, si vous insistez, monsieur Gélinas. J'avoue que mes soirées sont parfois longues, surtout l'hiver.

— J'insiste, et c'est Édouard !

Le samedi suivant, le 18 janvier, François-Louis Beaulieu se joignit donc aux Gélinas pour la soirée. Ce fut le début d'une tradition qui vit le pharmacien se réunir avec eux presque tous les samedis afin de partager leur repas du soir. Lorsqu'il cogna à la porte de la ferme, l'homme salua Laurent au loin près de la grange. L'agriculteur était resté figé à l'annonce de sa visite par Florie la veille.

— Le pharmacien ? Comment ça ?

— Je sais pas trop ! Ça a l'air qu'Édouard jase pas mal avec lui depuis quelque temps et ton frère dit qu'il est bien smatte ! Ça fait qu'il l'a invité à souper avec nous autres ! Ça m'énerve pas mal, c'est quand même un gars instruit puis je suis pas certaine qu'il aime bien, bien ça du bouilli, lui !

— Ah bon !

— Quoi, ah bon ?

— Rien. Ah bon ! Tu sais bien que moi, la jasette avec du monde que je connais pas…

Était-il pour dire, le pauvre Laurent, que cet homme distingué le rendait mal à l'aise lorsqu'il posait son regard brun sur lui ? Dans ses souvenirs, son amant d'un soir, Rudolphe Savard, avait la même silhouette, le même sourire charmeur. Il chercha donc une raison pour s'absenter de ce souper-là, mais il n'en trouva aucune qui pourrait faire l'affaire. Il se voyait mal dire à sa famille qu'il irait plutôt prendre un coup à l'hôtel au lieu de passer la soirée avec eux ! Pourtant, c'est ce qu'il avait envie de faire depuis l'annonce inopinée de cette visite. De toute manière, s'il tentait d'éviter ce souper, sa sœur, le connaissant trop bien, se mettrait à poser des questions embarrassantes. Alors il se tiendrait le plus loin possible du pharmacien, le plus longtemps possible pour éviter toute tentation. D'où son salut évasif lors de l'arrivée de François-Louis Beaulieu à bord de sa rutilante automobile. Il était encore dans la grange à six heures moins le quart quand Adèle vint le chercher.

— Dépêche-toi, mon frère, tu sais qu'on a de la visite puis dans ce temps-là, notre sœur vire folle. Surtout de la GRANDE visite comme ça ! Je te jure qu'on recevrait le pape et Florie serait pas plus énervée ! se moqua Adèle en se détournant pour retourner à la maison.

— J'arrive, j'arrive. Encore dix minutes pour nettoyer les agneaux puis je vous rejoins. Commencez sans moi au pire.

— Es-tu malade, toi ? rigola Adèle dont le rire se poursuivit jusqu'à l'escalier.

Elle reprit son sérieux en entrant dans le fournil où elle se dévêtit en vitesse. Dans la cuisine où l'odeur de la tarte aux pommes se mêlait à la casserole de poulet servie pour l'occasion, sa sœur l'apostropha en murmurant :

— Puis, est-ce qu'il s'en vient, le petit mautadine ?

— Oui, oui, dix minutes, qu'il m'a dit.

Adèle remit son tablier en écoutant sa sœur grommeler

contre Laurent et ses maudites bêtes. Les hommes étaient au salon, dégustant un petit verre de gin alors que Marie-Camille roulait un petit morceau de pâte sur un coin du comptoir.

— Regarde, ma tante Florie, on pourrait faire des pets-de-sœur avec ma pâte !

Sa tante ne réagissant pas, la fillette la tira par la manche :

— Des pets-de-sœur, ma tante ?

— Franchement, t'as un pouce de pâte, ma fille ! Qu'est-ce que tu veux qu'on fasse avec ça !

Le ton claqua dans la cuisine et pour une rare fois, Marie-Camille se choqua contre Florie.

— Tu es vraiment méchante, ma tante ! C'est pas de ma faute, moi, s'il y a personne qui me donne pas plus de pâte que ça ! Tiens, tant pis !

La fillette prit son tas et le jeta dans la poubelle avant de s'éloigner dans le salon sans prendre le temps d'enlever son petit tablier. Florie vint les yeux pleins de larmes lorsqu'Adèle lui dit :

— Franchement, Florie !

— Toi, tais-toi !

La brune souffla entre ses lèvres pleines avant de fixer sa sœur de son regard noisette jusqu'à ce que l'autre la regarde à son tour. Florie mit ses mains sur ses hanches avec une attitude frondeuse. Son menton volontaire se crispait sous la tension.

— Quoi ?

— Là, Florie, il va falloir que tu t'excuses à notre nièce ! Tu n'avais pas à lui parler sur ce ton-là, puis à moi non plus, d'ailleurs. Reviens-en, c'est pas le premier ministre du Québec dans notre salon, c'est un ami d'Édouard ! Prends-le de même, ça va peut-être te calmer les nerfs !

Florie vint pour répliquer sèchement lorsqu'elle vit sa nièce, cachée contre le mur du corridor, qui la fixait de son regard triste. Aussitôt, une grande culpabilité l'envahit et se penchant lentement, elle tendit les bras dans lesquels cette enfant qu'elle adorait se lança en pleurant.

— Je m'excuse, ma chérie. Ma tante Florie a pas été fine avec toi. C'est juste que ça m'énerve, ce souper-là ! Mais Adèle a bien raison, c'est un ami de ton papa qu'on reçoit, pas un ministre, hein ? Si tu veux, on en refait des pets-de-sœur ! Puis des gros à part ça !

— Tout de suite ?

— Tout de suite !

Les pets-de-sœur de Marie-Camille eurent beaucoup de succès auprès des adultes qui exagérèrent leur soupir de contentement, au grand ravissement de l'enfant qui souriait. Elle mordit à son tour dans la pâtisserie lorsque sa main se figea. Retirant la pâte de sa bouche, elle regarda son père, un sourire jusqu'aux oreilles :

— J'ai perdu ma dent ! Enfin, j'ai perdu une dent, papa !

La commotion qui suivit ses paroles fit sourire le pharmacien, peu au courant de la dynamique familiale des Gélinas. Mais ce soir-là, il comprit que cette enfant resplendissante représentait le ciment entre les membres de la fratrie. Tous la vénéraient, la traitaient comme un trésor. Il fixa le cadet des frères de son regard énigmatique et ce dernier se mit à rougir avant de plonger sa tête dans son assiette.

— Montre-moi donc ça cette bouche-là ! dit James en se penchant vers sa petite voisine.

À la place de la palette de l'enfant, un gros trou sanguinolent apparaissait.

— Eh bien, je me demande si la petite souris va passer cette nuit ?

— Oh, j'espère tellement, papa. Il faudra laisser ma porte de chambre ouverte, hein ?

— Bien sûr !

— La petite souris ? s'informa James en fronçant les sourcils.

Adèle posa sa main sur son épaule et ne put retenir un léger frisson en se souvenant de leurs quelques moments d'ébats amoureux. Elle ne regrettait pas d'y avoir mis fin d'un commun accord, mais les plaisirs ressentis lorsqu'elle faisait l'amour avec cet homme à l'allure sauvage si différent de Jérôme remontaient à la surface. Ce dernier lui manquait beaucoup. Elle ne voyait son amant qu'une fois aux deux mois environ. Les ventes de son livre allaient bon train et les critiques élogieuses lui étaient rapportées par Jérôme presque chaque semaine lors de leurs échanges téléphoniques. Malgré la joie éprouvée lorsqu'elle entendait sa voix, rien n'était comparable au contact de sa peau contre la sienne. Elle vit le regard curieux de Florie posé sur elle et elle s'empressa d'expliquer pour faire diversion :

— Voyons, mon James, la petite souris qui donne un sou aux enfants gentils lorsqu'ils perdent une dent ! Tu la connais sûrement ?

— *Oh, the tooth fairy ?*

— La fée des dents ? traduisit le pharmacien. Oui, la fée des dents et la petite souris, elles font le même travail !

Les adultes éclatèrent de rire alors que Marie-Camille montait debout sur la chaise en levant ses bras vers le plafond. Elle avait un tel air épanoui que tous eurent la larme à l'œil lorsqu'elle dit :

— C'est le plus beau jour de ma vie ! Merci, papa, de m'avoir mis dans une belle famille comme ça !

Après le souper, pendant que les deux femmes et l'enfant débarrassaient la table, les quatre hommes allèrent à la grange voir si les agneaux respiraient mieux.

— Je ne comprends pas très bien, dit François-Louis en marchant près de Laurent, vous craignez que les bêtes meurent de froid ?

Laurent hésita, puis voyant l'intérêt réel du pharmacien, il expliqua :

— Je pense qu'ils sont sauvés maintenant, mais à leur naissance, les agneaux étaient si petits que j'ai commencé à les surveiller étroitement. Ils étaient pas mal faibles et leur température était sous les cent degrés.

— Mon doux, ça ressemble à de l'hypothermie ça !

Laurent lui jeta un regard par en dessous avant d'ouvrir la porte de la grange.

— Oui, justement ! Ça fait que je les ai installés dans une boîte spéciale pour la première semaine. Là, je viens juste les réchauffer tous les soirs en les frictionnant.

— Mais moi je pense que mon frère le fait plus pour son plaisir que pour les bêtes ! Parce qu'entre toi et moi, François-Louis, ces agneaux-là sont traités aux petits oignons !

Le quatuor éclata de rire alors que Laurent avouait candidement son affection pour cette brebis spécifique qui avait mis bas pour la troisième fois de sa vie. Il allait se moquer à son tour de son frère lorsque celui-ci lui lança une balle de neige qu'il avait ramassée juste avant d'entrer dans la grange ! Hilares, les deux grands gamins se lancèrent dans une séance de tiraillage pour savoir lequel des deux finirait avec une boule de neige à l'intérieur de son manteau ! James et François-Louis les regardaient, amusés, lorsque Laurent, à bout de souffle, les entraîna finalement vers l'enclos de Victoire et sa petite famille.

— Si vous voulez, monsieur le pharmacien, vous pourrez même frotter un des deux agneaux. Vous verrez bien qu'on y prend goût !

Laurent sourit innocemment à François-Louis Beaulieu, qui agrippa la brosse à crin que le fermier lui tendait. Ensemble, ils pénétrèrent dans l'enclos en discutant amicalement. Pour la première fois depuis le départ de Léo Villemarie, le barbu ressentait au plus profond de lui-même le besoin de mieux connaître un autre homme, de devenir ami avec celui-ci. Se permettrait-il un tel rapprochement sans craindre de voir se répéter la situation qui avait mené à la fuite de Léo ?

CHAPITRE 18

Confession douloureuse

L'hiver fut doux à Sainte-Cécile. La guerre faisait rage sur le Vieux Continent et quelques volontaires des environs s'ajoutèrent à la liste des combattants, dont le petit-fils de vingt ans de Philippe-Joe Lalonde et le frère veuf du maire qui, malgré ses quarante-cinq ans, avait choisi de suivre les traces des plus jeunes.

— À son avis, ça manque d'expérience cette guerre-là, avait ironisé Paul-Émile Fréchette en annonçant le départ de son cadet, père de quatre filles toutes mariées. Quant à moi, s'il espère avoir mon approbation, c'est loin d'être gagné d'avance ! Je n'y crois pas, moi, à l'implication du Canada là-dedans, je suis pas mal plus de l'avis de Louis Francœur sur ce sujet !

Ce journaliste au talent d'orateur remarquable se plaisait à débâtir un à un chaque argument de la propagande vichyste voulant que les Québécois devaient s'identifier aux Français et combattre à leurs côtés, avec l'Angleterre. Comme la plupart des citoyens, le maire de Sainte-Cécile s'identifiait plus à la législature de sa province et n'appréciait guère les mesures de guerre émanant du fédéral. Mais il tentait le plus possible de cacher ses convictions, car il considérait que son rôle de magistrat ne l'autorisait pas à la diffusion d'un tel parti pris. Il ne ferait pas un Camilien Houde de lui, pour risquer de finir en prison pour avoir ouvertement encouragé la population de sa ville à refuser l'enregistrement obligatoire* !

Les nouvelles envoyées par Ludovic se faisaient rares, mais chaque semaine, Louisette se plaisait à rappeler à tous que son fils était donc bon de soutenir ainsi sa patrie. Ayant « presque » pardonné à son mari, elle s'apercevait que le départ de Ludovic pour l'Europe avait élevé sa famille au rang des martyres, ce qui était loin de déplaire à la commerçante. Elle ne se lassait plus de narrer dans les détails le costume militaire, les armes et les missions que son fils aurait à réaliser lorsqu'il aurait eu l'entraînement nécessaire. Les choristes et Florie soupirèrent discrètement lorsqu'elle arriva, missive à la main, le mercredi 28 février.

— J'ai reçu une lettre de mon garçon ! Voulez-vous que je vous la lise ?

Béatrice Holland, qui prenait part à une répétition pour la première fois depuis la naissance de son fils, leva les yeux au ciel.

— C'est que je ne voudrais pas rentrer trop tard, c'est la première fois que Jeremiah reste seul avec mon gars !

— Bien, c'est quand même pas un deux de pique ton Anglais, je vois pas ce qui est inquiétant là-dedans, répondit sèchement Louisette en appuyant son large derrière sur la table. Bon, alors voici, continua-t-elle sans se préoccuper du commentaire de la femme blonde et de sa moue boudeuse.

Depuis la naissance de Patrick-Henry, elle craignait de le laisser plus que quinze minutes hors de sa présence. Son mari avait dû se fâcher pour qu'elle accepte d'aller à la chorale à sa place, lui qui se disait las après plusieurs grosses journées à la forge. Au moins, pensa la femme, il ne songerait pas à se glisser sous sa jaquette s'il était si fatigué ! La voix aiguë de la marchande ramena ses pensées dans la pièce. Faisant contre mauvaise fortune bon cœur, Béatrice croisa ses bras sur sa poitrine gonflée de lait qui lui déplaisait autant que le ventre qu'elle avait dû endurer pendant des mois.

Papa, maman,

La femme s'interrompit aussitôt et demanda :
— Vous ai-je dit qu'il avait suivi une formation de trente jours pour apprendre les bases du métier de soldat ?
— Oui, Louisette, tu nous l'as dit ! Plusieurs fois, murmura son amie en jetant un coup d'œil amer sur les feuilles de chant à ses côtés sur la chaise. Si ça s'éternisait, son affaire, ils n'auraient pas le temps de tout pratiquer !

Nous voici rendus…

Nouvelle interruption alors que Louisette précisait :
— Presque tout en anglais en plus, sa formation ! Il faut dire que depuis qu'on a James et Jeremiah dans notre village, mon fils avait pas mal pratiqué ! Je continue…
Sans remarquer les airs découragés autour d'elle, la femme se lança dans une lecture très lente de la lettre de Ludovic qui, heureusement, faisait à peine plus d'une demi-page !

Nous voici près de Londres. Mon général est français, une chance, et il s'appelle Romain Laflèche. Il est sévère, mais juste. Pour le moment, notre rôle consiste à défendre les côtes anglaises tout en poursuivant notre entraînement. Je suis heureux et en grande forme, ne vous inquiétez pas pour moi. De plus, une visite du roi est prévue d'ici quelques semaines.

— Vous imaginez, mes amis, mon fils va rencontrer le roi d'Angleterre!

Louisette mit la lettre contre son cœur et posa ses yeux verts tour à tour sur chaque membre de sa chorale qui lui souriait gentiment. Même si la grosse épicière les tannait inlassablement lors de leur visite au magasin général, ils ne pouvaient qu'être admiratifs de ce jeune homme qui avait tant souffert et dont l'adolescence indolente s'était passée sur le devant du marché à zieuter les jeunes filles de Sainte-Cécile. Florie s'approcha de son amie pour lui mettre la main sur l'épaule.

— Tu continues, ma chère, le temps file! dit-elle affectueusement.

— Oui, oui. Excusez-moi, vous comprenez…

— On comprend, on comprend, la coupa sèchement la femme du ferblantier en jetant un regard désabusé sur l'horloge puis sur ses seins douloureux.

Je vous demande de prier pour nous tous ici, car malgré ma sérénité, certaines journées pluvieuses et froides rendent nos conditions parfois bien difficiles. Je vous embrasse…

Rougissant, la rousse remit la lettre dans son enveloppe avant de s'éponger les yeux. Dans la pièce, tous prirent un moment pour penser à ce fils du pays qui risquait sa vie pour une cause qui lui tenait à cœur.

— Bon, assez pleurniché, mes amis, chantons!

Les choristes relevèrent leur dos sur leur chaise droite avant d'entamer les paroles de leur première chanson. L'organiste, toujours un peu distrait, dut s'y prendre à trois fois pour réussir sa note de départ sous le regard désenchanté de Florie, qui désirait sérieusement trouver un remplaçant pour le vieux monsieur Beaulieu. Chaque pratique, il tombait un peu plus dans la lune, ce qui agaçait prodigieusement la femme.

Après quelques semaines plus calmes, Édouard et James recommencèrent à fabriquer les fromages qui faisaient la réputation de la beurrerie. Embêté, le Noir songeait de plus en plus à baisser le prix de sa maison qui, en ces temps difficiles, ne trouvait pas preneur. Les mains dans la centrifugeuse, il expliquait la situation à son ami qui lavait les ustensiles dans la bassine près de lui.

— Mon frère a déjà mis la main sur *une* appartement pour moi sur la même rue que ma maman. Mais si je vends pas ma maison avant le mois de mai, je devrai laisser faire ! Je peux tout de même pas me retrouver avec deux places à vivre.

Pour la première fois depuis l'automne, Édouard se mit à penser sérieusement à la possibilité de déménager au village. Adèle avait de nouveau abordé le sujet, un soir après le temps des fêtes, lorsqu'il avait dû réveiller sa fille pour la ramener chez lui, à Saint-Damien.

— Imagine comme ce serait simple si tu habitais juste à côté ! lui avait-elle lancé d'un ton innocent.

— Adèle !

— Rien, j'ai rien dit.

Sa cadette avait rigolé en mettant les mains devant elle pour parer aux coups. Mais son frère s'était contenté de la regarder longuement avant de prendre son enfant dans ses bras. Pourtant, l'idée avait fait son chemin et il demanda à son ami de prendre place à ses côtés sur le banc pour discuter ! Inquiet du ton sérieux, James essuya ses mains humides sur son tablier avant de suivre son employeur. Malgré son désir d'une vie familiale pouvant embellir ses longues soirées solitaires, le Noir aimait son travail et craignait de le perdre avant d'avoir quitté le village.

— Tu demandes combien déjà pour ta maison, James ?

— Hein... euh... trois mille dollars. Tu penses que c'est trop ?

Le grand aide-beurrier se mit debout et marcha devant son ami dans un va-et-vient nerveux. Édouard le laissa faire quelques instants avant de poser sa main sur son bras.

— Assis-toi, veux-tu !

James prit place sur le bout des fesses en prévoyant déjà de faire de nouvelles affichettes pour baisser le prix de sa maison.

— Si je t'offrais deux mille huit cents, tu crois que ça pourrait t'intéresser ?

— Hein ?

Le beau visage d'ébène se tourna vers le maître-beurrier avec un air abasourdi. Les cheveux crépus de James lui faisaient un court casque noir, collé au crâne. Ses grands yeux ronds comme des billes avaient pour le moment le même air que Marie-Camille lorsqu'elle se faisait disputer. Incompréhension !

— Mais... je... tu... *oh well you see, you make me forget my French ! What are you talking about, Édouard*[41] *?*

Ce fut au tour de l'autre de se lever. Il ne savait plus que penser de son offre spontanée. Il n'avait pas discuté avec sa fille, qui, malgré ses sept ans, méritait tout de même cette considération. Mais maintenant qu'il avait lancé l'idée,

---

41 Oh tu vois, tu me fais oublier mon français ! De quoi parles-tu, Édouard ?

l'homme sentait une fébrilité neuve le gagner. Il s'imaginait faire l'annonce de son achat lors du souper de fête de sa grande sœur prévu dans quelques jours. Son déménagement à côté de la ferme serait assurément le plus beau cadeau qu'il pourrait jamais lui offrir !

— Je pense que je viens de te proposer d'acheter ta maison, dit-il en éclatant d'un rire profond.

James sourit d'abord timidement, incertain avant d'éclater à son tour.

— Tu veux dire… tu penses que…

— Oui, je pense que ! Mais si tu es capable d'avoir un meilleur prix, tu peux attendre, mon ami. Je veux surtout pas que tu perdes de l'argent avec moi.

James secoua doucement sa tête avant de plaquer un bec sur la joue de son vis-à-vis, qui resta figé un moment avant de hurler de joie !

— Je prends ça pour un oui, James ?

— Oui ! Bien sûr que oui !

Inspirant avec soulagement, le Noir se tourna vers l'autre et dit :

— Si je pouvais te la donner, je te la donnerais ma maison, comme le père Claveau a fait avec moi ! C'est juste que…

— Pas question !

— C'est que je suis pas certain de me trouver un travail tout de suite en arrivant à Montréal. J'ai déjà commencé des démarches, remarque, et mon frère a parlé à son patron de moi. Mais juste de savoir que ce lieu où j'ai été si heureux, sauf en une occasion…

Les larmes vinrent aux yeux de James à la réminiscence de la pire soirée de son existence, mais il secoua vivement la tête pour chasser ce mauvais souvenir.

— Mais tu es certain que c'est ce que tu veux, Édouard ? Je croyais que tu préférais rester dans la maison de Clémentine…

Les deux hommes étaient assis sur le banc, tournés l'un vers l'autre, sachant que ce moment de complicité entre eux était l'un de leurs derniers. Le maître-beurrier chuchota, les yeux fixant le sol :

— Je pense qu'il est temps. Il est temps que je la laisse aller. Ma fille a besoin de vie autour d'elle et à Saint-Damien, il n'y a pas d'enfants de son âge à moins de deux milles. Je veux qu'elle apprenne à patiner, qu'elle puisse marcher jusqu'au magasin s'acheter un sac de bonbons à la cent, tu comprends ? demanda Édouard avec culpabilité. Évidemment que je doute, je me demande si ma femme comprendrait, mais je pense que c'est ce qu'elle voudrait, que je songe à Marie-Camille pour rendre son quotidien agréable. Elle est heureuse, ma fille, mais peut-être le serait-elle encore plus si je vivais à Sainte-Cécile, non ?

James prit le temps de réfléchir. Pas question pour lui de faire passer la vente de sa maison avant le bien-être de ces deux individus qu'il aimait plus que lui-même. La main frottant son menton carré, les yeux balayant le mur en face d'eux, il hocha doucement la tête.

— Je crois que c'est ce que Clémentine voudrait. Mais, penses-y encore si tu veux, parles-en à ta fille si tu l'as pas fait, moi, j'attendrai !

— Si quelqu'un d'autre…

James sourit pour le rassurer.

— Personne d'autre sois sans crainte ! Si tu veux la maison sur la côte Boisée, elle est à toi. À personne d'autre !

Malgré la reprise de leurs activités pour le reste de la journée, les deux hommes eurent du mal à chasser leur discussion de leur tête. De chaque côté, ils se mirent à élaborer de nouveaux projets qui leur firent voir l'avenir d'un bon œil.

N'en pouvant plus, Florie sortit la lettre de son père de sous son matelas et la déposa sur la table de chevet à côté de son verre d'eau. Bientôt, elle aurait trente-huit ans. Trente-huit ans, l'âge de sa mère Rose lorsque celle-ci les avait quittés pour un monde meilleur. Du moins, elle l'espérait ! Florie réfléchissait sur sa vie depuis ce décès, les conséquences qu'avait eues l'abandon de leur père sur leur existence. Avec les années, elle avait remis en question la promesse demandée par Rose à ses enfants. Même si jamais elle ne l'avouerait à ses frères et à sa sœur, Florie vivait avec le regret de ne pas avoir eu d'enfants.

— J'aurais aimé en avoir au moins un. Juste un m'aurait suffi, songeait-elle quand le sommeil se faisait attendre. Elle avait tant d'amour à donner, la pauvre, maintenant que sa fratrie n'avait plus besoin d'elle. Se secouant avec impatience, Florie étira le bras pour agripper sa brosse à cheveux. Lentement, elle dénoua son chignon et laissa ses boucles noires méchées de blanc glisser sur ses épaules rondes.

— Je devrais la jeter comme sa dernière lettre, marmonna-t-elle en brossant sa longue chevelure lustrée. Un coup de brosse, un regard sur la table, un autre coup de brosse, un autre regard. Mordillant ses lèvres fines, elle se pencha sur le devant de sa coiffeuse pour coller son nez sur le miroir. Prends donc une décision, maudite innocente ! Soit tu la lis, soit tu la jettes ! Mais là, ça va faire !

Alors, elle choisit. Lentement, soulevant sa lourde silhouette empâtée, la femme se dirigea dignement vers son lit, s'y installa confortablement, le haut du corps appuyé contre son oreiller, avant de prendre l'enveloppe jaunie par le temps. Inspirant profondément, Florie la décacheta pour en sortir une feuille bleu pâle. Avant même de commencer la lecture, les larmes coulaient sur ses joues.

Ma grande fille,

Comme tu dois m'en vouloir, comme tu dois me haïr. Je comprends et je n'ai qu'un mot pour toi: pardon.

Toute ma vie, j'ai senti ton regard noir sur mon dos alors que je quittais la maison pour la dernière fois cette journée-là. J'ai vécu ta douleur sans prendre le temps de te consoler. Je t'ai laissée en charge à ma place et pour toutes ces raisons, je te demande pardon. Je suppose que tu ne pourras jamais me pardonner, mais sache que je l'accepte. Pas un soir je me suis endormi sans prononcer ton prénom. Tu as payé mon égoïsme et si tu lis cette lettre, sache que je prie depuis si longtemps pour que ma désertion n'ait pas signifié pour toi le début d'un long calvaire. Si c'est le cas, alors j'espère que tu pourras maintenant mettre un baume sur cette plaie et poursuivre ta vie avec sérénité. Je t'aime, ton père Antoine.

Tremblant de tous ses membres, Florie déposa la feuille sur ses cuisses avant de plonger son visage dans ses mains en coupe. Elle pleura alors toutes les années de regret que le départ de son père avait semées, elle pleura tous les moments où elle, l'aînée, aurait voulu s'appuyer sur quelqu'un d'autre pour mener la maisonnée. Mais à la toute fin, Florie pleura de soulagement en sachant qu'enfin, ce père indigne avait réalisé le drame que son départ avait créé dans la vie de ses enfants. Nul besoin de savoir que leur mère avait eu l'idée de leur faire promettre « l'impromettable », Antoine Gélinas avait deviné que son abandon avec eu pour conséquence des décennies de malheur pour tous ceux qui étaient restés.

— Papa, murmura la femme en se glissant sous la couverture, la lettre serrée dans sa main.

Elle trouva le sommeil après quelques heures à se demander si elle irait ou non lui rendre visite à Québec. Ignorant si ses frères et sa sœur avaient eux aussi lu leur lettre, la femme tenta d'en deviner la réponse le lendemain matin au déjeuner. Elle observa longuement Adèle, la plus encline à jeter la lettre. Inspirant un bon coup, elle se lança :

— Dis-moi donc, ma sœur, c'était quoi les nouvelles du père dans ta lettre ?

Adèle laissa sa main en suspens dans les airs quelques secondes avant de déposer sa cuillère dans son bol. Elle fixa ses yeux choqués sur le visage pâle de Florie qui brassait innocemment son thé depuis cinq minutes.

— Aucune idée, tu le sais bien que je veux rien savoir.

— Ah.

Adèle mordit l'intérieur de sa joue pour retenir ses paroles acerbes et dit, du ton le plus calme possible :

— Je peux pas croire que vous avez lu les cochonneries de ce vieux bonhomme. Il nous a jetés comme des déchets inutiles, Florie, dois-je te le rappeler ? Je pensais bien que toi...

— Moi, quoi ?

— Que toi, tu resterais fidèle à la mémoire de notre mère qui l'haïssait avec toutes les fibres de son corps !

Le regard sombre de Florie s'assombrit encore plus quand il se posa sur la cadette. La mâchoire crispée de rage, les poings fermés, elle asséna un gros coup devant elle sur la table.

— Parle-moi pas de fidélité à notre mère, toi, Adèle Gélinas. S'il y a quelqu'un dans cette maison qui lui a été loyale, c'est bien moi. Non, tais-toi !

Florie respirait rapidement, ses pommettes hautes rougissant au rythme de ses paroles.

— Toute ma vie, j'ai respecté cette maudite promesse. Oui, maudite ! Parce que j'aurais voulu, bon sang que j'aurais voulu avoir des petits à moi, pour les gâter, les aimer, mais ma mère en a décidé autrement.

— C'est pas maman le problème ici, c'est Antoine Gélinas.

La voix tranchante d'Adèle fractura l'air lourd. Pour la première fois de leur vie, les sœurs se disputaient sur le sujet de l'abandon d'Antoine. Pas une fois depuis la mort de leur mère elles n'avaient vécu une telle opposition. Le bas de la robe de Florie virevoltait alors qu'elle tournait dans la cuisine. Elle s'arrêta près de la porte et s'y adossa les yeux fermés.

— Bien sûr que notre père est le premier responsable de notre abandon. Mais la promesse qu'elle nous a demandé de tenir, cette promesse que je vous ai fait respecter, que j'ai tenté de vous faire respecter devrais-je plutôt dire, bien c'est toujours bien pas lui qui nous l'a imposée ! Puis tu sais quoi, ma sœur, bien moi, je pense que je lui pardonne à notre père !

Florie éclata en sanglots, mêlée dans ses loyautés. Elle qui toute sa vie avait ragé contre cet homme lâche se trouvait, à la suite de la lecture de sa lettre, en conflit avec ses croyances. Laurent entra sur ces entrefaites et observa ses sœurs avec inquiétude :

— Qu'est-ce qui se passe ici ?

— Rien, répondit Adèle butée dans sa colère et encline à

jeter le blâme sur Antoine Gélinas pour toutes les épreuves qu'elle avait vécues. Si ce père n'était pas parti, Rose n'aurait pas exigé une telle promesse ; elle aurait pu vivre sa relation avec Jérôme au grand jour ; Marc-Joseph n'aurait pas eu le culot de la violer en la sachant fiancée ; la jeune femme n'aurait pas à cacher de nouveau son amour avec l'homme de sa vie. Chaque fois qu'elle s'endormait dans les bras réconfortants de son amant, elle faisait le deuil des années passées loin de lui. Lorsque Florie osait presque faire l'apologie de cet homme indigne, elle avait l'impression que tout son passé remontait à la surface. Il lui avait fallu, pour survivre, mettre le blâme sur quelqu'un. Et qui d'autre qu'Antoine Gélinas pouvait porter ce chapeau, lui, le grand absent de leur vie ?

Florie essuya rageusement ses larmes avant de s'avancer avec emportement.

— Arrête de dire qu'il se passe rien, Adèle, mautadine ! Je suis tannée de cacher cette histoire. De faire semblant que la vie est comme d'habitude alors que je sais maintenant que notre père nous a aimés à sa façon et…

— Non ! Arrête, cria l'autre maintenant en larmes à son tour. Il a gâché notre vie ! S'il était resté avec nous, il nous aurait protégés, il m'aurait protégée, pleura la brune alors que Laurent s'avançait pour la serrer dans ses bras.

Il murmura contre son oreille avant qu'Adèle ne décide de dire la vérité. Pour la première fois en huit ans, elle allait mettre cartes sur table avec sa famille. Elle n'en pouvait plus de taire sa blessure et elle savait que seul un aveu franc pourrait enfin finaliser la guérison qu'elle avait entreprise depuis deux ans.

— S'il avait été là pour me protéger, murmura-t-elle, Marc-Joseph ne m'aurait pas violée avant de s'enlever la vie.

Un cri de stupeur émana de sa sœur alors que Laurent se figeait, les bras toujours autour d'Adèle. Après la révélation de son secret, Adèle cacha de nouveau son visage dans la veste de son frère, trempée de larmes. Elle sanglotait comme une enfant, le poids du silence de toutes ces années passées, la rage et la colère contenues depuis si longtemps. Elle n'osait lever la tête pour voir le visage fâché de Florie. Sa sœur lui en voudrait de salir un homme bon comme Marc-Joseph. Ce fut pourtant un murmure déchiré qui suivit sa confession.

— Oh Seigneur... Oh Seigneur, je comprends maintenant. Je comprends.

Florie s'approcha du duo et, partageant un même regard désespéré avec Laurent, elle prit la tête de sa sœur pour la poser sur son épaule.

— Chut, chut mon amour. C'est fini. Oh mon doux, pourquoi tu m'as rien dit, ma pauvre Adèle ? Comment as-tu fait pour vivre avec ce secret ? Oh Seigneur, plus jamais je ne laisserai quelqu'un te faire du mal ainsi, je te le promets, ma sœur. Je te le promets.

Adèle renifla sans délicatesse et, les yeux voilés, demanda :

— Tu... vous me croyez, n'est-ce pas ?

— Bien sûr, répondirent en écho les deux autres, le cœur chaviré.

Un long moment passa sans bruit, sans mot. Dans le silence de la cuisine des Gélinas où le drame s'était joué plus de huit ans auparavant, les paroles de Florie eurent l'effet d'un baume tant espéré sur cette douleur moins vive, mais toujours présente.

— Je suis désolée, ma chérie. Désolée de ne pas avoir su, de ne pas t'avoir protégée comme un parent aurait pu le faire.

— Moi aussi, pleura Laurent en plaçant ses mains sur le

contour du visage étroit. Ma pauvre sœur d'amour, tu aurais dû me le dire. Toute seule avec un tel fardeau !

— Édouard savait…, murmura Adèle. Il m'a sauvée.

Florie recula imperceptiblement, d'abord blessée de savoir que sa sœur s'était confiée à son frère plutôt qu'à elle. Mais devant le regard suppliant d'Adèle, elle la reprit contre elle. Elle pouvait s'oublier dans un tel moment, comprendre que peu importe qui avait aidé sa sœur, l'important était qu'elle avait pu se confier.

— Je pense, murmura-t-elle, que lire la lettre de ton père… Attends, dit Florie en retenant Adèle qui voulait se détacher… je pense que lire cette lettre te permettra de faire la paix avec toutes ces douleurs. Je ne dis pas que tu auras des réponses précises, mais…

— Mais il nous aimait, souffla Laurent avec douceur. Il nous aimait mal, c'est certain, pourtant il nous aimait.

Tour à tour, Adèle les regarda. Ils l'observaient tous les deux avec espoir. Elle sourit à travers ses larmes avant de glisser un œil sur son bol de gruau.

— D'accord, je le ferai. Mais pour l'instant, je meurs de faim !

Le trio éclata de rire en sentant que ce moment d'émotion venait de sceller leur amour.

Assise dans son lit, un peu plus tard, la cadette inspira profondément avant de décacheter l'enveloppe qu'elle s'était promis de jeter à la poubelle. Dès les premiers mots, *ma chère fille adorée, ma boule d'énergie…* Adèle sentit une grande paix l'envahir. Elle termina la lecture de la lettre de son père, la déposa sous son oreiller et s'allongea, un doux sourire aux lèvres. Le reste de sa vie serait paisible.

Le lendemain soir, alors qu'Édouard n'avait toujours pas parlé à sa fille de son projet de déménagement, l'occasion se présenta lorsqu'elle lui dit tout bonnement:

— Un bon jour, papa, j'aimerais ça passer une semaine chez ma tante Florie. Comme ça, je pourrais aller patiner quand je veux, puis jouer avec Évangéline, mon amie.

Édouard arrêta de tailler son morceau de bœuf avant de se retourner vers Marie-Camille, installée à la table pour dessiner. Il se dit que le moment était venu et, après avoir déposé son long couteau sur le comptoir, il tira une chaise près d'elle.

— Une semaine, hein?

— Hum, oui... je pourrais aller te voir à la beurrerie si tu as peur de t'ennuyer de moi, t'inquiète pas!

La fillette releva ses grands yeux bleus vers son père et plissa coquinement son nez. Elle hésitait entre le rouge et le mauve pour le chapeau de son bonhomme et choisit le second. Comme allait débuter la coloration, Édouard lui demanda de poser son crayon.

— Mais j'ai pas fini, papa!

— Ça sera pas long, ma puce, je veux juste qu'on discute de quelque chose.

— Oh. OK.

Il la prit sur ses genoux et lui caressa les joues, qu'elle avait rondes comme Clémentine.

— Que dirais-tu d'aller passer plus qu'une semaine à Sainte-Cécile, commença le père.

— Mais non, c'est trop long plus qu'une semaine!

Marie-Camille fit la moue. Édouard se reprit:

— En fait, que dirais-tu si j'achetais la maison de James et qu'on allait habiter au village, à côté de tes tantes et de ton oncle ?

La fillette se mit debout pour avoir les yeux vis-à-vis de ceux de son père. Elle pinçait ses lèvres, tortillait ses mains, le regard rempli d'interrogation.

— La maison de James ? Mais ce n'est pas à nous…

— Non, mais je l'achèterais.

— Mais notre maison ici, qu'est-ce qui va lui arriver ? demanda l'enfant en balayant la cuisine de sa main.

— Eh bien, je la vendrais.

— Oh.

Elle réfléchit quelques minutes avant de faire la moue.

— Mais papa, le jardin de ma maman ? Et ses poules ?

Marie-Camille éclata en sanglots avant de s'enfuir dans le salon. Elle se lança sur le canapé en serrant fortement sa Doudoune, qu'elle n'utilisait plus que pour dormir. Les yeux dans l'eau, Édouard se dirigea vers le fond du couloir d'où provenaient de petits reniflements. Il prit place à ses côtés en lui effleurant délicatement le dos. Sous sa petite jaquette fleurie, il sentit ses épaules menues tendues par la peine.

— Ma belle Marie-Camille, le jour où ta maman et moi on a choisi cette maison, on imaginait qu'on y vivrait jusqu'à notre mort. Nous aurions tout plein d'enfants et une fois que vous seriez tous mariés, nous habiterions ici seuls, mais heureux. Malheureusement, ta maman est partie trop vite et nous a laissés…

— Pourquoi, papa, pourquoi ? Moi… moi… j'en voulais… une maman…

Pour la première fois depuis longtemps, la fillette pleurait la douleur de vivre sans mère. Même si Édouard l'adorait, le manque de cette affection maternelle quotidienne la faisait trembloter de peine.

— Je sais, mon trésor. Mais ta maman était malade, tu le sais, et la vie... parfois...

— C'est pas juste !

— Pour la maison de ta maman, ses fleurs et ses pondeuses, je pense que tout ça peut s'arranger...

Marie-Camille se redressa pour s'asseoir et plongea ses yeux dans ceux de son père.

— Comment ?

— Si je te dis qu'on fera un grand, grand jardin chez James ? Qu'on va même apporter le plus de fleurs plantées par ta maman.

— Comment on va faire ? demanda l'enfant rassérénée.

— Bien, la plupart se transplantent, alors on va creuser, les sortir de leur cachette et les replanter devant l'autre maison.

— Hum...

Marie-Camille réfléchit, les yeux à demi fermés.

— Et les poules ?

— Si tu me donnes ton accord, je vais demander à James de commencer à construire un poulailler semblable au nôtre au fond de sa petite grange. On pourra ainsi les emmener avec nous quand on déménagera.

L'espoir commençait à poindre sur le visage de la fillette. Elle mit sa menotte dans celle de son père.

— Ça veut dire que je pourrais aller tous les jours voir ma tante Florie et mon amie Évangéline ?

— Hum... oui, sauf si ça te tente pas !

Réalisant les avantages de déménager dans la maison de James, la fillette se leva et commença à pointer divers objets.

— Est-ce qu'on va apporter la table ronde ?

— Oui.

— Les cadres et les photos de maman ?

— Bien sûr !

— Ses livres sur le jardinage ?

— Évidemment, ma puce.

— Le foyer ? Parce que je l'aime, moi, notre foyer !

Édouard éclata d'un rire soulagé.

— Le foyer, non, Marie-Camille, parce que sinon, on part avec une partie du mur !

L'enfant éclata de rire à son tour en balançant sa tête frisée d'en avant en arrière. Elle reprit son calme, s'avança près de son père toujours assis sur le canapé et mit ses mains sur ses genoux. Posant un bec sur sa joue, elle chuchota :

— Alors c'est d'accord, mon papa, on peut déménager à Sainte-Cécile !

CHAPITRE 19

Une belle surprise

— Puis, as-tu trouvé quelqu'un ? demanda Florie en s'avançant vers son frère Laurent.

— Non.

Depuis le début du mois de mars, le fermier avait intensifié ses recherches pour trouver un nouvel homme engagé.

— C'est pas un cadeau, je vais te dire ! Entre les hommes qui se sont mariés à cause de la guerre, ceux qui y sont partis volontairement, il reste pas grand monde de disponible.

— Puis moi, j'en ai glissé un mot à Louisette. Je me suis dit que son plus jeune voudrait peut-être suivre la trace de Ludovic…

Laurent grimaça. Georges-Arthur Marquis avait la pire réputation du village. Sans être méchant comme les Constantin, il n'en demeurait pas moins qu'il trouvait toujours le moyen d'en faire le moins possible malgré la maladie qui empoisonnait la vie de son père. Depuis les fêtes, le pauvre Gérald Marquis avait commencé à éprouver des tremblements incontrôlés. Mettant ces gestes indésirables sur le compte de la fatigue, il avait offert à Florie de travailler tous les après-midi au magasin. Elle avait accepté avec plaisir, elle qui adorait potiner, jaser avec les clients… Parfois, Louisette venait la rejoindre pour une bonne discussion, mais la plupart du temps, les deux femmes ne se voyaient qu'aux répétitions de la chorale en plus de leur avant-midi hebdomadaire. La marchande trouvait mille et une raisons pour rester à l'étage plutôt que derrière la caisse. À près de cinquante ans, elle aussi avait envie d'une pause et la présence de son amie, en qui elle avait entièrement confiance, lui permettait enfin de lire, d'écouter la radio et de faire la sieste quand elle le désirait.

— Mais Louisette tient à le garder au magasin. Ça fait que j'ai pas répété ma gaffe d'avec Ludovic, je lui en ai pas parlé. Mais je le dis à tous nos clients, continua-t-elle sur un ton de confidence.

Laurent sourit en entendant le ton possessif. Depuis que sa sœur travaillait au magasin général, la famille au complet était destinée à entendre le résumé de long en large des achats, des ventes, des problèmes, des succès de SON magasin ! Il déposa son chapeau de poil sur le coin de la table et le reprit aussitôt en voyant le plissement du front de son aînée.

— J'ai pensé à quelqu'un… mais je suis pas certain.

— Qui ça ?

Laurent grimaça dans le dos de sa sœur avant de marmonner :

— Télesphore Mailloux !

— Hein, bien voyons donc, toi ! C'est pas une lumière ce jeune-là ! Je l'ai vu avec sa mère au marché puis je te dis qu'il a pas inventé l'eau chaude !

— Florie, rigola Adèle en arrivant dans la cuisine. Elle se levait à peine malgré l'heure, après une fin de semaine passée à Montréal. Comme toujours depuis la reprise de sa relation avec Jérôme, ils avaient fait la tournée des librairies où elle jetait un coup d'œil heureux sur la place qui était faite à son roman dans les étagères des commerces. Depuis quelque temps, une nouvelle idée commençait à germer dans son esprit. Mais cette fois, Adèle avait envie d'écrire une histoire heureuse qu'elle pourrait peut-être signer de son propre nom, qui sait!

Depuis son aveu, Florie avait relâché ses exigences auprès de sa sœur. Elle voulait ainsi s'excuser de ne pas avoir su, de ne pas avoir compris le drame que sa sœur vivait. Pendant des mois, des années même, Adèle avait minci jusqu'à en devenir maigre. Son visage émacié traduisait sa souffrance et son aînée n'avait pas saisi l'ampleur de sa souffrance. À la suite de sa confession tragique, plus aucune question n'avait été posée. Ni Florie ni Laurent ne ressentaient le besoin de connaître les détails de l'agression. Par contre, leur affection pour leur sœur s'était intensifiée et dans le cas de l'aînée, sa confiance aussi. C'est pourquoi elle acceptait maintenant avec sérénité les déplacements de sa sœur dans la grande ville sans rancœur. Oh, Florie se doutait bien qu'il y avait autre chose sous ce supposé emploi de journaliste, mais elle avait décidé de lui offrir le bonheur. Plus jamais il ne lui incomberait de tracer son chemin. À trente ans, Adèle pouvait voler de ses propres ailes. Enfin. Laurent prit un morceau de céleri et, sans penser, énonça:

— Je pense que le jeune faisait un bon travail à la patinoire. Puis François-Louis m'a dit qu'il l'a bien aidé à sa pharmacie quand il était dans la construction.

— François-Louis? Mon doux, depuis quand que vous êtes amis de même, vous deux? dit distraitement Florie en essayant d'enlever une tache tenace sur le devant de sa blouse beige.

Elle ne remarqua pas la rougeur sur le visage de son frère, mais celle-ci ne passa pas inaperçue auprès d'Adèle.

François-Louis Beaulieu. Se pouvait-il que ?... Laurent observa longuement sa sœur avant de secouer doucement sa tête de gauche à droite. C'est un ami, dit-il silencieusement.

— C'est un homme sympathique. Il vient souper ici une fois aux deux semaines, Florie, c'est pas étonnant qu'on jase quand on se croise !

— Tu as bien raison ! Voyons, bon sang ! Je vois rien. Adèle, veux-tu bien me nettoyer la blouse ? J'ai échappé un peu de confiture puis là, on dirait que je suis rendue avec le champ de fraises au complet sur le ventre !

Laurent et Adèle éclatèrent de rire alors que la grosse femme s'avançait de sa démarche chaloupée. L'homme remit ses bottes et dit :

— En tout cas, Télesphore est peut-être pas une lumière, mais il est fort comme un bœuf ! Puis je pense pas qu'il va partir pour se marier, lui, ou pour la guerre. Ça fait que je vais l'essayer un mois ou deux. J'ai rien à perdre de toute manière parce que j'ai personne d'autre en vue !

— Fais comme tu veux, mon frère, je te fais confiance.

Laurent et Adèle se sourirent au-dessus de la tête noire et blanche. Une nouvelle douceur s'était installée chez leur sœur depuis quelque temps. Adèle devait admettre que dans son cas, comme dans celui de ses frères, les retrouvailles du père n'avaient eu que des conséquences heureuses. Ils n'avaient jamais reparlé de la teneur des propos dans chacune de leur lettre, mais tous avaient fait la paix avec ce départ déplorable qui avait teinté leur vie.

Une semaine après la proposition de Laurent, le jeune Mailloux grimpa les marches de la ferme des Gélinas pour la première fois de sa vie. Sa mère l'avait avisé de se tenir les fesses serrées puis de parler le moins possible. Il comprenait pas trop, Télesphore, pourquoi il devait garder ses fesses serrées, mais il commençait à avoir une crampe ! Quand Florie ouvrit la porte de la maison, il sourit, de son sourire niais, mais inoffensif.

— Bonjour, je m'appelle Télesphore Mailloux. J'ai dix-sept ans. J'habite au…

— Oui, oui, rentre donc deux minutes !

Florie leva les yeux au ciel en priant sa mère pour que Laurent n'ait pas fait la pire erreur en proposant au père indigne de ce jeune-là de le prendre en charge. Trop content de se débarrasser de son idiot de fils, le père Mailloux n'avait même pas tenté de marchander le salaire.

— Cinq dollars par semaine pour pas avoir son sourire niaiseux dans la face à longueur de journée, ça fait bien mon affaire ! avait dit l'homme maigre à sa femme. Celle-ci ne se plaignait pas plus du départ du jeune. Ça lui ferait une bouche de moins à nourrir.

Florie dut lui dire d'enlever sa casquette et ses chaussures avant de l'inviter à s'asseoir à la table de cuisine. Elle se dirigea vers l'escalier en marmonnant tout bas.

— Laurent, ta visite est arrivée !

— Ma visite ?

— Bien, le jeune Mailloux.

— Oh, j'arrive.

Laurent remit sa chemise à carreaux par-dessus son vêtement de corps, jeta un regard à son visage dans le miroir près de sa porte avant de hausser ses épaules, satisfait. Sa barbe blonde lui donnait l'impression d'avoir dix ans de plus !

— J'espère qu'il comprend plus vite qu'il en a l'air, pensa-t-il en descendant l'escalier deux marches à la fois.

Quand il arriva dans la cuisine, le jeune se leva tout de

suite sur ses jambes et repensa aussitôt au message de sa mère. Les fesses serrées ! Laurent lui tendit la main et l'invita à le suivre dans la grange.

— C'est là que tu vas passer beaucoup de temps si je t'engage, expliqua-t-il. Les animaux demandent des soins constants et…

— Constants ?

— Des soins fréqu… euh… il faut s'en occuper tous les jours, souvent. Tu comprends ?

— Tous les jours, souvent ! Je comprends.

Laurent regarda le ciel clair en soupirant doucement. On était loin de Léo Villemarie et même de Ludovic Marquis. Mais s'il arrivait à se faire comprendre, le jeune Mailloux pourrait certainement l'aider dans son ouvrage ! Il était courtaud, mais drôlement musclé, ce garçon-là.

— De toute manière, pensa-t-il, j'ai pas bien le choix, il y a plus personne de disponible au village ! J'ai l'impression que mon exemption parce que je suis pourvoyeur risque de pas durer encore longtemps si cette guerre-là se poursuit ! Puis les dernières nouvelles reçues par les Marquis sont pas réjouissantes trop, trop. En tout cas, en attendant, je vais tenter de faire quelque chose de potable avec mon nouvel engagé ! Il peut pas être pire que Florie quand elle tentait de m'aider, il y a des millions d'années de ça !

Le printemps à Sainte-Cécile demeurait la saison préférée de la plupart des villageois. Les tulipes multicolores, les lilas roses, les marguerites blanches projetaient leurs couleurs vibrantes et leur arôme enivrant au grand plaisir de tous.

Ce matin-là, Anasthase Constantin passa devant Jeremiah dans les marches du magasin général sans même prendre la peine de s'excuser. Quand la porte s'ouvrit, Florie leva la tête pour sourire au client avant de reprendre un air bête.

— Monsieur Constantin.

— Tiens, tiens, si c'est pas ma marchande préférée, ironisa le gros costaud qui présentait une carrure encore plus enrobée depuis son mariage quelques mois plus tôt.

Pourtant, sa jeune épouse, elle, n'avait jamais été si mince et les villageois ne pouvaient s'empêcher de faire le parallèle entre elle et feu la femme d'Alcide Constantin. Même air triste, même lassitude dans le regard. Évangéline Mailloux regrettait à présent son mariage, elle qui subissait les assauts sexuels constants de cet homme ignoble. Nuit après nuit, il se soulageait en elle avec ou contre son accord. Florie jeta un regard derrière lui, croyant que son épouse le suivait, lorsqu'elle aperçut plutôt Jeremiah. Aussitôt, une lourdeur s'empara de son cœur qui se mit à se débattre dans sa poitrine. Cachant ses mains moites dans les plis de sa jupe noire, elle attendit que le premier client quitte le magasin avant de s'avancer au-devant de son ami.

— Bonjour, Jeremiah, il y a longtemps que je t'ai vu !

— Bonjour, Florie. En effet, avec le printemps, la forge et le bébé, je manque de temps pour les plaisirs de la chorale. J'en suis désolé.

La femme posa sa main délicate sur l'avant-bras de Jeremiah. Il tressaillit en la fixant de ses yeux de myope avant de sourire tendrement.

— Pas de problème, voyons. Ta femme vient, elle…

Ce qu'elle aurait voulu dire, la pauvre Florie, c'est: « Ta femme vient, elle, mais je rêve de te voir à sa place ! » Reprenant son air professionnel, car Georges-Arthur les observait curieusement, elle dit :

— Alors, qu'est-ce que je peux faire pour toi ?

— Béatrice m'a fait une liste. Tu penses que tu peux me faire préparer la viande et m'ajouter le reste ? Je passerai chercher tout ça à la fin de la journée. Je déborde à la forge et toutes les minutes comptent !

Jetant un coup d'œil sur les denrées demandées, Florie plissa son front.

— Je veux pas te faire de la peine, mon pauvre ami, mais il y a plusieurs aliments ici qu'on n'a pas reçus ce mois-ci.

— La guerre, hein ?

— La guerre.

— Bien écoute, fais ce que tu peux et je reviens plus tard.

Son air las n'échappa pas à son amie qui le suivit sur le petit balcon du magasin à l'abri des oreilles indiscrètes. Elle hésita avant de demander :

— Tu es certain que tu vas bien, mon ami ?

— Pour aller parfaitement bien, Florie, il aurait fallu que tu acceptes d'être dans ma vie.

Sur ces paroles tendres, il serra sa main avant de descendre les quelques marches et de s'éloigner vers la forge, de l'autre côté de la rue. Le visage songeur, la femme le vit sourire et discuter avec James, qui lui envoya la main. Elle répondit à son salut en retournant à l'intérieur du marché. Elle tenta de se changer les idées en songeant à son menu pour son souper du samedi. Adèle avait bien tenté de garder la surprise, mais impossible d'obtenir le monopole de la cuisine sans passer sur le corps de sa sœur aînée.

— Maudit, Florie, pour une fois que je voulais te faire un souper-surprise pour ta fête ! Tu vas avoir trente-huit ans et on peut jamais te surprendre. Il me semble que tu pourrais me laisser te gâter !

Florie secoua sa tête en faisant un geste avec son index levé :

— Tu le sais bien que j'haïs ça des affaires de même. C'est ma cuisine, je décide. Ça fait que je vais te faire un menu puis acheter tous les ingrédients qu'on a besoin. Faut quand même pas que ça coûte les yeux de la tête.

— Bien non, hein, surtout pas, rigola sa sœur en secouant ses boucles courtes. Mais Florie, oublie pas que j'ai des sous, moi, et que je veux payer.

Depuis que son livre était en vente partout au Québec, l'auteure recevait des redevances fort appréciables en ces moments difficiles. Elle en avait discuté à Édouard qui lui suggérait d'avouer la vérité à sa sœur. Adèle avait rougi avant de murmurer :

— Ouf, je pense pas qu'elle est prête, Édouard. Un jour peut-être, mais sur le plan des confidences, je pense que j'ai assez donné ! Les détails qui se trouvent dans le livre ne feraient qu'alourdir sa peine. De toute manière, je sais qu'elle se doute que je lui cache des affaires, mais à la différence d'autrefois, notre sœur me fait confiance.

— Vas-tu écrire autre chose ? lui avait demandé son frère.

— J'ai commencé une autre histoire. Mais tu sais quoi ? Cette fois, il y aura du bonheur et de l'espoir dans ce livre.

Ils s'étaient souri, heureux que la vie soit enfin plus douce pour tous. Le soir de l'anniversaire de Florie, la table était mise dans la cuisine d'été, inaugurée pour l'occasion. Une grande table où trônait une nappe à carreaux rouges et blancs avec des assiettes pour une douzaine de personnes. Incapable de rester en place, l'aînée passait du salon à sa chambre, du potager à la grange, en tentant de voir ce qui se tramait dans la cuisine. Sa sœur et son frère Laurent l'avaient mise en dehors de la pièce en fermant la porte pour la première fois depuis des décennies.

— Tu as préparé le menu, acheté les ingrédients, maintenant, laisse-nous te gâter, ma grande sœur adorée.

La pauvre Florie pensait devenir folle. Debout dans le jardin, les mains en visière au-dessus des yeux, elle tentait de voir par la fenêtre de la cuisine même si celle-ci était bien trop haute.

— Mautadine que ça m'énerve !

Vers trois heures de l'après-midi, les premiers invités arrivèrent. Édouard laissa sa fille sauter de la charrette à peine arrêtée alors qu'elle s'élançait sur la galerie où se berçait une Florie assoupie. Le doux soleil de mai était le bienvenu après les longs mois d'hiver.

— YOU HOU, ON EST LÀ ! cria l'enfant en grimpant les marches deux par deux.

Florie sursauta et défripa le devant de sa belle robe. Bleu marine avec de minuscules points blancs, elle avait même poussé l'audace jusqu'à entourer sa taille généreuse d'une ceinture rouge. Elle portait ses beaux souliers vermeils, ceux qui lui faisaient tant mal aux pieds, et une petite touche de rouge sur les lèvres puisque sa sœur avait insisté.

— C'est pas ta fête tous les jours, ma belle Florie, fêtons ta jeunesse et ta sagesse !

Elle avait éclaté de rire avant d'être suivie par sa sœur. Florie se pencha pour baiser le front de sa nièce, ravissante dans sa robe marinière. Elle avait mis un chapeau de paille sur ses longues boucles blondes et elle tenait dans ses mains une carte qu'elle tendit à sa tante.

— C'est ton cadeau.

— Marie-Camille, on devait attendre au souper !

— C'est trop long, j'ai travaillé fort puis je veux qu'elle la lise tout de suite.

Sa tante se rassit dans la chaise avec sa nièce sur ses genoux pendant que son père pénétrait dans la maison.

— Bien chanceux, marmonna sa sœur, moi je suis condamnée à rester ici. En tout cas…

— Bonne fête, ma sœur adorée, rigola Édouard en refermant la porte. Le père de famille avait tellement hâte d'annoncer sa bonne nouvelle à tous qu'il se sentait envahi d'une fébrilité hors du commun. Ce serait le plus beau cadeau que Florie eût jamais eu, il en était convaincu. Une fois sa décision prise, il avait senti une grande sérénité l'envahir. Il revenait à la maison. Aussitôt arrivé dans la cuisine, il mit la main à la pâte pour se changer les idées et éviter de dévoiler son secret avant l'heure. Lorsque les autres invités arrivèrent à la ferme, les tartes, tourtes et autres délices se trouvaient sur la table autour de laquelle ils prirent tous place dans l'allégresse. Le soleil cherchait son nid en descendant lentement derrière la grange octogonale de Rose Gélinas. Regardant autour d'elle, l'œil humide, Florie mit les mains contre son cœur. Émue, elle les embrassa tous du regard.

— Je suis tellement contente de vous avoir avec moi pour ma fête. François-Louis, notre nouvel ami, Louisette, Gérald, Jeremiah, Béatrice, James, nos anciens amis. Je suis touchée par votre prés…

Incapable de poursuivre, la pauvre Florie se moucha bruyamment dans le mouchoir que lui tendit son frère Édouard. Il choisit ce moment pour se lever et aller se placer aux côtés de sa grande sœur :

— Marie-Camille et moi avons une surprise à t'annoncer, ma belle Florie.

Il fit signe à sa fille, qui s'avança avec son grand sourire édenté. Elle était tellement fière d'avoir réussi à garder le secret aussi longtemps. Laurent et Adèle, qui ne se doutaient de rien, haussèrent les sourcils dans un geste commun.

— Tu peux lui dire à matante Florie, ma chérie.

— Bien mon papa et moi on va venir vivre dans la maison de James bientôt.

Les regards d'incompréhension suivirent les paroles de la fillette, qui s'attendait à plus d'éclats de ses tantes et de son oncle.

— Coudonc, vous êtes pas contents que papa achète la maison de James ? se fâcha-t-elle en croisant ses petits bras sur sa robe marine.

Les yeux de Florie se posèrent d'abord sur l'enfant, puis sur Édouard qui riait aux éclats. Un éclair vif traversa le regard de l'aînée lorsqu'elle comprit le sens des paroles de sa nièce.

— Quoi ? Est-ce que j'ai bien compris ce que tu viens de dire, Marie-Camille ?

Édouard enlaça sa sœur avant de chuchoter :

— Qu'est-ce que tu dirais, ma belle Florie d'amour, si Marie-Camille et moi on venait s'installer dans la maison voisine ?

— Ce que j'en dirais ? Ce que j'en dirais ? Oh Seigneur ! C'est le plus beau jour de ma vie ! Moi qui ai toujours rêvé de vous avoir près de moi. Si vous saviez comme j'osais plus espérer ça ! Je suis… suis…

Adèle se leva pour la rejoindre et lui donner la force de terminer ce petit discours improvisé qui déclenchait tant d'émotions. Côte à côte, les sœurs Gélinas si différentes faisaient preuve d'une parfaite unité dans leur affection l'une pour l'autre. Personne à la table n'eut l'œil sec lorsque Florie poursuivit :

— Vous tous savez ici le parcours parfois houleux de notre vie. Malgré les défaites, les blessures, mes frères et ma sœur que j'adore se sont toujours relevés et ont poursuivi leur route…

— Moi aussi, ma tante Florie, quand je tombe je me relève, dit sérieusement Marie-Camille qui se demandait quand est-ce qu'on commencerait à manger maintenant que la surprise était révélée.

Florie lui sourit.

— Toi, ma nièce, tu es le plus beau cadeau que j'ai eu dans ma vie. Je ne remercierai jamais assez ton père et… et ta maman Clémentine de t'avoir mise sur ma route.

Édouard exprima sa gratitude d'un sourire aimant alors qu'il passait la main dans les boucles de sa fille. Pour la première fois de son existence, Florie avait enfin décidé d'oublier les cicatrices du passé pour faire face à l'avenir.

— Toi, mon Laurent, j'aurais pas pu souhaiter un meilleur compagnon au quotidien. Toujours là, toujours présent. Tu vieillis en sagesse et tu permets à notre ferme de prospérer parce que tu es bon et juste avec nos bêtes.

— Ma belle Adèle, continua la femme sur une lancée en se tournant pour prendre les épaules étroites de sa cadette, tu seras toujours pour moi un exemple de force, une personne remarquable qui mérite d'avoir toutes les reconnaissances du monde. J'espère que tu sais que je rêve de lire un jour un texte de ton cru et sache que je le ferai sans porter de jugement.

Florie plissa ses yeux noirs et répéta, devant l'air incrédule de sa cadette :

— Sans jugement, promis !

Après quelques secondes afin de permettre à tous de se moucher discrètement, Florie conclut son discours en allant se placer derrière son frère Édouard. Elle posa les mains sur ses épaules et murmura d'une voix douce:

— Mon Édouard, je te remercierai jusqu'à la fin de mes jours d'avoir osé suivre ton cœur. Malgré mes colères, ma rage, je veux maintenant te dire que tu as fait ce que Dieu avait prévu dans son plan pour toi. Nous avons grandi, nous avons mûri, maintenant, nous allons guérir.

Marie-Camille, qui ne comprenait rien au discours décousu de sa tante, lorgna les tartelettes au fromage près de son assiette. Au même moment, Patrick-Henry signifia à tous que sa sieste était terminée en lançant un cri aigu qui fit rire le groupe. Alors que la fêtée prenait enfin sa place à la table face à Jeremiah, ce dernier posa son regard affectueux sur le visage enflammé en regrettant de ne pas avoir su percer cette carapace lorsqu'il était encore temps.

— Bon, on mange bientôt ou on va jaser toute la soirée? questionna la voix claire de l'enfant.

Après un gel de quelques secondes, la tablée éclata de rire devant la candeur de l'intervention et Florie se pencha vers la gauche pour souffler à sa nièce.

— On mange, ma princesse, on mange!

Les discussions allèrent bon train pendant quelques heures. Lorsque le soleil fut disparu, on ouvrit les lampes à l'huile puisqu'il n'y avait pas encore de lumière dans la cuisine d'été. Laurent, François-Louis et Édouard devisaient sur la possibilité de planter un petit verger sur leur terre près du lac.

— Un verger? Bonne idée! dit le pharmacien en essuyant sa moustache pour chasser les vestiges de lait qui pourraient s'y être accrochés. J'ai vu dans la région d'Oka des terres entières couvertes de ces arbres. Je vous dis que vers la fin de l'été la vue est belle avec les fruits rouges qui en débordent.

Laurent, toujours fasciné par les gestes lents de cet homme, l'observait avec curiosité, mais sans plus. Il refusait de laisser son esprit s'égarer où il était allé dans le temps de Léo Villemarie.

— Le problème, expliqua Laurent, c'est que c'est pas bien, bien grand, puis à moins d'empiéter chez le voisin…

Il s'arrêta sec en regardant son frère qui riait en lui disant :

— Si je te disais que ton nouveau voisin, bien ça va lui faire plaisir que tu empiètes sur sa terre avec ton verger, mon Laurent !

— C'est vrai, ça ! On va avoir une grande, grande terre familiale astheure, renchérit Florie qui avait mal aux joues à force de sourire. Quelle belle soirée elle vivait.

Autour de la table, même Béatrice, qui avait bu quelques petits verres de vin de cerise, bavardait sans insister pour partir. Elle jetait des regards fréquents vers Marie-Camille qui jouait avec son fils couché sur une couverture à même le sol. Satisfaite de ce qu'elle voyait, elle posa sa main sur celle de son époux.

— Je prendrais bien un autre petit verre, Jeremiah !

Elle rosit en voyant le regard surpris de son mari. Il s'empressa d'acquiescer à sa demande avant de la voir changer d'idée. Pour une fois qu'elle se laissait aller, peut-être aurait-il la chance de partager sa couche, le soir venu ? songea Jeremiah en regardant autour de lui pour s'assurer que personne ne devinait ses pensées. James profita d'un petit répit pour faire à son tour sa grande annonce :

— Hum… oh… je voudrais vous prévenir que je vais retourner vivre à Montréal à partir du 1er juin. Je me suis trouvé un travail et comme ils sont assez bons pour attendre que je sois installé, je ne vais plus traîner. L'appartement près de chez mon frère n'est pas loué, ça fait que je vais le prendre. En attendant de trouver quelque chose de plus grand pour recevoir ma visite.

Il fit un clin d'œil à Marie-Camille qui s'était lassée de se rouler par terre. Il frotta ses mains l'une contre l'autre en s'attardant sur les membres de la famille Gélinas. Florie fut la première à réagir. Elle sauta sur ses pieds et trottina pour aller se placer derrière leur ami.

— Mon cher James, tu sais que nous, les Gélinas, on veut ton bonheur plus que tout. Mais promets-nous de revenir à Sainte-Cécile au moins une fois par année parce que sinon, je vais aller te chercher par les oreilles et ça, c'est une promesse, foi de Florie !

Les éclats de rire ponctuèrent les paroles de la grosse femme, qui enlaça affectueusement chaque personne à la table en savourant la joie revenue dans la maison de la côte Boisée.

ÉPILOGUE

Sainte-Cécile, 1955

Les saisons ont passé dans le petit village des Laurentides. Après plusieurs décennies à s'occuper du magasin général, Louisette Marquis a passé le flambeau à son fils Ludovic, revenu de la guerre grandi par l'épreuve. Son pauvre Gérald est décédé après un long combat contre la maladie et la veuve éplorée s'est installée chez son cadet, George-Arthur, maintenant marié et père de deux enfants. Maximilien, le plus instruit des trois, a quitté le village pour s'installer plus au nord, à Mont-Laurier, où il a ouvert un bureau de notaire. Comme souhaité, le docteur Trudel et sa femme ont déménagé à Saint-Jérôme afin de se rapprocher de leurs filles. Le rang Leclerc est devenu le rang Latraverse, en l'honneur du curé qui avait si longtemps veillé sur les Cécilois et Céciloises.

James revient tous les étés visiter sa deuxième famille. Il est accompagné de sa femme et de ses trois grandes filles qui s'étonnent toujours de constater la relation harmonieuse entre leur père et le clan des Gélinas. Le Jamaïcain est heureux dans son travail au port de Montréal et ne songe toujours pas à s'arrêter, même si son dos le fait souvent souffrir.

Jeremiah et Béatrice se sont installés dans une relation sans passion, mais dans laquelle tous deux éprouvent une affection presque fraternelle l'un envers l'autre. Ils n'ont eu que deux enfants, l'ancienne maîtresse d'école ayant clairement fait comprendre à son époux que les rapprochements physiques ne se feraient que lorsqu'il n'y aurait aucun risque de grossesse. Finies pour elle les souffrances d'un accouchement.

Ce qui n'est pas le cas de la pauvre femme d'Anasthase Constantin, qui multiplie les grossesses à un rythme effarant. En attente de son treizième, Émilienne n'est plus que l'ombre d'elle-même et ne réagit guère aux commentaires des villageois qui la plaignent ouvertement. Alcide Constantin, à près de soixante-dix ans, est demeuré le même homme désagréable, buvant et sacrant à longueur de journée. Il habite avec son fils Conrad, qui s'occupe à temps plein de la ferme avec sa femme et ses six garçons.

Et puis la famille Gélinas… Tous ont respecté la promesse faite à leur mère, malgré les tentations et l'appel de la chair. Édouard, toujours propriétaire de sa beurrerie-fromagerie, n'a jamais eu l'envie de remplacer Clémentine, la femme de sa vie. Chacune de ses visites dans la grande ville au cours des années lui a permis de satisfaire ses besoins charnels, mais l'amour qu'il a éprouvé pour sa douce a suffi dans sa vie. Son troisième fromage, le Camilien, fait à son tour l'unanimité depuis plusieurs années sur le marché.

Florie, toujours aussi contrôlante malgré ses cinquante-deux ans, continue de mener sa famille d'une main de maître. La chorale, les travaux d'artisanat, les potins à échanger avec Louisette prennent une grande part dans sa vie disciplinée. Jeremiah et elle ont conservé une affection particulière sans pour autant qu'ils succombent à la tentation. Malgré tout, l'aînée des Gélinas est heureuse dans son petit village au creux des montagnes.

Laurent, le torturé, a réussi à trouver une certaine sérénité malgré la douleur de savoir qu'il ne serait jamais comme les autres hommes. Son amitié particulière avec François-Louis Beaulieu, le pharmacien du village, a donné lieu à quelques non-dits, à des regards attentionnés entre eux, mais le quadragénaire n'a plus succombé au plaisir de la chair. Il fréquente assidûment l'église, a une relation peu souhaitable avec la boisson, qui fait dire à Florie que « son frère crache pas trop dans la bouteille ». La femme a-t-elle deviné le secret de son cadet ? Si oui, jamais elle n'a abordé la question de l'homosexualité avec Laurent, qu'elle traite encore parfois comme un enfant de dix ans.

Et puis Adèle, ah, Adèle… Elle a quitté la ferme au début de 1945 pour s'exiler à Montréal, où la maison d'édition qui a publié son livre-choc lui a offert un emploi qu'elle ne pouvait refuser. Elle a publié trois autres livres, sous son propre nom cette fois. Des livres que Florie a lus à la sueur de son front, elle qui n'arrive pas à démêler toutes les lettres et les syllabes. Mais fière, elle discute avec tous de la grande auteure que sa sœur Adèle est devenue.

L'écrivaine s'est donc établie dans la métropole dans un petit appartement près de la rue Saint-Denis. Son amoureux Jérôme vient la rejoindre presque tous les soirs, sans qu'elle ne ressente la moindre culpabilité. Dans les bras de cet homme, Adèle soupire de contentement, elle qui a traversé tempêtes et bourrasques. Lorsqu'elle retourne à Sainte-Cécile, la brune pose un regard serein sur ce village enfermé dans ses habitudes où vivent les quatre personnes qu'elle aime le plus au monde. Mais sa vie est ailleurs, à Montréal.

Marie-Camille a maintenant vingt et un ans et ressemble à s'y méprendre à sa mère Clémentine, morte à peu près au même âge. Fébrile, exaltée, l'enfant enthousiaste n'a rien perdu de sa passion pour la vie. Tout comme sa tante Adèle, elle veut explorer le monde et a réussi à convaincre son père de la laisser rejoindre l'École d'enseignement supérieur, à Montréal, afin de suivre son cours classique. Malgré les vives protestations de Florie, Édouard a déboursé les frais pour le pensionnat afin que sa fille puisse réaliser son rêve. Elle est ensuite revenue à Sainte-Cécile afin de songer à son avenir. Mais la pauvre Marie-Camille étouffe dans le petit village, elle qui rêve d'aventures, de rencontres, de voyages. Elle a donc annoncé sa décision à sa tante, un matin d'automne, alors que les feuilles virevoltaient dans l'air frais d'octobre :

— Je vais aller étudier à l'Université de Montréal à partir de janvier 1956. Je reviendrai, ma tante Florie, tous les mois, c'est promis ! Mais je ne peux pas rester ici, j'ai trop envie de voir le monde.

Ils sont donc trois à se bercer sur le balcon à Sainte-Cécile pendant qu'ailleurs, dans la grande ville, la quatrième suit la voie qu'enfant elle imaginait déjà être la sienne.

UN AVANT-GOÛT...

L'aventure des Gélinas est terminée pour nous. Pourtant, mon envie d'écrire ne l'est pas et je vous reviendrai sous peu avec un nouveau projet.

Un couple de jeunes mariés, un père bien présent cette fois, des relations entre sœurs difficiles... le tout sur une île « isolée » au milieu du fleuve Saint-Laurent. Une île où la vie se déroule au rythme des saisons, où les épreuves et les victoires s'enchaînent pour les habitants. Dans cette nouvelle histoire qui se déroulera vers la fin des années 1970, début des années 1980, vous ferez la connaissance de personnages attachants et d'autres, plus choquants ; vous découvrirez les habitudes quotidiennes d'une petite communauté tissée serré ; vous vivrez les drames de certains, les fous rires de plusieurs. Dans cette maison héritée qui deviendra un « gîte du passant », les invités se suivent avec des habitudes, des intérêts et des activités parfois fort discutables !

Au plaisir de vous retrouver à mes côtés. À bientôt !

NOTES DE L'AUTEURE

P. 36 Deux incendies ont en effet eu lieu à Sainte-Agathe à cette époque : le premier, le 12 juin 1907, a laissé une vingtaine de maisons incendiées et des dommages d'environ 100 000 $. Le second, le 25 mai 1923, a détruit 150 bâtiments et rasé un quartier au complet.

P. 49 En effet, « avant 1940, l'édition de livres au Québec se limite à quelques rares éditeurs auxquels on s'intéresse peu et les librairies importent surtout de France des ouvrages didactiques ou religieux. La Seconde Guerre mondiale marque une parenthèse : au moment où la France, sous occupation allemande, ne peut plus approvisionner ses marchés à l'étranger, Montréal devient un important centre d'édition. De 1940 à 1947, quelque 21 millions de livres sont imprimés, en français, au Québec ».

http ://anel.qc.ca/ledition-au-quebec/histoire-du-livre-et-de-ledition-au-quebec/

P. 63 Guy de Pourtalès, né le 4 août 1881 à Berlin et mort le 12 juin 1941 à Lausanne, a reçu le grand prix de l'Académie française en 1937.

P. 67 Le nom d'Ida Sternberg fut modifié par erreur à son arrivée au Canada par un agent d'immigration. Son mari ne pouvant subvenir aux besoins de sa famille, la femme décida d'ouvrir une épicerie pour le faire.

P. 72 Au XXe siècle, le segment entre la rue Sherbrooke et l'avenue Van Horne devient un axe manufacturier et commercial majeur et de 1920 à 1960, la rue principale du quartier juif montréalais.

http ://ville.montreal.qc.ca Voir l'onglet « Activités et loisirs », la section « Archives et patrimoine ».

P. 72 Les tresses mentionnées dans le texte se nomment en fait des *peotes* ou papillotes.

P. 73 Entre 1850 et 1930, des bourgeois anglais commencèrent à migrer vers cette partie de la ville. Ce fut aussi le développement des plus belles résidences anglaises dans ce secteur qui borde le mont Royal. Ce quartier était alors nommé « Golden Square Mile » ou « Mille carré doré ».

P. 115 Le petit modèle électrique Victor RCA Little Nipper se détaillait 14,95 $ dans le catalogue Eaton.

P. 119 George Sand est le pseudonyme d'Amantine Aurore Lucile Dupin, baronne Dudevant (1804-1876).

P. 142 Joseph Masson (1791-1847) était un riche négociant et le premier millionnaire canadien-français.

P. 145 Le film *La grande illusion*, sorti le 9 juin 1937, raconte l'histoire de deux soldats français qui sont faits prisonniers par le commandant von Rauffenstein, un Allemand raffiné et respectueux. Conduits dans un camp de prisonniers, ils aident leurs compagnons de chambrée à creuser un tunnel secret.

P. 166 Roger et Rolland Maillet ont fondé le *Petit Journal* en 1926. Il s'agit du premier hebdomadaire à atteindre un tirage d'un million d'exemplaires.

P. 186 Pendant la guerre, les employés de Bell Canada tricotent, divertissent les troupes, font des pansements pour les soldats.

P. 198 Victorin Germain était un prêtre avant-gardiste né en 1890 et décédé en 1964. Citation exacte tirée de la biographie de l'abbé préparée par Virginie Fleury-Potvin dans *Une double réponse au problème moral et social de l'illégitimité: la réforme des mœurs et la promotion de l'adoption par la «sauvegarde de l'enfance» de Québec 1943-1964*, thèse de maîtrise en Histoire, Université Laval, 2006. Voir annexe 2.

P. 236 Le film *Les temps modernes* est sorti en 1936 et fut le dernier film muet de Charlie Chaplin.

P. 251 L'enrôlement permet de mobiliser les hommes et les femmes afin de les placer dans des emplois considérés comme nécessaires à l'effort de guerre. La conscription est l'obligation, décrétée par l'État, pour une partie de la population de servir les forces armées du pays. Le Canada a imposé la conscription pour le service militaire et pour le service d'État afin de soutenir l'effort de guerre durant la Première Guerre mondiale (1914-1919) et la Deuxième Guerre mondiale (1939-1945).

https://www.collectionscanada.gc.ca/king/023011-4050.02-f.html#anc1

P. 252 À la suite de la conscription de 1917, des émeutes eurent lieu dans les rues de Québec, entraînant la mort de quatre hommes et plusieurs blessés.

P. 252 Informations tirées du site Internet: http://www.herodote.net/7_septembre_1940-evenement-19400907.php

P. 252 Louis Francœur était un journaliste parmi les plus influents des années 30 (1895-1941).

P. 254 C'était ainsi qu'on appelait les hommes qui venaient vendre le lait. Voir *Nos beurreries et fromageries d'autrefois* par Daniel Thibault, Éditions du Bien Public, Trois-Rivières, 1974.

P. 277 Le Cyclone fut d'abord nommé le *Scenic* puis le *Thriller* avant de voir son nom francisé. Le manège était construit en pin, monté sur des piliers de béton et pouvait atteindre une vitesse maximale de 40 milles à l'heure (65 km/h).

Histoire du parc Belmont par Yves Gaudreau:

pages.infinit.net/gautreau/belmont.html

P. 286 Marlene Dietrich décida de prendre la nationalité américaine le 6 mars 1938 afin de démontrer son profond désaccord avec le nazisme.

P. 288 La gare du Palais, à Québec, a été conçue par Harry Edward Prindle, qui était architecte pour le Canadien Pacifique.

P. 289 La description de la gare est inspirée de la thèse *Les grandes gares ferroviaires du Québec 1888-1945*, écrite par Vittoria Delli-Colli.

P. 300 L'hôpital Hôtel-Dieu a été fondé en 1639 par les Augustines de la Miséricorde de Jésus.

P. 302 En 1867, Charles-Théodore Viau ouvre une boulangerie sur la rue Sainte-Marie (Notre-Dame), à l'angle de la rue Wolfe. Par la suite, son entreprise devient Viau & frères et se spécialise dans la fabrication de biscuits. Le Whippet et le biscuit Village sont des produits de cette biscuiterie.

P. 310 Les informations sur les bombardements en Angleterre sont tirées du blogue : *La guerre au jour le jour.*

P. 400 Le maire Camilien Houde, ouvertement contre la conscription, est arrêté le 5 août 1940 et emprisonné sans procès pendant quatre ans.

LISTE DES PERSONNAGES

L'âge des personnages principaux ci-dessous représente l'âge au début de l'histoire du tome 4, située en septembre 1939. Les noms en caractères gras représentent les nouveaux personnages du tome 4.

Barnabé, Bérangère: sœur du maître de poste et épouse de Léo Villemarie.

Barnabé, Rosaire: maître de poste au village Sainte-Cécile.

Beaulieu, François-Louis: pharmacien de Sainte-Cécile.

Beaulieu, Lucien: organiste attitré de la chorale de Sainte-Cécile.

Chartrand, Monsieur: éditeur aux éditions du Chêne.

Constantin, Alcide: agriculteur du village de Sainte-Cécile.

Constantin, Anasthase: fils d'Alcide.

Constantin, Conrad: fils d'Alcide.

Constantin-Mailloux, Émilienne: épouse d'Anasthase.

Constantin, Jeanne: épouse d'Alcide et mère de trois garçons.

Éléonore, Évangéline et Gaston: élèves de l'école de rang.

Fréchette, Paul-Émile: maire du village de Sainte-Cécile.

Gélinas, Adèle: *28 ans,* fille cadette de Rose et Antoine Gélinas.

Gélinas, Antoine: mari de Rose Gélinas et père de Florie, Édouard, Adèle et Laurent.

Gélinas, Édouard: *32 ans,* fils aîné de Rose et Antoine Gélinas.

Gélinas, Florie: *36 ans,* fille aînée de Rose et Antoine Gélinas.

Gélinas, Laurent: *26 ans,* fils cadet de Rose et Antoine Gélinas.

Gélinas, Marie-Camille: *5 ans,* fille de Clémentine et Édouard.

Gélinas, Rose (1885-1922), mère de Florie, Édouard, Adèle et Laurent.

Germain, Victorin: abbé.

Holland, Béatrice: ancienne institutrice du village et épouse de Jeremiah Holland.

Holland, Jeremiah: fils de Henry Stromph.

Holland, Patrick-Henry: fils de Jeremiah et Béatrice Holland.

Jackson, James: *38 ans,* aide-beurrier d'Édouard.

Lalonde, Philippe-Joe: conseiller municipal.

Lampron, Monsieur: éditeur aux éditions du Chêne.

Latraverse, curé: curé du village de Sainte-Cécile.

Latulippe, Robert: inspecteur du ministère de l'Agriculture.

Lortie, Clémentine (1910-1934), amie d'Adèle Gélinas, journaliste au journal *Le Courrier de Saint-Jovite* et femme d'Édouard Gélinas.

Mailloux, Télesphore: adolescent du village responsable de la patinoire municipale et homme engagé de la famille Gélinas.

Marguerite: adolescente, gardienne de Marie-Camille.

Marois, Gaspard: voisin des Gélinas.

Marquis, Georges-Arthur: *19 ans,* fils cadet de Louisette et Gérald Marquis.

Marquis, Gérald: *56 ans,* propriétaire-marchand du magasin général Marquis. Père de trois garçons et mari de Louisette Marquis.

Marquis, Louisette: *50 ans,* femme de Gérald Marquis, marchande et mère de trois garçons.

Marquis, Ludovic: *22 ans,* fils aîné de Louisette et Gérald Marquis.

Marquis, Maximilien: *21 ans,* fils de Louisette et Gérald Marquis.

Robichaud, Aglaé: nouvelle maîtresse d'école.

Saint-Germain, Germaine: villageoise.

Savard, Rudolphe: aventure d'un soir de Laurent.

Sénéchal, Jérôme: rédacteur en chef d'un quotidien montréalais et amant d'Adèle Gélinas.

Trudel, Georgine: femme de Julien Trudel, médecin du village.

Trudel, Julien: médecin du village de Sainte-Cécile et époux de Georgine.

Villemarie, Léo: *30 ans,* homme engagé chez les Gélinas, habite le village de Saint-Damien.

Mention spéciale :

Doudoune : poupée de chiffon de Marie-Camille.

Animaux

Aramis : cheval des Gélinas.

Barbouille : chaton de Marie-Camille.

Bécassine : vache préférée de Laurent.

Guimauve : poussin de Marie-Camille.

Victoire : brebis des Gélinas.

REMERCIEMENTS

L'histoire des Gélinas est maintenant terminée. J'aimerais remercier ma famille et ma belle-famille pour leur soutien constant tout au long de cette aventure. Merci aussi à mes amis (es) et collègues pour leurs bons mots. Un gros merci à mon mari Alain et mes enfants Émile et Camille.

Sans l'équipe de Guy Saint-Jean Éditeur, la route n'aurait pas été aussi belle ! Un merci spécial à Isabelle Longpré (le diable est dans les détails, n'est-ce pas ?) ainsi qu'à tous les autres pour leur soutien, leurs encouragements, leurs petites attentions. Je suis très heureuse de faire partie de cette belle équipe !

Finalement, merci à vous les lecteurs et lectrices qui avez accompagné la famille Gélinas au travers de leurs peines, leurs déboires et leurs fous rires. J'ai constaté avec bonheur l'accueil que vous avez fait à ces quatre personnages et leur entourage. J'étais contente de vous les confier le temps de votre lecture. Au plaisir de vous retrouver lors d'une nouvelle aventure !

De la même auteure chez le même éditeur

Marie-Camille. Tome 1, 2019
Marie-Camille. Tome 2, 2020
À l'ombre de la mine. Tome 1 – Jeanne et Kristoff, 2018
À l'ombre de la mine. Tome 2 – Clara et Yuri, 2019
Au chant des marées. Tome 1 – De Québec à l'Île Verte, 2017
Au chant des marées. Tome 2 –La vie sur l'Île Verte, 2018
La promesse des Gélinas. Tome 1 – Adèle, 2015
La promesse des Gélinas. Tome 2 – Édouard, 2015
La promesse des Gélinas. Tome 3 – Florie, 2016
La promesse des Gélinas. Tome 4 – Laurent, 2016

De la même auteure pour la jeunesse

Un trio d'exception. Alex, Foulire, 2019
Un trio d'exception. Max, Foulire, 2020
Un trio d'exception, Juju, Foulire, 2020
La démone Angélique, Bayard Canada, 2015
L'heure de lecture, 4e année, Caractère, 2014
Mon père Marco – Ma fille Flavie, Bayard Canada, 2013
Ma grand-mère Gaby – Ma petite-fille Flavie, Bayard Canada, 2011
Mon papa-poule, ERPI, 2011
Edwin le fabuleux, Caractère, 2010
Le secret d'Elliot, Caractère, 2010
Les aventures de Jules Cousteau, Caractère, 2010
Une fin de semaine mouvementée, Caractère, 2010
Angèle et ses amis, Caractère, 2009
Échange de soccer, Caractère, 2009
Léo-Bobos, ERPI, 2009
Mademoiselle Insectarium, Caractère, 2009
Mon prof Marcel – Mon élève Théo, Bayard Canada, 2009
Roméo et Romy, Caractère, 2009
Mon frère Théo – Ma sœur Flavie, Bayard Canada, 2007

Achevé d'imprimer
sur les presses de
Imprimerie H.L.N.
Imprimé au Canada - Printed in Canada